Peter Stjernström

DAS BESTE BUCH DER WELT

Peter Stjernström

Das beste Buch der Welt

Aus dem Schwedischen
von Wibke Kuhn

DUMONT

FSC
www.fsc.org
MIX
Papier aus verantwortungsvollen Quellen
FSC® C083411

Die schwedische Originalausgabe erschien 2011
unter dem Titel ›Världens bästa bok‹
bei Kalla Kulor Förlag, Stockholm.

Erste Auflage 2014

Übersetzung: Wibke Kuhn
Umschlaggestaltung: Lübbeke Naumann Thoben, Köln
Satz: Fagott, Ffm
Gesetzt aus Aldus, Bauer Bodoni, Englische Schreibschrift und Crackhouse
Gedruckt auf säurefreiem und chlorfrei gebleichtem Papier
Druck und Verarbeitung: CPI books GmbH, Leck
Printed in Germany
ISBN 978-3-8321-9757-5

www.dumont-buchverlag.de

Teil 1

IN DEM DER AUTOR BESTIMMT, WER HIER ZU BESTIMMEN HAT.

Ein Mann betritt eine Bühne.

Titus Jensen soll den ersten Satz seines neuen Romans formulieren. Den ganzen Vormittag hat er schon darüber nachgedacht.

Ein Mann betritt eine Bühne.

Titus sieht den Mann vor sich. Den Großen Schriftsteller, dessen Glanzzeit allerdings schon lange zurückliegt. Er hat noch ein paar Gelegenheiten bekommen, sich im Rampenlicht zu sonnen. Warum ihm plötzlich diese Chance zuteil wurde, sich mit Lesungen ein paar Extra-Kronen zu verdienen, weiß der Große Schriftsteller nicht. Er hat schon lange kein Buch mehr geschrieben.

Leider darf er nicht aus seinen eigenen Büchern lesen.

Nein, er hat nur eine einzige Chance, Anerkennung und Applaus zu bekommen: Indem er sich das Buch schnappt, das ihm jemand genau in der Sekunde hinhält, in der er die Bühne betritt. Er stellt sich vor ein Mikrofon, und kaum hat er den Titel des Buches fertig vorgelesen, da fängt das Publikum schon an, sich vor Lachen auszuschütten.

Sie machen sich über ihn lustig, so viel hat er auch begriffen. Aber auf eine liebevolle Art, redet er sich ein. Er ist ihren Herzen nah, und das ist auf jeden Fall besser, als allein in seiner kleinen Wohnung auf Södermalm zu hocken. Außerdem sind Alkohol und Drogen hier gratis. Früher war er Kultur. Heute ist er nur noch Kult.

Titus kann diesen Schriftstellermenschen nicht nur vor sich sehen. Er kann auch fühlen, was er denkt, was ihn antreibt, wie es ihm geht und was er in der nächsten Sekunde machen wird.

Auf welchen Namen soll er den Mann auf der Bühne taufen? Bringt es wohl was, wenn er die Fiktion mit einem Schuss Wirklichkeit verdünnt? Titus, der in seinen Texten immer aufrichtig ist und viel von sich preisgibt, beschließt, bis zum Äußersten zu gehen. Er wird dem Mann seinen eigenen Namen geben. Er muss. Er wird den Lesern zeigen, dass er den Mut hat, einem schroffen, ungeschliffenen Mann seinen eigenen Namen zu geben. Titus Jensen, das bin ich, das ist er, das sind wir, denkt Titus. Alles, was ihm passiert, passiert auch mir, in meinem Kopf. Ich bin der Mann auf der Bühne. Der Mann, dessen Kopf bereits in der Schlinge des Schicksals steckt.

Titus' Finger schweben über der Tastatur. Er steht vor einer der wichtigsten Entscheidungen, die er jemals treffen musste. Die Buchidee ist einmalig. Eine irrwitzige Studie der Hybris. Ein Metaroman über Freiheit und Abhängigkeit. Aber wie lasst man so ein unsterbliches Meisterwerk beginnen?

Ein Mann betritt eine Bühne.

Muss er überhaupt noch mehr schreiben? Welches Äußere beschreibt sein Inneres am besten? Ist es wichtig zu erzählen, dass der Mann ein schwarzes Hemd, eine schwarze Lederhose und eine schwarze Jacke trägt? Dass sein Gesicht ganz wettergegerbt ist von den langen harten Jahren in den Stockholmer Kneipen? Dass die Kopfhaut unter seinen Haarstoppeln vom Schweiß glänzt? Aber dass er trotzdem ziemlich attraktiv aussieht, obwohl alle Alarmglocken der Welt gleichzeitig losgehen: »Das ist ein Säufer, das ist ein Säufer, auf den kannst du dich nicht verlassen!«

Muss er wirklich alle Äußerlichkeiten bis ins letzte Detail beschreiben? Oder zerstört er dem Leser damit sein Erlebnis? Hat der Leser nicht das Recht, seine eigenen Bilder zu finden?

Ich will so viele Bilder schaffen, wie es Leser gibt, denkt Titus. Das wird so exklusiv wie ein Film, der nur von einem einzigen Zuschauer gesehen werden kann, wie ein Gemälde, das nur von einer einzigen Person betrachtet werden kann, wie eine Symphonie für einen einzigen Zuhörer.

Ein Mann betritt eine Bühne.

Trotzdem. Der Kritiker Adrian Breckmiddel hatte Titus' letztes Buch gnadenlos verrissen, weil die Beschreibungen seiner Charaktere so knapp waren. Völlig absurd, wenn man sich den fast schon poetischen Charakter dieses Werkes vor Augen hielt. »Der künstlerische Anspruch geht nicht weiter als bis zur ersten Seite«, hatte er geschrieben. Was zum Henker wusste dieser Kotzbrocken davon, was für knallharte Forderungen er an sich selbst stellte? Was für haushohe künstlerische Ambitionen er hegte? Ein Jahr hatte er an diesem Buch gearbeitet. Jeder Tag war randvoll gewesen mit »künstlerischem Anspruch«. Dieser schmierige Kritiker hingegen hatte nur ein paar Stunden damit zugebracht, das Buch zu überfliegen und dann seine miese Rezension auszuscheißen. Trotzdem hatte dieser Lustmord mehr Leser gehabt, als Titus' Buch jemals haben würde. Dabei war es gar nicht mal so, dass sich seine Bücher schlecht verkauften. Doch die Zeitung wurde von so viel mehr Leuten gekauft. Würde er an diesem Kräfteverhältnis jemals etwas ändern können?

Es gibt einfach keine Gerechtigkeit, denkt Titus. Ich will auch viel verkaufen. Ich WERDE auch viel verkaufen. Mit oder ohne die Axthiebe von Serienmörder Adrian Breckmiddel.

Aber ist Adrian Breckmiddel denn nicht auch ein Teil des Publikums? Was würde der wohl lesen wollen?

Sommer in Schweden. Ein vor der Zeit gealterter Schriftsteller um die fünfzig betritt eine Bühne unter einem Zeltdach auf einem legendären Rockfestival, das alljährlich in idyllisch ländlicher Umgebung in West-Värmland stattfindet. Die erweiterten Pupillen des Schriftstellers blicken auf das erwartungsvolle Publikum. Ein ex-

zentrischer Dichter um die fünfundzwanzig mit blauen und orangefarbenen Strähnchen reicht dem Schriftsteller, der heute von Kopf bis Fuß in Schwarz gekleidet ist, ein abgegriffenes Buch mit Lederrücken. Ein angetrunkener junger Mann direkt an der Bühne hustet ungeniert. Seinem weißen T-Shirt ist ganz deutlich anzusehen, dass er heute Kebab zum Abendessen hatte. Starker Knoblauchduft steigt zur Bühne hoch.

Nein, das geht so nicht, denkt Titus. Das ist nicht mein Buch, nicht meine Erzählung. Ich kann das nicht durchziehen. Ich kann mein Leben nicht von muffigen Kritikern bestimmen lassen. Ich bin Künstler. Ich mache, was ich will. Ich habe das absolute Gehör. Ich bin derjenige, der die Details für meine Romane aussucht, nicht Adrian Breckmiddel.

Viele Frauen haben behauptet, dass ihm Weiß gut stehe. Frauen, die ihm im einen Moment noch lebenslange Liebe geschworen haben, um ihm wenig später die Tür vor der Nase zuzuschlagen. Wer wollte ihm also Vorwürfe machen, wenn er jetzt nur noch Schwarz trägt?

Na also.

Jetzt wird Titus Jensen rausgerollt.

Teil 2

DER KAMPF UM
DAS BESTE BUCH DER WELT

Kapitel 1
SLAM

Ein Mann betritt eine Bühne.

Viele Frauen haben behauptet, dass ihm Weiß gut stehe. Frauen, die ihm im einen Moment noch lebenslange Liebe geschworen haben, um ihm wenig später die Tür vor der Nase zuzuschlagen. Wer wollte ihm also Vorwürfe machen, wenn er jetzt nur noch Schwarz trägt?

Eine grollende Basstrommel wühlt die Emotionen im Publikum auf. Scheinwerfer blinken im Takt.

Sein Auftritt ist nicht gerade der glamouröseste, den die Menschheit je gesehen hat. Titus Jensen wird mit einer Sackkarre auf die Bühnenmitte gefahren. Dort wird er abgeladen und steht vor einem Mikrofonstativ. Das blinkende Licht wird nach einer Weile abgestellt, aber das Trommeln geht weiter. Die Stiefel und kaputten Sneakers der Zuschauer erzeugen ein dumpfes Dröhnen, während sie im Takt auf den Boden stampfen.

Es ist ein paar Sekunden dunkel, dann geht ein kreideweißer Lichtkegel über Titus an. Er ist schmal und es sieht aus, als würde er ihn auf die Bühne nageln. Titus starrt auf den Bühnenrand.

Ein weiterer Lichtkegel erscheint und flackert ziellos umher, als würde er am Bühneneingang nach jemandem Ausschau halten. Applaus und Pfiffe. Alle wissen, was gleich passiert.

Der junge, schöne Dichter Eddie X, Verfasser von Liebeslyrik, ist der Gastgeber des Abends und schwebt jetzt unter anschwellendem Jubel in einem pastellblauen Seidenpyjama auf die Bühne. Eddie ist lateinamerikanischer Herkunft, und sein Verhältnis zur Körperlichkeit unterscheidet sich merklich von dem der Nordeuropäer. Für ihn ist es völlig natürlich, sein Lächeln fünf Zentimeter vor dem Gesicht seines Gegenübers abzufeuern, ohne sich die geringsten Gedanken um seinen Atem oder den des anderen zu machen.

Eddie streichelt Titus Jensen mit seinem dunklen Samtblick, drückt ihn erst ein bisschen zu lang an sich und reicht ihm dann ein Buch. Langsam streicht er sich eine orangefarbene Strähne aus dem Gesicht und arrangiert sie mit den anderen gefärbten Strähnchen zwischen seinem langen, ganz glatten rabenschwarzen Haar. Er stellt das Mikrofon niedriger, damit es auf Titus' Höhe ist, und beugt sich darüber.

»Meine lieben Freunde!«, säuselt Eddie mit seinem schleppenden Norrland-Dialekt, den Mund sinnlich nah am Mikrofon. Seine weißen Zähne blitzen im Scheinwerferlicht. »Liebe Festivalbesucher! Hört her. Seht her. Hier haben wir eine wahrhaftige, lebende Legende. Die Abendpresse hat schon über seine Liebesaffären geschrieben, da waren die meisten von uns noch nicht mal geboren. Er hat um die zehn Romane geschrieben, düstere Romane über Verrat und plötzlichen Tod. Er hat einen Stammtisch beim Schriftstellerverband. Es gibt sogar einen Drink, der nach ihm benannt wurde. Jetzt ist er auf unserer Bühne, und seine Pupillen und Sinne sind ganz weit geöffnet! Ein warmer Applaus für: Titus Jensen – den Großen Schriftsteller!«

Das Publikum fängt sofort an zu lachen. Viele haben dieses Spektakel schon einmal mitverfolgt. Ein paar Extra-Scheinwerfer werden angemacht, und Titus Jensen blinzelt in ihr weißes Licht. Er sieht das Publikum wie durch Nebel. Von der Rockbühne im Nachbarzelt hört er ein paar Bassläufe. Er versucht, ein bisschen im Takt mitzuwippen und zu schaukeln. Klar, jetzt fällt es ihm wieder ein. Er ist im Poetry-Slam-Zelt auf einem Rockfestival. Wo ist bloß der Nachmittag geblieben? Titus kann sich nur erinnern, dass er mit

Eddie X backstage zusammensaß und sich unterhielt. Sie haben ein bisschen getrunken, sich ganz nett miteinander amüsiert und über das Leben, die Literatur und die Liebe geredet. Dann bekam er ein Pflaster mit irgendeiner unbekannten Droge von einem von Eddies Kumpels aus der Band. Alles wurde ganz leer. Was heißt leer – auf einmal begann es sich in seinem Kopf wie wild zu drehen, und plötzlich trug er einen schwarzen Rattenpelz und rannte in einem phosphoreszierenden Hamsterrad. Er rannte und rannte, aber seine Gedanken standen völlig still. Es fühlte sich an, als würden mehrere Wochen vergehen, während seine Gedanken nur einen einzigen Buchstaben weiterkamen. Dann gingen die Lichter aus.

Aber jetzt sind sie offenbar wieder angegangen, denkt Titus und blinzelt ins Licht.

Ein kurzer Trommelwirbel verkündet, dass es so weit ist. Er merkt, wie die Gegenwart des Publikums die letzten Reste der Halluzinationen auslöscht und ihm Kraft verleiht. Er nimmt das Buch, das er von Eddie X bekommen hat, und liest mit seiner brüchigen Bassstimme laut und dramatisch den Titel vor:

»*Die Krankheiten der schwedischen Könige*, von Wolfram Kock. *Von Gustav Vasa bis Gustav den Fünften.*«

Im Publikum krümmen sich viele bereits vor Lachen. Es ist aber auch umwerfend komisch, Titus Jensen seltsame alte Bücher vorlesen zu sehen, als wären es griechische Tragödien. Er liest so infernalisch theatralisch, dass er Tote auferwecken könnte.

Titus blättert aufs Geratewohl in dem Buch. Da sieht er ein Bild des seltsamen Karl XIII. und hat seine Einstiegspassage gefunden. Mit zitternder Stimme liest er ein Stück vor:

»*Es war offensichtlich, dass sein Ende nahte, und man traf Vorbereitungen, um schon bald das erwartete Hinscheiden bekanntzugeben. Das Schloss war voll mit Leuten aller Stände, die sich eingefunden hatten, um Neues über den Zustand des Königs zu erfahren und um zu sehen, was für Bulletins in der Säulenhalle aufgehängt wurden. An den letzten Abenden vor dem Hinscheiden des Königs waren die Wartenden, unter denen sich bekannte ebenso wie unbekannte Personen befanden, mit Tee und Punsch bewirtet worden. Nur in der letzten Nacht scheint Stille geherrscht zu haben, als die Höflinge, die Leibgarde des Königs und andere Diener des Hofes erschöpft auf* SOFAS UND STÜHLEN EINSCHLIEFEN.«

Titus spuckt die letzten Worte mit Inbrunst aus, bevor er eine Kunstpause einlegt und den Blick übers Publikum schweifen lässt. Viele quietschen vor Lachen und haben schon Tränen in den Augen. Sie lieben ihn. Also intoniert er weiter.

»Aus dem Obduktionsprotokoll: Die interessantesten Funde dürften das Hirn und die Hirnhäute betreffen, die auf eine diffuse, senile Hirnatrophie und senil verdickte Leptomeningen hindeuten. Sowohl die Symptome als auch der Obduktionsbefund sprechen für arteriosklerotisch bedingte, kleine Läsionen in den Basalganglien und am Pons. Der Befund in den Lungen kann vielleicht als Anzeichen einer Lungenentzündung mit Verklebungen gedeutet werden. Der normale Zustand des Herzens scheint bemerkenswert, während die Gefäßveränderungen mit den Verkalkungen natürlich scheinen.«

Eine gewisse Ruhe macht sich im Publikum breit. Hie und da noch vereinzeltes Gekicher. Titus weiß, dass er eine publikumswirksamere Passage finden muss, wenn er das Interesse seiner Zuschauer jetzt nicht verlieren will. Aber mit diesem schrecklichen alten Buch ist das gar nicht so einfach! Er blättert fieberhaft. Könnte das hier vielleicht was sein? Er stellt sich leicht breitbeinig hin und legt eine Hand auf den Rücken. Mit der anderen Hand hebt er das Buch, wie um ihm zu huldigen. Er ist Hamlet, und das Buch ist der Totenschädel.

»Über Gustav den Fünften!«, ruft Titus theatralisch. »Ich beginne mit einem Zitat: *Das Ausüben des Tennissports verursacht keinerlei körperliche Verletzungen. Vielmehr fördert er auf wunderbare Weise die Spannkraft und Vitalität des Körpers. Von einem Box- oder Ringkampf kann man das schwerlich behaupten. Nun ja, die Einschätzung des Königs, Tennis sei ein ungefährlicher Sport, war vielleicht etwas übertrieben, wie er bei mehreren Gelegenheiten am eigenen Leib erfahren konnte. Doch solche Intermezzi wollte er bagatellisieren. Einige Tennisunfälle sollen jedoch erwähnt werden. Der schwerste traf den König 1927, als er* AUF EINEM BALL AUSRUTSCHTE, *mit dem Hinterkopf auf dem Boden aufschlug und sich den Fuß verrenkte. Er wurde ohnmächtig vom Platz getragen und war lange bewusstlos. Einer der anderen Spieler renkte ihm den Fuß wieder ein, bevor der erste Leibarzt, damals* C. O. Olin, *eintraf. ›Mr. G.‹, wie der König sich als Tennisspieler nannte, hatte durch den Sturz und die Schmerzen einen Schock erlitten. Als er aufwachte, bestand er darauf – gegen den Willen seines Arztes –, nach Drottningholm zu fahren. Am Abend rief er seine Mitspieler an und bedankte sich für die Hilfe, fügte hinzu, dass er zwar starke Schmerzen im Fuß habe, sich aber besser fühle, nachdem er im Bridge gewonnen habe – König Gustav war als passionierter Bridgespieler bekannt. Die Fußverletzung hielt ihn jedoch nicht weniger als* DREI MONATE VOM TENNISSPIELEN AB!«

Titus gestikuliert und fuchtelt wild mit den Armen, während er den Text vorliest. Der Jubel der jungen Leute im Zelt kennt keine Grenzen. Also justiert er seine Stimmlage noch ein bisschen nach, um schließlich mit der größtmöglichen Dramatik weiterzulesen:

»*Einmal, während des Aufenthalts in Båstad 1932, rutschte der König auf einer alten Zementbahn aus, die durch den Regen glatt geworden war, und fiel heftig hintenüber. Im Sturz rollte er sich noch zusammen und fiel daher nicht auf den Hinterkopf, aber er bekam trotzdem einen heftigen Schlag ab und schürfte sich Hände und Beine auf. Der erste Leibarzt Hjalmar Casserman, der gerade zugegen war, befürchtete schon, dass der Oberschenkelhals verletzt sein könnte, aber als er den König untersuchen wollte, erklärte dieser, sein Bein sei NICHT verletzt. Hingegen kam es zu einer VEREITERUNG DER HAND, welche jedoch seine Spielfreude kaum minderte.*«

Jetzt springt das Publikum im Takt mit, auf und nieder, auf und nieder. Sie schreien und lachen. Titus bekommt Lust auf mehr, und sein Blick fällt auf immer wildere Stellen. Er deklamiert lebhaft Gustav Vasas Durchfall und Erbrechen auf dem Sterbebett und die schwere Schizophrenie Eriks des Fünfzehnten während der Zeit seiner Gefangenschaft. Mit überschäumendem Temperament rezitiert er Sigismunds Verlust der Sprechfähigkeit und die stark vergrößerte Gallenblase Karls des Elften.

Er schließt mit einer aberwitzigen Beschreibung von Adolf Fredriks ständigen Brunnenkuren, und wie sein wüstes Erbrechen immer weitere Brunnenkuren nach sich zog, die zum Schluss die Finanzen des Königreichs gefährdeten.

»*… doch die Schlammbehandlung am Kopf des Königs führte zu guten Resultaten, und Adolf Fredrik brauchte nicht mehr zweimal pro Nacht Betttücher und Nachtmütze zu wechseln!*«

Applaus und Pfiffe. Soweit Titus das beurteilen kann, ist sein Auftritt von A bis Z ein Riesenerfolg. Er parodiert einen Höfling und macht mit ausholenden Bewegungen eine tiefe Verbeugung.

»RE-PU-BLIK! RE-PU-BLIK! RE-PU-BLIK!«, beginnt das Publikum in Sprechchören zu rufen, während es im Takt dazu in die Hände klatscht.

Titus Jensen sieht sich verwirrt um. Republik? Was hat das mit seiner Kunst zu tun? Doch er macht noch einen Bückling und verlässt die Bühne in dem Moment, in dem Eddie X sie wieder betritt. Als sie aneinander vorbeigehen, flüstert Eddie Titus ins Ohr, dass sie sich nach Eddies Auftritt backstage auf ein, zwei Drinks treffen müssen.

Eddie X schlendert selbstbewusst bis an den vorderen Rand der Bühne. Er wirft das lange Haar zurück und greift nach dem Mikro. Diese Mischung aus lateinamerikanisch extrovertiertem Auftreten und nordischer Zurückhaltung schafft ein starkes Spannungsfeld um ihn.

»Uuuuunglaublich! Wir danken Titus Jensen für diese erbaulichen Informationen zur ruhmreichen Geschichte unseres Landes. Aber jetzt wechseln wir das Thema und das Tempo. Ich heiße herzlich willkommen – The Tourettes!«

Die Tourettes sind Eddies Hintergrund-Klangteppich. Ein Auftritt in der Konstellation Eddie X plus The Tourettes sieht so aus, dass Eddie mit unglaublicher Inbrunst seine Liebeslyrik vorliest und die Tourettes im Hintergrund ihre improvisierte, spastische Musik machen.

Lenny, einer von Eddies engsten Freunden, spielt Gitarre und ist der Frontmann der krampfartigen Band. Er leidet unter schweren Tics. Sein Kopf zuckt häufiger mal, und diese Zuckungen pflanzen sich in Form eines übersteigerten Zwinkerns in seinem Gesicht fort und fluten über die Schultern bis zu den Knien. Doch Lenny hat beschlossen, sich niemals als Opfer zu betrachten, und er hat seine heiklen Symptome in etwas Positives umgedeutet, etwas, worauf er sogar stolz ist. Ob es ihm nun gefällt oder nicht, das Tourette-Syndrom ist ein Teil von ihm, genauso wie seine Nase oder seine Augenfarbe. Seine einzigartige Musikalität in Verbindung mit diesem ungewöhnlichen Zustand hat eine Musik hervorgebracht, die sich mit keiner anderen Kunstform vergleichen lässt. Ab und zu treten die Tourettes mit Lenny als Sänger auf, was ein seltsames Erlebnis ist, denn Lenny leidet unter dem Zwang, Schimpfwörter herauszubrüllen, sobald er unter Stress steht. Und da so ein Auftritt unweigerlich mit einer gewissen nervlichen Anspannung verbunden ist, kann Lenny nur ein einziges Lied vortragen, nämlich einen langen, abgehackten Strom aus Flüchen und wüsten Schimpfwörtern. Das Ganze ist extrem sonderbar.

Doch heute steht Eddie X mit seinen Texten im Vordergrund. Eddie ist ein warmherziger Mensch und hat die einmalige Fähigkeit, seine Hitze an alle weiterzugeben, die ihn lesen oder ihm zuschauen. Wenn er auf Poetry-Slams auftritt, gerät seine Performance jedes Mal zu einer unterhaltsamen Mischung aus Stand-up-Comedy und Poesie. Er blättert in der kleinen Plastikmappe, in der sich die Gedichte für diesen Abend befinden und die er auf der Bühne immer dabeihat. Nicht, dass er jemals daraus vorlesen würde. Er kann seine Texte auswendig. Doch die Mappe gibt ihm eine gewisse Sicherheit und ein inneres Gleichgewicht.

»Liebe Freunde!«, beginnt er mit seiner warmen Stimme ganz nah am Mikrofon. »Hab ich schon erzählt, wie ich beschloss, in den Süden von Stockholm zu ziehen?«

Das Publikum beginnt zu schreien und zu pfeifen, als hätte Eddie einen alten Hit angekündigt. Und gewissermaßen stimmt das ja auch. Eddies Gedichte sind unglaublich populär. Viele haben sie schon gehört oder gelesen, mit oder ohne den spastischen Klangteppich im Hintergrund.

Eddie legt die rechte Hand aufs Herz und beginnt das Gedicht oder eher die Erzählung vorzutragen – von einem zerbrechlichen Jungen, der in die Großstadt kommt.

»DIE UNSICHERHEIT ist ein Fahrzeug.
Ich bin achtzehn.
Ich mache Übungsfahrten mit allen möglichen Fahrzeugen.

Ich sitze am Steuer, auf einem Stuhl in einer Bar,
und sehe die Menschen kreisen.
Um mich herumkreisen.
Ich sehe DIE UNSICHERHEIT in ihren Augenwinkeln
und frage mich, wie das alles zusammenhängt.
Wie machen die das alle?
Wie kriegen die das alle hin?
Sie sind rostig, verbeult, verschrammt, zerkratzt und überlackiert.
Aber sie brummen und summen.
Tanzen, lachen, trinken, küssen, leben.
Sie leben!
DIE UNSICHERHEIT ist ein Fahrzeug, das nur
von Fleisch und Blut gefahren werden kann.
Fleisch und Blut, das hasst und liebt.
Und lebt!
Ich trinke ein Glas aus und fahre lachend
in Schlangenlinien aus der Garage.
Ich werde hinausfahren.
Ich werde meinen Führerschein machen.
Ja, DIE UNSICHERHEIT ist ein Fahrzeug, das ich verstehen kann.
Ich werde ein toller Fahrer werden.
Ich lebe!«

Im Publikum rauscht es vor lauter Liebe zu Eddie X. Ganz besonders rauscht es bei den Mädchen. Natürlich kommen seine Texte den schwindelnden Abgründen des Pathos oft gefährlich nahe. Doch seine Jugend und seine Inbrunst entschuldigen das alles. Ein aufrichtiger Dichter hat das Recht, auszudrücken, was er will, wie er will, wann er will. Jede Gesellschaft braucht Dichter, und in just diesem Moment findet das Festivalpublikum, dass Schweden den schillernden Eddie X mehr denn je braucht.

Eddie trägt noch um die zehn Gedichte vor, in denen er ungeschminkt ehrlich aus seinem Leben erzählt, und die Tourettes zucken und klappern im Hintergrund. Die Stimmung unter den Zuschauern ist prima. Alle fühlen sich wohl, liegen sich in den Armen, lachen und lächeln.

Sie leben in der besten aller denkbaren Welten.

Kapitel 2

ANSTÖSSE BEIM ANSTOSSEN

Als Eddie in den Backstage-Bereich kommt, hat Titus schon eine halbe Flasche Rotwein geleert. Eddie sieht ihn allein auf einer Bank ganz hinten im Bierzelt sitzen und drängelt sich vorsichtig durch die feiernde Menschenmenge.

Das Zelt ist proppenvoll. Trotzdem sind die Plätze neben Titus frei. Er könnte nicht sagen, ob das aus übertriebenem Respekt geschieht oder schlicht und einfach aus Abneigung. Dieses Muster verfolgt ihn schon ein ganzes Leben. Wird er geliebt oder gehasst? Geschätzt oder verachtet? Tja, wer weiß das schon? Es fühlt sich auf jeden Fall besser an – und nicht ganz so ausgeprägt –, wenn er eine Pulle Rotwein vor sich stehen hat.

Doch der liebenswerte Eddie setzt sich natürlich zu Titus. In Eddies Welt gibt es jede Menge Platz für die Liebe und all ihre Synonyme.

»Hallo Titus! Danke noch mal, das war echt lustig – du kannst wirklich aus allem großes Kino machen. Du bist einfach großartig.«

»Oh, vielen Dank«, murmelt Titus verlegen. »Und, wie lief es bei dir so?«

»Ach ja«, sagt Eddie leichthin. »Das war schon ein feines Echo heute Abend. Wir waren uns nah. Ich liebe Festivalpublikum.«

»Schön.«

Titus hat gemischte Gefühle, was den heutigen Abend angeht. Natürlich machen solche Improvisationen Spaß. Die Leute schätzen seine Lesungen. Aber es würde noch mehr Spaß machen, wenn sie irgendwann auch mal Lust hätten zuzuhören, wenn er etwas aus seinen eigenen Büchern vorliest.

»Du, Eddie«, sagt Titus. »Ich muss dich mal was fragen.«

»Ja?«

»Ich bin ja alt genug, um dein Vater zu sein. Und ich verstehe deine Generation nicht so richtig. Wenn ich lese … glaubst du … ich meine … die lachen alle immer so viel … mögen die mich? Oder verhöhnen sie mich? Verstehst du, was ich meine?«

»Titus, Titus, Titus. Ich will ganz ehrlich sein. Liebe ist vielleicht ein großes Wort, ich weiß nicht … Aber sie sind fasziniert von dir. Du bist eine lebende Legende. Es ist bestimmt so, dass sie dich nicht komplett verstehen. Aber sie mögen das, was du ihnen gibst. Du schenkst ihnen große Erlebnisse, so viel steht fest. Und alle, die etwas geben, sind beliebt. Unbeliebt sind die, die nur nehmen. Die sind nur unserer Verachtung wert. Du aber gibst, Titus. Du gehörst zu den Menschen, die geben.«

Überrascht zieht Titus die Augenbrauen hoch. So hat er das noch nie gesehen. Dass er ein freigebiger Mensch sei. Eddie macht ihm wirklich gute Laune.

»Aha. Schön, dass du das so sagst …«

»Absolut, Titus. Und die königlichen Krankheiten waren die beste Lesung seit Langem. Dasselbe Kaliber wie damals, als du im Winter aus dem *Handbuch für den Volvo 245* vorgelesen hast. Weißt du noch?«

»Na ja, geht so. Damals hatte ich vorher ganz schön einen geschnasselt.«

»Ich garantiere dir: Du BIST beliebt. Und ich mag dich total. Darf ich dich auf was einladen?«

»Gerne ein Schnäpschen, ja.«

»Euer Wunsch ist mir Befehl, Maestro«, sagt Eddie und schwebt zur Bar.

Eddie hat eine starke Aura, und die wirkt wie ein Wärmeschild, wenn er durch eine Menschenmenge geht. Er braucht nie zu drängeln oder die Ellbogen einzusetzen, um seinen Platz zu halten. Ohne jede Anstrengung steht er plötzlich ganz vorne an der Bar und bestellt. Er tauscht ein paar Gutscheine gegen Schnaps und schwebt zurück zu Titus.

»Dunkel oder blond?«, fragt Eddie. Er hat einen großen, braunen Grog in der einen Hand und einen kleineren Drink mit Wodka in der anderen.

»Ich hätte gern den braunen, bitte«, sagt Titus etwas bemüht.

Er streckt die Hand gierig nach dem großen Glas aus und trinkt so hastig, dass er zweimal schlucken muss, um nicht loshusten zu müssen. Seine Augen schauen grimmig auf die verbliebene Flüssigkeit. Jetzt bloß nicht abhauen, mein Guter. Bleib schön bei Papa.

Eddie nippt an seinem hellen Wodkadrink. Er stellt ihn auf den Tisch und fährt mit dem Zeigefinger an der Kante des Glases entlang. Titus wirkt angespannt, denkt Eddie, vielleicht ist das hier nicht so ganz sein Milieu. Aber Eddie versteht sich bestens darauf, die Leute zu entspannen, ja, sie fast schon gefügig zu machen. Wie er zu sagen pflegt, gibt es keine größere Herausforderung als die, für das Wohlbefinden eines Mitmenschen zu sorgen.

Er überlegt, welches Gesprächsthema Titus entspannen könnte. Er ist ein erfahrener Menschenkenner und weiß sehr gut, wie ein Gesprächspartner denkt und funktioniert – nämlich ganz nach den drei grundlegenden Regeln menschlicher Konversation: Es ist langweilig, über dich zu reden, es ist okay, über andere zu reden, aber am allerschönsten ist es, wenn wir über mich reden.

»Wo hast du eigentlich gelernt, mit solchem Einfühlungsvermögen vorzulesen? Du warst bestimmt mal auf einer Schauspielschule, oder?«

»Oh nein. Aber ich les mir meine eigenen Texte immer laut vor, damit sie so nah wie möglich an der gesprochenen Sprache sind. Das macht den Text lebendiger. Vielleicht hab ich dadurch ja ein bisschen Erfahrung. Außerdem hab ich mittlerweile ja doch so einige Buchimprovisationen in dieser Art gemacht.«

»Im Ernst? Du warst nie auf der Schauspielschule? Deine Stimme klingt absolut geschult! So unglaublich erfahren.«

»Na ja, ich weiß nicht ... Wenn überhaupt, dann ist meine Stimme von Philip Morris geschult worden.« Titus lacht. »Und von Macallan und Absolut und Linie Aquavit. Haha, was für eine Teufelsschule ...«

Eddie lächelt zufrieden, als er sieht, wie sich Titus endlich entspannt.

»An was für einem Projekt sitzt du denn momentan so?«

»Na ja, also eigentlich ist es schon eine Weile her, dass ich was geschrieben hab. Ich meine, so einen richtig zusammenhängenden Text. Aber ich hab viele Fragmente.«

»Das klingt ja spannend«, sagt Eddie und lässt den Blick zum Zelt hinauswandern.

»Hmm, ja, schon irgendwie. Es sind schon ziemlich gute Texte. Vielleicht. Ich weiß auch nicht. Manchmal fühlen sie sich ein bisschen sperrig an. Aber wenn man die Texte nicht in irgendeine Genreschablone pressen kann, verkaufen sie sich ja nicht. Ist doch so. Wer würde schon ein Buch mit dem Titel *Fragmente* von Titus Jensen kaufen? Wie viel verkauft man von einem experimentellen Buch?«

»Stimmt, da hast du absolut recht!«, ruft Eddie.

Verkaufszahlen sind so ein Thema, das Eddie wirklich auf Touren bringt, obwohl man Dinge wie Finanzen und Geld normalerweise ja nicht unbedingt mit Liebeslyrikern in Verbindung bringt. Aber Gedichte kann nun mal keiner essen, nicht mal Eddie X.

»Es ist echt bescheuert«, fährt er fort. »Man MUSS in eine Schublade passen, um seine Bücher zu verkaufen. Ich meine, ich verkauf ja auch so gut wie nichts. Ich bekomm nicht allzu viele Tantiemen im Jahr. Ich lebe fast ausschließlich von dem, was ich mit meinen

Auftritten verdiene. Und dann eben noch die T-Shirts mit Aphorismen von mir. Im Grunde echt bescheuert, wenn man sich's mal so überlegt.«

»Genau! Immer muss man in so eine verdammte Schublade passen, um Bücher zu verkaufen! Man müsste … Verdammt, im Grunde müsste man echt mal einen Bestseller schreiben …«, sagt Titus verträumt und nimmt einen großen Schluck Grog.

»Genau! Ganz genau. Das müsste man!« Eddie nimmt ebenfalls einen ordentlichen Schluck. »Darauf trinken wir, Titus! Man müsste ganz einfach mal so einen richtigen Bestseller schreiben. So ist es!«

»Hmm, nicht mehr und nicht weniger. Einen Erfolgsknüller. Einen richtigen verdammten Megaseller. So einen, von dem die Leute Jahre später noch reden. Der Jahr für Jahr die Bestsellerlisten anführt!«

»Ja, darauf trinken wir!«

»Der in jede Menge Sprachen übersetzt wird!«

»Der Preise abräumt!«

»Der verfilmt wird!«

»Der fürs Theater adaptiert wird!«

»Der Schule macht!«

»Genau!«

»Das ist es!«

»Prost!«

»Prost!«

Die beiden Schriftsteller sind sich rührend einig. Man müsste einen Bestseller schreiben. Genau. Das ist es. Aber wie? Was für ein Buch müsste man da eigentlich schreiben? Sie sitzen eine Weile schweigend beisammen und gluckern und schlürfen aus ihren Gläsern. Natürlich ist Eddie derjenige, der als Erster wieder das Wort ergreift. Er deutet auf Titus' leeres Glas.

»Noch so einen? Ich hab jede Menge Gutscheine.«

»Danke, gern.«

»Aber in der Zwischenzeit musst du drüber nachdenken, wovon das Buch handeln soll.« Eddie lächelt warm. »Okay?«

»Haha … Na gut … ja …«, murmelt Titus, der inzwischen schon ein bisschen angeschickert ist.

Eddie schwebt wieder durch die Menge davon und stellt sich an die Bar. Er bekommt die Aufmerksamkeit des Barkeepers, der ihn strahlend anlächelt, sobald er von Eddies Ausstrahlung erfasst wird.

Titus sieht, wie sich Teile der Tourettes durch den Backstagebereich in Richtung Bierzelt bewegen. Er kennt sie gut. Lenny ist in Schweden eine Institution und wird von der Elite der Popkultur allerorten gepriesen. Unter einer Krankheit mit solchen Zwangsstörungen zu leiden und trotzdem große Kunst zu machen, so was verdient Respekt. Alle lieben Lenny.

Bei den Tourettes zucken und ruckeln alle Bandmitglieder. Lenny mit seinem seltsamen Ganzkörperblinzeln ist der Schlimmste. Das ist am schwersten zu beherrschen, wenn er auf der Bühne steht, da wogt er immer wie ein Roggenfeld bei starkem Wind. Aber die anderen stehen ihm darin nicht viel nach. Einer hat starke Tics im Gesicht, ein anderer macht lange Schritte, um ja nicht auf die Rillen zwischen den Fliesen zu treten, der nächste reißt plötzlich die Arme zur Seite wie zu einem spastischen Ehrengruß. Ein durch und durch unruhiger und chaotischer Haufen.

Schon komisch, denkt Titus, so viele verschiedene Typen und doch in einer Band vereint. Jeder für sich ist überhaupt nichts, aber zusammen sind sie was Großes.

Titus' Gedanken verharren an diesem Punkt.

Jeder für sich ist überhaupt nichts, aber zusammen sind sie was Großes. Fragmente und Puzzleteilchen. So ähnlich wie seine Texte.

Eddie kommt mit den neuen Drinks an den Tisch zurück.

»Titus Jensen, zukünftiger Bestsellerautor! Wie sieht's aus, ist dir was Originelles eingefallen?«

»Nein«, krächzt Titus, schon etwas fahrig, aber nicht minder enthusiastisch. »Aber ich bin da einer Sache auf der Spur, glaube ich. Wenn ich sage: ›Jeder für sich ist überhaupt nichts, aber zusammen sind sie was Großes‹ – was denkst du dir da?«

»Tjaa … na ja, ich weiß nicht …«

»Also, ich denke … könnte man … könnte man nicht alle möglichen Arten von Büchern nehmen und die zu einem zusammenfassen, sodass ein einziges Buch draus wird? Also dass es ganz viele Stile und Genres auf einmal abdeckt, oder so was in der Art?«

»Wie meinst du das? Sozusagen das einzige Buch, das der Mensch braucht? Ein Sammelbuch?«, fragt Eddie.

»Ja … vielleicht … Das heißt – ja, genau das! Ein einziges Buch, das alle anderen Bücher auf einmal ist.«

»Ha! Genial! Da trinken wir drauf! Mein Gott, wird sich das Ding gut verkaufen!«

»Jawohl! Prost! Ein einziges Buch, und doch wird es DER Bestseller in total vielen verschiedenen Kategorien! Krimi, Kochbuch, Diätratgeber, Managementliteratur, *Do-it-yourself*-Handbuch, Selbsthilfe, Glück, alles auf einmal!«

»Die ganze Palette!«, ruft Eddie.

»Das wird das beste Buch der Welt!«, stellt Titus fest und nimmt einen großen Schluck.

»Mit Abstand!«

»Das wird in jede Menge Sprachen übersetzt werden!«

»Und Preise gewinnen!«

»Verfilmt werden!«

»Und fürs Theater adaptiert!«

»Schule machen!«

»Genau!«

»Das ist es!«

»Prost!«

»Prost!«

Wieder sind sie sich rührend einig. Sie schauen sich an, in einem Moment großen Ernstes. Ist das hier einfach nur eine tolle Schnapsidee? Vielleicht ja, aber in diesem Augenblick fühlt sie sich ziemlich gravierend an, so als würde sie ein ganzes Leben umkrempeln. Ein Buch zu schreiben, das alle verschiedenen Bestsellerbereiche auf einmal abdeckt, würde seinen Verfasser unsterblich machen. Doch einen Versuch zu unternehmen und dann zu scheitern würde ihm auf ewig einen Ehrenplatz in der Enzyklopädie der Scheiternden sichern. Die Risiken sind groß. Schrecklich.

Was haben sie zu verlieren?

Ganz schön viel sogar.

Den ersten Platz, zum Beispiel.

Dieser Gedanke kommt ihnen gleichzeitig. Es ist wichtig, Erster zu sein. Erster, Erster, Erster! Sonst ist man verloren.

Oje oje, jetzt sollten sie gleich mal wieder ein bisschen zurückrudern. Auf einmal steht hier nämlich ganz schön viel auf dem Spiel. Die Blicke flackern, und sie lächeln sich schief an.

Schweigen.

Flatternde Lider.

Eddie, der in zwischenmenschlichen Dingen immer die Verantwortung übernimmt, ist der Erste, der das Wort ergreift.

»Ja, Mensch, Titus – das ist wirklich eine coole Idee. So ein Buch sollte echt mal geschrieben werden. Aber es ist wahrscheinlich unmöglich, die verschiedenen Teile zu einem Ganzen zusammenzufügen, meinst du nicht auch?«

»Ja … doch, absolut. Wenn es funktionieren würde, hätte es garantiert schon jemand gemacht, da bin ich sicher. Aber eine coole Idee ist es schon.«

»Ja …«

»M-hm …«

»Soll ich noch was zu trinken holen?«

»Ja, gerne. Dann kommen wir vielleicht auf noch bessere Ideen, oder?« Titus lacht bemüht.

»So ist es, Titus. Nein, ganz im Ernst – jetzt vergessen wir mal diese Sache und feiern einfach ein bisschen! Ich hol noch was zu trinken und sag Lenny und den Jungs Bescheid, dass sie sich zu uns setzen sollen. Keiner kann so feiern wie die Tourettes!«

Eddie geht Getränke und Freunde holen. Es wird eine lange Nacht, voller Gespräche, Gelächter und hitziger Gesichter.

Weder Titus noch Eddie bringen die Buchidee noch einmal zur Sprache.

Beide wissen, was auf dem Spiel steht.

Das beste Buch der Welt kann ewiges Leben schenken.

Aber nur einem von ihnen.

Kapitel 3

EINE STARLEKTORIN FÄNGT FEUER

Titus wacht auf dem Rücksitz seines Autos auf, mitten auf dem Parkplatz des Festivalgeländes. Er ist schweißgebadet. Die Sonne steht schon hoch am Himmel, man könnte Eier auf der Motorhaube braten. Die Luft im Auto ist verbraucht. Er macht eine Tür auf und plumpst in den kühlen schwedischen Frühsommermorgen. Die Vögel zwitschern, und rundherum sieht er Autos mit beschlagenen Fenstern, in denen andere Festivalbesucher liegen. Er geht zum Duschhäuschen, das noch so gut wie menschenleer ist, und stellt sich unter den Wasserstrahl, um einen klaren Kopf zu bekommen. Dabei schluckt er beträchtliche Mengen Wasser, um in seinem Körper einen Reinigungsprozess in Gang zu bringen.

Die Idee kommt ihm immer noch gut vor. Jetzt fast noch besser. Genau so etwas hat er gebraucht. Ein großes Projekt, in dem er seine ganze Kraft kanalisieren kann.

Er kauft sich ein plattgedrücktes Käsebrötchen am Kiosk und geht zum Auto. Wohin Eddie wohl verschwunden ist? Sie haben gestern noch lange gefeiert, und dann war Eddie auf einmal weg. Irgendjemand meinte, Eddie habe noch in der Nacht eine Mitfahrgelegenheit nach Stockholm wahrgenommen.

Titus setzt sich ans Steuer und holpert von der Wiese, die während des Festivals als Parkplatz herhalten muss. Als er auf der Straße ist, holt er sein Handy aus der Tasche und ruft seine Lektorin vom Winchester Verlag an.

»Hmmja, hallo, hier ist Astra Larsson?«

»Hallo Astra, hier ist Titus. Entschuldige, dass ich dich so früh am Sonntagmorgen anrufe.«

»Ah, hallo Titus! Ähm, also, ich komm tatsächlich noch nicht so richtig in die Gänge heute Morgen. Ich bin gestern Abend weggewesen und hab bis drei Uhr morgens getanzt. Wir hatten Mädelsabend, und das Ganze ist dann … ein bisschen ausgeartet …«

»Klingt super. Du, ich hab da eine richtig tolle Idee, über die wir uns unbedingt unterhalten müssen. Wann können wir uns treffen?«

»Oh, ich weiß nicht, ich hab jetzt im Bett meinen Terminkalender nicht griffbereit. Irgendwann nächste Woche?«

»Nein, nein, nein! Die Sache ist viel eiliger. Du musst dir das unbedingt anhören. Kann ich nicht heute Abend vorbeikommen?«

»Nein, also, ich weiß nicht. Ich bin noch zum Abendessen bei Evita Winchester eingeladen. Der Wille der Chefin ist Gesetz, du weißt schon. Sie hat sämtliche Lektoren eingeladen, damit wir uns über das nächste Frühjahrsprogramm unterhalten können.«

»Aber das passt doch perfekt!«, schreit Titus. »Ich schaff es auf jeden Fall noch vor dem Abendessen zu dir! Wann musst du dort sein?«

»Um fünf«, sagt Astra. »Du machst mich ja wirklich neugierig, Titus. Was ist denn passiert?«

»Erzähl ich dir dann. Ich bin spätestens um vier bei dir. Und hinterher kann ich dich dann noch zur Djurgårdsvilla fahren, okay?«

»Na gut.«

»Danke, Astra. Danke.«

»Bis dann.«

Kapitel 4
ZU HAUSE BEI ASTRA

Um drei klingelt Titus an Astras Tür. Er ist noch nie gerne mit dem Fahrstuhl gefahren, deswegen geht er die Treppen bis zu Astras Wohnung hoch. Er keucht und ist leicht verschwitzt, als Astra ihm aufmacht.

»Hallo Titus, na so was, du bist schon da? Schön, dich zu sehen. Du siehst ja aus, als hättest du … dich gut amüsiert oder so was.« Astra sieht so hübsch und frisch geduscht aus wie immer.

»Hallo«, keucht Titus. »Na, alles in Ordnung?«

»Wie lief es auf dem Festival? Was haben sie dir denn diesmal aufs Auge gedrückt?«

»*Die Krankheiten der Schwedischen Könige*. War ein voller Erfolg.«

»Aha. Na, freut mich zu hören. Glückwunsch, kann man da wohl sagen.«

»Du klingst so ironisch …«

»Na ja, du weißt schließlich, wie ich über diese ganze Sache denke. Kann schon sein, dass das ganz toll ist. Aber ich glaube nicht, dass es für deine Marke als Schriftsteller besonders gut ist.«

»Meine Marke?«, wiederholt Titus gereizt. »Ich kriege ein Honorar dafür, Mann! GELD ist gut für meine Marke. Aber vielleicht hast du ja schon Pläne, meine Tantiemen zu erhöhen? Hm?«

»Entschuldige, Titus, entschuldige. Ich hab das bloß so dahingesagt. Und jetzt komm erst mal rein.«

Titus betritt ihre Wohnung und schleudert im Flur die Schuhe von den Füßen. Hier sind sie in bester Gesellschaft. Astra hat bestimmt zwanzig Paar in ihrem Flur stehen. Leichte, filigrane Schuhe, die verdammt teuer aussehen. Und die hervorragend zu Astras jungen, glatten, schlanken Beinen passen.

Astra steht schon in der Küche und wühlt hinter dem Tresen.

»Was kann ich dir anbieten, Titus?«, ruft sie ihm zu, als er das Wohnzimmer durchquert. »Espresso? Latte? Ein Bier?«

»Ach ja, ein Bier wäre jetzt prima!«

»Gut.«

Astra holt ein Bier heraus, und Titus nimmt auf der anderen Seite des Tresens Platz. Er fährt sich mit der einen Hand über seinen stoppeligen Schädel und macht mit der anderen die Bierdose auf. Dabei sieht er gelinde gesagt mitgenommen aus. Dann schüttet er sich fast die Hälfte der Dose in wenigen Zügen hinunter. Astra schaut ihn erst nur etwas verwundert an, zieht ihre Brauen dann aber bei jedem Schluck von Titus noch mehr in die Höhe. Das sieht nicht wirklich gesund aus, scheint sie zu denken.

Sie weiß sehr gut, was Sache ist. Schon als sie Titus Jensen vor ein paar Jahren »geerbt« hat, hat man sie gewarnt, dass er seine Kerze an beiden Enden abbrennen lässt und alles andere als sparsam mit sich umgeht. Der vorherige Lektor war mit Titus' leerem Geschwätz und der ständigen Sauferei nicht zurechtgekommen. Astra, die sich im Verlag innerhalb kürzester Zeit durch ihre Willenskraft und ihre literarische Spürnase einen Namen gemacht hatte, durfte ihn übernehmen und erhielt den Auftrag, seine Arbeit nach Möglichkeit in die richtigen Bahnen zu lenken. Doch nachdem seine schriftstellerische Produktion schon lange nicht mehr recht in Fahrt gekommen ist, gab es auch keine Bahnen, in die Astra sie hätte lenken können. Titus drehte sich nur immer im Kreis.

Doch nun sieht es ja ganz so aus, als wäre die Glut in ihm wieder angefacht worden. Astra verspürt eine Mischung aus Hoffnung und Sorge.

»Na, hast du gefeiert gestern?«, fragt sie.

»Ääh, ja. Ja, ja. Richtig schön. Eddie X hat gestern moderiert. Und er ist mit Lenny aufgetreten, du weißt schon, mit diesen Tourette-Jungs. Ich glaube, Lenny und Eddie kennen sich schon seit der Kindheit. Lenny ist echt ein bisschen bescheuert. Wir haben gestern die ganze Nacht gefeiert, und am Ende konnte Lenny nur noch sagen: ›Sch-sch-… Sch-sch-… Scheiß doch die Wand an! Sch-sch-… Scheiß …. d-d-doch die W-w-wand an!‹ Immer wieder, die ganze Zeit. Der saß bloß noch da und hat gezuckt und ›Scheiß doch die Wand an‹ gesagt. Der Mann war völlig fertig.«

»Gegen so was gibt es Medikamente.«

»Ja, aber die will er nicht nehmen. Er meint, dass die ihn abstumpfen.«

»Tja, weiß man's? Also, ich würde liebend gern ein bisschen Abstumpfung in Kauf nehmen, wenn ich nur noch ›Scheiß doch die Wand an‹ sagen könnte. Aber …«

»Wie auch immer«, sagt Titus, der so schnell wie möglich zu seiner Buchidee kommen möchte. »Dieses Fest hat mich geradezu aufgerüttelt. Und da kam mir plötzlich eine unglaublich gute Idee. Hör mal her.«

Mit großen Gesten beginnt Titus von dem Buch zu erzählen, das alle Bestsellerlisten in sämtlichen Kategorien gleichzeitig anführen soll. Mit der Handlung ist er schon ziemlich weit. Die Hauptperson soll ein übergewichtiger Kommissar werden, der seine beruflichen Ambitionen schon lange begraben hat. Aber indem er großartige Gerichte mit speziellen Zutaten kocht, beginnt er langsam aber sicher abzunehmen. Wie sich herausstellt, ist der Gewichtsverlust von Dauer. Und die Diät verleiht ihm schon bald neue Kräfte, er bekommt mehr Selbstvertrauen und wagt es, neue Ziele im Leben und in seinem Job anzuvisieren. Auf einmal wird alles viel leichter. Durch seine neue Sicht auf die Welt beginnt er auch die Arbeitsmethoden der Polizei zunehmend infrage zu stellen. Die unorthodoxe Detektivarbeit, die sich aus diesem Ansatz ergibt, trägt schon bald Früchte, und wie es aussieht, kann auch eine Reihe ungelöster Serienmorde endlich aufgeklärt werden. Wäre da bloß nicht sein Vorgesetzter, der unsympathische Polizeichef, der den Korpsgeist beschwört und sich darauf beruft, »wie die Polizei schon immer gearbeitet hat«. Der Held des Buches, der mittlerweile normalgewichtige Polizeikommissar, zettelt eine Revolution von unten an – das ist der Beginn einer radikalen Umstrukturierung. Insgesamt entsteht so ein Entwicklungsroman in ganz großem Stil. Die Verbrecher müssen zittern.

Astra hört Titus mit wachsendem Interesse zu. Sie hat ihn noch nie so engagiert gesehen.

»Verstehst du?«, krächzt er weiter. »Kannst du mir folgen? Mit diesem Rahmen bleibt mir genug Raum für Weisheiten, Rezepte und *Do-it-yourself*-Tipps. Ich kann so viel hineinpacken, wie ich nur will.«

»Das glaub ich dir gern«, antwortet Astra langsam. »Ich glaube es tatsächlich.«

»Und, was meinst du jetzt dazu? Findest du, ich sollte loslegen?«

Astra überlegt so angestrengt, dass man es rattern hört. Einerseits hält sie das Ganze für eine gute Idee. Eine richtig gute Idee. Geradezu genial. Sie weiß, dass Titus hervorragend schreiben kann, und ein Genrewechsel würde seine Blockaden bestimmt lösen. Andererseits ist es ein völlig irrwitziges Projekt. Einen mehr oder weniger alkoholisierten Verfasser mit dem Auftrag loszuschicken, einen Bestseller zu schreiben, so was kann kein gutes Ende nehmen. Man kann unmöglich im Voraus ahnen, was für Bücher sich verkaufen, so viel ist ihr klar. Wenn sie Titus jetzt falsche Hoffnungen macht, wird sein Feuer vielleicht für immer verlöschen. Und wie soll sie das Projekt bei Winchester vorstellen? Wenn sie erzählt, dass sie Titus Jensen zu einem Welterfolg machen will, wird man sie auslachen. Das ist ein Risiko, das sie ganz gewiss nicht eingehen will. Aber manchmal muss man sich doch auch mal ein bisschen aus dem Fenster lehnen, oder? Was zum Teufel soll sie bloß tun?

Sie braucht Zeit zum Nachdenken. Gleichzeitig verdient Titus aber eine Reaktion. Ein Lektor muss Unterstützung und Zuspruch geben, das ist das Wichtigste. Abgesehen von der Vorschusszahlung natürlich.

»Die Idee ist großartig, Titus. Wirklich. Es ist sogar die beste, die ich seit Jahren gehört habe. Außerdem glaube ich, dass das Buch sehr positiv aufgenommen werden könnte, wenn du hinter diesem Projekt stehst. Du bist ganz einfach noch nicht vorbelastet.«

»Vorbelastet?«

»Gerade du könntest damit gute Rezensionen ernten. Niemand wird glauben, dass du das machst, um einen kommerziellen Erfolg zu erzielen. Wenn du Krimiautor wärst, würde man dich gnadenlos kritisieren. Oder – noch schlimmer – wenn du Diätassistent, Koch, Pfarrer oder Managementguru wärst. Aber du bist Titus Jensen, der düstere Romanschriftsteller.«

»Ist denn irgendwas falsch daran, Geld damit zu verdienen?«

»Kein richtiger Schriftsteller schreibt, um Geld zu verdienen, das weißt du sehr gut. Deswegen kann jemand, der Geld verdient, auch kein richtiger Schriftsteller sein.«

»Hm … Könnte ich wohl noch ein Bier haben?«

»Wolltest du mich nicht gleich zur Winchester-Villa fahren?«

»Mann, das ist doch bloß ein leichtes Bier!«

»Ja, ja …« Resigniert holt Astra noch ein Bier aus dem Kühlschrank.

»Also, was meinst du?«

»Ich will ganz ehrlich sein, Titus. Die Idee ist wirklich überirdisch gut. Gleichzeitig sehe ich bei dem Projekt aber auch eine Reihe von Risiken. Sowohl für dich als auch für mich und den Verlag.

Ich werde heute mit Evita darüber reden, das verspreche ich dir. Ich werde sie bitten, dass ich das hier als heimliches Projekt betreuen darf, von dem nur du, ich und sie wissen. Wenn sie Ja sagt, kommt der Vorschuss in einem Brief mit der Post. Wenn sie Nein sagt, dann weiß ich auch nicht … Was meinst du, wollen wir ihr die Entscheidung überlassen? Ich verspreche dir, ihr die Idee so vorteilhaft wie nur möglich zu präsentieren.«

»Soll ich draußen im Auto warten oder was? Kann ich Evita die Idee nicht selbst vorstellen? Ich schreibe schon seit Jahren Bücher für Winchester. Die müssen doch … zumindest ein bisschen an mir verdient haben.«

»Glaub mir, Titus – und ich bin jetzt wieder ganz ehrlich – Evita ist eine toughe Frau, das weißt du. Du siehst im Moment nicht ganz glaubwürdig aus. Und deine Fahne ist auch nicht gerade der überzeugendste Duft, der mir jemals untergekommen wäre. Ich kann dir versichern, du willst sie heute lieber nicht treffen. Ich ruf dich morgen an. Ist das okay?«

»Okay …«

Titus gibt sich vorerst damit zufrieden. Was bleibt ihm auch anderes übrig?

Sie unterhalten sich noch ein bisschen über das Buch, und mit welchen Zutaten man es noch weiter auffüllen könnte. Je mehr sie über die Handlung reden, desto besser kommt sie ihnen vor.

Als Titus Astra zu Evita Winchester fährt, sind sie vergnügt und ausgelassen. Dann fährt Titus zurück nach Söder und parkt das Auto vor seiner Wohnung.

Er ist glücklich, aber auch müde. Nach einem harten Arbeitswochenende und den zähen Verhandlungen mit seiner Lektorin braucht er seine wohlverdiente Ruhe. Vielleicht sollte er sich mit einem ordentlichen Abendspaziergang stärken, bevor er früh ins Bett geht?

Nach zehn Minuten sitzt er rauchend an seinem Stammplatz im Schriftstellerverband.

Es wird ein langer, hochprozentiger Spaziergang.

Kapitel 5

EVITAS BEDINGUNGEN

In Titus' Kopf läutet eine Türklingel. Erst ein kurzes Signal. Dann noch eins. Und dann ein paar etwas wütendere. Das Geräusch, wie die Klappe zum Briefschlitz von außen geöffnet wird. In seinem Kopf knirscht es. Eine Stimme ruft »Hallooo!« in eine Dose. Ein lang gezogenes, hitziges Klingeln dröhnt ihm im Kopf. Driiiing … klack … hallo … driiing … knirsch … halloooo …

Jetzt hör doch endlich auf.

HÖR AUF!

Titus wacht auf. Irgendjemand klingelt an seiner Haustür, wird ihm klar. Da er schon angezogen ist, stolpert er direkt zur Tür und macht auf.

Astra. Und sie sieht nicht erfreut aus, als sie Titus' Aussehen bemerkt. Seine Augen sind gerötet, und er riecht wie ein abbruchreifes Raucherzimmer.

»Verdammte Hacke, Titus! Was treibst du eigentlich?«

»Äh … ich hab gestern ein bisschen im Schriftstellerverband gefeiert.«

»Gefeiert? Wieso das denn?«

»Äääh … hatten wir gestern denn kein gutes Gespräch? Ich fand schon. Ich hab weiter über das Buch nachgedacht und mit ein paar Gläschen gefeiert. Aber ich bin so furchtbar erkältet, deswegen hat es viel mehr reingehauen als sonst.«

»Ja, ja, schon gut, erspar mir deine Ausreden, ja?«

»Hmm … aber was führt dich denn her? Wie ist es gestern bei Evita gelaufen?«

»Eben darum bin ich hier.«

»Aha …«

»Und ich musste es mal mit eigenen Augen sehen«, fügt Astra hinzu und deutet mit einer Armbewegung auf Titus' Wohnung.

Die Wohnung ist so klein, dass man alles mit einer einzigen Kopfbewegung sehen kann. Aber wenn man sie durchgehen und alles sortieren wollte, würde man Wochen brauchen. Bücher, Zeitungen, Schmutzwäsche, Abwasch und Krimskrams. Titus' Wohnung ist ganz einfach von oben bis unten voll mit Plunder.

»Was willst du ›mit eigenen Augen sehen‹?«, gähnt Titus.

»Wie du lebst natürlich.«

»Arbeitest du heute fürs Sozialamt oder worum geht es hier, verdammt?«, krächzt Titus genervt, als er begreift, dass man hier seinen Lebensstil unter die Lupe nimmt. »Willst du einen Kaffee?«

»Ja, gern.«

Titus geht zu seiner Kochnische, leert den Filter seiner Kaffeemaschine in den Ausguss und setzt einen neuen auf. Dann schaut er in den Küchenschrank und holt etwas hartes Brot und eine gründlich ausgequetschte Tube Kaviaraufstrich heraus.

»Magst du nicht ein bisschen Brot?«, schlägt er ironisch vor, als er Astras gerümpfte Nase bemerkt.

»Nein, danke«, antwortet Astra lächelnd.

»Na, jetzt erzähl schon, was hat sie gesagt?«

Astra setzt sich auf einen Stuhl und holt tief Luft.

»Zwei Dinge hat Evita gesagt. Erstens hält sie das für die beste Idee, die ihr seit Jahren zu Ohren gekommen ist. Mit dem richtigen Autor könnte das ein Welterfolg werden.«

»Im Ernst? Mann, das freut mich vielleicht!«, platzt Titus heraus und fängt an zu lachen.

»Wart's ab, Titus. Das Zweite, was sie zu sagen hatte, ist ein bisschen härter zu verdauen. Sie meint … dass du nicht der richtige Autor dafür bist.«

Titus hustet den letzten Schluck Kaffee wieder heraus, dass es nur so über den Küchentisch und seinen Brotkanten sprüht. Er trocknet sich das Kinn mit dem Pulloverärmel ab.

»Was redest du denn da fürn Scheiß? Ist die bescheuert? Das ist *mein* Buch, fertig, aus.«

»Titus, Evita und ich haben uns sehr lange unterhalten. Sie meint das, was sie sagt. Sie weiß, wie du lebst. Und sie sagt: Titus Jensen ist nicht der richtige Autor für *Das beste Buch der Welt*. Aber er kann es werden. Er – kann – es – werden.«

»Was?«

»Du kannst der richtige Autor WERDEN! Ich meine, wir wissen beide, dass rein qualitätstechnisch du der Einzige bist, der dieses Projekt überhaupt stemmen kann. Aber wenn Winchester es herausgeben und dir einen Vorschuss zahlen soll, musst du gewisse Bedingungen akzeptieren.«

»Ach ja …?«

»Nummer eins: Du musst vollständig trocken werden.«

»Was ist denn das für ein Schwachsinn? Das klingt ja fast so, als wäre ich Alkoholiker. Verdammt! Es gibt ja wohl einen Unterschied, ob man einfach ab und zu mal die Sau rauslässt oder ob man ein versiffter Alki ist. Ich feier weiß Gott gerne, aber … Mann, ich bin doch kein Säufer!«

»Nein, nein. Wie auch immer. Du musst trocken werden. Solange du das Buch schreibst, darfst du keinen Tropfen Alkohol trinken.«

»Das ist doch völlig überzogen …«, protestiert er schwach, aber lässt es vorerst dabei bewenden.

»Zweitens: Du muss dein Material beschränken. Dieses Buch könnte problemlos dreitausend Seiten lang werden. Du musst zustimmen, dass du das Material auf maximal zweihundertfünfzig Manuskriptseiten beschränkst. Die Idee lebt davon, dass viele Genres in einem einzigen Buch versammelt werden, und die einzige

Art zu beweisen, dass einem das gelungen ist, liegt darin, dass man das Buch dünn hält.«

Titus schaut Astra an und nickt langsam. Sie wirkt entschlossen. Überlegt. Ein kurzes Manuskript ist viel schwieriger, denkt er sich. Aber das Buch soll erstklassig werden, ein Meisterwerk. Er will es, Astra will es, und Evita will es. Alle wollen es. Bedingung Nummer zwei ist gut, muss er sich eingestehen. Verdammt gut.

»Dünnes Buch. Geht in Ordnung«, sagt er mit ernster Stimme.

»Die dritte Bedingung ist die, dass der Arbeitsprozess hundertprozentig professionell sein muss. So gilt zum Beispiel absolute Geheimhaltung. Nur du, ich und Evita wissen von dieser Sache. Du schreibst das Buch im Sommer und hast Zeit bis Herbst. Du und ich, wir treffen uns in regelmäßigen Abständen, damit ich die Fortschritte deiner Arbeit nachvollziehen kann. Wir schreiben keine Mails zu diesem Buch. Niemals. Und wenn du immer schön trocken bleibst und arbeitest, bezahlen wir dir anschließend deinen Vorschuss.«

»Anschließend! Dann ist es ja wohl kaum ein Vorschuss!«

»Doch, das Buch kommt nämlich erst im Frühjahr heraus. Wir reservieren einen Platz in der Frühjahrsvorschau und machen mit der Druckerei einen Termin für die Woche nach Neujahr aus.«

»Das ist zeitlich ganz schön eng«, murmelt Titus.

»Nicht, wenn du fünf Tage die Woche jeden Tag acht Stunden arbeitest!«

»Aber am Wochenende darf ich schon mal ausspannen, oder?«

»Saufen, meinst du?«

»Jetzt hör schon auf damit. Aber vielleicht ein, zwei Gläschen Wein am Freitag und am Samstag?«

»Nein. Du musst komplett abstinent leben. Bist du bereit dazu oder nicht?«

»Das ist doch eine total absurde Bedingung … Wie soll man einen Bestseller schreiben können, wenn man zwischendrin nicht mal ausspannen darf?«

»Das muss doch wohl machbar sein, oder nicht? Du bist doch eh nicht alkoholabhängig, hast du behauptet.«

»Nein, bin ich nicht!«, sagt Titus mit Nachdruck.

»Na also, dann ist das doch wohl kein Problem, oder? Sind wir uns einig?«

Titus sieht Astra an, dass es hier keinen Verhandlungsspielraum gibt. Außerdem kennt er Evita Winchesters Methoden. Sie bestimmt die Spielregeln. Astra ist nur ein Spielstein, wenn auch einer aus dem allerhärtesten Marmor.

»Na, dann mal los«, sagt Titus leise.

»Unterschreib hier«, sagt Astra und holt einen Vertrag hervor.

Titus sieht die Unterschriften von Evita und Astra ganz unten auf dem Blatt. Er kritzelt seinen Namen daneben.

Endlich schreibt er wieder.

Kapitel 6
AUSGESPERRT

Astra hat die Wohnung kaum verlassen, da klingelt es schon wieder. Titus steht gerade vor dem Kühlschrank, um nachzusehen, ob sich da nicht vielleicht doch noch ein allerletztes Bier findet. Ein kaltes, gutes Bier, zum Abschied, das den Durst für eine ganze Weile löschen muss. Es wegzuschütten wäre ja pure Verschwendung. Aber der Kühlschrank ist leer. Verdammt! Er knallt die Kühlschranktür zu und macht stattdessen die Wohnungstür auf.

Noch einmal Astra.

»Hallo Titus. Ich hab vergessen, dir ein paar wichtige Sachen dazulassen.«

»Aha …«

»Erstens musst du mit der Lektüre dieses Buches anfangen. *Aufräumen* heißt es. Es ist genial. Ich schwöre dir, wenn du das mal gelesen hast, bekommst du eine ganz neue Einstellung zum Putzen. Du wirst anfangen, dich zu Hause so richtig wohlzufühlen. Das bist du einfach wert.«

»Aha …«

»Und in dieser Tasche ist das Werkzeug, das du brauchst, um unser Projekt zu bewältigen. Ein Laptop.«

»Aber ich hab doch schon einen Computer …«

»Wenn du den Vertrag durchliest, wirst du feststellen, dass du das Buch auf dem Computer schreiben musst, den dir der Verlag stellt.«

»Aha. Und warum?«

»Weil er ein für uns akzeptables Sicherheitsniveau hat. Dein eigener Computer sieht furchtbar unzuverlässig aus. Dieses neue Gerät hat eine Speicherkarte, die nur geöffnet und gelesen werden kann, wenn man die richtigen Codes hat. Die Harddisk macht automatische Back-ups auf dieser Speicherkarte, die du hier seitlich einschiebst. Wie du siehst, gibt es mehrere davon. Wenn wir uns zu einer Zwischenbesprechung treffen, gibst du mir einfach eine Speicherkarte, dann kann ich das Manuskript lesen. Aber das Wichtigste von allem ist, dass dieser Computer eine Alkoholsperre hat. Du musst in ein Röhrchen pusten, und er fährt bloß hoch, wenn du stocknüchtern bist.«

»Eine Alkoholsperre! Also echt jetzt, ich fass es nicht … Vertraut ihr mir etwa nicht? Hab ich mich nicht schon mit viel zu vielen Bedingungen einverstanden erklärt? Das ist doch völlig krank.«

»Alkoholismus IST eine Krankheit.«

»Aber ich BIN kein Alki, hab ich doch schon gesagt!«, schreit Titus.

»Nein, natürlich nicht«, schnauzt Astra zurück. »Aber dann dürfte es ja wohl auch kein Problem sein, dich in diesen Computer einzuloggen.«

»Das ist doch wohl unglaublich!«

»*Take it or leave it.*«

»Ja, ja. JA!«

»Okay, wir sehen uns. Viel Glück!«

Titus verabschiedet sich von Astra, sucht sich eine freie Fläche und klappt das Notebook auf. Gleichzeitig fährt an der Stelle, wo normalerweise der Startknopf sitzt, ein Plastikröhrchen heraus. Titus starrt auf das Röhrchen, das abwartend schwankt. Soll er sich so weit erniedrigen, in dieses Röhrchen zu blasen? Was hat er für eine Wahl? Er setzt den Mund an das Röhrchen und bläst hinein.

Es dauert ein paar Sekunden, bevor der Bildschirm angeht und sich ein Fenster öffnet.

Willkommen, Titus!
Im Moment kannst du nicht auf mich zugreifen. Die Zeit, die es voraussichtlich dauern wird, bis der Alkohol in deinem Blut abgebaut ist, beläuft sich auf acht Stunden. Du bist herzlich eingeladen, es ab 19 Uhr noch einmal zu versuchen.
Einen schönen Tag noch!

Der Monitor schaltet sich von selbst wieder ab.

Titus fühlt sich zutiefst gekränkt. Erniedrigt. Gleichzeitig ist er ein wenig erschüttert. Natürlich hat er sich selbst schon gefragt, ob er ein falsches Verhältnis zu Alkohol und Drogen hat. Es kommt ihm so vor, als hätte er das schon Tausende Male getan. Aber er feiert einfach gar zu gern. Es ist fast das Einzige, was er noch so richtig gut kann.

Niemand hat jemals behauptet, dass er Alkoholiker sei. Nicht so richtig direkt jedenfalls. Vielleicht hat mal irgendjemand gesagt, dass er das »etwas ruhiger angehen lassen« oder »etwas netter zu sich selbst sein« solle und so was in der Richtung. Aber als Alkoholiker beschuldigt zu werden, das geht doch noch einen deutlichen Schritt weiter. Es fühlt sich ungut an.

Wie viele halten Titus eigentlich für einen ollen Alki? Aus Astras Mund klang das so, als würde die ganze Welt so denken. Lachen die Leute deswegen so laut, wenn er auf seinen Lesungen improvisiert? Ist er einfach nur ein jämmerlicher Suffkopp, der lustige Sachen sagt, sobald man ihn mit Alkohol und Drogen abfüllt? Wie würde er selbst von so jemandem wie ihm denken? Das heißt natürlich, wenn er nicht Titus Jensen wäre … also ganz »objektiv« …

Die Erkenntnis trifft ihn wie ein Baseballschläger. Er lässt sich aufs Sofa plumpsen, bleibt lange dort sitzen und starrt ins Leere.

Ein Suffkopp ist er. Früher war er mal ein intellektueller Schriftsteller, der etwas zu sagen hatte. Jetzt ist er nur noch ein schlechter

Witz. Eine pathetische, schwarz gekleidete Schriftstellermissgeburt, die Alkohol und Drogen in allen Formen liebt. Er riecht wie ein Stinktier. Er sieht abgerissen aus. Wann sind die Dinge so aus dem Ruder gelaufen? Wann ist ihm das Feiern wichtiger geworden als alles andere?

Kann er das Schiff wieder auf Kurs bringen? Er muss. Wenn es ihm nicht gelingt, *Das beste Buch der Welt* zu schreiben, ist er erledigt. Dieses Projekt ist wichtiger als alles andere. Es wird Zeit für eine Entscheidung, Titus Jensen. Bist du Mann oder Maus? Schriftsteller oder Alki?

Ja, *Das beste Buch der Welt* ist sein Rettungsring. Er fühlt es mit jeder Nervenfaser seines Körpers. Das ist der Wendepunkt, auf den er schon lange gewartet hat.

Schritt für Schritt breitet sich Ruhe in seinem Gehirn aus. Jede Menge kleine Türen, die zu Rastlosigkeit und Begehrlichkeiten führen, schlagen zu. Er ist sich durchaus bewusst, dass er nur eine Chance hat, diese Türchen auch geschlossen zu halten: Er muss sich ganz von der Kraft anstecken lassen, die vom *Besten Buch der Welt* ausgeht. Jede Minute muss mit Energie gefüllt werden. Und wenn sich wieder eine leere Minute nähert, muss er sofort das Kommando übernehmen. Und muss diese Minute in die Arbeit werfen. Und auch die nächste Minute, Stunde und Woche. Lieber besessen sein als besoffen, denkt er.

Mithilfe von Astras Putz-Buch beginnt er, wie wild seine Wohnung aufzuräumen. Er füllt eine Mülltüte nach der anderen mit den Resten seines alten Lebens. Saugt Staub, schrubbt und fegt. Er rennt rauf und runter zur Mülltonne. Er bügelt Hemden. Bügelt Laken. Er kann das! Er will das! Seine Stirn ist schweißgebadet, und seine Haut dampft von all den Giften, die seinen Körper verlassen.

Lieber besessen als besoffen, sagt er immer wieder zu sich selbst. Lieber besessen als besoffen.

Kapitel 7

LERNEN FÜRS LEBEN

Inzwischen ist es Abend geworden. Es riecht sauber. Titus hat geduscht und das Bett frisch bezogen. Er ist völlig high. Aber nicht von den gewohnten ollen Drogen. Heute Abend ist er trunken von seinen neuen Gelöbnissen und high vor lauter Schreiblust.

Titus bläst ins Röhrchen und blinzelt nervös auf den Bildschirm. Kurz darauf grinst ihm ein Fenster entgegen:

Hallo Titus!
Wird es langsam Zeit, mit der Arbeit anzufangen? Dann herzlich willkommen. Nach sechs Stunden schalte ich ab und speichere deine Arbeit. Wenn du zwei Stunden später weiterschreiben willst, musst du nur ins Röhrchen blasen und weitermachen. Aber vergiss nicht: Wenn du drei Tage lang nicht gepustet hast, werden deine Dateien gelöscht und du musst von vorne anfangen. Viel Glück!

Drecksmonster, denkt Titus. Aber er ist nicht im Geringsten wütend. Im Gegenteil. Er sieht ein, dass er sich mit Routinen und Regeln ausstatten muss, um das hier zu bewältigen.

Als Erstes muss er eine Checkliste schreiben und sich ein paar menschliche Grundthemen notieren, über die er mehr Informationen braucht.

Liebe: Alles über Beziehungen, Frauen, Männer, Nähe, Sex und Erotik. Von Small Talk und Küsschen bis zu Konversation und Ficken.

Psychologie: Menschliche Triebfedern, Führung und verschiedene Therapieformen in Theorie und Praxis. Gendertheorie und psychische Krankheiten. Wer gewinnt und wer verschwindet?

Verbrechen: Täterprofile, besinnungslose Gewalt, ökonomische Motive und andere Triebfedern. Vielleicht auch noch etwas über Rassenunterschiede und Klassenkampf. Gerichtsverfahren und Strafmaße.

Essen: Ernährungsphysiologie, Geschichte des Essens, Geschmacksrichtungen, Küchentraditionen, Kochkunst und Rezepte. Wie man schlachtet, häutet und zerlegt. Und alles über Hering! Hering ist lecker.

Er lässt den Blick auf der Liste ruhen. Mehr fällt ihm im Moment nicht ein. War da nicht noch mehr? Ist das das gesamte Wissen, das er sich beschaffen muss, um *Das beste Buch der Welt* zu schreiben? Pah! *Piece of cake.*

Jetzt braucht er nur noch eine Arbeitsmethode. In einem halben Jahr muss das Buch fertig sein. Es dauert mindestens drei Monate, um einen ersten Entwurf zustande zu bringen. Aber er kann nicht drei Monate lang Wissen sammeln und sich die ganze Schreibarbeit bis zum Schluss aufsparen, das wäre einfach zu riskant. Nein, zuerst sollte er ein paar grobe Richtlinien festlegen, damit er weiß, wonach er suchen muss, wenn er seine Recherchen beginnt.

Was auch immer er schreibt, er muss sich in allem kurzfassen. Jeder Abschnitt muss so gehaltvoll sein wie ein *Do-it-yourself*-Buch. Jede Seite bekommt ihr eigenes Leben. Wenn er auch nur im Geringsten abschweift, begeht er ein Verbrechen gegen die Seele des Buches. *Das beste Buch der Welt* muss ganz einfach randvoll sein mit Gefühl, Handlung und Fakten. Ja, da hat er ihn, des Pudels Kern, in nur drei Worten! *GEFÜHL, HANDLUNG, FAKTEN*, schreibt er unter die Liste der Dinge, über die er mehr in Erfahrung bringen will. Um dieses Ziel zu erreichen, muss er bereit sein, heilige Kühe zu schlachten, Erklärungen auf ein Minimum zu reduzieren und alles tote Fleisch aus dem Text zu entfernen. *KURZ UND KNAPP*, schreibt er zuletzt noch. Es muss sogar noch knapper werden als knapp, denkt er und speichert das Dokument unter dem Namen: »Manifest für *Das beste Buch der Welt*«.

Titus lehnt sich zurück und betrachtet den Bildschirm. Ein gutes, geradezu vielversprechendes Tagewerk liegt hinter ihm. Jetzt hat er sich eine Belohnung verdient. Etwas richtig Festliches, Schönes.

Es ist schon ziemlich spät, und auf einmal spürt er einen Mordshunger, einen Mordsdurst und eine Mordslust auf Nikotin. Oje, das hat ja nicht lange auf sich warten lassen! Jetzt muss er einen Weg finden, um den Abend zu überleben. Essen und Wasser muss er haben, sonst stirbt er. Aber mit Zigaretten und Alkohol ist jetzt Schluss. Denn sobald er eine raucht, kriegt er immer eine unbezähmbare Lust auf Bier oder Wein. Und wenn er erst mal anfängt, Bier oder Wein zu trinken ... dann gibt es kein Halten mehr.

Er weiß, dass sein Gehirn komplett nach dem alten, viel zu großzügigen Belohnungssystem programmiert ist. Müde oder traurig? Trink ein Gläschen! Ach, du hast was gut gemacht? Rauch doch eine! Schlapp und missverstanden? Rauch eine und trink ein Gläschen dazu! Mist gebaut? Bestens vorangekommen? Bist du schon dabei, nimm doch einfach zwei!

Nein, wenn er das hier schaffen will, muss er sein Gehirn umprogrammieren. Es in den Zustand seiner Kindheit zurückversetzen, als es noch nicht gelernt hatte, dass Rauchen und Saufen so toll ist. Es ist also keine Gehirnwäsche erforderlich, sondern das genaue Gegenteil. Titus ist schon viel zu lange einer Gehirnwäsche unterzogen worden. Gespült und geschleudert in Alkohol und Nikotin, wiederholte Male. Sein Verstand ist schon ganz fransig und ausgewaschen. Aber von jetzt an muss sein Gehirn ganz ohne Waschmittel zurechtkommen und sich auf Selbstversorgung umstellen. Jedes Mal, wenn er den Drang nach den gewohnten Drogen verspürt, muss er an etwas Schönes denken, statt Alkohol und Nikotin zu konsumieren. Gute Gedanken denken, sich schöne Bilder vorstellen. Vorbilder.

Um sich den Weg zu versperren, wenn sein Hirn mal wieder in die falsche Richtung irrt, versucht Titus Bilder zu finden, auf die er rasch zurückgreifen kann. Er blättert in seinem Kopf und wühlt ein paar Minuten in einer großen Menge an Drohvorstellungen und Belohnungsbildern. Am Ende entscheidet er sich für zwei, die er bei Bedarf verwenden will.

Auf dem einen Bild ist er ein erwachsener Mann, aber nur so groß wie ein Baby. Er liegt in einer Art Entbindungssaal an der Brust seiner Mutter. Seine Bartstoppeln haben ihr die eine Brust aufgescheuert, sodass es unter seinem Kinn ganz rosa ist. Im Mund hat er eine Zigarette, in der Hand ein großes Glas Whisky. Seine Mutter weint heftig und hält sich die Nase zu.

Auf dem anderen Bild ist Titus ungefähr zwölf und noch ohne Bartwuchs. Er hat den Kopf auf die entblößte Brust einer jungen Frau gebettet und ein Buch in der Hand. Man kann das Gesicht der Frau nicht erkennen, aber ihre Brustwarzen sind steif und uneben. Wer ist sie? Titus hat einen weißen Milchbart auf der Oberlippe und schaut dem Betrachter schweigend in die Augen, also Titus selbst.

Titus sieht beide Bilder abwechselnd vor sich. Der Drang nimmt ab. Je öfter er die Bilder hervorholt, desto mehr Details treten hervor. Deutlich oder überdeutlich? Ist doch egal, denkt Titus. Solche Bilder im Gehirn funktionieren jedenfalls. Sie müssen funktionieren! Funktionieren, funktionieren, funktionieren!

Lieber besessen als besoffen. Lieber besessen als besoffen. Lieber besessen als besoffen.

Kapitel 8
EINE BEGNADETE PIZZA

Essen. Essen, Essen, Essen. ESSEN! Ich hab Hunger! Bitte, es muss doch wohl möglich sein, dass ich was zu essen bekomme! ESSEN, ESSEN, ESSEN!

Titus' Gehirn dreht durch. Er läuft aus seiner Wohnung, rennt die Treppen hinunter und auf die Straße. Luft. Einmal tief durchatmen. Essen! Ich brauch was zu essen! Er schaut sich um. Pizza! Rennt in die Pizzeria an der Ecke und liest die Speisekarte. Nichts Ausgefallenes jetzt, Titus, das dauert zu lang!

»Eine Quattro Stagioni bitte!«

»Das dauert fünfzehn Minuten.«

»Normalerweise dauert die doch nur zehn Minuten.«

»Okay. Zehn.«

»Prima. Danke.«

»Zum Hieressen oder zum Mitnehmen?«

»Hieressen. Hier und jetzt.«

»Bitte, Salat ist da hinten. Und zum Trinken?«

»Ein leichtes Bier bitte. Ach, nein, nein, nein – Wasser! Ein Wasser krieg ich bitte.«

Titus nimmt sich ein bisschen von dem öligen Krautsalat und setzt sich an den Tresen vor die Arbeitsplatte des Pizzabäckers. Eine kleine Glasscheibe trennt ihn von den verschiedenen Behältern mit den Zutaten. Er schaut dem Pizzamann zu, wie er den runden Teig in der Luft herumwirbelt. Pizza ist lecker. Pizza ist gewissermaßen die Urmutter allen warmen Essens. Leckeres frisch gebackenes Brot und mehrere kleine, schmackofatzige Gerichte obendrauf. Wie ein Smörgåsbord zum Mitnehmen, ein mobiler Vorspeisentisch, warm und hübsch portioniert. Elegant und raffiniert. Die Pizza muss unbedingt eine Hauptrolle im *Besten Buch der Welt* bekommen! Besonders die Quattro Stagioni, der Rolls-Royce unter den Pizzas! Er muss ganz einfach das perfekte Rezept für eine Quattro Stagioni finden und es im Buch groß rausbringen. Vielleicht ist das ja das einzige Rezept, das er braucht, um das vollendete Kochbuch zu schreiben? Hand aufs Herz – ein Kochbuch wird ja nicht besser davon, dass jede Menge langer, öder Rezepte drinstehen, oder? Letztlich muss doch die Qualität entscheiden. Was braucht man mehr als ein einziges perfektes Rezept? Und Pizza kann man sowohl mittags als auch abends essen! Und sogar zum Frühstück, wenn man noch Reste vom Vortag übrig hat. Oder? Ganz genau!

Die Quattro Stagioni könnte das Lieblingsgericht seines Protagonisten abgeben, mit dem der Meisterdetektiv seine Gäste verzaubert und langbeinige Frauen verführt. Die Quattro Stagioni des listigen Kriminalkommissars ist weithin berühmt, und das heimliche Rezept soll jetzt endlich im *Besten Buch der Welt* enthüllt werden. Die Urmutter aller Gerichte im Urbuch aller Bücher!

Titus muss sofort mehr über dieses wunderbare Gericht erfahren! Er wendet sich an den Pizzamann und fragt:

»Hey, stimmt es eigentlich, dass die Quattro Stagioni nach dem Werk von Antonio Vivaldi benannt ist?«

»Ich weiß nicht den Mann. Wo arbeitet? Ist Antonio im Melini in der Kungsgatan? Ich frage, weil der ist erst fünfzehn Jahre in Schweden. Und ich glaube, Quattro Stagioni vor ihm. Lange vor ihm. Aber ich weiß, die ist gut, seine Quattro Stagioni, der hat echte Mozzarella aus Palermo. Deswegen ist sie gut. Mozzarella ist lecker. Und teuer. Die nehmen da 49 Kronen für eine Quattro Stagioni.«

»Nein, also, ich meinte, ob sie nach den *Vier Jahreszeiten* benannt ist. Vivaldis Violinkonzert.«

»Wie – benannt? Heißt Quattro Stagioni. Das bedeutet ›vier Jahreszeiten‹. Das ist italienisch. Pizza ist italienisch.«

Titus beschließt, die Vivaldi-Spur nicht weiter zu verfolgen. Es gibt noch genügend anderes zu recherchieren. Jede Menge. Wer weiß, wohin einen die Recherche bringen wird? Wenn man sich gedanklich frei bewegt, macht man die tollsten Entdeckungen. Ich bin frei!, denkt Titus. Vielleicht auch besessen, aber vor allem frei. Er sieht dem Pizzamann zu, wie er gerade ein paar kleine Krabben über ein Viertel der Pizza streut.

»Welche Jahreszeit ist das?«, fragt Titus und deutet auf die Krabben.

»Was?«, fragt der Pizzamann, und ihre Blicke treffen sich eine Sekunde. Was ist das eigentlich für ein komischer Kunde?

»Ich meine – welche Jahreszeit sollen die Krabben sein?«

»Ich weiß nicht«, sagt der Pizzamann und überlegt kurz. »Vielleicht Sommer.«

»Warum?«, fragt Titus überrascht.

»Sie wissen schon, Sommer und Meerwasser und so. Im Sommer sind mehr Krabben.«

»Haben Sie beim Schwimmen schon mal eine Krabbe gesehen?«

»Nein, aber warum nicht? Was meinen Sie denn?«

»Ich glaube, die Krabbe ist der Herbst. Schauen Sie doch, wie sie sich krümmt. Die zieht sich zusammen, die schaltet doch ab. Als hätte sie eine Herbstdepression. Auf einmal wirft ein allmächtiges Wesen das Meerestier in einen Ofen und trocknet es langsam, aber sicher. Genauso wie wir Menschen im Herbst. Wir werden in unsere Häuser gesperrt mit knallheißen Heizkörpern, die ihre regulierte Wärme verströmen, während wir stöhnend austrocknen. Ja, die Krabben sind ganz bestimmt der Herbst.«

»Aha. Aber wenn Krabben Herbst sind, was sind dann Champignons?«, fährt der Pizzamann fort, der jetzt auch in Fahrt gekommen ist. »Pilz muss ja Herbst sein. Im Herbst pflückt man Pilze. Also ich nicht, aber Leute, die Pilze pflücken.«

»Verdammt, da haben Sie recht«, sagt Titus und streicht sich nachdenklich übers Kinn. »Okay, die Champignons sind der Herbst und die Krabben der Sommer. Aber was sind dann der Schinken und die Muscheln?«

Der Pizzamann lacht, als er die Backschaufel unter die Pizza manövriert und sie in den Ofen verfrachtet.

»Mann, Sie sind lustig. Ich hab noch nie deswegen nachgedacht.«

»Und, was glauben Sie? Sind die Muscheln nicht genauso Sommer wie die Krabben?«

»Nein, nein. Muscheln sind Frauen. Frauen sind Frühling. Wenn das Leben im Frühling aufwacht, wimmelt es mit Frauen. Wir Italiener lieben Muscheln. Die öffnen sich im Frühling. Wie Blumen, die Blüten und Blätter kriegen. Muscheln sind Frühling. Beste Jahreszeit.«

»Dann muss der Schinken der Winter sein. Das passt gut mit dem Weihnachtsschinken und so.«

»Ja, perfekt! Mann, wir haben das Pizzageheimnis gelöst.«

»Haben wir? Sind Sie sicher?«

»Ja, klar. Das war einfach!«

»Aber wir sind noch nicht fertig. Die Artischocke in der Mitte – was soll das sein? Das kann ja keine fünfte Jahreszeit sein. Ist das vielleicht die Sonne?«

»Nein, doch nicht die Sonne. Das da ist grau. Oder ein bisschen braun irgendwie. Das ist keine Sonne. Die Sonne ist gelb. Das müsste Paprika sein.«

»Aber was ist es denn dann?«, fragt Titus, der sich aufrichtig Sorgen macht, weil sich das Geheimnis einfach nicht lösen lassen will.

»Wie wär's mit Gott?«, versucht es der Pizzamann und bekreuzigt sich vor seinem weißen Hemd.

»Graubraun … ja, vielleicht«, sagt Titus, fast wie im Selbstgespräch. »Ein älterer Mann mit Bart. Wie das alte Volksschulbild vom lieben Gott. Ja, vielleicht ist es Gott … Der über die Welt wacht…«

»Wissen Sie, nicht alle Pizzabäcker tun Artischocken auf ihre Quattro Stagioni.«

»Nein? Wieso denn nicht?«

»Weiß nicht. Ich hab nicht darüber nachgedacht. Vielleicht denken sie, die Pizza ist besser ohne.«

»Deismus. Deismusbäcker. Gott hat die Welt verlassen.« Nachdenklich schaut Titus in den Ofen. »Er ist nicht mehr Teil der Pizza. Er betrachtet sie nur noch aus der Ferne.«

Es blubbert leicht auf der Oberfläche der Pizza, die langsam schön braun wird. Ein kleiner Teil des Rands ist sogar schon angebrannt. Auf dieser Pizza ist Gott definitiv noch anwesend. Die Welt steht in Flammen, und er thront in der Mitte der Pizza wie ein Buddha mit verschrankten Armen, ohne auch nur ein Blatt seines Artischockenherzens zu rühren. Er scheint völlig unberührt und hat immer noch denselben Farbton wie in dem Moment, als er auf die Pizza kam. Warum tut er nichts? Worauf wartet er? Auf den Big Bang?

Der Pizzamann holt die wunderbare, frisch gebackene Quattro Stagioni aus dem Ofen. Er legt sie auf einen großen Teller, bestreut sie mit Oregano und schiebt sie Titus hinüber.

»Guten Appetit!«

Andächtig gräbt Titus sein Besteck in den Krabbenteil. Aber Moment mal. Man muss eine Quattro doch wohl im Winter anfangen, so kurz nach Neujahr, oder? Die Jahreszeiten können doch nicht mitten im Sommer anfangen – eine gewisse Ordnung will ja wohl auch auf einer Pizza eingehalten sein. Das bedeutet, dass man ein knappes Drittel weit in den Schinken hineinschneiden muss. Dann macht man im Uhrzeigersinn mit den Muscheln, Krabben und Champignons weiter, um dann mit dem Schinken abzuschließen.

Titus setzt noch einmal neu an. Er dreht den Teller und versenkt das Messer in dem Schinkenteil der Silvesternacht.

Da entdeckt er das Schreckliche. Die Krabben kommen nach dem Schinken! Die Jahreszeiten sind durcheinandergeraten! Das ist traurig, sehr traurig. Aber er beschließt, dem Pizzamann nichts zu sagen. Warum ihn damit quälen? Er ist nett gewesen und hat ihm geholfen, diese ganzen Quattro-Stagioni-Geheimnisse zu lüften. Es wäre falsch, ihn nun dafür anzuklagen. Immerhin kostet die Pizza gerade mal 39 Kronen.

Titus trägt sein Kreuz und isst die Pizza in der richtigen Reihenfolge, trotz des Durcheinanders auf seinem Teller. Es sieht ein bisschen komisch aus, wie die Pizzateile so einsam auf ihrer Seite des Tellers liegen. Aber was macht das schon?

Die Kalorien beruhigen ihn, und er kann die Pizza trotz allem mit einer gewissen Andacht essen. Er denkt an *Das beste Buch der Welt*, und dass die Pizza darin die allerbesten Zutaten haben soll. Echter Mozzarella, Champignons aus den Markthallen, superfrische Krabben und echter Parmaschinken. Aber soll auch eine Artischocke dabei sein – oder eher nicht? Welches Weltbild passt am besten zu seinem Helden, dem Detektiv?

Titus gewinnt ganz neue Kräfte aus der leckeren Jahreszeitenpizza. Endlich mal eine Belohnungsaktion, bei der er sich nicht mit Alkohol und Nikotin vergiftet. Er ist auf dem richtigen Weg. Und er fühlt sich richtig gut dabei.

Jetzt wird geschrieben!

Kapitel 9

VORWORT

> Lieber Leser! Dieses Buch ist kurz. Aber es enthält mehr, als Sie ahnen. Ich bitte Sie, langsam und mit Bedacht zu lesen, damit Ihnen so wenig wie möglich entgeht. Denn in diesem Buch gibt es nur eine einzige Wiederholung, und die kommt bereits im Vorwort, hier und jetzt: Ich bitte Sie, LANGSAM und MIT BEDACHT zu lesen.

Vielleicht ein bisschen arrogant, überlegt Titus. Aber wenn das Buch ein Erfolg werden soll, muss er einen Vertrag mit seinem Leser schließen. Alle Beteiligten müssen sich darüber einig sein, das Erlebnis so großartig wie nur irgend möglich werden zu lassen. Sollte er vielleicht noch ein Extra-Vorwort für die Rezensenten schreiben? Sie dazu ermuntern, sich mal auf ein positives Leseerlebnis einzulassen, statt immer nur nach Fehlern zu suchen und wüst dreinzuschlagen?

> Verehrter Kritiker! Es gibt Momente im Leben, da müssen wir uns unserer Umwelt öffnen. Augenblicke, in denen es wichtig ist innezuhalten, damit wir die Kraft erfassen können, die im Neuen liegt. Die Menschheit hat schon immer, zu allen Zeiten, Angst vor Neuerungen gehabt. Wie viele Propheten des Untergangs haben nicht schon fälschlicherweise das Ende der Welt vorhergesagt? Wie viele haben sich über technische Fortschritte ereifert, die sich später als wertvolle Werkzeuge im Dienste der Menschheit herausstellten? Wie viele Kritiker haben nicht schon Künstler und Kunstwerke verworfen, die später die aufrichtige Liebe der

Menschen gewonnen haben? Und wie oft hat ein Kritiker das Herz seines Publikums gewonnen? Ich frage nur.

Schon nach wenigen Zeilen hat Titus seinen ursprünglich wohlwollenden Ansatz vergessen und hämmert eine seitenlange wütende Tirade in den Computer. Mit zahllosen Beispielen belegt er die historischen Fehler, die Kritiker einst begangen haben, und wo er schon mal so schön in Fahrt ist, geht er nebenbei gleich auch noch auf feige Verlagslektoren los. Er schreibt und schreibt. Die Glut wird zu Feuer und brennendem Hass.

… und jetzt verlange ich von dir, du muffeliger Scheißkritiker, dass du dieses groß angelegte Buch mit so offenen Sinnen liest, wie es ein vertrocknetes, vergiftetes Hirn eben vermag. Mögest du in der Hölle schmoren, wenn du die Größe dieser bahnbrechend neuen Literatur nicht zu erkennen vermagst.

Zufrieden lehnt Titus sich zurück und schaut sich seinen Text in verkleinerter Seitenvorschau an. Vier dicht beschriebene Seiten erscheinen auf dem Bildschirm. Eine Bombe aus Wörtern!

Doch dann muss er einen dicken Kloß herunterschlucken, als er seinen Fehler einsieht. Er hat zweihundertfünfzig Buchseiten zur Verfügung und hat soeben vier davon fürs Vorwort verbraten!

Da wären wir wieder beim Thema Suchtverhalten, denkt er. Ich bin völlig krank im Kopf! Ein Idiot. Das wird nie was hier. *Delete*, weg damit! Verdammt …

Er ist ein mieser Schriftsteller und ein noch mieserer Mensch. Titus wird überflutet von einem enormen Drang zu essen, zu trinken und zu rauchen. Er würde wirklich alles tun, um von hier wegzukommen. Aber er versucht sich ein wenig zu beruhigen, indem er das Belohnungsbild des kleinen Titus mit dem Milchbart aus seinem Hirn hervorkramt. Er schließt die Augen und konzentriert sich auf seine Bildtherapie. Aber was ist denn das? Der Junge ist ja nackt! Und seine eine Hinterbacke ist viel zu lang! Sie liegt auf einer Krücke wie ein müder Riesenpenis. Oben auf der Backe liegt ein Stück blutiges Fleisch. Der Junge hat ein Käppi auf, dessen Schirm ebenfalls viel zu lang ist. Der liegt ebenfalls auf einer Krücke!

Titus' Gedanken werden klarer. Dieses Bild hat er doch schon mal gesehen! Es ist ein Gemälde des Surrealisten Salvador Dalí. Das Bild heißt *Das Rätsel Wilhelm Tells* und hängt im Moderna Museet in Stockholm. Das ist bestimmt eine Art Zeichen. Er muss dorthin! Hat er den roten Faden gefunden, mit dessen Hilfe er dieses Buch weben kann? Seinen eigenen Da-Vinci-Code … den Dalí-Code! Heureka!

Auf ins Museum!

Kapitel 10

Der Hintern auf der Krücke

Titus steht vor dem Gemälde *Das Rätsel Wilhelm Tells*. Er ist den ganzen Weg von seiner Wohnung auf Söder zu Fuß hergetrabt und schnauft immer noch heftig, als er das Bild vor sich hat. Er schnappt förmlich nach Luft, um überhaupt ein bisschen Luft in seine Lungen zu kriegen.

Es ist ein enormes Gemälde. Enorm in seinen Ausmaßen und enorm in seiner Sprengkraft, was das Vorstellungsvermögen des Betrachters angeht. Titus weiß noch genau, wie es sich anfühlte, als er es zum ersten Mal gesehen hat. Er ist damals fünf Jahre alt und mit seiner Familie auf einem Sonntagsausflug im Museum, wo er nach Lust und Laune zwischen diesen ganzen Happenings und Gemälden herumrennt, ohne sich nach Mama und Papa umzusehen. Auf einmal landet der Fünfjährige vor dem großen Salvador-Dalí-Gemälde. Er weiß nicht, wie lange er dort so steht und es anstarrt. Vielleicht ist die Zeit ja zum Stillstand gekommen. Jedes Detail ätzt sich in seine Netzhaut, als sollte es dort für immer und ewig haften bleiben. Obwohl er erst fünf ist, begreift Titus in diesem Moment, dass er große Kunst vor sich hat. Ein paar Minuten, die den Rest seines Lebens prägen werden. Seine Sinne sind so wach wie nie und füllen sich bis obenhin mit Eindrücken, als stünde jemand neben ihm und würde aus einem Eimer lauter Abenteuer über ihn ausgießen. Nachdem er das Bild mehrere Minuten aus seiner fünfjährigen Froschperspektive angestarrt hat, sieht er die grauen Hosenbeine seines Vaters vor ihm vorbeiflattern. Er streckt die Hand nach ihm aus, als wollte er sich vergewissern, dass auch sein Vater das Gemälde sieht. Sie müssen dieses große Erlebnis schließlich teilen. Schau mal, Papa! Siehst du den Hintern da? Er greift nach seiner Hand. Ganz fest. Hebt ihre beiden Hände hoch in Richtung Gemälde, um es seinem Vater zu zeigen. Da! Siehst du? Er antwortet nicht. Also muss Titus seinen Blick kurz von dem Bild losreißen, um zu sehen, was Papa von dem Bild hält. Aber – nanu?! Das ist ja ein völlig unbekannter Mann, den er hier an der Hand hält! Ein wildfremder Papa, der ihn freundlich, aber fragend anlächelt. Die Scham überflutet ihn. Er hat nach der falschen Hand gegriffen. Nach dem falschen Papa. Titus kann nicht verstehen, dass dieser Mann in ihm einfach nur ein goldiges Kerlchen sieht. Er kann nicht begreifen, dass Fünfjährige andauernd so was machen. Bringt mich hier weg! Er lässt die Hand des Mannes rasch los und schaut wieder zum Bild empor. Und verliert sich mit starrem Blick in das Einzige, was ihm in diesem Augenblick noch Sicherheit gibt.

In das Kunstwerk.

Es ist immer noch genauso großartig wie damals, stellt Titus fest. Ein Mann kniet halb vor einem Marmorsockel auf einem braunen Boden. Man kann den Ausdruck auf seinem Gesicht nicht sehen, denn es wird von einer Schirmmütze überschattet, deren Schirm über einen Meter lang ist. Der Schirm hängt über die ganze linke Seite des Bildes und ruht auf einer Krücke, damit er nicht heruntersackt. Der Mann dreht Titus die Seite und den Großteil seines Rückens zu. Auf dem Marmorsockel zwischen der Krücke und dem Mann liegt eine kleine Uhr, die irgendwie auf den Mann zuzufließen scheint. Oder vielleicht fließt die Zeit auch vor ihm davon, das ist schwer zu sagen. An dem Fuß, der näher an Titus dran ist, hat der Mann eine groteske Sandale und große, knotige Zehen. Am anderen Bein, mit dem er auf dem Boden kniet, trägt er einen grauschwarzen Strumpf mit einem Strumpfband, das ganz eng am Bein sitzt, direkt unter dem Knie. Eine Unterhose hat er nicht an. Sein Hemd hängt ihm zwischen den Beinen herunter wie ein schwerer, langer Sack. Und seine rechte Hinterbacke ist viel zu lang. Sie ist ellenlang! Auch sie ruht auf einer Krücke und reicht fast ganz bis zum äußersten rechten Bildrand. Dass der Hintern irgendetwas anderes darstellen soll als einen Riesenpenis, ist kaum vorstellbar, zumindest für Titus. Kann der sein Gewicht selber halten oder braucht der Hilfe, um steif bleiben zu können? Wie auch immer, der Hinternpenis ragt noch ungefähr einen halben Meter über die Krücke hinaus, wie eine Eichel in einer Vorhaut ohne Öffnung. Puh, wie soll das denn gehen, wenn man pinkeln muss?, fragt sich Titus. An dem verlängerten Hintern, zwischen der Poritze und der Krücke, hängt ein schlaffes, blutiges Steak. Und auf dem einen Hemdärmel des Mannes liegt eine Art Frikadelle, wie ein großes, rundes Steak mit Deckel. Oder wie ein geheimnisvoller Hamburger, denkt Titus. Der andere Arm des Mannes ist nur ein spitzer Kegel, wie ein Speer, der nach hinten ragt in den schwarzen Bildhintergrund. Unter dem Hinternpenis und dem Steak picken ein paar niedliche Vögelchen auf dem braunen Boden herum. Ob sie wohl die Blutstropfen des Steaks auflecken? Fleischfressende Vögel?

Titus spürt seit der ersten Begegnung mit Dalí eine Art brüderlicher Verbundenheit. Besessener als Dalí kann man als Künstler wahrscheinlich kaum werden. Dalí hat es kapiert. Lieber besessen als besoffen. Salvador und ich, wir sind Seelenverwandte, denkt Titus. Ich muss meiner Umwelt gegenüber genauso unbarmherzig werden wie er. Das beste Gemälde der Welt braucht schließlich ein gewisses Bindeglied zum *Besten Buch der Welt*.

Auf einmal ist Titus umgeben von einer Gruppe Siebtklässler und einer Museumspädagogin Mitte dreißig. Man sieht es der Frau schon auf die Ferne an, dass sie ihren Job ernst nimmt. Sie fasst die Kinder an und beugt sich zu ihnen herab, wenn sie ihr Fragen stellen. Und das Wichtigste von allem: Sie lacht und lächelt, wenn sie ihnen in die Augen schaut.

»Das hier, liebe Kinder, ist *Das Rätsel Wilhelm Tells*. Eines der berühmtesten Gemälde in diesem Museum. Ein Bild, auf dem eigentlich ganz viele Gemälde und Geschichten Platz finden. Es wurde 1933 von einem spanischen Künstler namens Salvador Dalí gemalt. An was denkt ihr, wenn ihr dieses Bild hier seht?«

»Der hat den Pimmel auf dem Rücken!«, ruft ein Junge.

»Ja … Vielleicht … Was noch?«

»Er ist eklig«, findet ein Mädchen, das verlegen kichert.

»Ich finde, er ist lustig!«

Dieser Meinung sind auch noch andere Kinder. Sie kichern, lachen und rufen abwechselnd »Iih!« und »Voll eklig!«. Aber sie sind zweifellos eher amüsiert als verstört.

»Was soll das denn darstellen?«, fragt ein anderes Mädchen.

»Darauf gibt es keine einfache Antwort«, sagt die Museumspädagogin. »Soll ich mal ein bisschen was dazu erzählen?«

»Jaaaa!«, rufen alle.

»Eines der Ziele im Leben von Salvador Dalí bestand darin, ein lebender Mythos zu werden. Ein Promi. Er hatte zum Beispiel einen Schnurrbart, der bis hierher ging.« Die Frau deutet sich mit den Fingern auf die Wangen. »Und er begann seine Autobiografie mit den Worten: ›Im Alter von sechs Jahren wollte ich Köchin werden. Mit sieben wollte ich Napoleon sein. Und mein Ehrgeiz ist seither stetig gewachsen.‹ Das ist ganz schön krass ausgedrückt, oder?«

»Wer war Napoleon?«, ruft eine dünne Stimme ganz hinten in der Gruppe.

»Das war ein Kaiser in Frankreich. Ein Krieger, der jede Menge Länder eingenommen hat, die er zu Teilen Frankreichs machen wollte.«

»War Salvador auch ein Krieger?«

»Nein, er war Künstler. Aber vielleicht genauso verrückt wie Napoleon. Soll ich euch jetzt was über das Bild hier erzählen?«

»Jaaaa!«

»Also, Salvador Dalí wollte, dass man seine Gemälde auf viele verschiedene Weisen deuten kann. Auf seinen Gemälden sollte fast alles Platz finden. Sowohl die Wirklichkeit als auch Sachen, die nur in Träumen vorkommen. Alles brachte er unter. Also, ich stelle mir Folgendes vor: Dieser Mann auf dem Bild kann sämtliche Götter, Väter und Söhne aller möglichen Welten auf einmal sein. Vielleicht sogar die ganze Menschheit. Und auch die ganze schreckliche Unterdrückung, die es auf der Welt gibt. Man sieht ja, wie verstümmelt und gefangen er ist. Er sitzt fest, er ist gebeugt, man sieht sein Gesicht nicht und so weiter. Ja, er ist schrecklich unterdrückt. Wahrscheinlich handelt das Bild auch davon, wie gemein Väter manchmal zu ihren Söhnen sind. Denn Salvadors Vater war fast immer gemein zu Salvador. Obwohl er ein bisschen stolz war, dass Salvador so gut zeichnen konnte, fand er immer, dass der Junge zu albern war und irgendwie seltsam. Er stellte alles infrage, was Salvador machte, von seinem Berufswunsch bis hin zu seinen Qualitäten als Liebhaber. Das allein würde doch schon reichen für ein ganzes Künstlerleben, oder? Was meint ihr?«

Die Kinder wissen nicht so richtig, was die Qualitäten eines Liebhabers ausmacht. Und auch nicht, was für ein Künstlerleben erforderlich ist. Und hier verliert die Museumspädagogin für einen Moment den Kontakt mit den Kindern. Was als spannende Geschichte begann, verirrt sich schon bald in psychologischen Ausführungen und unverständlichen Anspielungen auf Freud, Schiller und Nietzsche. Irgendwann fällt ihr auf, dass die Kinder nicht mehr dabei sind, sie bemerkt ihren Fehler und korrigiert ihn rasch:

»... aber die Leute, die untersucht haben, was Dalí in dieser Phase beeinflusst hat, behaupten, dass das *Rätsel* auch von politischer Unterdrückung und Klassenunterschieden handelt. Arbeiter und Bauern gegen die wachsende Mittelschicht. In dieser Zeit gab es auch viel Wut in der Welt. Glaubt ihr, dass Salvador auch wütend war?«

Ein paar Kinder nicken. Was sollten sie auch sonst tun? Die Gruppe beginnt sich am Rand aufzulösen, und ein paar Kinder schleichen sich davon, um die Umgebung auf eigene Faust zu erkunden. Eines der Mädchen lehnt an der Wand und sieht aus wie tot. Auf einmal gibt sie ein Lebenszeichen, indem sie eine große Blase mit ihrem Kaugummi macht. Poff. Da ist die Luft wieder raus aus ihr und ihrer Blase. Und dann ist sie wieder starr wie eine Leiche. Doch die Museumspädagogin redet unverdrossen weiter:

»Wie gesagt, Salvador hatte schon als kleiner Junge beschlossen, dass er mal ein Mythos werden wollte. Ein furchtbar anstrengender und großartiger Mythos, den die Welt nie wieder vergessen sollte. Er wohnte sogar in seinem eigenen Riesenmuseum. Mit riesengroßen Eiern auf dem Dach. Und er hätte sich NIEMALS damit begnügt, ein Bild zu malen, das nicht total vielschichtig gewesen wäre. Es war nämlich so: In Dalís Familie gab es mehrere , die von einer Geisteskrankheit befallen waren. Von Paranoia, Schizophrenie, manisch-depressiven Erkrankungen, allem, was man sich nur denken kann. Aber darüber durfte nicht geredet werden. Salvador beschloss also, dieses verbotene Verhalten sowohl zu leben als auch zu malen. Als Salvador zum Beispiel um die Hand seiner Frau Gala anhalten wollte, schmierte er sich mit Ziegenscheiße ein, damit sie ihn nicht nur wegen seines Äußeren nahm! Und sie hat tatsächlich Ja gesagt.«

Damit hat die Museumspädagogin die Situation gerettet. Jetzt wachen die Kinder wieder auf, die wenigen, die noch da sind, jedenfalls. Scheiße funktioniert in allen Lebenslagen, und ein paar fangen sogar an, laut zu lachen. Titus beobachtet das Schauspiel mit steigender Verwunderung. Die Museumspädagogin spürt, dass sie wieder Rückenwind hat, und setzt noch einen drauf:

»Aber sie führten eine sehr eigenartige Ehe, obwohl immer genug Liebe vorhanden war. Vielleicht hatte Salvadors Vater recht, als er behauptete, dass sein Sohn ein schlechter Liebhaber sei. Es heißt, dass seine Frau Gala, die ein Haus in einem kleinen Fischerdorf an der Costa Brava hatte, jeden Tag die Fischer begrüßte, wenn sie von ihrer Arbeit heimkehrten. Sie machte Liebe mit allen und jedem, jeden Tag. Sie war eine unglaubliche Nymphomanin. Weiß jemand von euch, was eine Nymphomanin ist?«

Die Museumspädagogin schaut die Kinder an. Die schütteln die Köpfe und sehen ratlos aus. Jetzt hat sie sie da, wo sie sie haben wollte. Sie sind ganz offen. An diesen Moment werden sie sich für den Rest ihres Lebens erinnern.

»Vielleicht findet ihr das hier schon komisch, aber das ist noch nichts gegen das, was jetzt kommt. Also: Wir haben gelernt, dass *Das Rätsel Wilhelm Tells* von Salvador Dalís Wunsch handelt, sich an seinem Vater und dem Bürgertum mit seinen engstirnigen Werten zu rächen. Aber ganz so einfach ist es nicht. *Das Rätsel Wilhelm Tells* handelt wahrscheinlich in erster Linie von der dunkelsten Seite des Menschen. Unserer unkontrollierten Fresslust und – von KANNIBALISMUS! Wer von euch weiß, was Kannibalismus ist?«

Ein kleiner Junge hebt die Hand.

»Ich hab *Das Schweigen der Lämmer* gesehen …«

Er ist nicht der Einzige in der Gruppe. Titus, der das Schauspiel von der Seite verfolgt, will seinen Augen und Ohren nicht trauen. Der Film ist doch für Kinder verboten! Diese Kinder haben *Das Schweigen der Lämmer* gesehen, haben aber noch nie von Napoleon gehört.

»Bravo!«, ruft die Museumspädagogin. »Genau davon handelt der Film! Der Mensch, der leidet, der Mensch, der Todesangst hat, der Mensch, der sich selbst zu grässlichen Gräueltaten zwingt, weil er Schuldgefühle wegen seiner Unzulänglichkeit hat. Erinnert ihr euch an den Massenmörder im Keller? Der sich ein Kleid aus der Haut seiner Opfer genäht hat? Das könnte genauso gut der Mann mit dem Hintern auf der Krücke sein. Beide werden von schrecklichen Minderwertigkeitskomplexen gequält. Genau wie Napoleon! Und Salvador mit seinem blöden Vater! Versteht ihr? Alle haben irgendwann Minderwertigkeitskomplexe gehabt. Alle tragen dieselben Gefühle in sich. Wir sind alle wie Salvador! Wir haben alle den Hintern auf der Krücke!«

Mit gerunzelter Stirn und gerümpfter Nase tauschen die Kinder Blicke untereinander. Sie haben doch wohl ihre Hintern nicht auf Krücken? Was meint die bloß?

»Jetzt gehen wir weiter! Seht ihr da hinten die Ziege mit dem Reifen um den Bauch?«

Die Kindergruppe verschwindet genauso schnell, wie sie aufgetaucht ist.

Titus bleibt noch eine Weile vor dem *Rätsel Wilhelm Tells* stehen. Er ist irgendeiner Sache auf der Spur und denkt nach, dass es nur so kracht. Der Hintern auf der Krücke, der Hintern auf der Krücke … Dann fällt es ihm plötzlich ein. Genau! Der Serienmörder im *Besten Buch der Welt* muss die Körperteile seiner Opfer natürlich auf Krücken hängen. Aus Protest gegen seinen Vater, den schroffen, bürgerlichen Vater, der seinen Sohn niemals zur Entfaltung kommen ließ. Der vielmehr auf ihn herabsah und ihn psychisch wie physisch misshandelte. Und als der große Detektiv ihm allmählich auf die Spur kommt, kriegt der Erzschurke natürlich den Spitznamen »Salvador« verpasst, oder vielleicht sogar Serien-Salvador. Und Serien-Salvador hinterlässt Spuren, aufgrund derer man Dalís Gemälde ganz neu analysieren muss, um den Verbrecher zu überführen. So wird *Das beste Buch der Welt* auch noch ein revolutionäres Buch über die Kunstgeschichte! Perfekt! Jetzt muss Titus nur noch jede Menge Bücher über Dalí lesen, dann ist die Sache im Kasten.

Das passt doch perfekt, denkt Titus zufrieden. Auch ein guter Titel für ein Buch: *Der Hintern auf der Krücke* … Muss gleich mal ins Café und mir eine Notiz machen!

Er will sich gerade zum Ausgang wenden, da fasst ihn jemand beim Ohrläppchen, zieht seinen Kopf zu sich heran und brüllt ihm direkt in den Gehörgang:

»SCHEISS DOCH DIE WAND AN!«

Kapitel 11
DIE JAGD GEHT LOS

Gibt es eine Grenze, wie schnell ein Mensch denken kann? Der Schall bewegt sich mit einer Geschwindigkeit von 340 Metern in der Sekunde durch normale Luft fort. Unsere Nervenfasern transportieren Impulse fast genauso schnell.

Da der brüllende Mund quasi in Titus' Ohr steckt, dauert es gerade mal eine Hundertstelsekunde, bis der Schall in einen Impuls verwandelt wird, der über einen halben Meter geschlängelte Nervenfasern in Titus' Schädel zu seinem Gehirn geschickt wird. Es dauert also ungefähr eine Sekunde, bis ihm bewusst wird, was los ist. Unterdessen ist er von dem Schrei wie gelähmt. In der Sekunde, die dabei verstreicht, ziehen ein paar traumatische Ereignisse seines Lebens vor seinem inneren Auge vorbei, wie bei einer komprimierten, bösen Nahtoderfahrung. Eine Zehntelsekunde lang blitzt eine grässliche Situation auf, wie die Momentaufnahme einer Erinnerung, dann verschwindet sie wieder.

Er ist in der Achten. Zwei Jungs aus seiner Klasse mit flaumigem Bartwuchs halten ihn fest. Er sieht ihre Zähne. Sie riechen nach Zigaretten. Und nach Leichtbier, dem Blauen von Pripps. Titus befällt Panik. Sie wollen ihm ihre Bleistifte in die Hände stechen. Sie werden ihn zerfetzen. Er schreibt zu viel. Das mögen die nicht. Er darf nicht gut in irgendwas sein. Sie hassen ihn, weil er etwas macht, das sie nicht verstehen. Gedichte sind was für Schwule. Bloß Schwuchteln lesen Romane. Aber Schreiben ist das Einzige, was er kann! Schreiben ist das Einzige, was er will, und das wollen sie ihm wegnehmen. Er muss fliehen. Er muss weg von hier. Kämpfen oder sterben. Hilfe, wo ist das Belohnungsbild?

Aah, da ist es ja! Auf einmal liegt er wieder auf der Brust der Frau. Er leckt sich den Milchbart ab und atmet gleichmäßig. Da wird er ganz ruhig.

Vom Schrei ins Ohr bis zur Ruhe und Besinnung ist eine Sekunde vergangen. Eine Sekunde, die Titus bewiesen hat, dass alles möglich ist. Seine Technik funktioniert. Egal, in welcher Situation er steckt, er kann immer auf seine Droh- und Belohnungsbilder zurückgreifen. Das dauert nicht mal eine Sekunde. Jetzt ist er stark. Titus dreht sich zu dem Schreihals um.

»Lenny ... Schön, dich zu sehen«, sagt er ohne große Überzeugung und fasst sich ans Ohr, um zu zeigen, dass er es gegen weitere feindliche Übergriffe zu schützen gedenkt.

»I-ich auch. Ich meine ... ganz meinerseits. Entschuldige, dass ich dir ins Ohr geschrien hab. Ich konnte nicht anders. Das ist einfach so. Du weißt schon, das Tourette-Syndrom. Wenn ich mich auch nur im Geringsten aufrege oder überrascht werde, überkommt es mich einfach. Ich hab mich gefreut, als ich dich gesehen hab.«

»Weiß ich doch, Lenny. Kein Problem, alles okay.«

»Danke, Titus. Und, was treibst du hier?«

»Tja, man könnte wohl sagen, ich recherchiere. Hab ein neues Projekt angefangen und brauche ein bisschen Inspiration. Und du?«

»M-m-meine Freundin jobbt im Museumscafé. Malin. Hast du sie schon kennengelernt?«

Titus schüttelt den Kopf.

»Also, sie jobbt in der Cafeteria. Wollen wir uns einen Kaffee schnorren?«

»Okay.«

Titus reiht sich hinter zwei schwarz gekleideten Damen, die offensichtlich im Kulturbetrieb tätig sind, in die Kassenschlange ein. Sie lächeln ihn an und nicken fast unmerklich. Als ob sie ihn kennen würden. Oder ihn vor langer Zeit mal gekannt hätten und jetzt ein kurzes Zeichen geben wollten, damit es nicht peinlich wird. Hat er mit einer von denen geschlafen? Oder mit beiden? Nichts ist unmöglich, denkt sich Titus und nickt fast ebenso unmerklich zurück, bevor er den Blick abwendet.

In der Auslage liegen riesige Ciabatta-Sandwiches und Kuchen, die so groß sind wie kleine Teller. Die belegten Brote haben eine aufgeplatzte Oberfläche und sehen aus, als hätte jemand viel zu viel Mehl draufgestreut, bevor sie in den Ofen mussten. Hummus, Brie, Salami, stachlig aussehende Salatsorten und sonnengetrocknete Tomaten – der Belag quillt nur so an den Seiten heraus.

Die Riesenkuchen haben auch extrem unregelmäßige Ränder. Titus überlegt, dass hier wahrscheinlich ein kleines Kind oder ein Schwerbehinderter gebacken und Brote gemacht hat. Das ist ja toll, dass die hier im Moderna Museet Behinderte beschäftigen! Die Kulturelite kann es durchaus vertragen, mal ein bisschen harte Wirklichkeit zu sehen. Mit der eigenen Behinderung oder der eines anderen umgehen zu müssen, ist für viele Menschen Alltag. Und schließlich ist es egal, wie die Kuchen aussehen, letztlich zählen nur Zutaten und Geschmack. Und die Zutaten sind ganz deutlich zu sehen, weil die Kuchen extrem unförmig geraten sind. Hie und da ragen Schokostückchen heraus, Rosinen und Nüsse. Außerdem sind sie alle nicht richtig gebacken, manche sind am Rand sogar ein bisschen angebrannt. Titus nimmt sich einen Behindertenkuchen und gießt sich eine große Tasse Kaffee ein. Dann schiebt er sein Tablett zur Kasse.

»Das macht dann 59 Kronen bitte«, sagt die Kassiererin und lächelt freundlich.

»Was? Ich hab doch einen von den misslungenen Kuchen genommen! Schauen Sie mal hier, der ist doch schon halb verbrannt. Gibt es den nicht zum Sonderpreis?«

»Ach so, haha!«, lacht die Kassiererin. »Nein, das gehört so. Das sind Jamie-Oliver-Kuchen. Die sind superlecker, das kann ich Ihnen versichern. Unten im Shop verkaufen wir sein Backbuch.«

Jetzt kommt Lenny an die Kasse. Auf seinem Tablett liegt ein Muffin, der so groß ist wie ein kleiner Blumentopf. Er beugt sich vor und macht mit dem Mund ein paar Küsschengeräusche.

»Ha-hallo Malin!«

»Hallo Lenny!«

»De-der gehört zu mir. Das ist Titus Jensen, von dem ich dir erzählt hab. Vom Festival, du weißt schon.«

»Ach ja, der Freund von Eddie. Na klar. Hallo Titus.«

Kassiererin Malin wirft einen raschen Blick auf die Schlange hinter Lenny. Ein paar junge Mütter in Odd-Molly-Kleidern stehen vor der Kuchentheke, zeigen auf verschiedene Teilchen und überlegen. Ihre Unschlüssigkeit hat eine kleine Lücke hinter Lenny und Titus entstehen lassen. Malin senkt die Stimme und zwinkert schelmisch.

»Das geht heute auf mich. Viel Spaß noch. Bis dann!«

»Oh, vielen Dank«, sagt Titus und bereut es ein wenig, dass er nicht eines von den Riesenbrötchen genommen hat. Aber die sahen so teuer aus, und er hatte sich nicht drauf verlassen wollen, dass Lenny ihnen tatsächlich zu einem kostenlosen Snack verhelfen würde.

Er nimmt sein Tablett und steuert zwei freie Plätze am Fenster zum Vasa-Museum an. Heute ist Stockholm wirklich in Bestlaune, denkt Titus, als er die ganzen Menschen sieht, die im Sonnenschein auf dem Strandvägen spazieren gehen. Irgendjemand hat auf dem Achterdeck eines Hausboots unterhalb des Museums gerade einen Grill angezündet. Der Rauch steigt kerzengerade nach oben. Sogar die Meeresbrise scheint sich freigenommen zu haben.

Lenny bleibt noch eine Weile bei Malin stehen und plaudert. Er ist groß und schlaksig. Seine ganze Erscheinung wirkt nervös, trotz der selbstsicheren Hau-doch-ab-ich-bin-ein-Rockstar-Attitüde, die seine Kleidung ausstrahlt. Viel Schwarz, viele Nieten. Malin sieht auch aus wie eine Rockstarfreundin mit ihren ganzen Ringen und dem widerspenstigen Haar, obwohl sie bei der Arbeit ihre schwarzweiße Uniform trägt. Ab und zu werfen die beiden einen Blick zu Titus hinüber.

Die beiden kulturbeflissenen Damen sitzen nur ein paar Tische entfernt. Auch sie schauen in regelmäßigen Abständen zu ihm herüber. Titus tut so, als würde er vor sich in die Luft starren. Im Laufe der Jahre hat er sich die Fähigkeit antrainiert, mit den Augenwinkeln zu gucken. Er kommt einfach nicht dahinter, ob ihn die Leute aus Bewunderung oder Verachtung anstarren.

Schließlich gibt Lenny Malin ein Küsschen und schlendert über die Kalksteinfliesen auf ihn zu. Die Sohle seines einen Stoffschuhs hat sich gelöst, und als er sich dem Tisch nähert, hört Titus das leise klatschende Geräusch. Obwohl Titus selbst finanziell manchmal nicht so gut dran ist, hat er zumindest immer heile Schuhe. Das hat sein Vater ihm eingetrichtert, als er noch klein war. »Solange du heile und geputzte Schuhe anhast, hast du einen festen Stand.« Sein Vater hatte natürlich leicht reden, der war Schuster und hatte seinen eigenen kleinen Laden in der Skånegatan, der sechs Tage die Woche geöffnet war. Papa hatte nie etwas anderes getan, als Schuhe zu reparieren und zu putzen. Das machte er schon, seit er fünfzehn war. Als er dann in Rente ging, verkaufte er sein Lokal einem Zeitschriftenladen für 15 000 Kronen. Dann saß er zwei Monate lang in seiner Küche, bis sein Herz versagte. Er starb mit offenen Augen und lag mit der Stirn auf dem Küchentisch, direkt neben seiner Kaffeetasse, der Schnupftabakdose und dem Lottoschein. Sein Tod war nicht trauriger als alles andere in seinem stillen Leben.

»W-wie schmeckt der Kuchen?«, fragt Lenny, als er gegenüber von Titus Platz nimmt.

Lenny fühlt sich sichtlich wohl und entspannt. Seine Zuckungen und Stottereien sind jetzt viel harmloser als bei ihrer Begegnung auf dem Festival.

»Ganz okay«, antwortet Titus.

»I-ich hab so ein Wahnsinnsmuffin genommen. Das ist so groß wie ein ganzes Mittagessen.«

»*Der* ist so groß wie ein ganzes Mittagessen.«

»Was?«

»Es heißt *der* Muffin. Nicht *das* Muffin.«

»Du machst Witze, Mann.«

»Nein, ich mache keine Witze.«

»I-ich finde, das klingt wie ein Schimpfwort. ›Du blöder Scheißmuffin.‹ Oder so.«

»Ja, stimmt schon, klingt irgendwie bescheuert. Aber man muss korrekt bleiben. *Der* Muffin.«

Eine Weile sagen die beiden gar nichts. Der oder das Muffin ist nicht unbedingt ein Gesprächsthema, bei dem sich Menschen entspannen. Titus spürt einen Hauch von Angst. Was sollte das denn jetzt? Muss er immer den Besserwisser raushängen lassen? Verdammt, jetzt hätte er gern ein großes, kühles Bier. Seine Hand zittert leicht, als er die Kaffeetasse zum Mund führt. Reiß dich zusammen, Titus, verdammt noch mal. Lieber besessen als besoffen, denkt er.

»Hattet ihr Spaß auf dem Festival?«, fragt Titus, um das Gespräch wieder in Gang zu bringen.

Lenny bläst Luft aus dem einem Mundwinkel, als wollte er sich die Ponyfransen aus dem Gesicht pusten. Pff, pff. Zweimal hintereinander. Aber die Haare rühren sich nicht von der Stelle. Das tun sie nie, wenn Lenny Luft aus seinem Mundwinkel bläst. Titus ist klar, dass es bei diesen Tics weniger um den lästigen Pony geht als um Lennys Tourette-Zuckungen.

»J-ja, Mann, das war echt ein Bombenerfolg. Mit Eddie auftreten ist immer geil. Da ist immer eine super Stimmung, man kann die Liebe fast mit den Händen greifen. Die menschliche Wärme auch. Ich spiel total gern in Zelten. Das fühlt sich immer ein bisschen so an, als würde man mit dem ganzen Publikum in einem warmen Mittsommerzelt liegen und rummachen. Jeder schläft mit jedem, aber irgendwie auf eine gute Art. Verstehst du, was ich meine?«

Titus schaut Lenny an. Er versteht überhaupt nichts. Für ihn klingt es total eklig, in einem warmen Zelt zu liegen und mit Hunderten von Jugendlichen rumzumachen. Aber er muss sich jetzt wieder ein bisschen auf Lenny einstellen und nett sein. Immerhin hat Lenny ihm kostenlosen Kaffee und Kuchen organisiert.

»Ja, ich glaub, ich versteh schon. Ich finde auch, dass bei Eddie immer eine ganz besondere Stimmung herrscht. Ich weiß noch, wie ich ihn das erste Mal gesehen hab. Das war damals, als Stockholm Kulturhauptstadt war. Da haben sie in den Gasspeichern bei Ropsten einen Kulturmarathon veranstaltet. Eine Woche lang rund um die Uhr haben Schauspieler, Schriftsteller und Artisten abwechselnd Klassiker und Gegenwartsliteratur vorgelesen, die irgendwie von der Liebe handelten. Ich war in einer warmen Nacht da, als es gerammelt voll war und richtig gute Stimmung herrschte. Da hat Eddie *Ich liebe die Liebe* vorgelesen. Nur er und ein Typ am Kontrabass. Eddie hatte einen weißen Seidenanzug an, groß wie ein Sarg. Die Ärmel hatte er hochgekrempelt, er war barfuß und hatte Federn im Haar – er sah aus wie Sitting Bull im Badeurlaub an der Riviera. Auf dem Boden rundherum saßen bestimmt an die fünfhundert Leute. Eddie hatte eine richtige Aura um sich herum, und er sah unglaublich gut aus. Ich bin ja eigentlich nicht so leicht zu beeindrucken, aber sogar ich fand das damals ein bisschen magisch.«

»M-m-mann, echt super. *Ich liebe die Liebe* ist echt der Hammer. War das da, wo er das ganze Gedicht vorgetragen hat?«

»Ich nehm's an, es hat jedenfalls die halbe Nacht gedauert. Er war damals irgendwie langsamer drauf, hatte so was Nachdenkliches an sich, typisch Norrland eben. Die Leute waren wie in Trance. Es klingt jetzt vielleicht ein bisschen klischeehaft, aber ich glaube echt, dass die Welt von solchen Nächten ein bisschen besser wird. Selbst ich hab mich noch Stunden später glücklich gefühlt.«

»Was meinst du mit ›selbst ich‹? Bist du kein Mensch wie alle anderen?«, fragt Lenny, greift sich sein Megamuffin und nimmt einen großen Bissen. Sein*en* Megamuffin.

»Na ja, schon, aber ich tu mir sonst wirklich schwer mit solchen Kollektiverfahrungen. Ich werde misstrauisch und es fühlt sich dann immer so an, als ob jemand versuchen würde, mir Glück zu verkaufen. Glück kann man nicht kaufen. Man kann es auch nicht verschenken. Glück ist überhaupt eine absurde Art, sich zur Welt zu stellen. Ich meine, Glück entsteht manchmal einfach, sogar für mich. Aber das liegt nicht daran, dass ich ihm nachgerannt bin, eher im Gegenteil. Erst wenn man ihm nicht mehr die ganze Zeit nachrennt, kann es zu einem kommen. Aber es ist auch so gut wie unmöglich, dem Glück *nicht* nachzurennen. Dem Glück nachzurennen ist das Menschlichste, was man sich denken kann. Tiere können ohne Glück zufrieden sein, aber wir Menschen nicht. Wir brauchen mehr, wir brauchen immer etwas mehr.«

»I-ich weiß nicht, Mann. Rennt man denn dem Glück nach, bloß weil man auf eine Konzertlesung mit Eddie X geht? Darf man nicht einfach mal ein bisschen relaxen und gemütlich abhängen? Sozusagen das kleine Glück genießen?«

»Doch, natürlich. Das meine ich ja gerade. Von so was wird die Welt schon ein bisschen besser. Aber ich weiß nicht, ob das Glück ist.«

»Ist doch egal, wie man das nennt, oder?«, meint Lenny und bläst wieder die Luft aus einem Mundwinkel. Pff, pff.

»Ja, da hast du natürlich recht.«

Titus wirft einen Blick in Richtung der Kulturdamen. Sind die immer noch da? Ja, sie sitzen dort und bröckeln kleine Teile von ihren Riesenkuchen ab. Dann picken sie die Krümel auf wie hübsche kleine Vögel. Kichern und lassen ihre hübschen Zähne aufblitzen. Aus dieser Entfernung sehen sie fast ein bisschen vornehm aus, mit ihren kunstvollen Aufsteckfrisuren. Bei den Kulturdamen hat sich in den letzten Jahren wirklich was getan, denkt Titus. Noch vor ein paar Jahren hatten die meisten rot gefärbte Haare. Gern auch ein bisschen ungekämmt und mit irgendeinem knallbunten Haarband schlampig zusammengehalten. Dazu ausgelatschte Schuhe und bunte Kleider. Jetzt sind sie viel diskreter und geschmackvoller. Hohe Absätze, enge Röcke. Hübsch wie Models, ganz unabhängig vom Alter. Man kann die Kulturmädels kaum mehr von irgendwelchen Frauen aus der Oberschicht unterscheiden. Was ist da eigentlich passiert? Sind die Gehälter im Kultursektor gestiegen? In Titus' Teil des Sektors schon mal nicht, da ist er ganz sicher. Wenn er allerdings an das ganze Glas und den gebürsteten Edelstahl in Astras Wohnung denkt, wird er wieder unsicher. Sie ist auch so hübsch. Nicht auf eine sexy Art, sondern auf eine vornehme. Verdammt, da hinke ich wirklich hinterher, denkt er. Ich will auch Geld haben! Aber nicht, um auszusehen wie so ein reicher Schnösel aus der Oberschicht. Ich will nur die Freiheit.

»Und, woran arbeitest du denn gerade?«, erkundigt sich Lenny. »Hast du irgendein neues Buch am Start? Ich hab sowohl *Besorgnis* als auch *Trügerische Scharaden* gelesen. Ganz schön viel Schmerz und ganz schön düster. Perfekte Lektüre für eine finstere Woche Gotland im November. Kommt da noch mehr in der Richtung? Pff, pff.«

Titus ist etwas überrumpelt von der Frage, obwohl er im Laufe der Jahre gelernt hat, niemals von einem gerade begonnenen Buch zu sprechen. Das gibt dem ganzen Projekt ein schlechtes Karma. Und Erwartungen sind der größte Feind eines Schriftstellers. Deswegen sollte man nie versuchen, sein eigenes Buch zu beschreiben. Erst recht, wenn es noch überhaupt nicht geschrieben ist. Und wenn man das Buch dann abgeschlossen hat, muss es allein mit der Welt fertigwerden.

»Na ja, also nee, ich versuche gerade, mir einen Überblick zu verschaffen, bin an verschiedenen Dingen dran. Rede ein bisschen mit dem Verlag und so was.«

Titus ist etwas verlegen. Das haut einfach nicht hin hier. Es ist völlig bekloppt, mit einem Typen Kaffee zu trinken, der die ganze Zeit solche komischen Pustegeräusche von sich gibt. Er sollte lieber arbeiten, anstatt seine Zeit so zu vergeuden. Die Tage laufen ihm davon, und er muss immerhin einen verrückten Serienmörder überführen. Wenn man bedenkt, dass er noch nie auch nur andeutungsweise versucht hat, einen Krimi zu schreiben, wird es höchste Zeit, jetzt mal ein bisschen Gas zu geben.

»W-wird es g-g-gut?«, fragt Lenny.

»Was?«

»D-dein Buch natürlich.«

»Mein Buch? Ach, na ja, mal sehen, was draus wird«, antwortet Titus betont beiläufig und bemüht sich, die Nervosität zu verbergen. Es gefällt ihm nicht, dass Lenny neugierige Fragen zu seinem Buch stellt. Welches Buch denn überhaupt? Titus' Buch geht Lenny überhaupt nichts an.

»Weißt du, Lenny, ich muss jetzt langsam mal gehen. Ich muss ein bisschen arbeiten.«

»Ach Gott, du jetzt auch noch. Ihr seid ja nicht zu bremsen.«

»Wir?«

»Ja, ich kenn nur zwei Schriftsteller. Und die scheinen alle beide zu arbeiten wie besessen.«

Titus spürt einen Stich im Magen. Was meint er damit? *Wen* meint er damit?

»Welchen anderen meinst du denn?«, fragt Titus langsam, obwohl er sehr gut weiß, wen Lenny meint.

»Eddie X. Der arbeitet auch wie ein Bekloppter. Ich hab ihn nach dem Festival kaum mehr zu sehen gekriegt.«

Als Titus die drei Silben Eddie X hört, spürt er, wie ihm das Blut aus dem Kopf sackt. Er muss sich mit beiden Händen an der Tischkante festhalten, um nicht vom Stuhl zu kippen.

»Ach so … Eddie«, sagt er, aber im Stillen denkt er: Verdammt, verdammt, verdammt. Es ist also wahr, sein schlimmster Verdacht hat sich bestätigt.

»D-der steckt die Nase überhaupt nicht mehr vor die Tür. Sondern arbeitet, arbeitet, arbeitet. Tag und Nacht.«

»Woran denn?«, hört Titus sich selbst fragen.

Er fühlt sich wie gelähmt. Wenn Eddie X mit der Arbeit an seiner Variante des *Besten Buchs der Welt* angefangen hat, ist Titus so gut wie geliefert. Die Leute lieben alles, was Eddie macht. Freilich ist Titus eine lebende Legende. Respektiert vom Feuilleton, gejagt von der Klatschpresse. Aber Eddie X ist noch viel mehr. Er ist ein Heiliger. Sobald der aufhört Gedichte zu schreiben und sich stattdessen an Romane macht, wird er Millionen Leser erreichen und im Handumdrehen Multimillionär. Titus muss es einfach herauskriegen, den Urteilsspruch vernehmen. Woran arbeitet Eddie?

»E-er sagt, er arbeitet an seinem Sommerprogramm fürs Schwedische Radio. Nächste Woche wird der Beitrag gesendet. Aber ich weiß nicht, normalerweise hängt er sich nicht so rein mit seinen Sachen fürs Radio. Er macht das Sommerprogramm jetzt schon zum dritten Mal, und im Grunde hatte er nicht mal beim ersten Mal richtig hart dran gearbeitet. Das steckt einfach alles in ihm drin. Der muss bloß den Hahn aufdrehen, und es kommt rausgelaufen.

Aber andererseits versteh ich schon, vielleicht dauert es auch einfach eine Weile, bis er die richtige Musik dazu ausgesucht hat.«

Der allseits geliebte Eddie X arbeitet wie ein Vieh an einem Projekt, das ihn wahrscheinlich unsterblich machen wird. Während der pechschwarze, verstaubte Titus Jensen hier rumhockt und mit einem spastischen Kugelfisch Kaffee trinkt.

Wenn es irgendeine Gerechtigkeit auf dieser Welt gibt, dann wird es allerhöchste Zeit, dass sie jetzt mal ihren Job macht.

Kapitel 12
DIE ABC-METHODE

Konkurrenz ist normalerweise kein Thema, das Titus aus der Ruhe bringt. Aber nun, da sie plötzlich über seine Schwelle getreten ist und die Luft schwängert, versetzt sie ihm einen beträchtlichen Adrenalinschub.

Jetzt ist also Pingpong angesagt. Er hat keine Zeit mehr, auf Taktik zu spielen und alles detailliert zu planen. Nein, jetzt muss jeder Ball geschmettert werden. Da er einen guten Überblick über die Handlung seines Buches hat, kann er sich erlauben, die verschiedenen Kapitel einfach direkt aus sich herauszuwürgen, wie es ihm gerade passt. Hinterher kann er immer noch zurechtschneiden und alles zusammenkleben.

Er fährt den Computer hoch und lässt eine brillante Idee vom Stapel:

Die ABC-Methode.

Der bloße Gedanke an die perfekte Diät versetzte den Körper von Kommissar Håkan Rink in eine derart heitere Stimmung, dass er gleich mal hundert Kalorien verbrannte. Noch nie zuvor hatte jemand Diättricks so schlau und bündig zusammengefasst wie er. Noch nie waren die Ratschläge so einfach gewesen. Außerdem war er selbst der lebende Beweis für die Effektivität dieser Methode. In nur fünf Wochen hatte er neun Kilo abgenommen. Und vor Kurzem hatte er auch die »Fahndungssperre« unterschritten, die magische 82-Kilo-Grenze. Die Fahndungssperre war das perfekte Maß für das Idealgewicht eines Menschen, viel sicherer als der müde alte BMI, der nur das Verhältnis zwischen Gewicht und Körpergröße misst. Körpergröße und Gewicht sind in einem anderen Maßstab für die Menschheit insgesamt völlig unerheblich. Das Einzige, was zählt, ist die Frage, ob und wann man sich paaren kann. Da hat kein BMI was mitzureden. Die Fahndungssperre jedoch, die rückt die natürlicheren Triebe in den Mittelpunkt.

82 Kilo, damit hatte er den Punkt erreicht, ab dem die Frauen Håkan Rink wieder in die Augen sahen. Das hatten sie zehn Jahre lang nicht mehr gemacht. Früher, als er noch über 90 Kilo gewogen hatte, war da keine Einzige gewesen, die ein Auge auf ihn geworfen hätte. Aber jetzt, wo er etwas unter 82 wog, gab es zumindest ab und zu mal eine, die ihm ein anerkennendes Lächeln schenkte. Als er sich einmal in einem Schaufenster spiegelte, hatte er sogar ein Mädchen gesehen, das die Sonnenbrille anhob und heimlich seinen Hintern musterte. Zum Sexobjekt gemacht zu werden – das war ein großartiges Gefühl, von dem Håkan Rink gerne mehr in seinem Leben wollte. Außerdem hatten die Leute in der Arbeit angefangen, ihm auf eine ganz andere Art zuzuhören. Sie nahmen ihn wieder ernst. Jetzt kam er als zuverlässiger Paarungskandidat und Vehikel menschlicher Gene infrage und war damit glaubwürdig genug, um als Chef seiner Herde zu taugen.

Die ABC-Methode:

A – Abends nichts mehr essen.
B – Braune statt weiße Kohlehydrate zu sich nehmen.
C – Chips und Süßigkeiten streichen.

Mehr braucht es gar nicht, dachte Håkan Rink. Der schmale rechte Weg lag offen vor ihm. Jetzt konnte er große Taten vollbringen und Serien-Salvador zur Strecke bringen. Vielleicht würde er sogar seinen Spitznamen loswerden. Er hatte es wahrlich satt, *Hockey Rink* genannt zu werden.

Ist das nicht gut? Tausende von Diätbüchern können jetzt einpacken, Millionen von Zeitungsartikeln in einer Ecke verschimmeln. Die Prinzipien der ABC-Methode, der weltbesten Diät, passen ja sogar auf eine Postkarte, denkt Titus im Stillen und klappt den Laptop zu.

Er denkt an Eddie X. Wie weit der wohl schon ist? Kann der Mann wirklich über etwas anderes als die Liebe schreiben?

Titus muss an einen Artikel über positive und negative Energie denken, den er vor ein paar Jahren gelesen hat. Eine Gruppe von Wissenschaftlern hatte die Fähigkeit bestimmter Menschen untersucht, schwierige Probleme zu lösen. Die eine Gruppe nutzte positives Denken und arbeitete gerne mit Zielbildern. Diese Personen betrachteten die finale Belohnung als die beste Art, sich zum Weitermachen zu motivieren. Wenn man weiß, warum man den Erfolg will, dann wird man auch Erfolg haben. Die positive Methode wird oft von Sportlern angewendet. Die andere Gruppe bestand aus Pessimisten. Sowie sie eine Aufgabe bekamen, begannen sie zu stöhnen und nach Problemen zu suchen. Welche Hindernisse standen ihnen im Weg? Wann war die Wahrscheinlichkeit am größten, dass alles den Bach runterging? Von ihren Arbeitskollegen wurden sie oft als Nörgler bezeichnet. Für die Pessimisten war es völlig normal, von Anfang an ans Scheitern zu denken. Bevor die sich überhaupt ans Werk machten, überlegten sie sich zuerst, was für Probleme sie kriegen würden und wie gewichtig die jeweils waren. Das Resultat dieser Studie war sehr interessant. Es stellte sich nämlich heraus, dass Optimisten und Pessimisten gleich gute Ergebnisse erzielten. Es zeigte sich, dass es nur darauf ankommt, die Methode zu finden, die am besten zur eigenen Natur passt. Ein Optimist kriegt Todesangst, wenn man von Problemen redet statt von Glaube, Hoffnung und Liebe. Ein Pessimist dagegen misstraut allem, was nicht auf Fakten beruht.

Titus weiß noch, wie befreiend diese Studie für ihn war. Es gab also ebenso viel Hoffnung für die schwärzesten Unglücksraben wie für die trällernden Lebensbejaher. Gleichzeitig war es ernüchternd zu sehen, wie viele lächerliche Selbsthilfebücher sich verkauften und wie viel diese ganzen Optimismus-Berater verdienten. Warum ging es nie andersrum? Wer hätte jemals von einem Multimillionär gehört, der reich wurde, weil er heraustrompetet hatte, dass alles den Bach runtergeht? Das muss daran liegen, dass die Optimisten in den Medien Vortritt haben und die Pessimisten diskriminiert werden. Schätzungsweise verdienen die Pessimisten nur einen Bruchteil der Optimistengehälter, obwohl sie ebenso gute Arbeit leisten. Gleicher Lohn für verschiedene Mundwinkel! So müsste die Parole eigentlich lauten.

Titus möchte alles tun, was in seiner Macht steht, um die Studie zu bestätigen. Er will die Cathy Freeman der Literatur werden. Ein hochgelobter Pessimist unter lauter Optimisten. Die Läuferin aus Australien, Aborigine und Asthmatikerin, dominierte um die Jahrtausendwende die 400-Meter-Distanz und kassierte reihenweise Goldmedaillen bei Olympiaden und Weltmeisterschaften. Sie gehörte zu den entrechteten Urbewohnern, die jahrhundertelang von den weißen Kolonialoptimisten unterdrückt worden waren. Jedes Mal, wenn sie gewann, sah sie ein bisschen gequält aus. Denn beim nächsten Mal würde es höchstwahrscheinlich schiefgehen. Warum also jetzt in den Jubel des Publikums einstimmen? Wo doch all die weißen Zähne sie beim nächsten Wettkampf höhnisch auslachen, wenn sie verliert. Aber vielleicht, ganz vielleicht könnte sie es ja trotzdem noch mal versuchen. Wenn sie sich nur noch ein bisschen besser vorbereitet, härter trainiert, ein bisschen länger, ein bisschen öfter.

Gute Vorbereitung, gepaart mit Fakten, das bringt wahre Fähigkeiten hervor. Da ich im Grunde ein düsterer Pessimist bin, muss ich mich den Fakten hingeben, denkt Titus. *Das beste Buch der Welt* muss auf der besten Recherche der Welt gründen.

Der Junge auf der Frauenbrust mag zwar ein positives und gutes Bild sein, um den Drang nach Gift zu bekämpfen.

Aber wenn der Skeptiker nicht mehr Nahrung bekommt, wird alles den Bach runtergehen.

Kapitel 13
IN DER BIBLIOTHEK

Als am nächsten Morgen die Stadtbibliothek aufmacht, ist Titus gleich der Erste. Er hat gut geschlafen und trabt schwungvoll die lange Treppe hoch.

Hinter dem Empfang steht kerzengerade ein Mann, der zwar völlig korrekt, aber trotzdem irgendwie merkwürdig aussieht. Er hat alle Voraussetzungen, um auffallend gut aussehend zu sein: dichtes, nach hinten gekämmtes braunes Haar, klare Gesichtszüge mit ausgeprägten Wangenknochen. Sein Teint hat etwas Frisches, beinahe Rosiges. Er lächelt entspannt, hat aber auch etwas Schüchternes in seinem Blick. Wenn er nur ein bisschen mehr Zeit außerhalb der Bibliothek verbracht hätte, wäre vielleicht ein richtig hübscher wettergegerbter Teint rausgekommen. Wenn er in der Mittagspause noch etwas anderes als Salat gegessen hätte, würde er jetzt vielleicht kräftiger aussehen. Stattdessen macht er eher einen seltsamen Eindruck mit seinem spitzen Gesicht und den schmalen Handgelenken, wie der Prototyp eines Schönlings, der dann doch nie in Produktion ging. Er sieht *beinahe* supergut aus.

Titus kennt den Prototyp, hat ihn auf Buchmessen und verschiedenen Autorenversammlungen getroffen. Sein Name ist Christer Hermansson. Er teilt sein Leben zwischen den Büchern, die er selbst schreibt, und denen, die andere geschrieben haben. In seiner Rolle als Bibliothekar ist er auch einer der tonangebenden Erneuerer und Debatteure seines Fachs. Titus kennt sich mit Bibliotheken nicht so aus, aber der verquere Humor in Christers Büchern gefällt ihm sehr.

»Christer! Hallo, was machst du denn hier?« Titus ist aufrichtig erfreut.

»*Ich bin ein Bibliothekar!*«, sagt Christer Hermansson auf Deutsch und rückt die Buchrücken zurecht, wobei er die Hacken seiner Birkenstocksandalen zusammenschlägt.

Ich bin ein Bibliothekar ist auch der Titel eines seiner Bücher. Ganz eindeutig ein Mann, der das Prinzip »Lebe dein Leben wie ein Buch!« in die Tat umgesetzt hat.

»Hahaha«, lacht Titus. »Ich weiß, aber ich dachte immer, du arbeitest in Södertälje?«

»Meine Chefin Eva Larsson hat die komplette Region ganz bemerkenswert umorganisiert. Ich vertrete hier für ein Jahr den legendären Bibliothekar Oliver C. Johansson! Das C steht übrigens für Cromwell. Oliver arbeitet derzeit als stellvertretender Kulturbeauftragter in Strangeness. Die herrschende Meinung lautet, dass diese Anordnung nur vorübergehend gelten wird. Es geht das Gerücht eines bösartigen Narzissmus. Offenbar hat er zweifelhafte Methoden eingesetzt beim Versuch, sämtliche Bibliotheken in Mälardalen mithilfe von Risikokapitalisten aufzukaufen. Sie wollen ›Großartige Erlebnisse für alle‹ bieten, so ihr Slogan. Aber wie dem auch sei – ich bin hier jetzt stellvertretender Bibliotheksleiter!«

»Na so was … Ja, dann darf ich wohl herzlich gratulieren«, sagt Titus, der etwas überrascht ist über den förmlichen Ton und die langen Ausführungen.

Außerhalb der Bibliothek ist Christer ein völlig anderer Mensch, der gerne mit seinen Erfolgen beim Tennis und im Feuilleton angibt. »Die Kritiker liiiieben mich einfach.« Aber im Job ist er offenbar sachlich und korrekt.

»Wie kann ich dir behilflich sein, Titus? Irgendwas über den Aufstieg und Fall des Römischen Reiches?«

»Nein, danke«, sagt Titus und verflucht seine Eltern, die ihn auf den Namen Titus taufen ließen. Immer diese Witze über Kaiser und das Römische Reich.

»Ich sitze an einem Essay über Lesegewohnheiten und brauche so ein paar Informationen in Bezug auf eine ganz bestimmte Fragestellung. Zum einen brauche ich von der Zeitschrift *Svensk Bokhandel* sämtliche Ausgaben der letzten fünf Jahre. Außerdem würde ich gerne alle Bücher ausleihen, die im selben Zeitraum auf den monatlichen Bestsellerlisten standen.«

»Aha! Wie schön, da bist du bei uns genau richtig. Solche Aufträge lieben wir. Das erledigen wir für dich. Wenn du dir eben eine Tasse Kaffee holen magst, hab ich alles in einer Viertelstunde fertig. Könnte bloß sein, dass die Dan-Brown-Titel gerade entliehen sind. Die sind fast immer entliehen.«

»Macht nichts«, erwidert Titus und lächelt breit. Er hatte schon befürchtet, er müsste selbst zwischen den Regalen herumturnen und sich alles zusammenklauben. Was für ein Service!

Als er zur Cafeteria geht, sieht er, dass Christer Hermansson ein paar Mitarbeiter zusammengetrommelt hat und jetzt die Aufgaben verteilt. Diese Bibliotheksmenschen sind schon ein wundersames Völkchen, denkt Titus. Die arbeiten wirklich in aller Stille.

Langsam, aber sicher füllt sich die Bibliothek mit Menschen, meistens Studenten und Rentner, die in den Zeitungen und Büchern herumstöbern. Die Stille ist angenehm. Die Besucher dämpfen nicht bloß ihr Stimmvolumen, sie bewegen sich auch langsamer, so als wären heftige Bewegungen ebenso störend wie ein lautes Geräusch. Hier muss ich öfter herkommen, denkt Titus.

Auf dem Weg in die Cafeteria kommt er an einem Lesesaal und mehreren Studierzimmern vorbei. Die Tür zu dem einen Zimmer ist nur angelehnt. Und darin sitzt ein Student, der eine fast ebenso farbenprächtige Frisur hat wie Eddie X. Er hat den Kopf in die Hände gestützt und büffelt sich durch einen Riesenstapel Bücher, unter denen sich der Schreibtisch biegt.

Ah, da hinten ist ja die Cafeteria! Beziehungsweise der Kaffeeautomat. Titus wirft ein paar Münzen ein und drückt auf den Knopf für den ganz normalen schwarzen Kaffee. Die Cafeteria ist so gut wie leer und es gibt jede Menge freie Tische. Titus setzt sich auf einen Stuhl ganz hinten in der Ecke und sinniert eine Weile vor sich hin. Eigentlich hat er eine ziemlich klare Vorstellung davon, was im *Besten Buch der Welt* passieren soll. Vielleicht ist es übertrieben, so viele gründliche Recherchen anzustellen? Im Grunde sollte er sich lieber auf den Hosenboden setzen und schreiben. Nach zwanzig Romanen beherrscht er die Romanform, also wird die Struktur an sich kein Problem werden. Woran er in erster Linie arbeiten muss, ist das Sachbuchgenre. Fakten, Fakten, Fakten. Unter anderem muss er das beste Pizzarezept der Welt finden, richtig guten Humor und irgendein geniales Buch über Personalführung. Die Sache mit der Diät hat er mit seiner ABC-Methode ja schon abgehakt. Und der Absage ans Rauchen und Saufen ist er dank seiner Drohungs- und Belohnungsbilder auch schon ein Stückchen näher gekommen. Die kann er ganz leicht auch ins Leben seines Kommissars einbauen. Von Sex kann man nie genug kriegen, da muss er also auch noch mehr drüber lesen. Ganz zu schweigen vom Thema Therapie! In Sachen Therapie muss er unbedingt der Beste werden.

Auf einmal wird er aus seinen Gedanken gerissen, weil sein Handy klingelt. Auf seinem Display sieht er, dass der Anrufer seine Nummer unterdrückt hat. Er zieht sich in seine Ecke zurück, um seine Umgebung nicht zu stören, und meldet sich, so leise er kann.

»Hallo, hier ist Titus Jensen?«

»Hallo Titus, hallo. Ich heiße Fabian Nadersson. Haben Sie eine Minute Zeit?«

»Äh, ja, das müsste schon hinhauen. Worum geht es denn?«

»Gut, Titus, ich rufe an im Auftrag der *Mensa*. Die möchten Ihnen ein richtig gutes Angebot machen, Titus.«

»Was? *Mensa*? Sie meinen diesen Verein, der nur intelligente Menschen aufnimmt?«

»Ganz genau, Titus. Sie haben die einmalige Chance, ein interaktives Trainingspaket für nur 299 Kronen zu erwerben. Mit diesem Paket können Sie Ihren IQ steigern und anschließend um Mitgliedschaft in der *Mensa* ersuchen.«

»Wie bitte? Sie meinen, ich soll mir einen Intelligenztest für 299 Kronen kaufen? Und warum bitte sollte ich Mitglied in der *Mensa* werden wollen?«

»Die *Mensa* ist ein weltumspannendes Netzwerk. Es kann Ihnen großen Nutzen bringen, wenn Sie Mitglied in der *Mensa* sind.«

»Inwiefern?«

»Na ja, Sie können Gleichgesinnte treffen. Andere begabte Menschen, mit denen Sie Ihre Erfahrungen teilen können. So sieht es aus, Titus! Nun gut. Soll ich Ihnen das Trainingspaket mal bestellen?«

»Und wenn ich so schlau bin, dass ich in die *Mensa* komme, treffe ich dann so Leute wie Sie, wenn ich Mitglied werde?«

»Leider nein. Ich vermittle nur die Online-Kurse. Ich selbst bin kein Mitglied.«

»Sie haben den Kurs also nicht gemacht?«

»Doch, aber ich bin trotzdem kein Mitglied …«

»Sie meinen, Sie haben den Test nicht geschafft?«

»Äh … also, ich hab da einen Kumpel, der hat dieses Trainingspaket gekauft. Der hat nur zwei Wochen gebraucht, und dann wurde er vollwertiges Mitglied.«

»Bitte beantworten Sie doch meine Frage! Wären Sie selbst auch gern Mitglied der *Mensa*?«

»Ja, natürlich, wer will das nicht? Klingt das Trainingspaket interessant für Sie? Nur 299 Kronen, wenn Sie jetzt im Sommer zuschlagen.«

»Nein, ich glaube nicht. Ich wüsste nicht, warum Menschen mit einem gewissen IQ besonders viel gemeinsam haben sollten. Da kann man genauso gut einen Club für Leute mit einer bestimmten Hautfarbe gründen. Nein danke, solche Vereine hatten wir in der Geschichte bestimmt genug.«

»Sie wollen also, dass ich das Trainingspaket für Sie bestelle?«

»NEIN! Sind Sie schwer von Begriff, oder was?«

»Okay, Titus. Trotzdem danke. Einen schönen Tag noch!«

Titus schüttelt den Kopf. Intelligenz ist ein schlechtes Messinstrument für die Begabung eines Menschen. Das wäre so, als wollte man die beste Farbe für ein Gemälde aussuchen. Dabei entscheidet doch erst die Komposition und Kombination der Farben darüber, ob ein Gemälde gut ist oder nicht. Und nicht, wie viel Liter Farbe dafür verwendet wurde. Außerdem ist Intelligenz ein viel zu abstrakter Begriff. Es ist so gut wie unmöglich, sich ein Leben mit einer anderen Intelligenz als der eigenen vorzustellen. Wenn man die Leute fragt, ob sie eher ihr Aussehen verändern oder einen höheren IQ haben wollen, würden sie sich garantiert für größere Brüste, einen flacheren Bauch, vollere Lippen oder einen Sonderausstattungspimmel entscheiden.

Als Titus wieder an den Ausleihschalter kommt, sieht Christer Hermansson ganz grimmig aus.

»Tut mir leid, Titus, ich hab schlechte Neuigkeiten für dich.«

»Was ist passiert?«

»Die Bücher sind schon ausgeliehen.«

Hinter Titus' Cordjacke macht sein Herz schnurps.

»Alle?«

»Jedes Einzelne«, sagt Christer Hermansson, und sein Kopf zuckt schräg nach hinten, begleitet von einem nervösen Zwinkern.

»An wen?«, zischt Titus.

»Das dürfen wir selbstverständlich nicht sagen. Wir halten uns streng an die Geheimhaltungspflicht.«

»Was denn für eine Scheißgeheimhaltungspflicht?«, schreit Titus. »Sag mir einfach, wer meine Bücher ausgeliehen hat!«

»So, jetzt wollen wir uns mal ein bisschen beruhigen. Erstens ist die Geheimhaltungspflicht gesetzlich geschützt. Und zweitens sind das nicht deine Bücher, sondern die der Bibliothek. Wir stellen sie für die Ausleihe durch die Allgemeinheit zur Verfügung. Und jetzt sind sie eben entliehen. An eine Person der Allgemeinheit. Oder mehrere. Tatsächlich sind die Bücher, nach denen du gefragt hast, ja auch sehr populär. So sieht's aus.«

Verdammt! Titus ist sofort klar, dass nur Eddie X die Bücher ausgeliehen haben kann. Nicht genug, dass er Titus' Grundidee für *Das beste Buch der Welt* gestohlen hat – jetzt hat er ihm obendrein auch noch seine Arbeitsmethode geklaut!

Da fällt noch ein Groschen. Der Student, dessen Frisur der von Eddie X so ähnelte und der da hinten in dem Studierzimmer sitzt, an dem Titus vor ein paar Minuten erst vorbeigegangen ist, ist natürlich gar kein Student. Es ist Eddie X! Er sitzt hier, mitten in Stockholm, in der Stadtbibliothek, und schreibt mein Buch!

Titus rennt die Treppen zu den Lesesälen und Studierzimmern hinunter. Welches Zimmer war es doch gleich? Er reißt eine Tür nach der anderen auf. Leer. Keiner da. Zumindest kein Eddie. Hat er sich das alles bloß eingebildet? Als er an der letzten Tür ist, bleibt er stehen und holt kurz Luft. Was will er Eddie eigentlich sagen?

Er rüttelt an der Klinke. Abgesperrt! Er klopft. Keine Antwort. Er hämmert gegen die Tür und setzt den Mund ans Schlüsselloch.

»Hallo, ist da jemand drinnen?«

Totenstille. Er schlägt mit der Faust gegen die Tür. So hart er kann, immer und immer wieder.

»Hallo!«

Auf einmal hört er das Geräusch eines Stuhls, der über den Boden gescharrt wird. Es ist tatsächlich jemand drin!

»Machen Sie die Tür auf!«

»Hallo?«, hört man eine schwache Stimme von drinnen. »Worum geht es denn?«

»Machen Sie die Tür auf, ich will mit Ihnen reden!«

Einen Moment bleibt es ganz still. Dann wird der Schlüssel im Schloss gedreht. Ganz langsam öffnet sich die Tür einen Spaltbreit. Eddies braune Teddyknopfaugen lugen durch den Spalt. Titus versucht, die Tür aufzudrücken, aber Eddie hat offensichtlich irgendetwas davorgestellt, denn sie öffnet sich keinen Zentimeter weiter. Eddie lächelt breit hinter dem schmalen Türspalt.

»Hallo Titus! Schön, dich zu sehen!«

»Was machst du da, Eddie? Was treibst du da eigentlich?«

»Haha«, lacht Eddie freundlich. »Hast du jetzt neuerdings einen Nebenjob bei der Polizei, oder was? Du siehst echt gestresst aus, Titus. Du musst ein bisschen achtsamer mit dir selbst umgehen.«

Immer noch dieser nette Ton. Es macht Titus wahnsinnig. Kann man nicht mal ordentlich wütend sein, ohne dass dieser Scheiß-Liebesdichter sich aufführt wie ein Heiliger? Doch Eddies ruhige Art funktioniert natürlich. Das tut sie immer, bei allem und jedem. So auch bei Titus, sein Puls beruhigt sich wieder ein wenig.

»Na ja, ich bin vorhin an diesem Zimmer vorbeigegangen. Und eine ganze Weile später hat es dann erst klick gemacht. Das muss echt Eddie gewesen sein, der da drin saß, dachte ich mir. Also bin ich zurückgegangen, aber da war die Tür abgeschlossen.«

»Ach so. Na, das find ich aber schön, dass du noch mal zurückgekommen bist. Ich freu mich echt total, dich wiederzusehen!«

»Äh, ja, geht mir auch so …«

»Bist du hier, um dir Bücher auszuleihen?«

»Ja. Ja, ganz genau. Das hatte ich vor.«

»Suchst du irgendwas Bestimmtes?«

»Och, nee, ich schau nur so 'n bisschen rum ...«

Wie ist es nur möglich, dass manche Menschen die Fähigkeit besitzen, ein Gespräch genau dorthin zu lenken, wo sie es haben wollen? Manchmal ist es egal, was für feste Absichten man hat. Manchmal ist es schier unmöglich, sein Ding durchzuziehen. Titus merkt, wie ihm die Situation entgleitet. Wie soll er Eddie mit dem konfrontieren, was er weiß? Na ja, sicher wissen tut er ja eigentlich nichts. Im Grunde hat er keine Ahnung, was Eddie hier treibt. Vielleicht ist das alles nur ein großes, verworrenes Hirngespinst. Das Phantombild eines ungeheuren Verbrechens, das »Paff« macht und spurlos verraucht, sobald man das Licht einschaltet.

Trotzdem. Wo Rauch ist, da ist auch Feuer.

Verdammt noch mal, ich bin schließlich stocknüchtern und hundertprozentig klar im Kopf, denkt Titus. Deswegen kann ich mich doch wohl noch auf meine Intuition verlassen!

»Und du, Eddie? Was treibst du so?«

Eddie streicht sich eine blaue Haarsträhne aus den Augen und lockert den bunten Seidenschal, den er sich mehrfach um den Hals geschlungen hat. Großer Ernst macht sich auf seinem Gesicht breit.

»Ich schreibe.«

»Aha ...«, sagt Titus und möchte mehr hören.

»Ich schreibe etwas, das ich unbedingt schreiben muss.«

»Hmmm ... Das kann ich mir vorstellen«, murmelt Titus und sieht, dass das Geständnis unmittelbar bevorsteht. Er kennt Eddie und weiß, dass der vom Wesen her eigentlich kein böser Mensch ist. Dieser Junge kann kein Geheimnis für sich behalten. Wenn er am *Besten Buch der Welt* schreibt, wird er es erzählen.

»Na ja, also, ich bin um dieses Projekt schon eine ganze Weile rumgeschlichen wie die Katze um den heißen Brei. Ich kann jetzt nicht mehr länger warten.«

»Ja?«

»Es geht um meinen Vater.«

»Ach komm! Um deinen Vater?«

»Ja, ich versuche rauszufinden, was eigentlich passiert ist, als ich klein war. Du weißt, Titus, dass ich mich eigentlich als einen ziemlich glücklichen Menschen betrachte. Trotzdem ist da irgendwo eine grässliche Finsternis in mir, die mich manchmal runterzieht. Ich habe den Verdacht, dass mir meine Kindheit nachgeht.«

»Und jetzt schreibst du also ein Buch über deinen Vater?«

»Nein, nein, ich arbeite gerade an meinem Sommerprogramm. Das fürs Radio, du weißt schon. Nächste Woche wird es gesendet. Millionen von Zuhörern. Ich musste da alles wieder umschmeißen. Zuerst hatte ich nämlich ein Programm entworfen mit allen Erinnerungen, die sich um meine Lieblingslieder ranken. Von meiner Kindheit bis heute. Ein wunderbares Zeitdokument, jede Menge Nostalgie. Der erste Kuss, das erste Festival, lauter so Sachen. Aber dann bin ich an einem Peter-LeMarc-Song hängen geblieben, den ich ihn mal im Trädgården spielen hörte, lange bevor ihn seine Bühnenangst befiel. *Blått ljus,* Blaues Licht. Hast du den schon mal gehört?«

»Ich weiß nicht …«

»Der geht ungefähr so: *Ich bin in einem blauen Licht geboren. Wuchs auf in einem blauen Licht. Ich lebte in einem blauen Licht. Aber jetzt weiß ich, dass es ein anderes Schweden gibt. Ich habe gesehen, dass es noch andere Farben gibt.*«

»Ach ja, doch, kann sein, dass ich den doch mal gehört habe.«

»Ich hab jedenfalls angefangen, drüber nachzudenken, was der Text wohl für ihn bedeutet haben könnte. Und dann kam's mir auf einmal. Ich bin ja auch in einem blauen Licht aufgewachsen. Also, bildlich gesprochen. Mein Vater war schizo.«

»Schizo?«

»Paranoid schizophren«, erklärt Eddie. »Er litt unter schweren Wahnvorstellungen und war oft zutiefst deprimiert. Er bildete sich ein, dass böse Menschen in seine Seele geklettert sind und seine Gutmütigkeit geklaut haben.«

»Du liebe Zeit«, sagt Titus. Er kann nicht umhin, sich zu fragen, wie er bloß hier gelandet ist, in einem vertraulichen Gespräch über Eddies Vater, durch einen Türspalt in der Stadtbibliothek.

»Da kommen mir schwere Erinnerungen hoch. Aber ich will da niemandem die Schuld zuweisen. Ich muss nur mehr drüber wissen. Deswegen habe ich mir jede Menge Bücher darüber ausgeliehen, wo andere Leute davon erzählen, wie es ist, mit einer psychischen Krankheit zu leben. Ich musste deshalb mein ganzes Programm umschreiben. Da gibt es diesmal nichts Lustiges oder Albernes. Stattdessen werde ich mein Innerstes nach außen kehren. Das werden anderthalb Stunden blauer Sommer.«

Titus atmet erleichtert auf. Irgendwie ist es eine Befreiung zu hören, dass Eddie so eine belastete Kindheit hatte. Das bedeutet nämlich, dass er keine Zeit hat, jetzt über *Das beste Buch der Welt* nachzudenken. Hoffentlich watet er knietief durch den Dreck, denkt Titus schadenfroh. Nach dem Licht kommt Dunkelheit. Eddie ist auf dem Weg in einen Tunnel. Hoffentlich wird es ein langer und enger. Jetzt bin ich derjenige, der das Licht sieht!

Aber wer zum Henker hat sich denn dann die ganzen Bücher ausgeliehen? Gibt es noch einen anderen Rivalen? Oder ist das doch alles bloß ein Hirngespinst?

Titus sieht ein, dass er den falschen Weg eingeschlagen hat. Es ist lächerlich, dem Rezept anderer Autoren folgen zu wollen, um einen Bestseller zu schreiben. Er könnte sich durch alle Bestsellerlisten der Welt lesen und würde wahrscheinlich doch kein Muster finden. Nein, *Das beste Buch der Welt* muss er in sich selbst finden.

Jetzt ist er wieder der kleine Junge an der Frauenbrust. Er leckt sich den Milchbart von der Lippe und winkt Eddie und seinem Schizo-Vater zum Abschied zu.

Kurz mal rekapitulieren. Was hat er bis jetzt?

Er hat einen charismatischen, übergewichtigen Kommissar, der einen wichtigen Diät-Code geknackt hat und der die Ansichten der Welt in Sachen Personalführung bald verändern wird. Außerdem hat er einen durchtriebenen Serienmörder, eine schrecklich leckere Vier-Jahreszeiten-Pizza und seinen Soulmate Salvador Dalí. Plus eine Menge guter Ideen und eine Vorstellung vom ganzen Roman, die langsam überbordende Ausmaße annimmt. Wunderbar.

Jetzt wird gearbeitet.

Kapitel 14

SERIEN-SALVADOR

Serien-Salvador. Seit Wochen sah er seinen Spitznamen jetzt schon auf den Titelseiten. Es war widerwärtig. Wie er verharmlost und verballhornt wurde. Seine Aufgabe war viel erhabener. Seine Kunst passte nicht auf eine Titelseite. Sie würden schon noch sehen. Sie würden es schon noch zu spüren bekommen.

Natürlich hatte es schon früher Künstler gegeben, die in seinem Geiste gearbeitet hatten. Der amerikanische Fotograf Andres Serrano zum Beispiel, dessen Fotos von toten Menschen im Leichenschauhaus umwerfend schön waren. Ermordete Gangmitglieder und unschuldige Opfer von Überfällen. Nackt, zerlumpt, blutverschmiert und verführerisch. Serranos Bilder wurden von den einen gehasst, von den anderen gelobt. Aber war so etwas Kunst? War das nicht einfach nur die Dokumentation der Kunstwerke anderer? Irgendjemand hatte diese Menschen vorsätzlich getötet, vielleicht aus Rache, vielleicht aus irgendeinem anderen Trieb heraus.

Es muss doch wohl immer noch der als Künstler gelten, der das Kunsterlebnis auslöst, nicht derjenige, der es erlebt, betrachtet und einfach nur noch konsumiert? Serrano schilderte Erlebnisse, aber er schuf sie nicht. Machte ihn das zum Künstler? Oder war er nur ein Werkzeug im Dienste der Mörder? Ein Pinsel, eine Leinwand, eine Farbpalette? Doch, im Grunde muss man schon die Mörder als die wahren Urheber bezeichnen.

Serien-Salvador. Er schnaubte verächtlich. Jetzt würde er ein für alle Mal die Grenze zwischen Moral und Unmoral auslöschen, zwischen Kunst und Wirklichkeit. Wenn die Kriminaltechniker

der Polizei am Tatort Fotos von seinen Installationen machten, wurden seine Kunstwerke verewigt. Die Polizei wurde zu Serrano-Klonen, bereitwilligem Werkzeug und ihm zu Diensten. Ohne es zu merken, wurden sie selbst Künstler, Publikum und Kritiker, alles auf einmal. Schockiert und verzweifelt standen sie da und leuchteten seine Installationen mit ihren Kamerablitzen aus. Tote und verstümmelte Körper an seltsamen Krücken hängend, und das an den ungewöhnlichsten Orten. Männer, Frauen und Kinder, keiner wurde verschont. Wenn solche Fotos zwischen Kollegen und Staatsanwälten ausgetauscht wurden und an die Presse durchsickerten, wurde die ganze Welt zum Ausstellungssaal. Die Moralwächter verwandelten sich in die vordersten Apostel der Unmoral. Seine Kunst verbreitete sich mit Lichtgeschwindigkeit über Fernsehen, Radio, Internet und Zeitungen.
Derjenige, der sie am meisten und am besten verbreitete, war dieser Håkan Rink, der in letzter Zeit deutlich abgenommen hatte und sich auf den Pressekonferenzen über seine Theorien zum Täterprofil ausließ. Es war widerwärtig. Widerwärtig schön.

Die Tage vergehen im Zeichen des Massenmords. Titus ist in einem richtigen Flow. Er hat sich vollständig zurückgezogen und schreibt in einem Wahnsinnstempo.

Lieber besessen als besoffen.

Serien-Salvador hängt Menschen an Krücken auf.

Kommissar Rink ist ihm dicht auf den Fersen.

Kapitel 15

FABIAN NADERSSON KEHRT ZURÜCK

Hin und wieder muss Titus mal verschnaufen von seiner Schreibarbeit. Nicht, weil er es selbst will. Er kann nicht anders, weil der Computer sich in regelmäßigen Abständen selbst herunterfährt. Astra hat bestimmt, dass Titus sich ab und zu auch mal ausruhen muss. Außerdem ist er auf diese Art gezwungen, dauerhaft nüchtern zu sein, denn jedes Mal, wenn er wieder weitermachen will, muss er erst in das Röhrchen pusten.

Ja, Astra ist schon eine kluge Lektorin. Aufgrund der Alkoholsperre arbeitet Titus nämlich wie ein Tier, solange der Computer freigeschaltet ist. Jedes Mal hat er genau sechs Stunden. Wie um den Laptop und seine Ruhepausen zu respektieren, klappt Titus dann immer den Deckel herunter und sagt »Schlaf gut«.

In seinen Freistunden kann Titus essen, sich ausruhen und mit der Außenwelt kommunizieren. Er schaltet das Telefon ein und schaut, ob er Mitteilungen bekommen hat. Hat er allerdings selten.

Der Kühlschrank befindet sich heute in einem katastrophalen Zustand. Ein halb gegessener Pizzasalat versucht, sich durch seine transparente Plastikdose interessant zu machen. Mit wenig Erfolg. Titus seufzt tief und schaut auf die Uhr. Na ja, er kann es schon noch zum Einkaufen schaffen, wenn er sich beeilt.

Da klingelt das Telefon. Genervt nimmt er ab.

»Hallo, hier ist Titus Jensen?«

»Hallo Titus. Hier ist Fabian Nadersson! Haben Sie kurz Zeit?«

»Hallo … Nein, also, ich wollte gleich runtergehen und was einkaufen. Worum geht es denn? Waren Sie nicht der Typ, der mir neulich diese Mensakurse verkaufen wollte?«

»Stimmt, Titus! Da hatten wir ein richtig tolles Angebot.«

»Fabian Nadersson ... Was ist das eigentlich für ein Name?«

»Das ist mein Name, Titus.«

»Nein, ich meinte Nadersson. Hab ich noch nie gehört.«

»Genau. Ich hieß früher auch mal Andersson. Jetzt heiße ich Nadersson. Ist ein bisschen persönlicher. Ich fühl mich ganz prima mit diesem Namen. So sieht's aus, Titus. Darf ich erzählen, was ich heute auf dem Herzen habe?«

»Hab ich denn eine andere Wahl?«

»Haha. Natürlich, Titus. Natürlich haben Sie eine andere Wahl. Also, heute rufe ich im Auftrag des Multitherapieverbands an.«

»Wie war das? Multivitaminverband, sagten Sie?«

»Multi-*Therapie*, Titus. Multi-*Therapie*-Verband.«

»Was zum Teufel ist das denn?«

»Danke, dass Sie fragen, Titus. Ich werde es Ihnen sagen. Der Multitherapieverband bietet Lösungen für motorische und mentale Blockaden. Die Pädagogik baut auf der These auf, dass alle Probleme lösbar sind. Klingt das nicht toll?«

»Toll? Das klingt lächerlich. ›Alle Probleme sind lösbar‹ – was ist das denn für ein Quark? Könnten die Menschen in diesem Verband wohl für mich einkaufen gehen? Ich brauch Milch und Brot. Und Eier. Und zwar zackzack.«

»Haha, der war gut. Nein, die Multitherapie ist eine Behandlungsform, die zum Beispiel Zwangsvorstellungen löst. Ich kann Ihnen jederzeit einen Termin bei einem Multitherapeuten in Ihrer Nähe anbieten. Am Samstag hat der Verband landesweit seinen Tag der offenen Tür. Sie können sich gratis informieren, und wenn Sie dann eine Probesitzung wollen, kostet die erste Stunde nur 499 Kronen. Da Sie in Stockholm wohnen, kann ich Ihnen einen Besuch bei Doktor Rolf im Valhallavägen wärmstens empfehlen. Der hat einen sehr guten Ruf.«

»Wie – ist das gratis?«

»Ja, die Information ist gratis. Und die erste Stunde wird für schlappe 499 Kronen angeboten, wie gesagt. Klingt das interessant für Sie?«

»Wie meinen Sie das? Wollen Sie mir nicht hier und jetzt irgendetwas verkaufen?«

»Dieses Telefonat ist Teil einer landesweiten Telefonmarketingkampagne im Auftrag des Multitherapieverbands. Sie brauchen nichts zu kaufen. Soll ich Ihnen einen Gratistermin für Samstag buchen? Sagen wir … um 10 Uhr im Valhallavägen 1?«

»Ach, ich weiß nicht. Sind Sie sicher, dass das nichts kostet …?«

»Keine Öre. Okay, Titus, dann machen wir das jetzt einfach so. Sie haben einen Termin bei Doktor Rolf, Samstag um 10 Uhr, im Valhallavägen 1. Viel Glück!«

Titus schüttelt den Kopf. Multitherapie, das hört sich an wie New Age. Und wenn es etwas gibt, was Titus nicht abkann, dann sind es Räucherstäbchen und neue Spiritualität. Andererseits ist es auch nicht verkehrt, mal wieder ein paar Stunden aus der Wohnung rauszukommen und ein paar neue Eindrücke zu sammeln. Zumal Spiritualität sich verkauft wie geschnitten Brot, ganz egal. ob neu oder alt. Wer weiß, vielleicht kriegt er ja ein paar Anregungen, die Håkan Rink auf seiner Jagd nach Serien-Salvador umsetzen kann. Ein guter Kommissar muss sich auf Beziehungen und Therapie verstehen, der Meinung war er schon immer. Jetzt bietet sich ihm doch tatsächlich die Chance, mehr über dieses Thema zu lernen. Na komm, sagt er zu sich selbst. Was soll mir schon groß passieren?

Kapitel 16

EIN GESPRÄCH ÜBER GOLDENE GÄNSE

Die Aussicht auf die Gamla Stan und den Riddarfjärden ist umwerfend. Die grau getönte Glasscheibe reicht vom Boden bis zur Decke, und man sieht sowohl das blaue Wasser des Mälaren als auch die Kumuluswolken über dem Reichstagsgebäude. Natürlich wird die Aussicht auf diesen schönen Sommertag weder durch Gardinen noch durch Möbel verdeckt. In dem großen Raum steht nichts als ein einziger riesiger Schreibtisch aus Walnuss und eine limettengrüne Sitzgruppe aus Italien. Auf dem Schreibtisch liegt ein kreideweißer Laptop auf einer großen Schreibtischunterlage aus Leder, die in derselben Farbe gehalten ist wie die Sitzmöbel. Ansonsten ist der Schreibtisch leer, bis auf einen großen Flachbildschirm mit weißem Rahmen. Obwohl der Raum zu einem Buchverlag gehört, gibt es kein einziges Bücherregal im Zimmer. Das ist sehr ungewöhnlich. Die meisten anderen Verlagsräume sind von oben bis unten mit Büchern, Manuskripten, Zeitschriften und Katalogen vollgestopft.

Astra Larsson sitzt auf dem Sofa in Evita Winchesters Büro und wartet darauf, dass Evita ihr Telefonat beendet. Es nervt, dass Evita nie ihr Handy abstellt, wenn sie eine Besprechung haben. Evita ist immer erreichbar, und ihr Kontaktnetz glüht.

Evita Winchester hat eine tadellose Karriere vorzuweisen. In den fünfundzwanzig Jahren ihrer beruflichen Tätigkeit hat sie es geschafft, Kulturjournalistin beim *Dagbladet* zu werden, Chefredakteurin der Kulturstunde im Schwedischen Radio, Kulturchefin der Abendzeitung und Programmchefin beim Schwedischen Fernsehen. Dass sie irgendwann Chefin des familieneigenen Verlags werden würde, lag nahe, obwohl sie in all den Jahren immer betonte, wie wichtig es ist, dass alle Unternehmen des Konzerns nach wirtschaftlichen Gesichtspunkten geführt werden und nicht durch Nepotismus. Aber es würde auch niemand glauben, dass Evita Winchester den Job nur bekommen hat, weil sie Winchester heißt. Innerhalb weniger Jahre hat sie Winchester zum umsatzstärksten Verlag in Schweden gemacht. Am stolzesten ist sie darauf, wie früh sie die Bedeutung der neuen Vertriebskanäle erkannt hat. Durch umfassenden finanziellen Einsatz und geschicktes Manövrieren hat Winchester große Teile des Internetbuchhandels in seine Hand gebracht, und ebenso jene Zwischenhändler, die die Bücher an die großen Einzelhandels- und Lebensmittelketten liefern.

Evita gehört zu der Sorte Menschen, auf die man unmöglich sauer sein kann, wenn man sie trifft. Schon nach dem ersten Blickkontakt ist jeder Groll und Ärger vergessen. Ihre grünen Augen sind lebhaft, und ihre immer gleich roten Lippen scheinen sich mit Schallgeschwindigkeit zu bewegen. Ihre Energie und Präsenz ist ansteckend. Sowie Evita auflegt, fühlt Astra, wie ihre Laune bereits steigt.

»Entschuldige, Astra! Das Gespräch musste ich einfach annehmen«, sagt Evita und fährt sich mit der Hand durchs kurze, pechschwarze Haar. Sie setzt sich neben Astra aufs Sofa.

»Kein Problem. Macht echt nichts.«

»Meine Güte, du hast vielleicht schöne Beine! Benutzt du Heißwachs?«

»Ja …«

»Ich meine – machst du das selbst oder gehst du in einen Salon?«

»Das mach ich selbst …«

»Meine Güte, was du alles draufhast! Wie machst du das bloß? Du siehst umwerfend gut aus, Astra. Wirklich«, sagt Evita bewundernd und verschlingt Astra vom Kopf bis zu den Zehen mit ihrem Blick.

»Danke … du auch«, sagt Astra in dem Versuch, etwas von dem Kompliment zurückzugeben.

»Was gibt's denn heute?«

»Ja, also zum einen wollte ich dir berichten, wie es mit Titus läuft, und dann bräuchte ich noch ein bisschen Hilfe bei Veronica Fuentes.«

»Der Bitch in Barcelona?«

»Genau.«

»Oje. Die schon wieder. Alles klar. Na, dann leg mal los! Wie geht es unserem lieben Titus?«

»Ach ja, eigentlich recht gut. Du hattest recht, als du verlangt hast, dass er trocken werden muss. Er ist jetzt richtig frisch und gesund und arbeitet richtig hart.«

»Kommt auch was dabei raus?«

»Ich hab noch nichts gesehen. Er will erst ein bisschen mehr haben, bevor er mir was zeigt. Aber ich merke ihm an, dass es gut wird. Zu Anfang war er noch total wirr, aber jetzt wirkt er schon viel ruhiger.«

»Prima. Ja, er ist zweifellos einer unserer Besten. Wäre da nicht der Alkohol, wäre er längst schon ein Nationaldenkmal. Stell dir bloß mal vor, wenn der jetzt dauerhaft trocken bliebe! Dann kann er das ganze Land erobern. Zumindest uns Frauen, haha. Ich finde, er hat etwas tierisch Erbarmungsloses an sich, das ist ungeheuer attraktiv.«

»Findest du?« Astra ist überrascht. So hat sie Titus noch nie gesehen.

»Ja, absolut. Er kann wirklich unglaublich sexy sein. Er ist so kompromisslos, und so was liebe ich. Kannst du dich noch an das Autorenporträt erinnern, das Ulla für *Barock im Blut* von ihm gemacht hat? Ist schon eine ganze Weile her, aber damals war er unwahrscheinlich gut aussehend! Rasierter Schädel, braun gebrannt, das Hemd offen bis zum Nabel. Richtig lecker.«

»Aha … Na ja, kann sein. Wie auch immer, im Moment scheint es echt super zu laufen. Er hat sogar angefangen, ins Fitnessstudio zu gehen. Ich glaube, er geht auch heimlich ins Solarium, aber ich hab mich nicht getraut zu fragen, haha«, lacht Astra.

»Im Ernst? Oh Mann, die Typen werden vielleicht albern, wenn sie auf die fünfzig zugehen. Haha, das ist ja großartig! Sag mir Bescheid, wenn er langsam fertig wird, dann lade ich ihn mal zum Abendessen ein. Den kann ich doch mit einem Happs verschlingen, oder?« Evita lacht laut und lebhaft.

»Haha, das versprech ich dir. Ich bringe ihn dann an der Leine. Grrr.«

»Super. Aber jetzt mal im Ernst, Astra: Du hast echt gute Arbeit geleistet. Du wirst sehen, das wird sich toll entwickeln. Ich freu mich schon drauf, es zu lesen. Sorg nur dafür, dass du dich regelmäßig mit ihm abstimmst. Einem Süchtigen kann man niemals zu hundert Prozent trauen, egal, ob er clean ist. Vergiss das nicht.«

»Nein, das vergess ich nicht«, beteuert Astra und greift die ernste Stimmung auf, die nach dem ganzen Gewitzel eingetreten ist. »Diese Sache hier bedeutet alles für Titus. Das weiß er, und er weiß, dass wir das auch wissen. Ich glaube, dieses Projekt kann was ganz Großes werden, das glaube ich wirklich.«

»Gut. Dann drucken wir gleich eine Riesenauflage und mischen den Markt so richtig auf.«

»Ich treffe mich übermorgen mit ihm. Dann werden wir ja sehen, wie es ihm ergangen ist.«

»Gut, so viel dazu. Hattest du wieder neue Probleme mit BB?«, erkundigt sich Evita und legt den Kopf bekümmert schräg.

»BB« bedeutet: die Bitch in Barcelona. Das ist der Name, den die Verlagsmitarbeiter bei Winchester der Literaturagentin Veronica Fuentes in Barcelona gegeben haben. BB führt eine unglaublich erfolgreiche Agentur, die nur einen einzigen Kunden hat, nämlich den mexikanischen New-Age-Bestsellerautor Pablo Blando. Blando schreibt Selbsthilfebücher, die den Lesern helfen sollen, den richtigen Weg im Leben zu finden, die eigene Sexualität zu bejahen und das Spirituelle im Alltag zu entdecken. Oft baut er seine Geschichten auf alten Märchen und Sagen auf, die er ein wenig herausputzt und mit schönen, poetischen Einzeilern auffüllt. Er hat Millionen von Lesern, die meisten davon Frauen. Winchester hat ihn vor ungefähr zehn Jahren erfolgreich in Schweden herausgebracht, und seitdem steht er ständig auf den Bestsellerlisten.

Aber wer viel hat, will gerne immer noch ein bisschen mehr. Die Bitch in Barcelona gibt sich nie mit etwas zufrieden. Ihr bitchiger Mitarbeiterstab und sie bombardieren die Verlage, die Blando weltweit veröffentlichen, tagtäglich mit neuen Forderungen und verlangen Rechenschaft darüber, was man an der PR-Front getan hat. BB traut niemandem, obwohl die Verlage die Rechte für ein Schweinegeld gekauft haben und selbst ein Interesse daran haben dürften, mit diesen Titeln Geld zu verdienen. Die Barcelona-Bitches werfen ihre Mailbombenteppiche grundsätzlich nachts ab, sodass die Lektoren immer furchtbar nervös sind, wenn sie am Morgen ins Büro kommen, weil sie befürchten, schon wieder die nächste Liste mit Forderungen in ihrer Mailbox zu finden.

»Es ist schlimmer denn je«, seufzt Astra, die BB und Blando am Hals hat, weil sie außerordentlich tough ist und ein aufgehender Stern im Verlag.

»Was ist denn los?«

»Ach, da gibt's genug. Vor allem die Geschichte mit dem Nobelpreis.«

»Oh nein, nicht schon wieder«, ruft Evita und verdreht die Augen.

»Doch. Sie ist völlig wahnsinnig. Sie verlangt, dass ich einen Bericht abliefere, welche Strategie wir verfolgen, um ihn bis zum Herbst auf die Shortlist für den Literaturnobelpreis zu kriegen.«

»Aber das ist doch unmöglich! Der wird nie den Nobelpreis kriegen. Nie im Leben. Nicht in diesem Leben und nicht im nächsten. Der schreibt quasi-philosophischen Schweinkram für Damen mittleren Alters! Langatmigen Blödsinn. Ich glaube, die Akademie hat noch nie in Erwägung gezogen, auch nur eines seiner Bücher aufzuschlagen!«

»Ich weiß, Evita, aber das kann ich BB ja schlecht so sagen. Außerdem hab ich keine Zeit, Berichte für sie abzufassen. Im Autorenvertrag steht doch wohl nichts über Berichte, oder?«

»Nein, natürlich nicht.«

»Das Dumme ist nur: Sie hat Pablo eingeredet, dass er dieses Jahr gute Chancen auf einen Preis hat. Jetzt will er also im September auf die Buchmesse nach Göteborg kommen, um sein Interesse zu zeigen. Er meint, je öfter er nach Schweden kommt, desto begeisterter wird die Akademie von ihm sein.«

»Nein, nein, nein! Auf gar keinen Fall! Die Messe ist schon in ein paar Monaten, das geht nicht. Wir haben alles schon fertig geplant. Da können wir jetzt kein Seminar mehr oder so was organisieren. Nein, er kann nicht kommen. Er *darf* nicht kommen.«

Pablo Blando hat die alljährliche Buchmesse in Göteborg schon mehrmals besucht. Obwohl er um die siebzig ist, übt er immer noch eine seltsame Anziehungskraft auf Frauen aus. Wenn er seine Bücher signiert, bildet sich immer eine lange Schlange, und vor allem den jüngsten Frauen widmet er größte Aufmerksamkeit. Bei einem viertägigen Aufenthalt lädt er dann mindestens ebenso viele Mädchen noch in sein Hotelzimmer ein, für eine Übernachtung mit lateinamerikanischer Spezialbehandlung. Darüber hinaus sucht er sich ohne Zögern die hübscheste von allen aus und bringt sie zu den großen Banketten mit, die Buchmesse und Verlage geben. »Heute Abend bist du meine Frau«, flüstert er ihr dann chevaleresk ins Ohr und küsst ihr die Hand, bis sie rot wird. Und dann fällt ihm nichts

Besseres ein, als sie vor versammeltem Publikum mit auf Zahnstochern sitzenden Käsewürfelchen zu füttern. Die Umsitzenden finden es schrecklich peinlich, aber was tut man nicht alles, um mit einem Bestsellerautor zu verkehren, der die nie versiegende Fähigkeit besitzt, jeden Mist in Gold zu verwandeln. Astra war dabei gewesen, und manchmal hasst sie sich selbst schon dafür, dass sie beim Altherrenzirkus dieses Wortalchemisten mitmacht.

»Die Bitch weiß ganz genau, dass die Zeit knapp ist«, sagt sie. »Deswegen will sie, dass Pablo inkognito nach Göteborg kommt. Völlig krank. Wie wenn ein König ins Ausland reist, ohne einen offiziellen Staatsbesuch daraus zu machen. Er soll heimlich kommen, aber natürlich trotzdem Bodyguards ohne Ende haben. Ja, aus ihrer Sicht ist er wirklich eine königliche Majestät. Aber weißt du, was das Schlimmste ist?«

»Nein, was? Soll eine Packung Viagra im Zimmer liegen, wie immer?«

»Hör dir das an: Sie will ein Mittagessen für die Schwedische Akademie geben, mit Pablo als Gastgeber. In Mexiko ist er in der literarischen Akademie, und die Veranstaltung würde das Band zwischen den Ländern stärken, meint sie. Pablo könnte helfen, mehr schwedische Autoren auf dem lateinamerikanischen Markt bekannt zu machen. Sie ist Feuer und Flamme und hält das für eine Spitzenidee. Verstehst du? So nach dem Motto: Eine Hand wäscht die andere.«

»Ist die Frau denn total verrückt geworden?«, ruft Evita und schlägt sich mit der Hand vor die Stirn. »Wer um den Nobelpreis bittet, kann genauso gut gleich auf offener Straße eine Tonne Scheiße über sich ausgießen. So einen Fauxpas vergisst niemand, niemals im Leben.«

»Ich glaube, sie kapiert das tatsächlich nicht«, sagt Astra resigniert. »Ich hab versucht, es ihr auf eine nette Art zu erklären, aber ich dringe einfach nicht zu ihr durch. Jetzt fahre ich demnächst in Urlaub und brauche möglichst bald eine Lösung. Hast du einen guten Vorschlag?«

»Okay, wir machen es so: Ich schreibe Veronica einen sehr deutlichen Brief und erkläre ihr, dass es vollkommen verheerend ist, sich überhaupt hier im Lande zu zeigen, wenn man jemals den Nobelpreis bekommen will. Ich kann den Kulturattaché in Barcelona ja bitten, ihr das Schreiben persönlich zu überbringen. Das sollte wirken, denke ich. Dann sehen wir Pablo mindestens zwei Jahre nicht auf der Buchmesse …«

Kapitel 17

EIN PRODUKTIVER KUNSTZIRKEL

Es war nicht das erste Mal in dieser Woche, dass Kommissar Håkan Rink vor der großen Tafel im Konferenzraum stand. Sie war über und über bedeckt mit Zetteln in verschiedenen Farben. Jede Farbe stand für eine bestimmte Kategorie: Tatorte, Spuren, Zeugenaussagen und so weiter.

Es war schon spät am Abend, und die Arbeitsgruppe hatte sich versammelt, um sich von einem Kunsthistoriker mehr über die Triebkräfte von Salvador Dalí erzählen zu lassen. Die Tatorte ließen nämlich immer deutlichere Anzeichen dafür erkennen, dass der Serienmörder von dem surrealistischen Künstler des zwanzigsten Jahrhunderts inspiriert wurde.

»Danke, dass ihr heute Abend nicht direkt zu euren Lieben nach Hause geht«, begann Håkan Rink. »Wenn wir Serien-Salvador fassen, werden es euch nicht nur eure eigenen Familien danken. Das ganze Land wird euch seine Dankbarkeit zeigen. Schweden lebt in Angst und Schrecken. Wir beobachten, dass die Angst ganz neue, schreckliche Ausmaße annimmt, zum Beispiel durch Bombendrohungen gegen Museen mit avantgardistischen Ausstellungen oder die Verfolgung experimenteller Schriftsteller und Gegenwartskünstler. Ja, die Leute gehen auf die Kultur im Allgemeinen los, als wäre sie daran schuld, dass sich die Gesellschaft verhärtet hat. Aber ich bin nach wie vor überzeugt, dass die Kultur ein Spiegel der Gesellschaft ist – nicht umgekehrt. Ich möchte Alf Linde willkommen heißen, einen der führenden Experten des Landes für die surrealistische Bewegung.«

Die ungefähr zehn Polizisten, die zu Rinks Ermittlungstruppe gehörten, bedachten Linde mit einem kurzen Willkommensapplaus. Linde war sehr alt und sah aus, als könnte er selbst dabei gewesen sein, als sich die Dadaisten Anfang der Zwanzigerjahre auf André Bretons fanatischen Befehl hin in Surrealisten verwandelt hatten. Als er das Wort ergriff, zitterte die lose Haut unter seinem Kinn wie bei einem Truthahn.

»Danke, Håkan. Ja, in diesem Fall sieht es eher so aus, als wollte der Mörder die Wirklichkeit zu einem Spiegel der Kunst machen. Sehr eigenartig! Meines Wissens ist dies das erste Mal, dass ein Mörder einen unschuldigen Künstler kopiert. Deswegen bin ich fest davon überzeugt, dass Sie tief in Dalís Kunst einsteigen müssen, wenn Sie den Täter fassen wollen. Sie müssen sie mit Ihrem Unterbewusstsein verstehen.«

Die Kollegen in der Arbeitsgruppe nickten sich ernst zu. Das klang einleuchtend. Sie wussten bereits einiges über den Künstler, mussten aber definitiv noch mehr lernen.

Jetzt gilt es zu komprimieren, denkt Titus und zügelt seinen Eifer einen Moment. Es wäre ein Leichtes, sich dreißig Seiten lang über Dalí auszulassen. Allein sein riesiger, gewachster Schnurrbart wäre ein paar Seiten wert. Hatte Serien-Salvador wohl auch so einen? Nein, das wäre zu einfach.

Alf Linde verteilte Kopien eines handgeschriebenen Zettels und lachte laut: »Hier haben Sie Dalí in Kurzform, in surrealistischer Kurzform.«

Das beste Künstlermanifest der Welt,
von Salvador Dalí.

Gegen das Einfache	Für das Zusammengesetzte
Gegen Uniformität	Für Differenzierung

Gegen Gleichheit	Für Rangordnung
Gegen Kollektivismus	Für Individualismus
Gegen Politik	Für Metaphysik
Gegen Musik	Für Architektur
Gegen die Natur	Für die Ästhetik
Gegen den Fortschritt	Für das Bestehende
Gegen Mechanisierung	Für den Traum
Gegen die Jugend	Für reifen machiavellistischen Fanatismus
Gegen Spinat	Für Schnecken
Gegen den Film	Für das Theater
Gegen Buddha	Für den Marquis de Sade
Gegen das Morgenland	Für das Abendland
Gegen die Sonne	Für den Mond
Gegen die Revolution	Für die Tradition
Gegen Michelangelo	Für Raffael
Gegen Rembrandt	Für Vermeer
Gegen primitive Objekte	Für überkultivierte Objekte
Gegen Philosophie	Für Religion
Gegen die Medizin	Für die Magie
Gegen Bergdörfer	Für die Meeresküste
Gegen Hirngespinste	Für Gespenster
Gegen die Frauen	Für Gala
Gegen die Männer	Für mich selbst
Gegen die Zeit	Für weiche Uhren

Anschließend sprach Alf Linde eine knappe Stunde über Dalí und sein Künstlertum. Warum er sich von den anderen Surrealisten distanzierte, wie er einen so unwahrscheinlichen kommerziellen Erfolg erzielte und dass er erst seine Frau Gala und dann sich selbst im Keller seines surrealistischen Schlosses mitten in der katalanischen Stadt Figueres begrub. Es wurde ein Museum über sein Lebenswerk und eines der seltsamsten Touristenziele der Welt. Mit horrenden Eintrittspreisen, versteht sich.

»Zum Abschluss muss ich noch ein bisschen von seinen Erfindungen erzählen. Bevor Dalí seinen Durchbruch als Künstler hatte, entwarf er eine Reihe von innovativen Geräten, um seinen Lebensunterhalt zu verdienen. Er führte einen erbitterten Kampf, und diejenigen, denen er seine Ideen zu verkaufen versuchte, hielten ihn für einen Schwachkopf. Hören Sie sich ein paar Beispiele an: Kleidungsstücke mit falschen Einsätzen an Hüften und Brüsten, um die erotischen Fantasien der Männer zu beflügeln. Künstliche Fingernägel mit Spiegeln, durchsichtige, mit Wasser gefüllte Schaufensterpuppen mit lebendigen Goldfischen im Inneren, die den Blutkreislauf darstellen sollten. Kaleidoskop-Brillen für Autofahrer, wenn die Landschaft, durch die sie fuhren, zu langweilig wurde, nicht zuletzt den taktilen Film, bei dem Kinobesucher die Kulisse des Films anfassen konnten. Und so weiter und so fort. An die hundert Erfindungen von Dalí sind dokumentiert. Heute können wir sehen, dass viele davon auf die eine oder andere Art verwirklicht worden sind: Push-up-BHs oder Virtual-Reality-Brillen, 4-D-Kinos und so weiter. Wahrscheinlich war er nicht verrückt, sondern einfach nur seiner Zeit weit voraus. Aber jetzt hören Sie bitte gut zu: Die Erfindung, auf die er die meiste Energie verwendete, waren die rotierenden Speckskulpturen. Er kaufte beim Metzger große Mengen Fleisch und hängte es an Krücken auf, die er auf elektrische Drehplatten stellte. Niemand weiß, was er mit dem rotierenden Speck erreichen wollte. Was meinen Sie? War er schlichtweg verrückt oder einfach nur ein missverstandener Erfinder?«

Wahrheit und Wissen waren die Schlüssel zu Håkan Rinks Führungsstil. Nicht die Jagd nach positiven Bildern wie beim Sport.

keine gruppendynamischen Übungen, mit denen in der Unternehmenswelt der Teamgeist gefördert werden soll.
Die Polizeikollegen sahen einander an, als die Erkenntnis wie ein Blitz im Raum einschlug. Sie mussten Serien-Salvador in Erfinderkreisen suchen. Mussten abgewiesene Patentanträge durchgehen. Unter missverstandenen Unternehmern und unterschätzten Enthusiasten suchen. Sie mussten sonderbare und längst vergessene Schriftstücke aufstöbern. So würden sie ihn finden!
Håkan Rink lächelte zufrieden in sich hinein. Wieder mal hatten seine einfachen, direkten Methoden Früchte getragen.
Diesmal war es die 3-F-Methode gewesen: Der Fakt ist das Futter der Fantasie.

Kapitel 18

Das beste Pizzarezept der Welt

Nach der abendlichen Besprechung lud der Kriminalkommissar zu einem späten Nachtmahl im Präsidium ein, um die Stimmung zu heben.

Håkan Rinks Quattro Stagioni – Pizza mit vier »Jahreszeiten«

Pizzateig

½ Päckchen Hefe in eine große Schüssel bröseln.
2 dl lauwarmes Wasser,
250 g Weizenmehl und
3 EL Olivenöl zugeben.

Die Zutaten werden gemischt und zu einem Pizzateig verarbeitet. Nehmen Sie ein Backblech mit hohem Rand und reiben Sie es mit Olivenöl ein. Dann drücken Sie den Teig hinein und decken ihn mit einem Handtuch zu. Der Teig muss ca. 20 Minuten gehen, währenddessen können Sie Sauce und Belag vorbereiten. Heizen Sie den Backofen auf 250 Grad vor.

Pizzasauce

1 Dose Tomaten
2 EL Tomatenmark
weißer und schwarzer Pfeffer
ein paar Tropfen Tabasco
1 TL Oregano
1 TL Salz
1 gepresste Knoblauchzehe

Rühren Sie aus den Zutaten eine Pizzasauce an und schmecken Sie sie ab. Sie können auch ein wenig Essig, Zucker und Pfeffer hineinmischen. Probieren Sie einfach so lange, bis die Sauce Ihnen schmeckt! Lassen Sie sie eine ganze Weile köcheln.

Pizzabelag

Während der Teig geht, bereiten Sie den Belag vor:

frische, geschälte Krabben
frische, in dünne Scheiben geschnittene Champignons
luftgetrockneter italienischer Schinken
gewässerte Muscheln
ein eingelegtes Artischockenherz
kleingeschnittener bzw. geriebener Käse (zu gleichen Teilen Mozzarella, Emmentaler und Parmesan)

Wenn der Teig 20 Minuten gegangen ist, verteilen Sie die Sauce darauf und bestreuen Sie die Pizza mit einer Schicht Käse.

Teilen Sie die Pizza gedanklich in Viertel und belegen Sie sie in der folgenden Reihenfolge (von zwölf Uhr ausgehend im Uhrzeigersinn): Der Schinken ist der Winter, die Muscheln sind der Frühling, die Krabben sind der Sommer und die Champignons der Herbst. Wenn Sie gläubig sind, legen Sie das Artischockenherz in die Mitte. Streichen Sie mit der Hand behutsam über die ungebackene Pizza.

Auf der untersten Schiene im Ofen bei 250 Grad 15 bis 20 Minuten backen. Wenn Sie das Artischockenherz verwendet haben – sprechen Sie jetzt ein Gebet.

Machen Sie eine Pause von der ABC-Methode und genießen Sie die leckerste Pizza der Welt!

Kapitel 19

DER WEISSE KITTEL

Titus sitzt auf dem Trainingsfahrrad im Fitnessstudio. Der Schweiß rinnt ihm nur so herunter unter dem alten, ausgeblichenen T-Shirt mit dem *Einstürzende-Neubauten*-Aufdruck, das er sich 1983 in Berlin gekauft hat.

Er weiß die Zwei-Stunden-Pausen immer mehr zu schätzen. Als Astra ihm die Karte fürs Fitnessstudio gab, hatte er nur verächtlich geschnaubt. Aber sie wusste offenbar sehr gut, was sie tat. Titus hat das Gefühl, dass sie immer weiß, was sie tut. Eine Alphafrau. Jung, hübsch, klug, selbstständig und mit genau dem richtigen Quäntchen Dreistigkeit gesegnet. Er hätte keine bessere Lektorin kriegen können. Da hat er es wirklich prima getroffen.

Titus mag sein neues Leben. Es geht jetzt schon seit Wochen so. Seit seinen Teenagerjahren war er schon nicht mehr so lange nüchtern gewesen. Ab und zu holt er zwar noch mal im Geiste sein Belohnungsbild hervor, aber eigentlich nur, um es am Leben zu halten, wirklich brauchen tut er es nicht. Ein nettes Amüsement, eine witzige Erinnerung. Im Moment hält ihn eine ganz andere Energie von Alkohol und Zigaretten fern.

Das Buch.

Das Schreiben gibt ihm Energie. Er hat einen richtigen Flow, und er weiß, dass es gut wird. Von der Form her ist das Buch leicht zugänglich, aber vom Thema her ist es bleischwer. Er flicht so viele Anspielungen ein, dass die Forscher noch jahrzehntelang seine Intentionen ausschlachten können. Die Charaktere um Håkan Rink sind absichtlich so langsam und penibel entwickelt, dass sich der Leser unbedingt zum Weiterlesen animiert fühlt. Durchbrüche und unerwartete Wendepunkte sind bis ins kleinste Detail geplant. Zugleich ist Titus sehr darauf bedacht, dem Leser nicht allzu viel im Voraus zu verraten. Damit würde er ja dessen Intelligenz beleidigen. Zu viele Details sind was für Nerds und Langweiler. Meine Leser sind mit einbezogen und schreiben Geschichte, denkt Titus. Denn es werden meine Leser sein, die die Charaktere mit Leben füllen. Meine Leser werden die fehlenden Details selbst dazuliefern. Sie geben sich dem Roman hin, lassen sich unterhalten und verstören. Meine Leser sind die klügsten und besten, sagt er zu sich selbst und tritt noch fester in die Pedale seines Trainingsfahrrads.

Titus mag keine Vororte. Er hat sein Leben lang in der Innenstadt gewohnt und liebt das Gewimmel und den Asphalt. Die wenigen Male, als er im Ausland Urlaub gemacht hatte, war er ausschließlich in anderen Großstädten gewesen. Dort lief er wenigstens nicht Gefahr, plötzlich dazustehen und weit und breit ist kein Tresen in Sicht.

Natürlich ist er auch schon mal auf dem Land gewesen. Aber nur in der Obhut einer feuchtfröhlichen Mittsommerfeier oder eines beduselten Krebsfestes. Titus hatte schon immer das Gefühl, dass die Natur sich extra aufmotzt, sobald er aufs Land kommt. Dann putzt sie sich auf überzogene Weise heraus und versucht ihn einzulullen mit ihrem Vogelgezwitscher und ihren Düften, obwohl sie im Grunde nur eines will: ihn in den Morast eines sumpfigen Waldweihers locken. Und auf einmal ist er dann ganz verratzt und sinkt langsam unter die Oberfläche, während ihn der Wassermann und die Elfen vor dem Hintergrund des blauen Mittsommernachtshimmels höhnisch auslachen. Nee, igitt, haut mir bloß ab mit dem Land. Da muss man auf der Hut sein. Oder besoffen.

Die Vororte sind keinen Deut besser als das Land. Die Leute in den Vororten sind Bauerntölpel. Statt Traktoren fahren sie riesige Kombimonster. Und sie reden über nichts anderes als übers Wetter, über Sportnachrichten und Lotto. Der einzige Unterschied zu den Bauern liegt darin, dass die Bewohner der Vororte billige blaue Anzüge statt billiger blauer Overalls tragen. Jetzt kommt Titus um einen Besuch in den Vororten jedoch nicht herum. Na ja, was heißt, nicht drum herumkommen. Er hat die kostenlose Chance bekommen, mehr über Therapie zu erfahren. Es wäre geradezu ein Dienstvergehen von ihm, wenn er nicht die Gelegenheit ergreifen würde, die sich ihm bietet.

FF, hätte Håkan Rink dazu gesagt. *Follow the Flow.*

Als Titus aus dem Bus steigt, ist er an der äußersten Peripherie von Stockholm. Hinter diesen Rondellen und Überführungen kann er Tausende von Eigenheimen, Reihenhäusern, Mietshäusern, Kunstgrasflächen und Einkaufszentren erahnen. Er schaudert und dankt seinem Glücksstern, dass er nur bis ins Niemandsland fahren musste und nicht in die Tiefen der Vorort-Hölle. Der Valhallavägen 1 und der Kreisverkehr bei Roslagstull bilden zweifellos den Abgrund, an dem Stockholm endgültig endet. Noch ein paar Meter weiter, und er wäre vielleicht auf ewig im Wirrwarr verloren gegangen.

So klingelt er also an der Sprechanlage bei Doktor Rolf. Seltsam, dass kein Nachname auf dem Schild steht. Was ist das denn für ein Arzt, der nur einen Vornamen hat? Ist er in einem Kinderkrankenhaus gelandet?

»Ja, hallo!«, brüllt eine Stimme, um den Lärm des Kreisverkehrs zu übertönen, der die großen, silbernen Vorortautos Richtung Norden katapultiert.

»Ja, hallo!«, brüllt Titus zurück in die Sprechanlage. »Ich habe einen Gratistermin für die Multitherapie um 10 Uhr!«

»Willkommen, willkommen, mein Lieber! Fünfte Etage. Wenn Sie reinkommen, ist gleich links ein Lift.«

Ein kurzes Summen signalisiert ihm, dass sich die Tür jetzt öffnen lässt. Titus tritt ein und geht zum Fahrstuhl. Als die Haustür hinter ihm zufällt, wird es totenstill. Das Vorortgefühl verblasst fast im selben Moment. Das wird bestimmt spannend hier, denkt er und überwindet seinen Widerwillen gegen Fahrstühle.

Als er im fünften Stock ankommt, steht die Tür zu einer der Wohnungen bereits offen. Dahinter sieht er einen Flur, der eventuell zu einer Praxis gehören könnte, und geht hinein.

»Der Nächste bitte!«

Ein großer, vergnügter Mann im weißen Kittel taucht aus dem Nichts auf und hält Titus die Hand hin.

»Hahaha! Titus Jensen, nehme ich an.«

»Genau.«

»Ich bin Doktor Rolf. Ralf Rolf.«

»Ralf Rolf?«, fragt Titus, für dessen Ohren sich »Ralf Rolf« eher wie Hundegebell anhört als wie ein Name.

»Genau! Ralf Rolf. Aber Sie können mich Ralf nennen. Doktor Ralf Rolf oder einfach Ralf, so heiße ich. Willkommen!«

Titus sieht sich im Wartezimmer um. An der einen Wand stehen offene Kisten voller Theaterkostüme und seltsamer Requisiten, die kunterbunt durcheinanderliegen. Polizeiuniformen, Pappnasen, Perücken, Kleider, Rüstungen, Theatermasken, Brüste zum Umschnallen und riesige Lederhosen. In der Ecke neben den Kartons steht ein Paravent, an dem ein Pfeil angebracht ist sowie ein Schild mit der Aufschrift: *Bitte hier umziehen.*

An den Wänden sieht Titus riesige Schilder mit großen Slogans, schwarz auf weißem Grund:

ALLES IST JETZT, AUCH DAMALS UND NACHHER.

WER AM MEISTEN ZEIT VERSCHWENDET, GEWINNT.

Hm, denkt Titus. Gute Idee. Slogans sind Philosophie in konzentrierter Form. Ein Gedanke, der sich nicht in eine Zeile fassen lässt, wird von den breiten Massen nie verstanden. *Das beste Buch der Welt* muss selbstverständlich auch die besten Slogans der Welt enthalten. Er hat unbewusst bereits nach welchen gesucht, aber er könnte noch mehr davon in Håkan Rinks Dialoge einbauen. Spitzfindige Abkürzungen und Slogans – das muss die Grundmelodie in der Sprache seines Kommissars werden. Ein Mensch, der in Abkürzungen und Slogans spricht, verschafft sich Respekt mit ganz großem R.

Ein großes R ist das A und O, wie Håkan Rink es ausgedrückt hätte.

»Gefallen sie Ihnen? Die hab ich im Internet gefunden. Auf meiner eigenen Homepage, hahaha!«, dröhnt Doktor Rolf fröhlich los und hakt Titus unter, um ihn ins Sprechzimmer zu lotsen.

»Setzen Sie sich! Aber fühlen Sie sich bloß nicht zu gesetzt, hahaha!«

Titus tut sich schwer mit Menschen, die so erbarmungslos fröhlich sind. Die tun immer so, als hätten sie das Monopol auf gute Laune. Und ersticken damit jeden Versuch ihrer Mitmenschen, ebenfalls gute Laune zu kriegen. Doktor Rolf gehört garantiert zu denen, die ein Fest damit einleiten, dass sie vier, fünf Witze reißen, denkt Titus. Aber Witze erzählen ist so hoffnungslos zwanzigstes Jahrhundert. Der Doktor ist sicher auch Experte für zotige Witze. Zotige Witze sind von allen Witzen sicher die schlimmsten.

Doktor Rolf setzt sich hinter seinen großen Schreibtisch, der unter Ordnern, Rezeptblöcken, Stiften und einer Tastatur verschwindet, die ein bisschen klebrig aussieht. Ein Teller mit einem halb gegessenen Gebäckstück erklärt diesen Umstand. Doktor Rolf gehört zu den Leuten, die immer etwas naschen oder schlürfen müssen, während sie im Internet surfen oder arbeiten. Da seine ganze Aufmerksamkeit auf den Bildschirm gerichtet ist, kriegt er es gar nicht mit, wenn er seine Tastatur schmutzig macht.

Titus setzt sich auf den Besucherstuhl gegenüber. Er ist zu niedrig im Verhältnis zur Tischplatte, und Titus fühlt sich klein. Außerdem sind die Armlehnen zu hoch. Und ihr geringer Abstand macht es unmöglich, die Arme bequem neben dem Körper liegen zu lassen – es ist zu eng. Titus fühlt sich wie ein Fettkloß auf einem Puppenstuhl. Aber er legt die Arme auf die Lehnen, obwohl er dadurch seine Schultern fast auf Ohrenhöhe hat. Seine Finger werden ganz weiß, als er das vordere Ende der Armlehnen umklammert.

Ihm ist überhaupt nicht wohl bei diesem Besuch. Doktor Rolf kommt ihm nicht so hundertprozentig seriös vor, eher das Gegenteil.

»So. Na, dann erst mal herzlich willkommen.«

»Danke.«

»So, Sie wollen also ein bisschen mehr über die Multitherapie erfahren, hm?«

»Ja.«

»Wie viel wissen Sie denn schon?«

»Nichts.«

»Aha, verstehe«, sagt Doktor Rolf und illustriert seine ernsthaften Absichten, indem er das Revers seines weißen Kittels glatt zieht.

»Lassen Sie mich beim Grundlegenden beginnen: Was haben Sie für ein Problem? Ich meine – was hat Ihre Neugier so geweckt, dass Sie zu mir gekommen sind?«

»Ich habe keine Probleme. Ich bin gekommen, weil mich ein Telefonmarketing-Anruf neugierig gemacht hat.«

»Gut! Das ist schon mal eine gute Grundeinstellung: ›Ich habe keine Probleme.‹ So kann man natürlich denken. Das ist nicht ganz richtig, aber ich sage auch nicht, dass es ganz falsch ist.«

»Ach nein?«

»Die Multitherapie baut auf einer uralten Philosophie auf. Alles, was Sie als ›das Leben‹ und ›die Welt‹ wahrnehmen, sind Ereignisse, die von Ihrem Hirn verarbeitet wurden. Ihr Gehirn ist einmalig, und daher ist auch Ihr Weltbild einmalig. Was Sie als grün wahrnehmen, kann für einen anderen Menschen rot aussehen. Was Sie als richtig empfinden, ist für einen anderen falsch. Wenn Sie denken: ›Kein Problem!‹, kann Ihr Mitmensch die Situation als ganz schrecklich wahrnehmen.«

»Hmm, ja …«

»Erlebnisse sind nichts anderes als chemische Reaktionen. Nehmen Sie zum Beispiel die Liebe. Verliebtheit besteht aus einem Haufen Hormone, die Ihnen durch den Körper rauschen. Es gibt keine rationale Erklärung dafür, warum ein bestimmter Mensch von einem anderen angezogen wird. Aber wir wissen, dass er die Auswahlprozesse durch bewusste Handlungen steuern kann. Indem wir zum Beispiel Normen und Moden folgen, können wir für andere attraktiver wirken. Anpassung gilt als attraktiv, weil der Gegenpart folgert, dass wir Fantasie genug haben, um unsere Nachkommen versorgen zu können. Also: Unsere Handlungen beeinflussen die Hormone. Eine moderne Jeans an einem ganz normalen Hintern bringt mehr Hormone in Wallung als eine unmoderne Jeans am selben Hintern. Diese Handlung löst eine chemische Reaktion aus, die die Empfindung von Liebe auslöst. Nicht der Hintern beflügelt die Hormone, sondern die Handlung. In diesem Fall also die Wahl der richtigen Jeans. Unser Handeln entscheidet alles. Verstehen Sie?«

»Ja, doch …«

»Also, das Leben ist Chemie. Sie sind ein Chemiebaukasten. Ich bin ein anderer Chemiebaukasten.«

Doktor Rolf lehnt sich zurück und betrachtet Titus. Der fragt sich, worauf das Ganze hier hinauslaufen soll. Doktor Rolf greift sich mit einer Hand an den Hinterkopf und lässt sie langsam durch seinen Schopf bis zur Stirn gleiten. Die Finger fahren langsam über seine Stirn. Die Hand bleibt stehen, als sie die Augenbrauen erreicht. Dort verweilt sie einen Moment. Dann zieht er ein bisschen an der Haut seiner Stirn. Rauf und runter, rauf und runter gehen seine

Augenbrauen. Dann lässt er seine Haut auf einmal wieder los und fährt fort:

»Sie sagten, Sie haben keine Probleme, nicht wahr?«

»Ja …«

»Das ist eine interessante Einstellung. Die meisten Menschen, die zu mir kommen, finden, dass sie Probleme haben. Schwerwiegende sogar. Ich erkläre ihnen dann jedes Mal, dass sie *keine* haben. Aber diesmal ist es offenbar umgekehrt. Hier ist ein Mensch, der sich als problemfrei bezeichnet.«

Als Doktor Rolf »problemfrei« sagt, lässt er es so klingen, als ob es das genaue Gegenteil wäre: wie ein ernster, wenn nicht sogar tödlicher Zustand. Er schließt die Augen und gibt einen kurzen Schnarchlaut von sich. Titus schaudert und versucht, einfach nur ein normaler Mensch zu sein.

»Na ja, was heißt schon problemfrei. Natürlich schlag ich mich mit so einigen Problemen herum. Oder habe mich herumgeschlagen, könnte man vielleicht sagen. Aber ich habe keine psychischen Beschwerden, wenn Sie das meinen.«

»Nein, ich verstehe schon. ›Keine psychischen Beschwerden‹ …«, diagnostiziert Doktor Rolf träge. Dann steht er rasch auf.

»Na gut, Titus. Dann kann ich nichts für Sie tun. Leider.«

»Sind wir denn schon fertig?«, erkundigt sich Titus.

»Nein, keineswegs! Aber wenn Sie keine Probleme haben, muss ich wohl ein paar von meinen zeigen. Sie wollten mehr über die Multitherapie erfahren, und das sollen Sie auch.«

»Danke, aber ich weiß nicht, ob das wirklich nötig …«

»Na kommen Sie, jetzt seien Sie doch nicht so«, sagt Doktor Rolf und packt seine beste Vorlesestimme aus. »Erst werde ich Ihnen erzählen, worauf das Ganze hinausläuft. Dann zeige ich Ihnen, wie das funktionieren kann. Also: Das Leben ist Chemie. Alles, was Sie wahrnehmen, ist auf Ihre chemische Zusammensetzung zurückzuführen.

Alles, was Sie falsch wahrnehmen, ist ebenfalls auf Ihre chemische Zusammensetzung zurückzuführen. Sämtliche Ihrer Eigenschaften oder Eigenheiten, die in den Augen anderer Leute nicht normal scheinen, können mithilfe chemischer Reaktionen korrigiert werden. Es kommt zum Beispiel häufig vor, dass die Leute Chemikalien einnehmen, wenn sie sich verfolgt fühlen. Andere, die übertrieben gut gelaunt sind, können das Element Lithium schlucken. Und die, die sich schrecklich traurig fühlen, können ebenfalls Lithium schlucken. Mit genug Lithium im Körper werden alle gleich gestimmt und ähneln einander. Das wollen sie schließlich auch. Beziehungsweise ihre Angehörigen wollen das. Wie auch immer: Wir Multitherapeuten finden, dass die Chemikalien uns zu sehr abstumpfen.«

Titus nickt vorsichtig. Natürlich ist er neugierig darauf, was Doktor Rolf zu sagen hat. Aber er hat auch das Gefühl, dass man ihn nicht mit zu viel Interesse stimulieren darf. Doktor Rolf pendelt die ganze Zeit zwischen Apathie und Hektik. Im einen Moment sieht er so aus, als würde er gleich einschlafen. Im nächsten Moment schleudern seine Augen förmlich Blitze.

»Wenn man von außen Chemikalien zuführt, kann man das Ungleichgewicht noch verschärfen. Die Multitherapie betrachtet das Ganze von einer anderen Warte aus. Wir sorgen dafür, dass der Körper selbst anfängt, die nötigen Chemikalien zu produzieren. Da alles, was Sie erleben, auf die Chemie in Ihrem Gehirn zurückzuführen ist, ist Ihr ganzes Leben gewissermaßen eine einzige große Einbildung. Daraus kann man folgern, dass auch Ihre Krankheiten und Probleme Einbildung sind. Es sind reine Hirngespinste, die die Chemie in Ihrem Gehirn zusammengesponnen hat.«

»Sie meinen also, dass zum Beispiel paranoide Schizophrenie nur ein Hirngespinst ist?«

»Genau!«, brüllt Doktor Rolf. »Ganz genau so ist es! Persönlichkeitsspaltung ist eine fixe Idee, gegen die es tolle Therapien gibt.

Es gilt nur die maßgeschneiderte Therapie für Sie als Patienten zu finden. Und das ist die Multitherapie in Kurzform. Wenn es ein Problem gibt – dann gibt es auch eine Therapie dafür!«

»Das klingt sehr einfach …«

»Einfach? Im Gegenteil, es kann unglaublich schwierig sein, die richtige Therapie zu finden. Einbildungskrankheiten sind oft tief im Gehirn der Menschen verwurzelt. Manchmal muss man Hunderte von Placebotherapien durchprobieren, bis eine funktioniert.«

»Placebotherapien?« Titus tut sich einigermaßen schwer, den raschen Wendungen des Vortrags zu folgen.

»Die sind wie Zuckerpillen! Der Patient *glaubt*, dass das Medikament funktioniert, und wird nur deswegen geheilt. Obwohl der einzige Wirkstoff darin Zucker war. Genauso ist es mit der Multitherapie. Solange Sie glauben, dass Sie geheilt werden, funktioniert es auch. Wenn Sie merken, dass Sie einbildungskrank sind, werden Sie um jeden Preis versuchen, eine wirksame Einbildungstherapie zu finden. Sie hören auf, sich als Opfer unglücklicher Umstände zu betrachten wie etwa Ihre Gene, das Umfeld in Ihrer Jugend oder was auch immer Sie dafür verantwortlich machen. Wenn Sie nur Ihren Willen zurückgewinnen, dann geben Sie das Startsignal und die ganze Maschinerie läuft an. Auf einmal beginnen das Gehirn und der Körper die Chemikalien zu produzieren, die nötig sind, damit Sie wieder funktionieren. Also: Wenn Sie geheilt werden *wollen* – dann *werden* Sie auch geheilt. So läuft das! Jetzt haben Sie den Dreh verstanden, denke ich mal.«

»Was ich als mein Leben wahrnehme, können Sie also mit dieser Placebotherapie beeinflussen?«

»Ha! Sie haben's gleich erfasst!«

»Hm, ich weiß ja nicht, ob ich das glauben soll«, meint Titus zweifelnd. »Können Sie mir ein paar Beispiele geben? Was können Sie heilen?«

»Alles! Ich kann wirklich alles heilen. Alles, alles, alles! Paranoia, Schizophrenie, Agoraphobie, Schlangenphobien, Flugangst. *You name it.* Einfach alles! Vom Münchhausen-Syndrom bis hin zu Tourette.«

Bei Titus macht es klick. Er muss an Lenny denken.

»Wie – Sie können Tourette heilen?«

»Natürlich! Klar. Tourette ist reine Einbildung. Eine böse Erfindung des Gehirns, schlicht und einfach. Es gibt schließlich keinen vernünftigen Grund, warum diese Menschen zuckend durch die Gegend rennen und dummes Zeug sagen sollten. Nein, das machen die nur, weil ihr Gehirn glaubt, dass sie das müssen. Gegen Einbildungskranke gibt es nur ein einziges Heilmittel. Und das ist …« Doktor Rolf wedelt auffordernd mit den Händen, damit Titus seinen Satz vollendet.

»Die Einbildungstherapie …?«

»Bravo, Titus! Einbildungstherapie, Placebotherapie, Multitherapie. Es gibt viele Namen für diese großartige Erfindung.«

»Und wie geht das? Ich meine, wie können Sie jemanden heilen, der zum Beispiel unter dem Tourette-Syndrom leidet?«

»Das lässt sich schlecht verallgemeinern. Aber es läuft fast immer darauf hinaus, die Dinge auf die Spitze zu treiben. Alle denkbaren Grenzen zu überschreiten. Und dann nur einen Schritt weiterzugehen. Man muss den Betroffenen in einen Zusammenhang stellen, der so absurd vergrößert ist, dass er einsieht, wie albern und nichtig sein eigenes Verhalten im Vergleich aussieht. Dann verkleinert und verkleinert man sein Problem immer weiter, bis es ganz verschwunden ist. Für einen Tourette-Patienten könnte das zum Beispiel so aussehen, dass man ihn zwingt, sich extrem spastisch zu bewegen und stundenlang Schimpfwörter zu brüllen. Vielleicht im Clownskostüm oder so. Das kann für die Beteiligten natürlich schrecklich anstrengend sein. Meine Theorie lautet, dass die Tourette-Fälle nur eine bestimmte Zahl von Zuckungen in sich tragen. Wenn sie versuchen, ihre Ausfälle zu bremsen, ist der einzige Effekt der, dass sie das Elend noch verlängern. Schlimmstenfalls reicht der Vorrat ein Leben lang. Nein, da ist es schon besser, die Tourettes zu hetzen wie tollwütige Hunde und den ganzen Mist auf einmal aus ihnen rauszuholen. Sie zu reiten wie Wildpferde auf einem Rodeo. Am Ende haben sie den Blödsinn selbst über. Wir holen einfach sämtliche Zuckungen und Flüche aus ihnen raus, bis keiner mehr übrig ist. Aber das kann Monate dauern. Schlimmstenfalls Jahre.«

»Ach, hören Sie auf. Das klingt doch total verrückt. Glauben Sie nicht, dass das eine extrem erniedrigende Sichtweise auf diese Kranken ist?«

»Das mag schon sein. Und deswegen passiert so etwas auch nur hinter verschlossenen Türen bei einem Multitherapeuten. Wir haben Schweigepflicht«, sagt Doktor Rolf und unterdrückt ein Gähnen.

Wie kann der denn jetzt müde sein?, denkt Titus. Vor einer halben Minute, als er Tourette-Patienten als tollwütige Hunde beschrieb, war er noch total in Fahrt.

»Wenn das alles so toll funktioniert, wie kann es dann sein, dass die Multitherapie nicht bekannter ist?«, schnaubt Titus.

Er findet, dass sich das alles wie ein Witz anhört. Es ist zu einfach. Echte Traumata müssen doch tiefer sitzen, da kann man sich nicht einfach in ein Narrenkostüm werfen und seine Probleme übertreiben, um sie verschwinden zu lassen. Das wäre dasselbe, als würde man sich bis obenhin mit Kalorien vollstopfen, um Gewicht zu verlieren.

»Bekannter?«, setzt Doktor Rolf seinen Redeschwall fort. »Das liegt in der Natur der Sache. Wer will denn schon für uns Multitherapeuten eintreten, was meinen Sie? Ein Paranoider, den wir gezwungen haben, rund um die Uhr in Trenchcoat und Sonnenbrille durch die Stadt zu rennen und anderen nachzuspionieren? Ein Schizophrener, der mit zehn Persönlichkeiten leben muss, obwohl er sich nur in zweien zu Hause fühlt? Ein armer Teufel, der sich vor Tauben fürchtet und den ganzen Sommer auf dem Markusplatz in Venedig verbringen muss? Nein, wenn die erst geheilt sind, dann sehen wir nichts mehr von ihnen. Dann haben wir sie total ausgepowert. Wenn sie daran denken, welchen Torturen wir sie ausgesetzt haben, schämen sie sich schrecklich. Und in gewisser Weise kann ich sie sogar verstehen. Die Behandlung kann ziemlich heftig sein, aber das ist nun mal der Stand der Placeboforschung. Und wer beklagt sich bitte über brutale Zellgifte, solange sie den Krebstumor besiegen? Das Wichtigste ist doch, dass die Behandlung Leben rettet. Und viele können uns Multitherapeuten dafür danken, heute wieder in der Gesellschaft zu funktionieren, das kann ich Ihnen versichern. Wohin man den Blick auch wendet, überall findet man Freunde der Placebotherapie.«

»Aha …«

»Außerdem ist es ein unglaublich harter Job, als Multitherapeut zu arbeiten. So was zehrt an einem.«

»Ach …«

»Ja, denn wir müssen ja alle Therapien selbst testen, bevor wir sie klinisch bei den Patienten einsetzen, verstehen Sie? Das gehört zu unseren ethischen Grundsätzen. Und das werden am Ende eine ganze Menge Therapien. Ebenso viele, wie es Menschen gibt, könnte man manchmal fast meinen …«

»Ach …«

»Nehmen Sie zum Beispiel das Schlafwandeln. Das hat einen fundamentalen Einfluss auf mein Leben gehabt. Ich habe Hunderte von Patienten geheilt, die schlafwandelten und nicht zwischen Traum und wachem Leben unterscheiden konnten. Schlafwandler können überall einschlafen. Wenn sie träumen, glauben sie, dass das, was im Traum passiert, wirklich geschieht. Unglaublich lächerlich, albern geradezu, könnte man meinen, aber Tatsache ist, dass so etwas schwer zu heilen ist. Für die Betroffenen könnte eine wirksame Placebotherapie so aussehen, dass man ihnen eine Essen-und-Schlafen-Uhr verpasst wie der Schildkröte Schalenmann aus der Zeichentrickserie mit Tino Tatz, dem nettesten Bären der Welt, und seinem Kaninchenfreund Klein-Hops. Schalenmann kann einfach nicht ohne seine Essen-und-Schlafen-Uhr. Ich bin ja überzeugt, dass Schalenmann eigentlich ein Schlafwandler ist und eine Methode gefunden hat, die ihm Grenzen setzt. Die Essen-Uhr sagt ihm, wann er essen soll, wann er schlafen soll, wann er aufwachen soll. Ja, sie sagt ihm sogar, wann er scheißen und pissen soll. Deswegen gebe ich meinen Wachtraumpatienten einen kleinen Wecker. Jedes Mal, wenn sie etwas tun müssen, egal was, müssen sie die Uhr klingeln lassen und laut sagen, was sie vorhaben. Bei jeder noch so kleinen Gelegenheit müssen sie den Wecker klingeln lassen. ›Jetzt muss ich gähnen, klingeling.‹ ›Jetzt will ich reden, klingeling.‹ Alles, was sie tun, muss durch das Klingeling des Weckers eingeleitet werden. Alles, aber auch wirklich alles. Und den Wecker können sie eben nur klingeln lassen, wenn sie wach sind, stimmt's? Das Geräusch wird zum bedingten Reflex. ›Klingeling‹ bedeutet, dass sie wach sind. Stille bedeutet Belohnung und Schlaf. Am Ende können sie den Wecker weglassen und sich das Klingeln vorstellen. Sie kriegen sich selbst in den Griff, und das Klingeling wird eine kognitive Bremse in ihrem Dasein.«

»Funktioniert das denn wirklich?«

»Aber ja! Schauen Sie her!«

Doktor Rolf reckt sich über den Tisch und wühlt einen kleinen Wecker unter einem Stapel Papier hervor.

»Ein Schlafwandler, jawohl! Jetzt will ich schlafen!«

Er klingelt: Klingeling. Auf einen Schlag sackt er auf dem Schreibtisch zusammen. Er ist kein Arzt mehr. Jetzt sieht er nur noch wie ein großer, schwerer Mehlsack aus. Obwohl er immer noch tief und langsam atmet. Doktor Rolf schläft wie ein Murmeltier. Ein kleines Rinnsal einer zähen, speichelähnlichen Flüssigkeit läuft ihm aus dem Mundwinkel und auf die klebrige Tastatur.

Titus beugt sich vor und schüttelt Doktor Rolf vorsichtig. Er versucht es mit einem »Hallo!« und »Doktor Rolf?«, doch die Antwort ist nur ein abgrundtiefes Rasseln.

Du bist mir vielleicht so ein Chemiebaukasten, denkt Titus und schleicht sich aus Doktor Rolfs Praxis, um nie mehr zurückzukehren.

Recherche kann schon wirklich mühsam sein. Je mehr man gräbt, umso größer wird das Loch. Und was soll man bloß mit seinen ganzen Entdeckungen anstellen?

Was heute leer erscheint, kann morgen schon Lehrsatz sein.

Kapitel 20

Die Ruhe von Stockholm

Als Titus aus Doktor Rolfs Haus tritt, steht die Luft geradezu. Er merkt, dass ihm kein vielversprechendes Frühsommergefühl mehr entgegenschlägt. Vielmehr ist es Mitte Juli, Hochsommer. Die Zeit vergeht. Er verspürt Unlust und muss nach dem seltsamen Besuch bei Doktor Rolf erst mal wieder einen klaren Kopf kriegen. Also beschließt er, den ganzen Rückweg von Norrtull bis nach Södermalm zu Fuß zu gehen.

Er schlägt den Weg durch den Observatorielunden hinter der Stadtbibliothek ein, um dann die Drottninggatan vom Anfang bis zum Ende entlangzugehen. Die Bäume unterhalb des Observatoriums ächzen unter den unbarmherzigen Sonnenstrahlen und kämpfen mit dem Gras um jedes Tröpfchen Wasser in der Erde. Man hört geradezu, wie gesaugt und geschlürft wird. Das Grün der Wiesen geht stellenweise schon in einen Braunton über. Das Laub im Park hängt schlaff an den Zweigen, wie im demütigen Gebet um ein kleines bisschen Regen.

Er liebt das Strindberg-Zitat, das im nördlichen Abschnitt der Drottninggatan in den Asphalt eingelassen ist. Dort ist die Straße immer noch pittoresk, es gibt gemütliche kleine Cafés und einigermaßen bezahlbare Restaurants. Die Häuser sind so niedrig, dass die Sonne dort bis auf die Gehwege scheint. Es wimmelt nur so von hippen Teenagern, die sich alle Mühe geben, den Rekord im So-langsam-wie-möglich-Caffè-Latte-Trinken zu brechen. Dann, wenn man weiter Richtung Süden geht, verwandelt sich die Straße in ein brodelndes Shoppingmekka mit all den Läden, die der Durchschnittsschwede gern frequentiert: H&M, Intersport, Stadium, Zara,

Clas Ohlson, McDonald's und so weiter. Hier herrschen die Familien mit Kindern. Sie rennen mit hoch erhobenem, tropfendem Softeis und riesigen Plastiktüten unter den Armen zwischen den Rolltreppen und Schwingtüren hin und her. Wehe dem, der nicht glücklich aussieht. Pfui, wenn einer nicht reich aussieht. Nach Sergels torg löst sich die Drottninggatan in einen eiskalten, schattigen Kaufhaussumpf mit hässlichen hohen Häusern auf. Die einzigen Menschen, die man hier sieht, sind hie und da ein ergrauter Beamter mittleren Alters und vereinzelte Touristengrüppchen, die sich wahrscheinlich verlaufen haben. Seltsame kleine Läden verkaufen T-Shirts mit Elchmotiven und Dalarna-Pferdchen in allen Größen. Wer will eigentlich solche Dalarna-Pferdchen?, denkt Titus. Wozu braucht man die? Vielleicht halten die Reisebusse ganz gezielt vor den Souvenirläden, denn sie sind proppenvoll mit kleinen, fröhlichen Japanern. Und die reißen sich um die Dalarna-Pferde. Anscheinend wissen sie irgendetwas, was andere nicht wissen. Dalarna-Pferde sind gut für die Potenz. Man zermahle sie und mische das Pulver mit Reisschnaps. Nach Einnahme bekommt man eine stattliche, leicht schwankende Mittsommerstange *from The Swedish Dalecarlia.*

Der Sommer in Stockholm gleicht keinem anderen Ort auf der Welt, denkt Titus. Abgesehen von der kaputtrenovierten Gegend im Klara-Viertel und dem südlichen Abschnitt der Drottninggatan ist Stockholm rein objektiv betrachtet die schönste Sommerstadt der Welt. Ganz ohne Zweifel, das muss als bewiesen gelten.

Die Geräusche in der Stadt sind im Sommer ebenfalls anders. Das Vogelgezwitscher, das einem im Mai und Anfang Juni fast schon auf die Nerven gehen kann, klingt jetzt wie eine ganz normale, angenehme Pausenmusik. Keine Autos, die zwischen Schulabschlussfeiern, Überstundenjobs und Vorstadtshopping hin und her rasen. Stattdessen gleiten sie wie in einer stolzen Parade über Stockholms Straßen, um zu zeigen, was jeder echte Stockholmer empfindet:

Stockholm ist im Sommer am schönsten. Da fahren die hunderttausend zugezogenen Stockholmer nach Hause in ihre ländlichen Ortschaften, wo man sie ein paar Wochen lang als reiche, erfolgreiche »Heimkehrer« betrachtet. Dort können sie dann auf Teufel komm raus an ihren alten Hütten rumrenovieren, die Preise auf den Trödelauktionen in die Höhe treiben, Riesensteaks grillen und an öffentlichen Badestränden ins Wasser pinkeln, so viel sie lustig sind. Und die Ortsansässigen können über die Leutchen mit der 08-Vorwahl lamentieren. Ja, die Landeier mögen ihr Bild von »den Stockholmern« nicht missen. Dass sie damit eigentlich ein Spiegelbild projizieren, ist dabei ganz egal.

Nachdem Titus am Reichstagsgebäude vorbeigegangen ist, beschließt er, sich eine Tasse Kaffee zu gönnen. Er muss ein bisschen nachdenken. Langsam spaziert er zum Stortorget in die Gamla Stan und betritt das Café der Städtischen Mission. Mit einer Tasse Kaffee und einer Zimtschnecke auf seinem Tablett setzt er sich an einen Tisch am Fenster und schaut auf den Platz und die alte Börse.

Die letzten Wochen waren ereignisreich. Erstens hat er unglaubliche Mengen an Text verfasst. Das meiste davon richtig gut. Er weiß, wenn er das Material in ein paar Wochen durchsieht, wird er leicht entscheiden können, was davon stehen bleiben darf. Er hat das absolute Gehör. Wenn es um Texte geht, kann er sich zu hundert Prozent auf sich verlassen.

Das beste Buch der Welt bekommt allmählich eine Struktur, die ihm wirklich gefällt. Diese Spielart des Kriminalromans mit eingeschalteten, kurzen Sachbuchblöcken funktioniert besser, als er es sich hätte träumen lassen. Die Abschnitte mit Håkan Rinks Jagd auf Serien-Salvador sind gnadenlos und schnell und enden grundsätzlich mit einem spannenden Cliffhanger. Die Sachbuch-Abschnitte nehmen jedes Mal höchstens ein, zwei Seiten in Anspruch. Sie fungieren als angenehme Ruhepausen zwischen den spannenden Stellen.

Er hat schon die häufigsten Themen aus den Sachbuchbestsellern eingebaut, von der Blitzdiät bis zur Selbstfindung. Die Sprache ist so leicht verdaulich, dass es beinahe schmerzt. Manchmal fragt er sich, ob es wirklich angemessen ist, wenn eine so intellektuelle Thematik auf so windige Art abgehandelt wird. Aber so, wie es jetzt ist, liest man es dafür in einem Zug, man kann es nicht mehr aus der Hand legen und muss einfach immer weiterlesen. Titus ist zufrieden mit sich. Genau das wollte er erreichen. Sprache ist Kommunikation, keine Kunstform an sich. Das Kunstwerk ist das, was im Kopf des Lesers hängen bleibt. Ein einmaliges Bild, von dem es nur ein einziges Exemplar gibt.

Aber das Beste ist immer noch, dass Astra ihn gezwungen hat, abstinent zu werden. Seine Sinne sind geschärft und er fühlt sich voller Energie. Das Gift hat seinen Körper verlassen. Rein chemisch betrachtet hat er den Missbrauch niedergerungen, denkt er. Sein Körper verlangt nicht mehr lautstark nach den Giften. Jetzt sind nur noch die Hirngespinste übrig. Manchmal erwischt er sich noch dabei, wie er im Kühlschrank nach einem Bier sucht oder sich auf die Jackentasche klopft, wo sonst die Zigarettenschachtel steckte. Die Macht der Gewohnheit ist stark. Aber diese Hirngespinste sind so harmlos, dass er sie mithilfe eines anderen Hirngespinsts unschädlich machen kann – mit seinem Belohnungsbild, wo er auf einem warmen, jungen Frauenkörper liegt und das Leben genießt. Lieber besessen als besoffen.

Er spürt, wie die Ruhe wieder in seinen Körper einkehrt. Es ist schon lange her, dass er so lange nicht am Computer gesessen hat. Aber es fühlt sich nicht ganz verkehrt an, auch mal wieder in der Stadt gewesen zu sein. Ein bisschen Kaffee trinken. Den Leuten zugucken. Entspannen.

Das unangenehme Gefühl, das ihn bei Doktor Rolf überfiel, klingt langsam wieder ab. Was für ein Blödmann. Was für ein grottenschlechtes Leben. Was für ein ekliges Menschenbild. Andererseits war es ganz interessant zu hören, was er über das Tourette-Syndrom als reine Einbildungskrankheit zu sagen hatte.

Und wenn er am Ende wirklich recht hat? Was würde das wohl für Lenny bedeuten?

Kapitel 21

DUNKLE WOLKEN ZIEHEN AUF

Als er aus dem Fahrstuhl klettert und seine Wohnung betritt, befällt ihn auf einen Schlag das ungute Gefühl, dass jemand in seiner Wohnung gewesen ist. Schwer zu sagen, wie er darauf kommt. Riecht es nicht komisch? Oder hat hier bloß jemand komisches Essen gekocht und der Dunst hat sich durch die Lüftung verteilt?

Nein, hier ist definitiv jemand gewesen. Titus kontrolliert rasch die ganze Wohnung. Da es eine Einzimmerwohnung mit Kochnische ist, muss er nicht mal den Flur verlassen, um sich einen kompletten Überblick zu verschaffen. Außerdem ist es bei ihm ja mittlerweile immer aufgeräumt. Er beugt sich vor, um unter das Schlafsofa zu spähen. Wenn ein ungebetener Besucher hier war, dann ist er jetzt zumindest nicht mehr hier.

Er macht noch einmal seine Wohnungstür auf und wirft einen Blick ins Treppenhaus. Da hört er eilige Schritte, die sich über die Treppe entfernen! Dann hört man nur noch, wie die Haustür mit einem dumpfen Laut zuschlägt. Wer zum Teufel war das? Titus läuft ans Fenster, um nachzusehen. Vor der Haustür – nichts. Eine große, schlaksige Gestalt biegt gerade um die Hausecke. Schwarze Jeans. Ein aufglänzender Nietengürtel. Lenny? Schon verschwunden. Titus könnte schwören, dass es Lenny war.

Er reißt das Fenster auf und schreit:

»Lenny! Lenny, komm zurück, verdammt! Was treibst du eigentlich, Mann?«

Eine weißhaarige Dame auf einem Balkon schüttelt missbilligend den Kopf und nimmt einen Schluck aus ihrer blau geblümten Kaffeetasse. Ach Gottchen. Da geht das schon wieder los. Dieser ewig besoffene Schriftsteller. Saufen und Drogen nehmen, das kann er. Aber eine saubere Waschküche hinterlassen, das ist offensichtlich zu viel verlangt. Ich sag's ja immer.

Titus stolpert hastig die Treppe hinunter, um Lenny hinterherzurennen. Als er um die Ecke biegt, hinter der Lenny verschwunden ist, sieht er nur noch eine menschenleere Straße. Lenny ist wie vom Erdboden verschluckt.

Obwohl er allmählich eine richtig gute Kondition hat von dem ganzen Spinning im Fitnessstudio, ist er nach dem kurzen Sprint völlig außer Atem. Er muss sich an die Wand lehnen und atmet schwer.

Verdammt. War es denn überhaupt Lenny? Oder hat er sich das bloß eingebildet? Das war doch Lenny, oder? Verdammte Scheiße. Was wollte der?

Er rennt wieder hoch in seine Wohnung, um nachzusehen, ob etwas gestohlen wurde. Er kann nichts Auffälliges entdecken. Viel zu stehlen gibt es eigentlich auch nicht. Wer will schon einen Stapel Pizzakartons? Andererseits lässt ihn das ungute Gefühl nicht los, dass irgendjemand hier gewesen ist.

Da sieht er es.

Verdammte Hacke, er hatte also recht!

Der Schreibtisch am Fenster. Sein Laptop. Der Deckel ist hochgeklappt. Er lässt den Laptop nie aufgeklappt stehen, wenn er eine Pause macht. Das ist seit Kindesbeinen schon so in ihm drin. Eine offene Klappe wird nach Benutzung wieder zugemacht, fertig, aus. Er mag ja die meiste Zeit seines Lebens ein Schlamper vor dem Herrn gewesen sein. Aber was offene Klappen angeht, die hat er schon immer zugemacht, solange er zurückdenken kann.

Lenny war also hier und hat herumgeschnüffelt. Ist es möglich, dass er in den Computer gekommen ist? Hat ihn der Alkomat eingelassen?

Er bläst ins Röhrchen und wartet darauf, dass der Computer hochfährt. Ein Fenster erscheint auf dem Bildschirm.

Hallo Titus! Vor einer Weile hast du – oder jemand anderes – versucht, mich falsch zu starten. Das bedeutet, dass der Ruhezustand ab jetzt noch weitere 1 h 22 min 43 sek dauert. Danach bist du wieder herzlich willkommen!

Die Uhr läuft sekundenweise rückwärts. Nach einer Weile geht der Bildschirm aus.

Verdammt, ich glaub es nicht, denkt Titus. Lenny hat versucht, in meinen Computer einzubrechen! Das kann nur eins bedeuten. Der ist hinter meinem Manuskript her!

Aber wie hat Lenny vom *Besten Buch der Welt* erfahren? Es gibt nur vier Menschen auf der ganzen Welt, die von dieser Idee wissen. Titus selbst, Astra, Evita Winchester und Eddie X. Wer hat da geplaudert? Astra oder Evita können es kaum gewesen sein, die hätten am meisten zu verlieren, wenn sie etwas enthüllen würden. Nie im Leben würden sie einen Verkaufserfolg gefährden. Er selbst hat seit Wochen kaum eine Menschenseele getroffen. Außerdem war er die ganze Zeit stocknüchtern.

Es muss also Eddie gewesen sein. Aber warum sollte Eddie Lenny von der Idee erzählen? Wäre es nicht schlauer, wenn er es machen würde wie Titus, nämlich sich völlig abschotten und das Buch schreiben, ohne mit irgendjemandem darüber zu reden? Außerdem ist Eddie X viel zu gutherzig, als dass er Titus so verraten könnte. Nein, das kann er sich nicht vorstellen. Nicht Eddie.

Die einzig logische Erklärung, die Titus einfällt, ist die, dass Lenny heimlich gelauscht hat, als Eddie und er auf dem Festival ihre betrunkene Unterhaltung geführt hatten. Damals, als sie auf diese ganze Sache gekommen sind. Und als Lenny und Titus sich dann im Moderna Museet über den Weg liefen und Kaffee trinken waren, hat Lenny eins und eins zusammengezählt. Er hat gesehen, dass ich nüchtern und konzentriert bin, denkt Titus. Fand, dass ich mich wieder benehme wie ein normaler Mensch. Verdammt! Kaum hatte er kapiert, dass ich nicht mehr saufe, muss ihm klar geworden sein, dass ich an einer ganz großen Sache dran bin. Was könnte Titus wohl so auf die Sprünge geholfen haben? Und dann wurde er neugierig. Dass ich daran nicht gedacht habe! Ich kann nicht einfach rumlaufen und aussehen wie ein völlig neuer Mensch, bevor das hier alles vorbei ist. Alle Leute werden sich fragen, wo ich plötzlich diese ganze Energie herbekomme. Und dann ist den Spekulationen Tür und Tor geöffnet: ein neues Buch, eine neue Frau, was auch immer. Nein, erst wenn das Buch fertig ist, kann ich mich nüchtern präsentieren, denkt Titus.

Hastig greift er zum Telefon und wählt Astras Nummer. Es läutet mehrmals. Bestimmt zehn Mal. Endlich nimmt sie ab.

»Hallo Titus! Wie geht's dir?«

»Um ehrlich zu sein – total scheiße.«

Er erzählt alles, was passiert ist. Vom Fenster auf dem Bildschirm und wen er im Verdacht hat. Von ihrer Begegnung im Moderna Museet. Dass er ihm kein Sterbenswörtchen erzählt habe, Lenny ihm aber offenbar trotzdem auf der Spur sei. Das sei viel schlimmer als jede Industriespionage. So was sei Kulturspionage, eine Bedrohung für die ganze Demokratie. Für die menschliche Existenz. Titus ist völlig aufgebracht und schüttet Astra sein Herz aus.

Astra ist die Ruhe selbst. Sie wäre keine Starlektorin, wenn sie panische Situationen nicht genauso gut unter Kontrolle halten könnte wie panische Menschen.

»So, Titus, wir machen das jetzt folgendermaßen: Ich schicke dir einen Mann vom Schlüsseldienst und sorge dafür, dass du ein modernes Sicherheitsschloss bekommst. Und was den Computer angeht, kannst du beruhigt sein. Lenny – falls er es denn gewesen ist – ist es nicht gelungen, sich einzuloggen. Der Alkomat reagiert nur auf deine ganz persönliche Enzymzusammensetzung. Nur deine Atemluft kann ihn starten. Ich wollte dir das nicht so direkt sagen. Du wärst bloß wütend geworden und hättest mir in den Ohren gelegen, was der Verlag für Spionagemethoden anwendet. Als du nach dem Festival bei mir warst, hab ich eine Speichelprobe von einer Bierdose genommen. Die Techniker haben dann den Rest erledigt.«

»Wie – das mit dem Alkomaten war also von Anfang an deine Idee? Du hast doch gesagt, das war Evitas Idee«, murrt Titus.

»Entschuldige.«

»Mann, Astra. Und ich dachte, du bist auf meiner Seite.«

»Na, aber bitte, das bin ich doch auch! Du musst zugeben, dass das echt gut funktioniert hat!«

»Ja … ja, schon.«

»Na bitte. Also, du musst dir überhaupt keine Sorgen machen. Er hat deine Dateien garantiert nicht zu sehen bekommen. Setz dich wieder dran und versuch weiterzuarbeiten. Sobald ich nach Hause komme, treffen wir uns, und dann lese ich schon mal rein.«

»Sobald du nach Hause kommst? Wieso, wo bist du denn?«

»Auf Antiparos, in Griechenland. Hatte ich das nicht gesagt? Ich hab Urlaub.«

»Ui. Aha. Na, dann hören wir uns, wenn du wieder hier bist. Viel Spaß noch.«

Titus ist beruhigt. Astra tut ihm gut. Sie denkt an alles. Eine perfekte Frau. Und wenn sie vorher schon hübsch war, wie wird sie dann erst aussehen, wenn sie ein paar Wochen unter der griechischen Sonne verbracht hat? *Oh my God,* ich wünschte, ich hätte ein bisschen was von Alexis Zorbas, denkt Titus.

Er pustet ins Röhrchen. Schaut auf das Fenster. Noch 58 min 35 sek.

Er würde gern mit eigenen Augen sehen, dass das Manuskript noch da ist. Wenn es jemand gestohlen hat, kann Titus sich genauso gut gleich umbringen. Er könnte niemals die Energie aufbringen, das ganze Manuskript noch mal zu schreiben.

Nein, er muss seine täglichen Gewohnheiten einfach noch mal gründlich überdenken. Muss kontrollieren, dass die Fenster alle zu sind, wenn er die Wohnung verlässt. Die Tür sorgfältig abschließen. Probeweise noch mal an der Klinke rütteln. Die Haustür noch ein paar Minuten heimlich im Blick behalten, nachdem er hinausgegangen ist. Oh Mann, er ist schrecklich nervös. Jetzt mal mit der Ruhe, Titus, das kommt schon alles in Ordnung, denkt er.

Rasch ins Röhrchen gepustet: 56 min 17 sek.

Die Zeit kriecht.

Titus geht zu seiner Kochnische und setzt Kaffee auf. Schmiert sich ein Brot und legt eine Scheibe Cheddar drauf. Schneidet sich eine Scheibe Paprika ab und legt sie auf den Käse. Gießt sich ein Glas Orangensaft ein. Der Kühlschrank sieht nicht mehr aus wie die Eiswüste am Nordpol. Er hat seine Essgewohnheiten jetzt im Griff. Abwechslungsreiche Kost. Regelmäßige Mahlzeiten. Das kommt schon alles in Ordnung. Ganz ruhig atmen.

Er schaut aus dem Fenster. Die weißhaarige Dame sitzt immer noch auf dem Balkon. Sie fummelt gerade an ihrem Transistorradio auf dem Balkontisch herum.

Warum eigentlich nicht? Gute Idee, denkt Titus und schaltet sein kleines Küchenradio ein.

Eine ganz bestimmte Melodie erfüllt das Zimmer. Die von *Sommer* – dem wahrscheinlich beliebtesten Radioprogramm Schwedens. Bekannte und unbekannte Schweden, die etwas Spannendes oder Interessantes zu erzählen haben, bekommen anderthalb Stunden Sendezeit, um ein ganzes Volk zu verzaubern. Sie flechten ihre Lieblingsmusik in den gesprochenen Beitrag ein. Oft wird es sehr persönlich. Manchmal auch provokativ. Niemand bleibt davon unberührt. Die Abendzeitungen hängen sich dran und werfen am nächsten Tag einen hastigen Artikel hin, um im Sommerloch ein paar Exemplare mehr zu verkaufen.

Die Melodie verklingt. Titus überlegt, wer wohl heute sprechen wird.

Guten Tag, Schweden.
Hallo, ihr Schweden!
Ich heiße Eddie X.
Ich bin Schriftsteller und Dichter.
Ich lebe von Wasser, Brot und Liebe.
Und von Musik.
Du kannst das auch.
Heute zeige ich dir mein Leben.
Es ist nämlich auch dein Leben.
Du und ich.
Wir sind uns ziemlich ähnlich, meinst du nicht?
Gleich zerbrechlich, gleich stark.
Gleich abstoßend, gleich schön.
Heute zeige ich dir meine Erinnerungen.
Und ich werde dir die Musik vorspielen, die meine Erinnerungen über die Maßen vergoldet hat.
Du wirst dabei sein, wenn ich das erste Mal rumknutsche.
Du wirst dabei sein, wenn ich das erste Mal Liebe mache.
Klingt das nicht gut?
Aber zuerst wirst du mit mir meinen Kindergarten besuchen.
Du.
Dann kannst du meinen Pimmel mit Fingerfarben bemalen.

Hoppla. Titus setzt sich auf einen Küchenstuhl und hört aufmerksam zu. Er vergisst die Zeit und dass der Alkomat bald schon der Befreiung entgegentickt. Eddies warme Stimme füllt den Raum.

Er hat einen schwachen Anklang von Norrland-Dialekt, der den inbrünstigen Ton nur noch steigert. Kein anderer Mensch auf der ganzen Welt könnte mit so einem hochtrabenden Balanceakt davonkommen, wie ihn Eddie vollführt. Aber es wird niemals lächerlich. Nicht eine Sekunde. Eddie X sinkt nie so tief, dass er dasteht wie ein alberner Hofdichter mit gestärktem Kragen. Er ist Rock 'n' Roll in Gedichtform. Ein Dynamitmännchen im Samtfutteral.

Titus ist wie erstarrt. Gebannt. Die anderen Kindergartenkinder und er spielen im Bastelzimmer mit Eddies Schwanz, er geht mit ihm auf Kindergeburtstage, zum ersten Schultag, schaut auf die wippenden Brüste der Lehrerin, spioniert den Mädchen nach der Sportstunde in der Dusche nach, lacht mit ihm über den Drachen aus dem Kinderprogramm, macht sich auf der Klassenfahrt in die Hose, schmeckt den Popcorn-Geschmack des ersten Zungenkusses auf der Party in der sechsten Klasse, ejakuliert unkontrolliert in seine Pyjamahose, knutscht mit Mädchen mit jungen, frischen Brüsten, kriegt Lust auf mehr und knutscht noch mehr, klaut Äpfel, futtert sich einmal durch die ganze Eiskarte, fährt Mountainbike im Wald, knutscht intensiv, schaut fern, trinkt Bier, schreibt Gedichte, liebt zum ersten Mal, schreibt noch bessere Gedichte, liebt noch einmal, trinkt schrecklich viel Bier, schreibt schrecklich gute Gedichte, tritt bei einem Poetry-Slam auf, gewinnt das Herz des Publikums, liebt noch mehr, schreibt noch mehr Gedichte, tritt mit einem auf die Brust aufgemalten roten Riesenherz zur Musterung an und wird vom Wehrdienst befreit, als er ein rosa Kuvert an den Generalsekretär der UNO schickt, reist mit Interrail quer durch Europa, macht Inselhüpfen im Mittelmeer, zieht in ein Kollektiv, liebt, wird besessen von der Liebe und davon, Liebe weiterzugeben, wird zur Legende in Poetry-Slam-Kreisen, tourt durchs ganze Land, um mit den Tourettes auf Festivals aufzutreten, verkündet das Evangelium der Liebe, gibt Gedichtbände heraus und spielt Platten ein.

Eddie X spielt nur schwedische Musik zu seinen Erinnerungen. Er kennt keine Tabus, was schön oder hässlich, erlaubt oder verboten angeht. In Eddies Sommerprogramm kommt *Ace of Base* und *E-Type* genauso glaubwürdig daher wie *The Hives* und *The Soundtrack of Our Lives*. Was am Ende herauskommt, sind fünfundzwanzig Jahre *Best of Sweden* in einem wunderbaren, vergnüglichen, neunzigminütigen Schnelldurchlauf.

Titus kann geradezu durch die Wände hören, wie das schwedische Volk vor Freude jubelt. Ein neues Juwel in der nationalen Schatzkiste ist gefunden. Erst Bellman, Taube, Lundell und Hellström. Und jetzt – Eddie X.

Als das Programm zu Ende ist, schickt Titus eine SMS mit seinen Glückwünschen an Eddie: *Glückwunsch! Hab gelacht und geheult und wieder gelacht. Danke, machs gut. Grüße, Titus.*

Aber als er das Handy aus der Hand legt, trifft es ihn wie ein Faustschlag in den Magen. Er spürt, wie ihm das Blut aus dem Kopf weicht, und er muss sich auf den Boden setzen. Streicht sich über den stoppeligen Schädel. Verdammt noch mal. Wieso ist ihm das nicht früher eingefallen? Er gräbt die Nägel in die Kopfhaut. Bekommt kaum noch Luft. Hyperventiliert.

Eddie hat kein Wort von seinem paranoiden Vater erzählt! Als sie sich in der Stadtbibliothek begegnet sind, hatte er gerade für sein Sommerprogramm recherchiert! Saß da und hat alles Mögliche gelesen, um noch mehr zu erfahren.

Hat sich seinen schrecklichen Erinnerungen gestellt und keine Ahnung, was noch alles. Um sich vor dem schwedischen Volk zu entblößen. Und jetzt? Lässt er sich lang und breit darüber aus, wie lustig und cool es doch sein kann, in Schweden aufzuwachsen. Bloße Erinnerungen, keine Analyse. Kein Wort darüber, wie es war, mit einem psychisch kranken Vater aufzuwachsen.

Eddie hatte ihm also ins Gesicht gelogen. Das hätte er nie von ihm gedacht. So viel zur Liebesbotschaft. Ein Wolf im Schafspelz war das.

Bevor Titus ohnmächtig wird, sieht er den Tatsachen ins Auge: Der neue Nationalheld Eddie X ist auch mit Feuereifer dabei, *Das beste Buch der Welt* zu schreiben.

Jetzt ist die Katastrophe perfekt.

Kapitel 22

ANDERE SEITEN

Es klingelt.

Titus weiß nicht, wie lange er ohnmächtig auf dem Boden gelegen hat. Vielleicht nur Minuten, vielleicht auch vierundzwanzig Stunden. Es fühlt sich an wie eine Ewigkeit. Vorsichtig steht er auf. Stolpert auf den Flur. Alles dreht sich, aber er schafft es. Sein Mund fühlt sich trocken und staubig an. Er muss eine ganze Weile in der Küche gelegen haben. Im Flurspiegel blickt ihm sein eigenes Gesicht entgegen. Leichenblass ist er, obwohl er im Solarium des Fitnessstudios in letzter Zeit ein bisschen Schummelbräune aufgelegt hat.

Es klingelt erneut.

Wer könnte das sein? Lenny, der zurückgekommen ist, um diesmal den ganzen Computer zu klauen? Titus schaut durchs Guckloch. Ein muskulöser Kerl mit blauer Arbeiterhose und einem riesigen Werkzeugkoffer. Handy in der Gürteltasche. Blonde Strähnchen im Haar.

Da fällt ihm das Telefonat mit Astra wieder ein. Das ist natürlich der Mann vom Schlüsseldienst. Der war vielleicht schnell. Andererseits – kann Titus das denn wissen? Er könnte ja auch eine ganze Weile ohnmächtig gewesen sein.

Er macht die Tür auf.

»Hallo, sind Sie der Mann vom Schlüsseldienst?«

»Ja, klar. Ich bin so schnell gekommen, wie ich nur konnte. Es hieß, dass Sie ganz schön in Panik wären hier.«

Typischer Södermalmer. Blökt mit seinem nasalen Stockholmer Akzent. Prima, auf so jemanden kann man sich verlassen, denkt Titus.

»Kommen Sie rein.«

»So, es geht also um diese Tür, wenn ich das richtig verstanden habe.«

»Genau, das ist ja die einzige Wohnungstür. Hat Astra Larsson Sie angerufen?«

»Ganz genau. Tolle Lady. Hat mich aus Griechenland angerufen. Meinte, es ist eilig. Also bin ich sofort gekommen.«

»Am gleichen Tag? Ich meine – sie hat also heute angerufen?«

»Genau. Ich hatte vorher noch was in der Hornsgatan zu erledigen. Hat ein bisschen gedauert. Ging aber doch ziemlich flott.«

Titus atmet erleichtert auf. Dann ist er also nicht allzu lange ohnmächtig gewesen.

»Gut, dass Sie hier sind. Ja, dann tun Sie mal, was zu tun ist. Legen Sie einfach los.«

»Also, wissen Sie, so eine Tür wie diese hier kann man heutzutage echt nicht mehr gebrauchen.«

»Stimmt, das ist mir jetzt auch klar geworden.«

»Weiß Gott. Ich meine, schauen Sie mal hier. Kommen Sie mal raus und schauen Sie sich das an hier.«

Der Schlossertyp zieht Titus mit sich ins Treppenhaus und macht die Tür von außen zu. Er nimmt eine Kreditkarte aus seiner Brieftasche und friemelt sie in den Spalt zwischen Tür und Türrahmen kurz oberhalb des Schlosses. Dann zieht er die Karte nach unten, ungefähr so, wie man es bei einem Kartenlesegerät im Geschäft macht. Die Karte drückt das Schloss mit Leichtigkeit in die Aussparung der Tür zurück. Und die Tür gleitet ohne Widerstand auf.

»Sehen Sie? So geht das einfach nicht, das verstehen Sie sicher. Jedes Kind könnte bei Ihnen einbrechen.«

»Oje. Können Sie das lösen?«

»Klar, deswegen bin ich ja hier. Das Griechenmädel meinte, eine richtig massive Lösung wäre in diesem Fall das Beste. Und deshalb kriegen Sie jetzt den reinsten Banktresor.«

»Prima. Danke.«

»Ja, wissen Sie, erst acht Millimeter Titanblech über die ganze Türleiste. Und dann ein Dreifachschloss. Ein normales Schloss, ein Schloss mit sieben und eines mit neun Zuhaltungen. Oder möchten Sie noch ein Codeschloss dazu? Die hab ich mit Zahlenkombinationen bis zu zehn Ziffern.«

»Nein, ich glaube, mit drei Schlüsseln bin ich schon vollauf bedient.«

»Okay. Ist ja Ihre Tür. An den Angeln muss ich auch was machen, da kommt dann so'n Blech über den ganzen Mist. Das kann dann keiner mehr knacken, verstehen Sie, absolut bombensichere Sache. Übrigens blecht die Lady die ganze Zeche, da müssen Sie sich keine Sorgen machen.«

»Okay. Kommen Sie jetzt wohl eine Weile allein zurecht?«

Jetzt, wo Titus wach ist, will er sich so schnell wie möglich in seinen Computer einloggen und nachsehen, ob alles noch da ist. Er lässt den Mann vom Schlüsseldienst allein, der sofort anfängt, alles abzumessen und in seiner Werkzeugkiste zu kramen.

Titus schaltet den Laptop ein.

Hallo Titus! Herzlich willkommen. In sechs Stunden schalte ich wieder ab und speichere deine Arbeit. Dann hast du wie immer eine mindestens zweistündige Pause. Wenn du mich drei Tage lang nicht einschaltest, musst du wieder von vorne anfangen. Ich wünsch dir für heute viel Spaß!

Titus wundert sich, dass der Text jedes Mal anders klingt, wenn er den Computer einschaltet. Das muss ja ein ganz schön kompliziertes Programm sein, das Astra da installiert hat. Kein Wunder, dass die armen Autoren immer nur ein Viertel der Verkaufseinnahmen ihrer Bücher abkriegen. Die Softwareentwickler in Silicon Valley werden wahrscheinlich auch ihren Anteil bekommen, denkt er. Es muss doch ein Vermögen kosten, so einen enzymgesteuerten Alkomaten zu konstruieren.

Klick, klick, klick. Endlich ist er bei seinen Ordnern auf der Festplatte. Es ist noch alles da! Das Manuskript liegt, wo es liegen soll. Er öffnet das Dokument und atmet erleichtert auf. Sämtliche Zeichen sind noch da, jedes einzelne.

Jetzt muss er nachdenken. Seine schlimmsten Befürchtungen haben sich bewahrheitet. Eddie hat ihn hintergangen. Mit größter Wahrscheinlichkeit arbeitet er gerade auf Hochtouren, um *Das beste Buch der Welt* zu schreiben. Das Sommerprogramm hat er einfach so aus der Hüfte geschossen. Wahrscheinlich hat er das meiste Material davon schon in früheren Shows benutzt. Er musste nur alles zusammenstellen, ins Studio gehen und die Leute vom Hocker reißen. So was kann Eddie X. Gefühle wecken ist seine Spezialität. Und vielleicht sitzt Eddie genau in diesem Moment zu Hause und schreibt ein tadelloses Manuskript! Mit dem wird er die Leute natürlich wieder genauso verzaubern.

Titus hat jetzt ein großes Problem. Eddie ist der schlimmste Konkurrent, den man sich vorstellen kann.

Und obendrein versucht Lenny noch, bei ihm einzubrechen. Das muss doch Lenny gewesen sein, oder? Wer sollte es sonst gewesen sein? Was würde es ihm bringen, wenn er ein Manuskript stiehlt? Er könnte Titus' Buch doch sowieso nie unter seinem Namen herausbringen. Da würde ein Aufschrei der Empörung durchs Feuilleton gehen, und es gäbe einen viel beachteten Prozess wegen Verletzung des Urheberrechts. Nein, hier ging es eher um Ideenspionage. Lenny versucht, ihm seine Ideen zu klauen. Für Ideen gibt es kein Copyright. Jeder kann eine Idee stehlen, wenn er will, sogar Lenny. Da bleiben dann nur noch zwei Alternativen. Entweder versucht er die Ideen für sich selbst zu klauen. Aber wie wahrscheinlich ist das?

Lenny kommt nicht gerade rüber wie ein Unternehmer, der sich damit beschäftigt, Ideen weiterzuentwickeln. Lenny ist ein Rocker. Wenn er jetzt die Skizze für ein Tattoo geklaut hätte, okay, dann vielleicht. Aber Ideen für *Das beste Buch der Welt*? Wohl kaum. Bleibt nur noch die zweite Alternative. Lenny hat im Auftrag eines anderen gestohlen.

Eddie.

Hinter der ganzen Sache steckt Eddie X. So ist das. Anders kann es gar nicht sein. Der zarte Poet der Liebe hat offensichtlich noch ganz andere Seiten. Verborgene, dunkle, gefährliche Seiten. Titus wagt das kaum zu denken, geschweige denn seinen eigenen Gedanken Glauben zu schenken. Ist das denn möglich? Wer hätte gedacht, dass Schwedens neuer Liebling ein Lügner ist, der Einbrecher für sich arbeiten lässt?

Titus schaut auf die Uhr. Halb fünf. Er beschließt, Christer Hermansson in der Stadtbibliothek anzurufen und sich zu erkundigen, ob Eddie nach der Radiosendung eventuell in sein Studierzimmer zurückgekehrt ist. Andererseits würde Eddie sich wohl keine Gelegenheit entgehen lassen, den Jubel des Volkes entgegenzunehmen. Das weiß Titus. Wahrscheinlich sitzt er beim Schriftstellerverband und trinkt Wein, umgeben von schönen und glücklichen Menschen. Lacht und lächelt. Bringt Hormone in Wallung. Die Freundlichkeit in Person.

Aber einen Versuch ist es allemal wert. Er hat momentan ja doch keine bessere Strategie. Ist ziemlich ratlos. Er muss einfach rauskriegen, was Eddie treibt. Titus hofft, dass Christer Hermansson nicht im Urlaub ist. Aber er scheint nicht der Typ Mensch zu sein, der auf Sommerurlaub steht.

»Willkommen bei der Stockholmer Stadtbibliothek. Sie sprechen mit Christer Hermansson, dem stellvertretenden Bibliotheksleiter.«

»Hallo Christer, hier ist Titus.«

»Na so was, Titus Jensen«, antwortet Christer Hermansson mit seiner allerförmlichsten Stimme. »Prima, dass du anrufst. Darf ich dir ein ganz besonderes Buch empfehlen? *Kaiser und Generäle – die Männer hinter den Erfolgen des Alten Rom.*«

»Gut aufgelegt wie immer. Nein, Christer, ich möchte dich um einen Gefallen bitten.«

»Natürlich. *Ich bin ein Bibliothekar.* Dein Ausleihwunsch ist mir Befehl.«

»Ich will nichts ausleihen. Ich wollte nur fragen, ob du wohl so supernett sein könntest, zu Eddies Studierzimmer runterzugehen und nachzusehen, ob er noch da ist. Oder vielleicht jemand anderes. Könntest du das bitte machen, Christer?«

Christer zögert mit seiner Antwort. Er muss zuerst sein Gewissen überprüfen und nachsehen, ob Titus' Anliegen gegen irgendeinen Bibliotheksparagrafen verstößt. Nein, das tut es nicht. Ein Bibliothekar darf bestimmt jederzeit die Namen der Personen nennen, die die Bibliothek besuchen. Christer Hermansson ist noch nie um so einen Gefallen gebeten worden, aber er ist sicher, dass er recht hat. Hat er nämlich immer.

»Ja, klar. Das lässt sich machen.«

»Supernett von dir. Echt.«

»Bleib einfach dran. Ich stell dich kurz auf das schnurlose Telefon rüber.«

Es knackt ein bisschen im Hörer. Dann ist es still, dann rauscht es wieder. Titus hört Christers Schritte, wie er durch die Bibliothek geht. Eine halbe Minute vergeht. Die Schritte verstummen. Christer öffnet eine Tür. Wieder Schritte, jetzt ein wenig langsamer. Wahrscheinlich ist er gerade in Eddies Studierzimmer.

»Hallo Christer! Bist du noch dran?«, ruft Titus laut.

Der Mann vom Schlüsseldienst steckt den Kopf zu ihm herein und starrt ihn mit großen Augen an.

»Nee, also ich heiß Tommy. Nicht Christer.«

»Ach, ich hab nicht Sie gemeint. Ich bin gerade am Telefon«, sagt Titus und wedelt abwehrend mit der Hand. »Christer! Bist du noch dran?«

»Ja, ich bin da. Das Zimmer ist leer. Hier ist kein Eddie X. Und auch keine Bücher. Nichts.«

»Bist du sicher, dass du im richtigen Zimmer bist?«

»Ja, natürlich. Aber warte kurz, hier klebt ein Zettel an der Schreibtischlampe.«

»Was? Ein Zettel? Was steht da drauf?«

»Da steht: *EDDIE X WÜNSCHT EINEN WUNDERSCHÖNEN SOMMER*. In Großbuchstaben.«

Kapitel 23

VERDAMMT ABER AUCH

TÄTERPROFIL »SERIEN-SALVADOR«
Verantwortlicher Krim.komm.: Håkan Rink

Die wahrscheinlichsten Charakterzüge/Funktionen/Dysfunktionen des gesuchten »Kunstmörders«:

— Äußere Kennzeichen: Gefälliges Äußeres. Vielleicht gut aussehend oder sogar sehr gut aussehend. Höchstwahrscheinlich jung oder jugendlich. Beliebt bei Frauen wie Männern. Primäre Antriebskraft: Tut alles, was in seiner Macht steht, um das Vertrauen/die Bewunderung/Wertschatzung/Liebe der Menschen zu gewinnen.

— Innerlich: Chaos. Tut sich schwer, seinen eigenen Zärtlichkeitsanspruch zu erfüllen. Wird von bösen Gedanken gequält. Betrachtet diese als schwer zu beherrschen und unmoralisch. Sekundäre Antriebskraft: Seine böse Seite bekämpfen. Primäre und sekundäre Antriebskraft im Widerspruch zueinander. Potenzielle Sprengkraft in seiner Persönlichkeit.

— Interessen: Kunst/Kultur/Literatur/exzentrische Impulse/bizarre Ideen/verrückte Erfindungen.

— Resultat nach Durchforstung der Datenbank und nach Vergleich mit anderen Serienfällen: Der Täter hat eine sehr kreative Veranlagung/exzentrisches Äußeres/Fixierung aufs Aussehen/lutscht am Daumen/schläft in Embryonalstellung/schielt ständig nach Spiegeln.

Analyse: Die böse Seite nimmt beim Gesuchten immer mehr Raum ein. Halten Sie Ausschau nach Unstimmigkeiten im Auftreten bei der beobachteten Gruppe von Verdächtigen: übertriebene Freundlichkeit/plötzliches Loslachen/unerwartete Wutausbrüche/versäumte Termine/plötzliche Kontaktschwierigkeiten/schwer erklärliche Apathie.

Jetzt herrscht Krieg. Titus hat nicht vor zu kapitulieren. Wenn Eddie X Titus' Buchidee geklaut hat, hat er keine andere Wahl. Er muss ihn ein für alle Mal unschädlich machen. Bis in alle Ewigkeit. Das ist das einzige wahre Privileg eines Schriftstellers: Er kann seine Hassobjekte kreuzigen, solange Papier und Druckerschwärze es nur hergeben.

Er wird Serien-Salvador ganz einfach mit den Zügen von Eddie X ausstatten. Oder noch besser: Serien-Salvador *ist* Eddie X. Wenn Håkan Rink am Ende des Buches seinen Gegner wirklich kennenlernt, wird er ihn ein für alle Mal erledigen. Er wird ihn jagen, ihn vernichten, ihn einbunkern, ihn erniedrigen. Seine Persönlichkeit Schicht um Schicht abschälen, bis er sein verfaultes Inneres zur allgemeinen Verzweiflung und Verwunderung vorzeigen kann. Die Leser sollen lernen, diesen geliebten Menschen zu hassen. Der hübsche Junge von nebenan wird sich in einen bestialischen Serienmörder verwandeln. Dann wird der Mob ihn zu Tode peitschen. Ihn in eine Folterkammer einsperren. In ein kaltes Erdloch, einen feuchten, gottvergessenen Vorratskeller. Ihn lebendig begraben. Auf seinem Grab herumtrampeln. Seinen Grabstein umwerfen. Auf ihn pissen. Ihm ein für alle Mal jede menschliche Würde rauben.

Diese inspirierenden Bilder treiben Titus an.

Er sieht sich als Verbrechensopfer. Man ist in seine Wohnung eingebrochen. Man hat versucht, ihm sein Gehirn, seine Ideen und seine Lebenskraft zu rauben. Diese Übergriffe sind unverzeihlich.

Es wäre nur zu leicht zu glauben, dass die Gegner ihn niederschlagen und in einen Nebel aus Drogen-, Alkohol- und Spielsucht zurückschicken würden. Aber seltsamerweise verleiht ihm dieser Rückschlag neue Kräfte. Lieber besessen als besoffen, so lautet sein Mantra. Titus genießt diese Kraft im Schreibkampf. Eddie kann in seinen Bestsellern blättern, so viel er will. Und versuchen, Stile und Themen zu kopieren. Bescheuerte Idee. Gegen Titus' Furor hat Eddie keine Chance.

Titus ist gerade in der besten Phase seines gesamten Schriftstellerlebens. Er schreibt jeweils sechs Stunden am Stück, ohne auch nur einmal aufzustehen. Mindestens zweimal am Tag. In den Pausen isst er, geht ins Fitnessstudio, sonnt sich und schläft. Er benutzt regelmäßig Zahnseide. Nimmt rapide ab, während er langsam Muskeln aufbaut. Und gefällt sich immer besser.

Er recherchiert im Internet und in der Bibliothek lediglich nach den Fakten, die seine Geschichte stützen. Nicht ein einziges Mal schielt er darauf, wie es die anderen Bestseller gemacht haben. Es ist eine tolle Sache, inspiriert zu werden, denkt er. Aber andere zu inspirieren ist noch viel toller. Er ist auf dem richtigen Weg.

Titus und sein Manuskript sind dabei, sich langsam, aber sicher in Prachtexemplare zu verwandeln.

Die Wochen gehen ins Land.

Die Julihitze geht in das entspanntere Sommergefühl des Augusts über.

Die alte Dame auf dem Balkon nebenan putzt Pilze oder zupft in ihren Balkonkästen herum.

Die Abende werden dunkler.

Titus arbeitet weiter.

Die zahllosen Pressekonferenzen und seine leicht verständlichen Metaphern verschafften Håkan Rink Popularität in den Medien und im Volk. Er genoss ihr vollstes Vertrauen, obwohl Serien-Salvador noch nicht gefasst worden war. Aber sie wussten, dass er nahe dran war. Håkan Rink war ein Mann, auf den man sich verlassen konnte. Ein Papa, ein Landesvater. Sogar der Ministerpräsident drückte ihm seine Bewunderung aus. Er wurde zu Talkshows eingeladen und ging auf Promipremieren. Aber wenn er mit seiner Bassstimme erklärte, dass sie »das Licht am Ende des Tunnels« sähen, funkelten seine Augen im Blitzlichtgewitter der Kameras. Auch er wusste, dass er nahe dran war.

Lieber besessen als besoffen. Das hier ist meine Arbeit. Bäume wachsen in den Himmel, Vögel fliegen, Wellen schlagen gluckernd an den Strand. Und ich, ich schreibe Meisterwerke, denkt Titus.

Manchmal fragt sich Titus, was Eddie wohl gerade so macht. Wie weit ist er schon gekommen? Wird sein Buch gut? Oder geht es wieder bloß um Liebe? Obwohl Titus' Selbstwertgefühl immer stärker wird, hat er allen Grund, die Situation mit einer gewissen Sorge und gewissem Respekt zu betrachten. Er muss realistisch denken. Eddie versteht sich bestens auf sein Handwerk. Der kann mit Buchstaben zaubern. Andererseits fragt sich Titus, ob Eddie sich eigentlich gut konzentrieren kann. Ein Romanschriftsteller muss sich über lange Zeiträume abschotten können, in denen er nur Umgang mit sich selbst pflegt. Kann Eddie mit so was wirklich klarkommen?

Titus wünschte, er könnte Astra erzählen, dass er mit Eddie um die Wette schreibt. Aber das geht natürlich nicht. Als er ihr die Idee verkauft hatte, hatte er Eddie X mit keiner einzigen Silbe erwähnt. Er hatte nur gesagt, dass er auf diese großartige Idee gestoßen sei. Aber nicht, dass ihm die Idee im Suff gekommen war, und dass er sie gemeinsam mit dem meistgepriesenen schwedischen Dichter der Gegenwart ausgeheckt hatte. Der seine Bücher obendrein im Babelfisk-Verlag herausbringt, einem der schlimmsten Konkurrenten von Winchester! Wenn Astra das gewusst hätte, dann hätte sie Evita nie davon überzeugen können, sich auf diese Idee einzulassen. Und er würde immer noch beim Schriftstellerverband hocken und stinken wie ein alter Aschenbecher. Jetzt ist es zu spät, jetzt muss er alles geben.

Außerdem kann er kaum beweisen, dass Lenny seinen Einbruch in Eddies Auftrag ausgeführt hat. Er kann ja nicht mal beweisen, dass Lenny der Einbrecher war. Inzwischen war wahrscheinlich auch zu viel Zeit vergangen, als dass man noch Fingerabdrücke hätte sichern können. Außerdem ist die Polizei in Wirklichkeit wohl kaum so alert wie Kommissar Rink und seine Kollegen. Die würden bloß gähnen und ihn auslachen mit seinen Anschuldigungen. Was für ein Verbrechen wurde da begangen, sagten Sie? Da hat also ein Unbefugter in Ihren Alkomaten gepustet? Am Computer?

Aber damit nicht genug. Ab jetzt muss er ein Doppelspiel spielen. Astra und ihr Leihcomputer verlangen absolute Nüchternheit. Das hat er zu schätzen gelernt, damit hat er auch gar kein Problem. Doch er hat alles aufs Spiel gesetzt, indem er Lenny gegenüber erkennen ließ, dass er vollkommen nüchtern und Herr seiner Sinne war. Von der Arbeit erzählte, an der er gerade saß, und wie hart er daran arbeitete. Richtig lebensgefährliches Gequatsche. Nein, er braucht nicht noch mehr Glücksritter, die darüber nachgrübeln, welche Gründe wohl dafür verantwortlich sind, dass er jetzt so klar im Kopf ist. Von nun an muss er den alten Titus Jensen spielen, wenn er sich die Konkurrenz vom Leibe halten will. Nach außen hin angesäuselt und schäbig. Aber darunter hart und eiskalt. Das könnte funktionieren. Diesen Sommer hat er viel über sich gelernt. Wenn es jemand gibt, der den müden alten Titus Jensen porträtieren kann, dann der neue, starke Titus Jensen.

So muss das jetzt laufen. Er hat sich selbst in die Ecke gedrängt. Jetzt steht er da, umzingelt und an die Wand gedrückt.

Aber dafür hat er ein Hammermanuskript auf seiner Festplatte.

Fast fertig!

Fast zu schön, um wahr zu sein, oder?

Kapitel 24

DIE BESTEN SEEFAHRTSMETAPHERN DER WELT

Verwende eine bildreiche Sprache, um wirklich zu den Menschen durchzudringen. Mehrere Untersuchungen amerikanischer Wahlkampfkampagnen für die Präsidentschaft zeigen, dass derjenige Kandidat gewinnt, der die meisten Metaphern bringt.
Die folgenden Metaphern sind empfehlenswert in heiklen Situationen auf Pressekonferenzen und lassen sich leicht an diverse Branchen und Situationen anpassen. Die Auswahl basiert auf Zitaten des legendären Kriminalkommissars Håkan Rink.

Leider haben wir nur die Spitze des Eisbergs gesehen.
Jetzt müssen wir den Blick über den Horizont hinausrichten.
Wir müssen den Sturm aussitzen.
Ein paar Wasserspritzer muss man schon abkönnen.
Dieser Fisch stinkt zum Himmel.
Wir jagen dem übelsten Abschaum hinterher.
Nach einer gewissen Flaute haben wir jetzt wieder Rückenwind.
Wir haben die Takelage festgezurrt.
Er ist sehr tief gesunken.
Dieser Täter ist menschlich vollkommen auf Grund gelaufen.
Im Vergleich zu ihm sind andere Serienmörder kleine Fische.
Da schwimmt was im Kielwasser.
Da kräuselt sich kaum die Wasseroberfläche.
Wir folgen einem hellen Leitstern.
Und haben einen inneren Kompass.
Wir gießen Öl auf die Wogen.
Man muss sich über Wasser halten.

Jetzt fühlt er sich wieder wie ein Fisch im Wasser.
Aber bald kriegt er Gegenwind zu spüren.
Die Nebel lichten sich.
Wir dürfen nicht zulassen, dass er uns mit in die Tiefe zieht.
Der Wind hat sich gedreht.
Jetzt müssen wir alle Segel setzen.
Der Glaube an den Erfolg ist fest in uns verankert.
Jetzt ist es an der Zeit, die Leinen zu kappen.
Die Vertäuung lösen.
Nun können wir das Schiff endlich zu Wasser lassen.
Das müssen wir jetzt nur noch nach Hause rudern.
Mit stolz gehisster Flagge.
Wir haben freie Fahrt.
Der Fang ist gesichert.
Wir steuern bereits den Hafen an.

Kapitel 25
TEAMGEIST

Astra ist aus dem Urlaub zurückgekehrt und hat zu einer Zwischenbesprechung gebeten, um sich von Titus über seine bisherige Arbeit ins Bild setzen zu lassen. Da bis jetzt nur drei Personen im Verlag Kenntnis von diesem Projekt haben, treffen sie sich zu Hause bei Astra. Titus besucht Winchester nämlich nur, wenn er gerade ein neues Buch herausbringt oder wenn im Verlag eine Feier stattfindet. Es gibt keinen Grund, sich jetzt zu zeigen, denn damit würde man nur Spekulationen darüber auslösen, was da wohl gerade läuft.

Verlagsmenschen sind nämlich Experten in Sachen Spekulationen und Verschwörungstheorien. Man möchte eigentlich meinen, ihre Hauptbeschäftigung wäre das Herausgeben von Büchern. Dass sie das Werk des Schriftstellers veredeln, immer vor Augen, was das Beste für den Leser ist. Dass sie alles tun, was in ihrer Macht steht, um Bücher bestmöglich zu vermarkten und zu verkaufen. Und natürlich machen sie das auch. Doch was ihre Zeit und Energie wirklich aufzehrt, sind die Spekulationen und Verschwörungstheorien. Agenten schmieren, damit sie anderen Verlagen ihre Bestseller abluchsen können. Autoren mit sinkenden Verkaufszahlen überzeugen, weniger zu schreiben oder gar den Verlag zu wechseln. Jeden Schritt der Konkurrenz zu überwachen. Wenn zum Beispiel ein anderer Verlag ein Buch mit einem Autor veröffentlicht, den sie selbst abgelehnt haben, heißt es auf der Hut sein. Falsche Rhetorik in dieser Situation kann verheerende Konsequenzen im Kulturteil nach sich ziehen und den Markennamen verwässern. Wenn die Verkaufszahlen schlecht sind, muss man behaupten: »Dieses Manuskript haben wir sofort abgelehnt. Das hatte nicht das geringste kommerzielle Potenzial, das hätte jedes Kind gesehen.« Wird es aber ein Erfolg, muss man es anders aufziehen: »Natürlich hatten wir das Manuskript auch vorliegen. Wie immer als Erste. Aber leider steckten wir in dem Moment gerade in einer tiefgreifenden Umstrukturierung – natürlich nur, weil es unserem Verlag so wahnsinnig gut geht – und so hat sich keiner zuständig gefühlt und das Projekt fiel unter den Tisch. Aber natürlich sind wir die Ersten, die dem Autor gratulieren.«

Astra Larsson spielt dieses Verlagsspiel mit Bravour. Aber in zwei wichtigen Punkten unterscheidet sie sich von den anderen. Ihr Interesse daran, Erfolg zu haben, ist größer als ihre Angst vor einem Misserfolg. Sie verbreitet positive Schwingungen um sich, die ihre Kreise ziehen. Sie liebt den Verlag. Und der Verlag liebt sie.

Selbstverständlich empfängt sie Titus mit einer herzlichen Umarmung.

»Hallo Titus, du siehst ja richtig gesund und frisch aus!«

»Danke gleichfalls. Wow, ich glaube, ich hab dich noch nie so braun gesehen. Hast du dich gut amüsiert?«

»Es war toll. So richtig Urlaub. Schnorcheln, lecker essen, mit dem Leihmofa rumfahren – du weißt schon. Ich hatte nicht mal irgendwelche ollen Manuskripte im Gepäck, sondern hab ganz normale Bücher gelesen. Es war einfach super. Komm doch rein!«

»Hallo Titus. Lang nicht gesehen!«

»Ja, allerdings. Schön, dich zu sehen.«

Titus umarmt Evita und setzt sich dann aufs Sofa. Astra fragt, ob er lieber einen Latte oder einen doppelten Espresso hätte. Er entscheidet sich für den Espresso, und Astra durchquert den weitläufigen Raum, um sich in der offenen Küche zu schaffen zu machen. Wenig später faucht und zischt es, dann beginnt die Kaffeemaschine zu brummen. Sie unterhalten sich ein bisschen über den Sommer. Evita erzählt, dass in der Gegend, wo sie ihr Ferienhäuschen hat, ein neuer Bäcker aufgemacht habe, und der würde einfach umwerfende Karlsbader Schnecken verkaufen. Astra erkundigt sich, was das denn für ein Gebäck sei. Statt die Frage zu beantworten, erzählt Evita, wie toll sie schmecken. Astra erzählt vom Inselhüpfen in Griechenland. Evita erkundigt sich, ob immer noch so viele Aufreißer an den Stränden unterwegs seien und wie sie die fände. Statt die Frage zu beantworten, erzählt Astra vom griechischen Essen.

Titus steuert nicht so viel bei. Er sieht ein, dass er diesen Sommer kaum etwas erlebt hat. Trotzdem war es die spannendste Zeit in seinem Leben. Er ist tief ins Gehirn eines Serienmörders eingedrungen. Er hat erforscht, wie zwischenmenschliche Beziehungen im Polizeikorps aussehen. Er hat jede Menge über Surrealismus, Kunstgeschichte, Kochen, das Verhalten Drogenabhängiger, Gewichtsabnahme, Massenmedien und viele andere nützliche Themen gelernt. Er hat große Erlebnisse produziert, ohne selbst auch nur das kleinste bisschen erlebt zu haben. Zumindest nicht nach seinem Besuch bei Doktor Rolf.

»Und, wie war dein Sommer so?«, fragt Evita und schaut Titus an.

Er sieht so frisch und gesund aus, denkt sie. Sie hat ihn etwas größer und kräftiger in Erinnerung. Nicht unbedingt pummelig, aber ein bisschen formlos. Jetzt sieht er richtig durchtrainiert aus. Wohlproportioniert. Ist er nicht auch ein bisschen gebräunt? Hmm, was für ein Leckerbissen, denkt Evita und schaut zu Astra, um ihr einen vielsagenden Blick zuzuwerfen.

Astra fängt den Blick auf und antwortet mit einem neutralen, aber nicht sonderlich ermutigenden Lächeln. Sie weiß, dass Evita Männer verschlingt wie ein Bauarbeiter seine Leberwurstbrote. Sie glaubt nicht, dass Titus sonderlich interessiert ist an dieser Art von Aufmerksamkeit. Allerdings sieht er wirklich aus wie ein neuer Mann. Sie freut sich für Titus. Das ist schon mal ein gutes Zeichen.

»Der Sommer war gut. Hat sich ein bisschen ungut angelassen, aber dann wurde es immer besser«, erwidert Titus. Er versteht, dass sie neugierig sind, wie es mit seinem Projekt gelaufen ist.

Jetzt muss er also was herzeigen. Er kommt direkt zur Sache.

»Die Struktur funktioniert prima. Alles kurz und straff, genau wie besprochen. Jetzt bin ich gerade dabei, einen richtig geilen Wendepunkt einzubauen. Das wird ein echter Hammer.«

»Wow, klingt ja spannend. Erzähl mal!«, ruft Astra enthusiastisch.

Titus schaut sie ernst an und legt eine kurze Kunstpause ein, bevor er seine Stimme zu einem Flüstern dämpft.

»Nach einer langen Jagd wissen Håkan Rink und sein Team, wer der Mörder ist. Sie haben sogar herausgefunden, wo er sich aufhält. Als sie zuschlagen wollen, stellt sich heraus, dass das Ganze eine Riesen-Inszenierung war. Der Mörder verfolgt seine eigenen Ziele und hat die Ermittlungen genau dorthin gelenkt, wo er sie haben wollte. Ihm ist auch bewusst, dass Håkan Rink durch seine Pressekonferenzen – live zur besten Sendezeit – zum Nationalhelden avanciert ist. Rink hat hoch und heilig versprochen, dem Surrealistenterror ein Ende zu setzen. Das ärgert den Mörder. Er hat die Nase voll und will zeigen, dass er die Zügel in der Hand hat. Bis ins letzte Detail.«

Titus verstummt.

»Und, was passiert dann?«, fragt Evita neugierig.

Er schaut sie nachdenklich an.

»Mehr verrate ich jetzt noch nicht. Ich glaube, es gibt dem Projekt schlechtes Karma, wenn ich von Sachen erzähle, die noch gar nicht geschrieben sind. Aber so viel kann ich sagen: Das gibt eine Mordsdemütigung für alle Beteiligten. Sehr, sehr unangenehm!«

»Aber das kannst du doch nicht mit uns machen«, ruft Evita und lacht. »Das klingt alles so superspannend.«

Titus lächelt sie an. Er glaubt ihr. Er weiß, dass es gut ist.

Sie hört auf zu lachen und schaut ihn an. Irgendetwas an seinem Blick rührt sie. Er hat so etwas Bestimmtes. Bestimmte Kerle sind einfach unwahrscheinlich attraktiv, denkt sie. Vor allem die, über die man selbst bestimmt.

Evita ist zufrieden mit dem Projekt. Astra und sie haben die Sache offenbar richtig eingeschätzt. Die früheren Berichte deuteten zwar auch schon in diese Richtung, aber jetzt hat sich ihr Gefühl bestätigt. Titus Jensen ist wieder da, stärker und besser denn je. Und hübscher.

Sie dreht sich zu Titus und legt ihm die Hand auf den Arm.

»Kriegen wir bald was zum Lesen?«

»Ja, klar. Ich hab das Manuskript dabei. Wie gesagt, es stehen noch ein paar Kapitel aus, und ich werde das ganze Manuskript auch noch ein paarmal überarbeiten. Aber so wird das Buch in groben Zügen aussehen.«

Titus zieht einen kleinen USB-Stick aus der Jackentasche und legt ihn auf den Wohnzimmertisch.

»Hier drauf ist es gespeichert. Aber bitte vorsichtig damit sein, ja?«

»Selbstverständlich, Titus. Das weißt du doch. Wir machen es einfach so wie bei der ersten Besprechung. Wir lesen die Datei nur auf dem E-Book-Reader. Vorerst gilt immer noch: Wir tauschen keine Mails aus und speichern keine Dateien auf den Verlagsservern. Das hier ist nach wie vor unser kleines Geheimnis, nicht wahr, Evita?«, sagt Astra und schaut zu Evita.

»Absolut. Ich fand die erste Leseprobe schon super und kann mir nicht vorstellen, dass das hier schlechter geworden ist. *Yes*, das hier ist unser kleines Geheimnis. Aber – ich habe tatsächlich schon angefangen, ein bisschen was durchsickern zu lassen«, sagt Evita und setzt eine verschlagene Miene auf.

Titus erstarrt. Was meint sie damit? Hatten sie sich nicht geeinigt, dass das alles supergeheim gehalten werden sollte?

»Ich hab mit den Leuten von der Winchester Agency gesprochen. Das sind die, die sich um unsere internationalen Rechte kümmern, wie du weißt.«

Titus weiß sehr gut, was diese Leute tun, obwohl er selbst niemals Erfolg hatte auf dem internationalen Markt. Die Agenten sind diejenigen, die ausländische Bücher zur Übersetzung für den schwedischen Markt einkaufen, und gleichzeitig verkaufen sie auch schwedische Autoren in andere Länder. Die Geschäfte werden jeweils im Anschluss an die großen Buchmessen gemacht. In Schweden ist die jährliche Buchmesse in Göteborg die wichtigste Plattform. Dort stellen die Agenten ihre Novitäten vor und schlagen sich mit anderen Agenten darum, die Titel einzukaufen oder zu verkaufen, die in aller Munde sind.

Das können Bücher sein, die auf irgendeinem Markt einen ganz unerwarteten Erfolg verzeichnen konnten oder die einfach das Resultat einer zielstrebigen PR-Kampagne sind, nach einem lang erwarteten Autorencomeback oder Ähnlichem. Aber ein waschechter »Messeschlager« ist in erster Linie ein Titel, der ganz von selbst, durch eigenes Verdienst heraussticht. So ein einmaliges Buch, wie es nur alle zehn Jahre mal erscheint und das die ganze Welt lesen will, weil es so überragend gut ist. Die Bücherwürmer lieben solche Titel über alles. Und über die besten dieser Bücher wird dann sofort in sämtlichen Feuilletons geschrieben. Die Journalisten graben spannende Hintergrundgeschichten dazu aus, und die Mythenbildung treibt wilde Blüten. Solche Bücher sind auch der beste Freund der Buchhändler. Wenn jemand so ein Buch gelesen hat, schießen die Verkaufszahlen in die Höhe wie eine Rakete. Die Leute entdecken ihre Leselust wieder. Erzählen anderen, wie wahnsinnig gut dieses Buch ist. Kaufen weitere Bücher vom gleichen Autor oder Bücher mit ähnlichem Thema. So ein richtiger Messeknüller kann sogar Leute, die noch nie ein Buch gelesen haben, in eine Buchhandlung locken. Und wenn die erst mal Geschmack am Buch-Adrenalin gefunden haben, wollen sie sofort weitere Erlebnisse dieser Art. Auf einmal unterhalten sich die Leute in der Mittagspause über Literatur. Fangen an, sich Kultursendungen im Fernsehen anzuschauen. Kaufen noch mehr Bücher und teilen ihr neu entdecktes Vergnügen mit ihren Kindern und Freunden.

Ja, solche Messeschlager sind lebenswichtige Blutkörperchen im Kreislauf der Buchbranche. Ohne einen echten Knüller hie und da würde die ganze Branche dahinwelken. Evita liebt Messeknüller und würde auch gern mal einen haben.

»Ich habe den Agenten gesagt, dass wir Ende September was richtig Spannendes mit nach Göteborg nehmen. Ich hab noch nicht gesagt, worum es geht. Ich hab ihnen nur gesagt, dass sie schon mal Termine mit den größten internationalen Verlagen ausmachen sollen, für persönliche Präsentationen mit mir, Astra und einem geheimen Autor, der ein Buch mit größtem internationalen Potenzial geschrieben hat.«

»Oje, jetzt machst du mich aber nervös«, sagt Titus und zieht eine bekümmerte Miene.

»Aber da passiert doch nichts. Mach dir deswegen bitte keinen Kopf, Titus. Ich weiß schon, was ich tue.«

»Bist du sicher? Ich bin nicht so begeistert von Vorschusslorbeeren. Wahrscheinlich bin ich da einfach ein bisschen abergläubisch. Vielleicht nicht bloß ein bisschen. Bei so was krieg ich echt Todesangst. Vergiss nicht, dass ich früher immer betrunken war, wenn ich so was gemacht hab.«

Evita legt Titus wieder die Hand auf den Arm. Und schaut ihm tief in die Augen.

»Du kannst ganz beruhigt sein. Wir kümmern uns darum. Astra

und ich machen das. Du musst nur mit uns nach Göteborg kommen. Wir wohnen im Park Avenue. Du gehst einfach ins Bett, wenn die anderen an die Bar gehen. Und isst ganz allein dein VIP-Frühstück im obersten Stock. Gehst nur zu ein paar wenigen, aber wichtigen Terminen im International Rights Centre runter auf die Messe. Was meinst du dazu?«

Titus schweigt. Er schaut auf den USB-Stick, der auf dem Tisch liegt. Ein weit entwickelter Embryo, ein Fötus, der seiner baldigen Geburt entgegensieht und ein langes, reiches Leben haben wird. Soll der da einfach so rumliegen? Kann Astra sich nicht gleich drum kümmern? Er findet, er sieht verlassen aus. Aber er sagt nichts, weil er nicht unnötig nervös erscheinen will.

Aus der anderen Richtung streckt jetzt Astra den Arm aus und legt ihre sonnengebräunte Hand auf Titus' Arm.

»Das wird bestimmt toll, Titus. Auf diese Art geht dann alles viel schneller. Wir veröffentlichen das Buch in Schweden im Frühjahr, kurz nach dem Bücherschlussverkauf Ende Februar. Und dann kann es im Ausland schon im nächsten Herbst rauskommen. Heutzutage haben Bücher ungefähr ein halbes Jahr, um im Rampenlicht auf sich aufmerksam zu machen. In dieser Zeit müssen wir so viele Scheinwerfer wie möglich auf dein Buch richten.«

»Okay …«

»Gut«, sagt Evita. »Haut das hin? Wirst du rechtzeitig fertig? Dann machen wir eine richtig durchgeplante Präsentation. Prägnante Inhaltsangabe und Autorenporträt. Ein paar hübsche Leserkommentare. Vielleicht lassen wir sogar ein paar Kapitel übersetzen. Ein paar Tage vor der Messe drucken wir einen hübschen Folder. Hochglanz, die ganz exklusive Schiene. Das wirkt auch in Frankfurt, da fahren Astra und ich dann in der Woche nach Göteborg hin. Und weißt du was, wir müssen dich auch fotografieren lassen. Du siehst im Moment so … gut aus.«

»Danke. Klar werd ich rechtzeitig fertig. Wenn nichts Unvorhergesehenes dazwischenkommt …«

»Haha, was soll denn dazwischenkommen?«, lacht Astra und lächelt ihn an. »Du hast doch im Moment den absoluten Flow.«

Jetzt muss auch Titus lächeln. Diese ganze Sache fühlt sich zweifellos super an. Er hat den ganzen Sommer über wie ein Verrückter gearbeitet. Und trotzdem fühlt er sich stark und ausgeruht. Er weiß, dass das Manuskript gut ist – und dass es noch besser sein wird, wenn er erst mal ganz fertig ist damit.

Zum ersten Mal seit langer Zeit fühlt er auch das Kribbeln weiblicher Gegenwart. Evitas Hand auf seinem Arm ist nicht ohne Wirkung geblieben. Jedes Mal, wenn sie ihn anfasst, kitzelt es ihn im Nacken und das Rückgrat hinunter. Auf eine angenehme Art. Er nimmt es als einen weiteren Beweis, dass er wirklich auf dem Weg zurück ins Leben ist. Sie ist gar nicht so ein Mannweib, wie immer alle behaupten, denkt er. Sie ist supernett. Und hübsch noch dazu. Eher sexy und voller Lebenslust als eine vornehme Schönheit mit konventioneller Weiblichkeit. Trotzdem hat sie die weiblichen Attribute weiß Gott drauf. Überall Haut und Beine, Dekolleté und rote Lippen, wohin man auch blickt. Sie dampft förmlich vor Verlockungen und ist ganz einfach super anziehend. Ob es wohl momentan einen Mann in ihrem Leben gibt?

Die drei plaudern noch eine Weile und besprechen weitere Details hinsichtlich des Zeitplans. Titus erzählt, dass er noch mehrere retardierende Momente in die Handlung einbauen will, bevor er sich ans finale Crescendo macht. Astra betont ihrerseits, wie wichtig es sei, die Charaktere erst Stück für Stück aufzubauen, damit die Spannung das ganze Buch über erhalten bleibt. Titus stimmt ihr zu, genau so hat er es auch gemacht. Evita erzählt ein paar Anekdoten aus der Medienwelt. Fragt, ob Titus sich noch daran erinnern könne, wie sein Roman *Barock im Blut* rauskam und er auf der Buchpremiere mitten in der Lesung eingeschlafen sei. Er erinnert sich nicht. Astra allerdings schon, und sie hält sich zum Spaß die Ohren zu und ruft, dass sie daran nie, nie wieder erinnert werden möchte. Evita lacht und fasst Titus wieder am Arm. Ein wohliges Schaudern überkommt ihn. Evita verschlingt ihn mit ihren Blicken. Astra strahlt übers ganze Gesicht und liebt ihren Job.

Die Stimmung ist grandios. Alle drei spüren, dass sie ein wichtiger Teil von etwas Spannendem, Großen sind.

Da klingelt es.

Kapitel 26

KOMM AN BORD, MON AMOUR

Das knallgelbe Seidenhemd ist fast bis zum Nabel aufgeknöpft. Der schmale Brustkorb ist braun und glänzt glatt und frisch rasiert. Sogar die Brustwarzen sehen sonnengebräunt aus. Eddie X lehnt am Türrahmen und wickelt sich gerade eine orangefarbene Haarsträhne um den Finger, als Astra die Tür aufmacht. Seine braunen Augen lächeln. Die weißen Zähne blitzen.

»Astra, schöne Astra. Darf ich dir meine schlichte Gesellschaft antragen?«

Als Astra Eddie sieht, hellt sich ihre Miene auf.

»Hallo Eddie! Herrje, jetzt haben wir leider gerade eine kleine Besprechung.«

Davon lässt Eddie sich nicht bremsen. Er tritt in den Flur und wirft einen Blick ins Wohnzimmer.

Er lächelt Evita an, die strahlend glücklich wirkt. Sie streckt ihre Brust instinktiv ein Stückchen weiter raus und legt den Kopf leicht auf die Seite, ohne den Augenkontakt zu unterbrechen. Auf diese Art sieht man am schlankesten aus.

Eddie lächelt sogar Titus Jensen an, der aussieht, als hätte es ihm gerade die Petersilie verhagelt. Sein Kinn hängt leicht herunter, und wenn man genau hinschaut, sieht man, dass seine Zunge wie eine kleine Frikadelle auf der Unterlippe und den Zähnen im Unterkiefer ruht. Es ist nicht zu übersehen, dass Eddies Auftritt auf unterschiedliche Menschen auch eine unterschiedliche Wirkung hat.

Ein Lyriker, der anständig Bücher verkauft, ist eine seltene Ausnahme. Evita Winchester lässt sich freilich nicht lange bitten, dem neuen Nationaldichter ihre gewinnendste Seite zu zeigen. Man muss immer offen sein für neue Einnahmequellen. Mit Stolz beobachtet sie, dass Astra offenbar ebenso denkt und Eddie anscheinend schon so gut kennt, dass er sogar spontan zu ihr nach Hause kommt.

»Komm rein, Eddie. Du hast ja gestern echt ein supertolles Sommerprogramm gemacht! Ich hab's gehört, als ich gerade auf der Insel war. Ich hab das Gefühl, jeder Schwede hat sich das angehört.«

»Danke. Meinst du echt? Mir wird ganz warm, wenn du so was sagst. Darf ich mich setzen?«

Eddie wartet die Antwort gar nicht erst ab, sondern setzt sich neben Titus aufs Sofa. Titus kriegt kein Wort heraus. Er starrt Eddie bloß an. Was macht der hier? Was läuft hier eigentlich? Was soll das alles? Gerade eben war er noch glücklich und voller Energie. Jetzt fällt er in sich zusammen wie ein undichter Luftballon.

Zugleich füllt sich der ganze Raum mit Eddies Selbstvertrauen. Er legt beide Arme auf die Rückenlehne des Sofas.

»Hat Astra euch schon erzählt, dass wir miteinander ausgehen?«

Astra errötet unter ihrer Sonnenbräune und kichert.

»Ausgehen? Jetzt mach mal langsam, Eddie. Wir waren einmal zusammen abendessen.«

»Ja, und das war das beste Abendessen meines ganzen Lebens. Ich weiß nicht mehr, was wir gegessen haben, aber ich erinnere mich an jedes Wort, das wir gesprochen haben, und an jeden Blick, den du mir geschenkt hast. Ein magischer Abend mit glitzernden Sternen und einer funkelnden Astra.«

Evita lacht über Eddies romantischen Wortschwall. Aus Eddies Mund hört sich so was total schön und niemals lächerlich an, es kommt einfach von Herzen. Evita glaubt wirklich, dass er meint, was er sagt. Sie schaut Astra an.

Astra gluckst vor unterdrücktem Gekicher. Innerhalb weniger Minuten hat sich eine geschäftstüchtige Lektorin in ein albern gackerndes Mädchen verwandelt.

Titus fragt sich immer noch, was hier eigentlich los ist. Wenn das nicht auch zu seiner Ideenspionage gehört, dann weiß ich echt nicht mehr, denkt er. Ist der denn wirklich derart gerissen, dass er zu diesem Zweck Astra verführen und versuchen will, ihr Informationen zum Projekt zu entlocken? Wie viel hat er schon herausbekommen?

Er muss Astra irgendwie warnen. Und ihr ein Schweigegelübde auferlegen. Andererseits hält er es für lebensgefährlich, ihr anzuvertrauen, dass Eddie die Buchidee kennt. Sowohl Astra als auch Evita würden sich hintergangen fühlen. Wer weiß, vielleicht werden sie dann ja so wütend, dass sie gleich alles abblasen?

Außerdem gibt es keinen Grund, Eddie zu zeigen, wie wach und aufmerksam er jetzt immer ist. Vielleicht sollte er lieber den alten Titus spielen. Für Eddie ist Titus eine lächerliche halbe Portion. Warum also schlafende Hunde wecken?

Er rutscht noch ein Stückchen tiefer ins Sofa und versucht, müde und leicht benebelt dreinzuschauen.

»Sieht ja aus, als hättet ihr es supernett hier«, stellt Eddie fröhlich fest.

»Ja«, sagt Evita, »wir sitzen gerade zusammen und sprechen über künftige Projekte. Wir haben darüber geredet, dass wir vielleicht eine Taschenbuchtrilogie mit *Besorgnis, Trügerische Scharaden* und *Barock im Blut* machen. Ganz schwarze Umschläge mit dunkelgrauer Typo im Halbrelief. Vielleicht noch Titus' eisblaue Augen dazu, die direkt durch den Leser hindurchschauen. Ich finde, da könnte echt was Neues draus werden, wenn wir die drei Titel so zusammenfassen, findest du nicht?«

Wow, die Frau ist echt gerissen, denkt Titus und merkt, wie sich seine Besorgnis wieder etwas legt. Auf Evita kann er sich offenbar verlassen. Aber wie sieht es mit Astra aus?

»Eine supergute Idee«, pflichtet Vollblutdiplomat Eddie ihr bei.

»Ich liebe alles, was Titus gemacht hat, und alles, was er noch machen wird. Titus ist ein Stück schwedische Literaturgeschichte.«

Titus simuliert einen Schluckauf. Das ist immerhin leichter, als den Versuch zu machen, darauf einen Kommentar abzugeben. Eddie schaut ihn an.

»Wie geht's dir denn so, Titus?«

Titus wedelt mit der Hand.

»Na ja, so *comme ci, comme ça*. Ich bin ziemlich müde«, sagt er und versucht, seiner Stimme einen etwas heiseren Klang zu geben.

»Ist ja echt ein witziger Zufall, dass du hier bist! Ich wollte dich nämlich schon fragen, ob du nicht am 6. September im Södra Teatern lesen könntest. Da ist ein Spoken-Word-Festival, und es wäre echt das i-Tüpfelchen, wenn du auch kommen könntest. Die Leute lieben es, wenn du vorliest. Ich werde das Ganze moderieren und zwischen den Auftritten auch ein paar eigene Sachen bringen.«

Titus bricht der Schweiß aus. Wie soll er sich da rauswinden? Er kann sich unmöglich so erniedrigen, dass er idiotische Texte vor einer vergnügt röhrenden Menschenmenge vorliest. Nicht jetzt, wo er wieder klar im Kopf ist.

»Äh ... also ... na ja, ich weiß nicht ...«

»Ach komm, das wird bestimmt super, Titus. Es gibt auch 4000 Kronen Gage.«

4000 Kronen! Titus hat nicht mehr allzu viel auf seinem Konto. Eine Lesung würde die Situation tatsächlich spürbar verbessern. Viertausend? Wie ist das möglich, dass er 4000 Kronen Gage bekommt, um Nonsens vorzulesen? Das ist ungefähr genauso viel wie seine Jahrestantiemen, umgelegt auf einen Monat. Für Bücher, die zu schreiben er Jahre gebraucht hat. Das ist doch krank.

»Nun ... Na ja, doch ... Kann ich schon machen.«

»Super! Das ist schön. Ich freu mich total!«

Es folgt noch eine Runde Small Talk. Eddie beherrscht den Raum weiterhin. Er erwähnt die Namen der internationalen Gäste, die auf das Poetry-Slam-Festival kommen werden, erzählt von den ganzen Mails, die er nach dem Sommerprogramm bekommen habe, und verrät, dass das komplette Programm zum Weihnachtsgeschäft als Doppel-CD mit Bonusmaterial rauskommen wird. Evita fragt, ob das wohl schlau sei, eine Sommer-CD im Winter rauszubringen. Doch Astra meint, das könne vielleicht gerade deswegen funktionieren, weil es so »bewusst andersrum gedacht« ist. »Ganz genau!«, ruft Eddie. Evita macht »m-hm«, sieht aber zweifelnd aus. Titus sitzt dazwischen und nickt. Er versucht, müde und leicht angeschickert auszusehen. Er wird den Teufel tun, Eddie X zu verraten, dass er ein lebenstüchtiger Mitmensch ist.

Astra und Evita fällt nicht auf, wie komisch Titus sich verhält, weil ihre Aufmerksamkeit vollkommen von Eddie absorbiert wird.

»Aber ich bin ja nicht gekommen, um über mich zu sprechen«, sagt Eddie auf einmal und schaut Astra ernst an. »Es ist so ein herrlicher Tag, und ich wollte dich fragen, ob du heute Abend zu einem kleinen Segeltörn auf meinem Boot mitkommen willst. Ich hab einen Neptunkreuzer, der heißt *Komm an Bord, mon amour*. Der liegt am Blockhusudden ganz hinten auf Djurgården. Ich dachte mir, wir könnten im Sonnenuntergang eine Runde um die Fjäderholm-Inseln drehen und dann lad ich dich zum Abendessen im Cockpit ein. Was meinst du dazu, Astra?«

Astra schaut Eddie X mit großen Augen an. Was ist das bloß für ein Mann, der in die geschäftlichen Besprechungen anderer Leute hereinplatzt und zu einem romantischen Abendessen einlädt? Man kann nicht anders, man muss sein Selbstvertrauen einfach bewundern. Und man muss ihn auch einfach lieben.

»Das klingt echt cool, Eddie. Natürlich komm ich mit!«

»Prima, dann hol ich dich gegen sechs ab. Passt dir das?«

»Klar. Aye, aye, Captain!«, kichert Astra.

Eddie steht auf. Als er an Astra vorbeigeht, lässt er seine Hand kurz über ihre Schultern gleiten und sagt, dass er selbst hinausfindet. Evita und Titus schauen Eddie mit großen Augen nach, wie er aus dem Zimmer geht. Und wäre in diesem Moment ein auferstandener Jesus durchs Zimmer spaziert, hätte ihn keiner bemerkt, weil alle nur Augen für Eddie haben.

Astra, Evita und Titus sitzen eine Weile schweigend, nachdem der sanfte Liebeshauch zur Wohnungstür hinausgezogen ist.

Titus kann sich nicht länger zurückhalten. Er muss seiner Sorge Ausdruck verleihen.

»Glaubt ihr, dass er … Ich meine, warum ist der gerade jetzt gekommen? War das ein Zufall oder …?«

Astra schaut ihn überrascht an. Sie versteht überhaupt nicht, worauf er hinauswill.

»Was? Nein. Ich meine, er wusste, wo ich wohne. Das hab ich ihm erzählt, als wir zusammen essen waren.«

Evita ist ebenfalls taub für Titus' Befürchtungen.

»Er ist einfach grandios! Total impulsgesteuert. Der ist wahrscheinlich grad hier in der Gegend gewesen, die Sonne schien so schön, und da fiel ihm ein, dass er heute Abend gern segeln gehen will. Kurz Hallo gesagt, und schon war die Sache geklärt.«

Titus ist völlig perplex. Er ist sich hundertprozentig sicher, dass Eddie X eher gute Buchideen als Segelmatrosen sucht. Außerdem weiß Titus, wie die Männer ticken. Die Jagd kommt vor der Liebe.

»Bitte, Astra, versprich mir, dass du nichts über *Das beste Buch der Welt* erzählst. Niemandem, und schon gar nicht Eddie.«

»Aber das ist doch selbstverständlich, Titus! Warum sollte ich? Du kannst dich ganz auf mich verlassen. *Das beste Buch der Welt* bleibt zwischen uns dreien.«

Titus grinst schief. Er ist alles andere als überzeugt.

Kapitel 27

BRISANTE BRISE

Titus wankt auf die Straße vor Astras Wohnung. Kaffeetrinken bei Astra bringt keine wirkliche Befriedigung. Der Kaffee ist zwar gut und die Milch sowohl warm als auch aufgeschäumt. Aber wo bleibt das Gebäck zum Kaffee? Kein einziges Hefeteilchen weit und breit. Kein Kuchen, keine belegten Brote, keine Puddingschnecken, keine Croissants, nichts. Das Einzige, was auf dem Tisch steht, ist eine riesige Obstschale. Bananen, Äpfel und Pflaumen mit Fairtrade-Aufkleber. Sicher, Obst kann schon lecker sein. Aber Obst hat nichts mit Kaffeetrinken zu tun. Wenn man Obst zum Kaffee isst, wird das alles andere als ein gepflegtes Kaffeetrinken. Das ist eine verdammte Obstrunde. Wie im Kindergarten. Ein Heidudeldei-Obstkränzchen. *Kumbaya, my Lord,* quasi. Titus schaudert, wenn er an seine Kindergartenzeit zurückdenkt. Als er klein war, war es ungewöhnlich, dass Kinder überhaupt in den Kindergarten gingen. Die meisten waren zu Hause bei ihrer Mutter. Spielten auf dem Hof mit ihren hübschen neuen Spielsachen aus einem Kaufhaus namens »Sonderangebot!«. Miniaturbagger aus Blech. Fußbälle aus echtem Leder. Aber Titus nicht. Seine Mutter putzte Büros, statt sich um ihn zu kümmern. Und da er schwächer und ein bisschen anders als die anderen war, musste er immer neben der Kindergartentante sitzen, wenn sie nachmittags nach der Spielpause im Freien zum Singkreis zusammenkamen. Dann hockten sich alle im Kreis auf den graubeigen Linoleumboden und fassten einander bei der Hand. Fräulein Löv (ihren Vornamen bekam Titus nie zu hören) hatte kalte, schweißfeuchte Hände. Nette Augen mit flatternden Lidern. Und kleine Klümpchen in dem schwarzen Zeug auf ihren Wimpern. Eine grelle

Stimme: *Kumbaya, my Lord, KumbayAAA!* Auf der anderen Seite neben Titus saß Morgan. Der gemeine Morgan. Er hatte scharfe Nägel und nahm Titus' Hand derartig in die Mangel, dass sich seine Finger in Morgans schmutziger Faust zusammenrollten. Hin und her, hin und her, bis die kleine Hand so rund war wie eine Zigarre. Morgans Siegerzigarre. Höhnisch grinsende, spitze Milchzähne. Und dann – die Obstrunde. Bananen mit braunen Flecken. Weiche Äpfel. Morgans Zahnabdrücke. Schwedische Kinderbetreuung im Schatten des sozialen Wohnungsbaus.

Titus ist hungrig und übellaunig. Er ist nicht nur sauer, weil Fruchtsäure und Kaffee so schlecht zusammenpassen. In erster Linie ist er wütend auf sich selbst. Er kann einfach nicht mehr unter Leuten sein. Sobald er jemanden trifft, sitzt er nur noch mit säuerlicher Miene daneben. Nimmt nicht teil. Hat jede Menge unbegründete Mutmaßungen im Kopf, die sich langsam, aber sicher in eine Zentrifuge mit Unwucht verwandeln. Und was sollte dieser Blödsinn, so zu tun, als wäre er leicht angesäuselt? Verdammt, er ist doch erwachsen, versucht er sich einzureden.

Titus muss sich selbst kurieren. Erst braucht er etwas zu essen, das reichlich Proteine und Kohlehydrate enthält. Dann muss er sich mit irgendeinem alten Freund oder Kollegen treffen. Vielleicht hat er sich bloß eingebildet, dass Eddie X hinter ihm her ist? Welche Beweise hat er eigentlich dafür? Eine seltsame Begegnung in der Stadtbibliothek, ein Sommerprogramm, das nicht davon handelte, was Eddie ihm vorher gesagt hatte, ein vergessener Zettel mit einer kryptischen Mitteilung, ein eingebildeter Einbruch ohne Zeugen, bei dem obendrein nicht mal was gestohlen worden war. Einziges Indiz war ein aufgeklappter Laptopdeckel. Wegen so was würde Interpol jetzt nicht unbedingt ausrücken. Bei einer polizeilichen Ermittlung würde so etwas wahrscheinlich nicht mal unter den Indizien geführt werden. Håkan Rink würde nur verächtlich schnauben und etwas von der OBKV-Doktrin murmeln. Ohne Beweis kein Verbrechen. Nein, Eddie X hat wahrscheinlich genug damit zu tun, die ganze Welt zu bezirzen. Dem bin ich doch scheißegal, denkt Titus. Oder?

Er geht an einem Schild vorbei, auf dem steht: *Tagesgericht 50 Kronen.* Unwiderstehlich, ohne Frage. Vor dem kleinen Chinarestaurant steht ein einsamer, aber hübscher Tisch. Er setzt sich hin und wartet, dass jemand kommt und seine Bestellung aufnimmt.

Eddies Neptunkreuzer ist tadellos gepflegt. Die Stoffbespannung auf dem Deck ist in einem dunkelvioletten Farbton gestrichen, der Rumpf in einem helleren Lila. Von mittschiffs nach hinten steht in großen, schwarzen, verschnörkelten Buchstaben der Name des Bootes: *Komm an Bord, mon amour.* Man könnte leicht glauben, dass Eddie das Boot selbst getauft hat, dieser Name liegt schließlich ganz auf einer Linie mit seiner Dichtung. Doch so ist es nicht. Es war sein erster Besitzer, der legendäre Bühnenkünstler Sven-Bertil Taube, der das Boot so getauft hatte, als er es 1958 mit seiner damaligen Frau Inger von der Werft holte. Der Name soll aufgekommen sein, als der elegante Gentleman seiner Frau die Hand hinhielt, um ihr an Bord zu helfen. Es bringt Unglück, ein Boot umzutaufen, und Eddie X würde sich niemals wissentlich in eine gefährliche Situation begeben. Außerdem ist er sicher, von Taubes amourösem Erbe zu profitieren. Er lässt es sich jedenfalls nie entgehen, diese Anekdote zu erzählen.

Der Mast ist aus robuster Oregon-Kiefer gefertigt. Alle Leinen und Fallen sind über das Kajütdach nach hinten ins Cockpit geführt, sodass eine einzige Person das Boot leicht segeln kann, ohne das Ruder verlassen zu müssen. Eddie steht drauf, alles unter Kontrolle zu haben. Außerdem hat er ein großes Faible für alte Seglerromantik. So ist zum Beispiel jede Art von Plastik an Bord streng verboten. Selbstverständlich isst man von richtigem Porzellan und trinkt aus ganz normalen Gläsern. Wenn man abwaschen oder das Deck schrubben muss, holt man sich Wasser mit einem Eimer aus gewachstem Segeltuch. So habe Sven-Bertil das auch immer gemacht, behauptet Eddie. Die Kajüte ist mit einem strahlend weißen Baumwolltuch und alten Daunendecken ausgepolstert. Wenn es nass wird, kann das alles zwar ein bisschen feucht werden, aber nur so viel, dass sich die Feuchtigkeit mit ein paar alten Petroleumlampen vertreiben lässt.

Eddie hat den Segeltörn mit Astra perfekt getimt. Sobald die warme Nachmittagsluft die Stockholmer Hausdächer verlässt und langsam nach oben steigt, füllt sich der entstandene Raum mit kühlerer Luft aus dem Schärengarten vor der Stadt, und die wird von der richtig kalten Luft der weiter draußen liegenden Schären geradezu stadteinwärts gepresst. Kaum haben sie den Anleger hinter sich gelassen, packt der laue auflandige Wind Fock und Großsegel, und das Neptunboot schießt wie ein Pfeil durchs Wasser. Adrenalin und Wohligkeit breiten sich in Eddies Körper aus, als das Wasser immer schneller um den Bug wirbelt. Er blickt zum Segel hoch, das im leichten Wind fast perfekt gebläht wird. Er holt die Großschot ein bisschen an, und das Boot neigt sich noch ein Stückchen. Astra sitzt unten windgeschützt in einer orangefarbenen Helly-Hansen-Schwimmweste aus den Sechzigerjahren. Als die Gischt neben der Reling hochspritzt, fängt sie an zu lachen.

»Mann, Eddie, das ist ja die reinste Achterbahn!«

»Ist das dein erstes Mal?«

»Ja. Du musst mir versprechen, dass du vorsichtig bist.«

Beide verstummen, als ihnen die Doppeldeutigkeit ihres Wortwechsels bewusst wird. Sie schauen einander an. Dann brechen sie in schallendes Gelächter aus. Das Eis ist gebrochen. Das wird heute noch ein wunderschöner Abend werden.

Titus schaut auf den großen, klebrigen Reishaufen und die drei kleinen Stückchen frittiertes Hühnerfleisch. Mit einem tiefen Seufzer besprenkelt er das Ganze mit einem halben Deziliter Sojasauce, in dem Versuch, diese Mahlzeit vor der völligen Verarmung zu retten. Dann versucht er, mit den Stäbchen eine kleine Portion zum Mund zu führen. Aber ach, es geht einfach nicht. Er greift zur Gabel und schaufelt sich eine Ladung darauf.

Ich brauche einen Plan, denkt er. Wenn ich jetzt ein paar Stunden einfach etwas ganz anderes mache, dann sehe ich die Sache morgen früh vielleicht in einem anderen Licht. Entweder merke ich, dass das alles nur paranoid war und lasse diese fixe Idee ein für alle Mal fallen. Oder ich bin nur umso fester davon überzeugt, dass Eddie wirklich versucht, meine Ideen zu stehlen. Auch gut, denn dann kann ich anfangen, Beweise zu sammeln.

Der Gedanke scheint ihm vernünftig. Erst mal ausruhen. Was ganz anderes machen.

Titus isst langsam und überlegt. Was ganz anderes machen. Das ist leicht gesagt. Was soll er denn machen? Was sollte das sein? Den ganzen Sommer über war er manisch besessen von diesem Buch. Er hat keine Freunde mehr. Die paar, die er hatte, sitzen wahrscheinlich im Lokal des Schriftstellerverbands und »feiern«, wie sie das immer nennen. Als ob es jeden Tag einen neuen offiziellen Grund gäbe, dort zu sein. Als wäre das eine Art Job, eine wichtige Aufgabe. Sie tun alle ganz schrecklich intellektuell, aber von der Zeitung lesen sie gerade mal die Sportseiten. Allabendlich dasselbe Lied: Heute feiern wir, dass Djurgården das Heimspiel gewonnen hat, heute feiern wir, dass sie auswärts unentschieden gespielt haben, heute feiern wir, dass die Champions League angefangen hat, heute feiern wir, dass Champions-League-Finale ist.

Nein, darauf kann er weiß Gott verzichten. Er muss ganz neu anfangen. Neue Freunde finden, sich ein neues Leben aufbauen. Vielleicht könnte es in diesem neuen Leben sogar eine Frau geben. Eine Frau, die nicht nach ein paar Tagen türenknallend das Feld räumt. Aber im Moment kommt ihm das alles weit weg vor. Dieses neue, nüchterne Leben ist ganz schön unerfreulich, findet er. Aber dafür ist es immerhin ein richtiges Leben. Lieber spät als nie. Ich werde nie wieder einen Tropfen trinken, denkt er ernst. Langweilig sein ist was Wunderbares.

Er blättert in einer Abendzeitung, die ein vorheriger Gast liegen gelassen hat. Gibt es hier irgendwo ein gutes Kino? Oder eine Bühne mit Stand-up-Comedy?

»So, und jetzt essen wir Krabben bis zum Abwinken!«, ruft Eddie.

Komm an Bord, mon amour hat an einem flachen Felsen in einer kleinen Bucht an der Westseite der Fjäderholm-Inseln angelegt, einem Mini-Archipel zwischen Lidingö und Nacka. Die Sonne strahlt immer noch Wärme ab, und es wird noch ein paar Stunden dauern, bis die Augustdunkelheit den Abend an sich reißt.

Man möchte es nicht für möglich halten, aber Eddie hat sogar eine Kühltasche aus den Vierzigerjahren aus lackiertem Mahagoni. Sie ist mit Eis gefüllt und enthält zwei Flaschen Weißwein. Astra lacht über Eddies sehr spezielle Ausrüstung.

»Super, Eddie. Ja, ich hab auch echt einen Riesenhunger. Und Durst.«

Eddie hat einen alten Picknicktisch im Cockpit aufgestellt. Auf die Duchten hat er mehrere blaue Seglerkissen mit weißen, kurz geschnittenen Bommeln verteilt. Der Tisch ist hübsch mit Leinenservietten gedeckt, und er hat es sogar geschafft, in der Pantry-Pfanne ein bisschen Brot zu rösten. Er hebt den Deckel eines alten Keramikgefäßes und schnuppert am Inhalt.

»Aah! Das hier ist eine absolut großartige Chili-Mayonnaise. Die hab ich selbst gemacht, nach dem Rezept meiner Mutter.«

Sie essen Krabben und schmeißen die Schalen ins Meer. Zahlreiche kleine und halbgroße Fische schnappen sich die Reste im dunklen Wasser und schwimmen dann ins nächste Tangbüschel, um sich in aller Ruhe an ihrer Beute gütlich zu tun. Die kleine Bucht brodelt nur so vor Begierde.

»Ich trinke auf den August!«, sagt Eddie und hebt sein altes Kristallglas. Seine Strähnchen sind vom Fahrtwind ein bisschen zerzaust.

»Ich trinke darauf, dass ich mitfahren durfte«, erwidert Astra, die genauso zerzaust ist. Ihr Oberteil hängt ihr auf halb acht an einer Schulter.

»Ich trinke darauf, dass du mitfahren WOLLTEST!«

»Ich trinke auf alles hier.«

»Prost.«

Die Zeitung hat vier volle Seiten mit Veranstaltungstipps. Trotzdem findet Titus nichts, was ihn anspricht. Er kann seine Paranoia einfach nicht abschütteln. Wie könnte er sich jetzt entspannen, wo er doch weiß, dass Eddie und Astra gerade gemeinsam mit dem Segelboot unterwegs sind? Es ist doch klar, dass Eddie Astra alles entlocken wird, was sie über Titus weiß. Wie könnte man schon Eddies Charme widerstehen, wenn er voll aufdreht? Im Moment versucht er garantiert, ihr alle möglichen Details über *Das beste Buch der Welt* aus der Nase zu ziehen. Wahrscheinlich weicht sie seinen Fragen ganz geschickt aus. Trotzdem – wie lange wird sie ihm noch widerstehen? Titus ist absolut sicher, dass Eddie gerade nur eins im Kopf hat: ein unsterbliches Meisterwerk zu erschaffen, und zwar auf Titus' Kosten.

Er findet sich also in einer Situation wieder, wie sie die meisten Menschen niemals erleben. Genau in diesem Moment, heute Abend, entscheidet sich seine gesamte Zukunft. Entweder überlässt er Eddie X das Feld. Oder er reißt das Kommando wieder an sich und sorgt dafür, dass er seine Pläne verwirklichen kann, ohne dass Eddie ihm auf der Zielgeraden noch ein Bein stellt. Angriff ist die beste Verteidigung, und wenn er seinen Kampf ohne Verbündete kämpfen muss, dann bleibt ihm nichts anderes übrig.

Titus legt einen 50-Kronen-Schein auf den Tisch und steht auf. Dann streckt er den Rücken und zieht eine entschlossene Miene. Es ist so wunderbar unerfreulich, nüchtern zu sein. Verdammt unangenehm, aber gleichzeitig erfrischend – als würde man unter einer kalten Dusche stehen. Aber er ist lieber besessen als besoffen.

Und er wird lieber selbst zum Einbrecher, bevor er sein Lebenswerk von einem hübschen Liebesdichter kidnappen lässt.

Die Weinflaschen sind geleert. Die letzten Sonnenstrahlen verschwinden langsam hinter den Kumuluswolken über den Hausdächern, die man in der Ferne am nördlichen Djurgården erkennen kann. Die Abendbrise ist wie weggeblasen, und das Wasser liegt so glatt da wie ein Spiegel. Die Petroleumlampen brennen und warten darauf, die nächtliche Dunkelheit zu erhellen.

Eddie serviert gerade frisch gebrühten Kaffee und eiskalten Punsch. Zur sowieso schon knisternden Stimmung gesellt sich Lachen und angeregtes Geplauder. Eddie erzählt, wie er mit ein paar Kumpels mal splitterfasernackt nach Sandhamn gesegelt sei, inmitten der Gotland-Regatta. Die Typen in ihren Luxusjachten hätten nicht den geringsten Gefallen an den nackten Halbstarken gefunden. Die wenigen mitgereisten Luxusgattinnen und Geliebten jedoch umso mehr. Die Stimmung auf dem Landungssteg sei gelinde gesagt explosiv gewesen, und am Ende sei ein dicker Hafenkapitän in Cabanjacke gekommen und habe ihnen mitgeteilt, sie seien »nicht regattagerecht gekleidet«. Sie könnten sich jetzt entweder ganz flott anziehen oder er würde ihren sofortigen Zwangstransport nach

Stavsnäs in die Wege leiten. Eddie macht den Hafenkapitän nach. Er steht auf, salutiert und schlägt die Hacken zusammen.

Astra quietscht vor Lachen.

Sie amüsieren sich unglaublich gut miteinander.

Und das ist erst der Anfang.

Titus hat richtig geraten. Da Eddie ebenfalls in einem denkmalgeschützten Altbau haust, sind die Schlösser ebenso alt und windig wie bei ihm. Eddies Wohnungstür ist nicht schwer zu finden. Ein großes, aus einer roten Wolldecke ausgeschnittenes Herz schmückt seine Tür. Die Spitze endet in einem Pfeil, der auf den Briefschlitz zeigt. *Liebesbriefe hier einwerfen*, steht dort auf einem kleinen handgeschriebenen Zettel.

Das Schloss lässt sich ganz einfach mit zwei zusammengedrückten Kreditkarten im Türspalt und einem energischen Ruck öffnen. Titus schickt ein stummes Dankeschön an den Mann vom Schlüsseldienst, den Astra ihm besorgt hatte, nachdem Lenny diesen grässlichen Einbruch bei ihm verübt hatte.

Er schleicht sich in Eddies Wohnung. Es sieht aus, als hätte jemand eine Feng-Shui-Bombe in die Wohnung geworfen. Zwei Zimmer, eine Küche und kein überflüssiger Gegenstand, so weit das Auge reicht. Weiße Decke, weiße Wände und weiß gebeizter Dielenboden. Weiße Gardinen, weiße alte Stühle und Holzmöbel. Fast alles ist weiß, bis auf ein riesiges Bett oder Sofa, das den Großteil des weitläufigen Zimmers einnimmt. Dort wimmelt es von bunten Kissen in unterschiedlichen Größen. Die eine Wand ist mit einer Fototapete beklebt, auf der ein nacktes Paar an einem Strand in den Sonnenuntergang geht. Der Kontrast aus Licht und Kitsch ist hinreißend. Titus bleibt einen Moment davor stehen, bevor er in das zweite Zimmer geht. Wie er es sich gedacht hat, steht dort ein Schreibtisch und ein Computer. Das kleine Arbeitszimmer hat eher den Charakter einer traditionellen Schriftstellerbude. Die Wände stehen voll mit überquellenden Bücherregalen, und weitere Bücher, Hefte, Zeitungen, Ausschnitte und Ausdrucke bedecken einen Großteil des Bodens.

Titus nimmt sich als Erstes das Bücherregal vor. Ein Bücherregal sagt alles über einen Menschen. Einerseits natürlich durch die Art von Büchern, die darin stehen, vor allem aber durch die Art, wie sie geordnet sind. Die Bücher, die zur Sammlung gehören, sagen eigentlich gar nichts darüber aus, was ihr Besitzer tatsächlich gelesen hat. Bei der Auswahl geht es eher darum, welches Bild er von sich selbst vermitteln will. Doch bei der Anordnung, da kann man nicht mogeln. Die verrät alles. Die Belesensten ordnen ihre Bücher zunächst einmal nach Genres. Biografien und Romane getrennt, ebenso Kochbücher und Fotobücher. Und so weiter. Je mehr Genres, desto größer das literarische Interesse. Und dann geht es natürlich streng alphabetisch, innerhalb jeder Kategorie nach dem Nachnamen des Autors. Die am wenigsten literarisch veranlagten Menschen sortieren ihre Bücher nach Größe. Das ist furchtbar hässlich und es ist nahezu unmöglich, etwas wiederzufinden. Aber andererseits wird aus einem solcherart geordneten Bücherregal auch nie ein Buch herausgenommen. Andere ähnlich gesinnte Verrückte – es sind wenige – versuchen sogar, die Bücher nach Farben zu ordnen. Eddie gehört zur erstgenannten Kategorie, allerdings hat er eine Menge Bücher gestapelt, um Platz zu gewinnen. Und innerhalb dieser Stapel herrscht totales Chaos. Fjodor Dostojewski vor Sture Dahlström, Jerzy Kosiński vor Franz Kafka. Eddie ist also eine Kombination aus Strukturfaschist, Größenordner und durchschnittlichem Wahnsinnigen. Außergewöhnlich, findet Titus. Er sucht unter J, wo seine eigenen Bücher stehen könnten, aber dort gähnt ein großes Loch.

Titus findet die Jensen-Bücher schließlich auf einem Stapel am Boden neben dem Schreibtisch. Verdamm mich! Es steht völlig außer Frage, dass hier irgendwie spioniert wird. Er blättert die Bücher durch, findet aber weder Zettel noch Notizen. Die Seiten fühlen sich ganz steif an, fast so, als wären die Bücher noch nie aufgeschlagen worden! Was ist das denn für ein Spion, der nicht mal eine anständige Recherche hinkriegt? Titus fühlt sich provoziert, weil Eddie seine Bücher nie gelesen hat, und das, wo er ihm doch so oft geschmeichelt und Honig um den Bart geschmiert hat.

Titus schaut aus dem Fenster, um zu prüfen, ob ihn jemand beobachtet. Anscheinend nicht. Er schaltet den Computer an und setzt sich auf den Schreibtischstuhl, während er darauf wartet, dass die Programme hochfahren.

Ha, da braucht man ja nicht mal ein Passwort! Fieberhaft beginnt er die Dateien zu durchsuchen. Auf der Festplatte liegen hauptsächlich Musik, Bilder und Filme. Titus lässt sie links liegen und findet schon bald einen Ordner mit dem Titel *MANUSKRIPT*. Er klickt ihn an, und einer der Unterordner fällt ihm sofort ins Auge.

Titus stellen sich die Härchen auf den Unterarmen auf, als er den Namen des Ordners liest: *Das beste Buch der Welt.*

Auf den Fjäderholm-Inseln ist Ruhe eingekehrt. Die Tagesbesucher, die mit der Fähre hergekommen waren, sind schon lange wieder nach Hause gefahren. Die Gäste des Lokals auf der anderen Seite der Insel sitzen entweder im Restaurant oder draußen auf der Brücke, wo sie ganz gemütlich ihre Drinks schlürfen. Es wird noch ein paar Stunden dauern, bevor die Taxiboote anlegen.

In der kleinen Bucht, in der die *Komm an Bord, mon amour* liegt, ist es ebenfalls ruhig. Das Cockpit ist leer, und sowohl die Besatzung als auch die Petroleumlampen sind in die Kajüte umgezogen. Eddie und Astra liegen in den warmen Daunendecken und schäkern. Sie knutschen ein bisschen und wechseln zwischen ernsthaften Themen und Albernheiten. Eddie will wissen, wie es bei Winchester so ist. Was tun die so für ihre Autoren? Was machen sie für

Verträge? Wie stark greifen die Lektoren beim Redigieren in die Texte ein? Wenn es um Winchester geht, ist Astra ganz Profi. Sie ist die reinste Werbebroschüre und erteilt nur wohlüberlegte Auskünfte. Umso mehr interessiert sie sich dafür, wie es denn bei Eddies Verlag gemacht wird, bei Babelfisk. Findet er, dass sie ihn richtig vermarkten? Was könnte ihn dazu bewegen, den Verlag zu wechseln? Wie findet er Winchester? Soll sie ihm mal einen ganz unverbindlichen Termin mit Evita Winchester vermitteln?

Titus beginnt, andächtig in dem Ordner mit dem Titel *Das beste Buch der Welt* zu stöbern. Eine Word-Datei nennt sich *Synopsis*. Er macht sie auf und liest eine kurze Liste von Punkten.

> *Lustigster T-Shirt-Aufdruck der Welt:*
> *DER AUERHAHN IST UNSER GRÖSSTER HÜHNERVOGEL.*
> *Bester Aphorismus der Welt:*
> *DASS DIE ERDE VON GOTT GESCHAFFEN WURDE, IST EBENSO WAHRSCHEINLICH WIE DIE ANNAHME, DASS DER MOND AUS KÄSE GESCHAFFEN WURDE.*

Ist das alles? Titus denkt an seine eigene Art, eine Synopsis zu machen. Er kann problemlos einen ganzen Block mit Notizen vollkritzeln, bevor er auch nur mit einem Buch anfängt. Aber das hier – was soll das denn sein? Entweder veräppelt Eddie ihn, oder er hat einen Schreibkrampf bekommen. Kreativitätslähmung.

Langsam, aber sicher verbreitet sich eine aufgeräumte Ruhe in Titus' Körper. Vielleicht ist Eddie X ja ganz einfach nicht fähig, sich mit ihm zu messen. Er hat es offensichtlich versucht, aber ohne Erfolg. Eddie hat sich hingesetzt und angefangen, den Inhalt des Buches aufzuschreiben, aber außer einem komischen T-Shirt-Aufdruck und einem verschmitzten Aphorismus ist ihm nichts eingefallen. Und das ist wohl kaum ein tauglicher Anfang für einen Bestseller und ein bahnbrechendes Roman-Sachbuch, das die Welt verändern wird. Was für ein Blödmann. Titus schüttelt den Kopf.

Die nächste Datei heißt *Kommanbordmonamour_bestesgedichtderwelt*. Ein erwartungsvolles Lächeln breitet sich auf seinem Gesicht aus. Natürlich klickt Titus auch diese Datei an.

KOMM AN BORD, MON AMOUR
Geliebte Astra, komm auf mein Boot
Lass uns segeln ins Abendrot
Komm an Bord und teil meine Koje
Ich schwöre bei Amor, das wird nicht ohne
Wir haben sicher unsern Spaß
Hoppla, bist du jetzt schon nass?
Hab keine Angst, mein Boot ist robust
Also verlier bloß nicht die Lust
Hier gibt es Relings, Taljen und Leder
Die rechte Ausrüstung für jedes Wetter
Der Kiel ist lang, meine Pinne ist hart
Der Kielbolzen rostet nicht, der Lack glänzt glatt
Komm her, dann küsse ich deine kurvige Reling
Und lade dich ein, mit mir zu segeln
Wenn du mich bittest, füll ich deinen Rumpf
Halt dich gut fest an meinem Trumpf
Hol meine Fock ein und blas auf meinen Mast
Lösch deine warm schwellende Last
Der weiße Schaum spritzt um meine Boje
Schiff ahoi! Komm in meine Koje!

Titus macht Augen, so groß wie halbierte Eier. Was ist das denn? So ein grottenschlechtes Machwerk hat er sein Lebtag noch nicht gelesen. Diesen Text kann unmöglich der meisterhafte Liebesdichter Eddie X verfasst haben.

Titus liest es noch einmal durch und bleibt an der Zeile *Der Kielbolzen rostet nicht, der Lack glänzt glatt* hängen.

Glänzt glatt … »Das ist wahrscheinlich die dümmlichste Kombination von einem Verb und einem Adverb, die einem Menschen nur einfallen kann«, brummt Titus vor sich hin und kichert in sich hinein.

Er wird nachdenklich. Entweder ist der Text als Scherz gemeint, oder Eddie hat völlig den Verstand verloren. Oder zumindest seine Fähigkeit, sich mit Worten auszudrücken.

Auf einmal geht Titus der eigentliche Inhalt des Gedichts auf.

Eddie will Astra verführen! Dieser Mann kennt ja wohl überhaupt keine Grenzen! Seine Kreativität ist aus irgendeinem Grund total blockiert. Er hat sein Schreibtalent verloren und verwandelt sich gerade in einen Desperado. Frustrierte Künstler können rasend werden – wenn einer das weiß, dann Titus. Wer weiß, was für wahnsinnige Pläne Eddie ausgeheckt hat, um das Kommando wieder an sich zu reißen?

Ich muss ihn aufhalten, denkt Titus.

Ich muss Astra warnen!

Auf den Fjäderholm-Inseln kriegt Eddie langsam, aber sicher einen kleinen Schwips. Er hat so viel Punsch getrunken, dass seine Lippen und sein Mund schon ganz pappig sind von dem ganzen Zucker. Er muss die Kiefer richtig anspannen beim Sprechen, um nicht zu lallen. Und wie alle angeschickerten Männer hält er das Knutschen und gemütliche Plaudern unter Daunendecken nicht besonders lange aus. Auf einmal befreit er sich von der Decke und streckt sich.

»Komm, Astra, wir gehen schwimmen!«

Er macht das Schiebeluk der Kajüte auf und springt ins Cockpit. Dort reißt er sich mit großzügigen Bewegungen die Kleider vom

Leib und vollführt einen wilden Indianertanz an Deck. Auf dem Vordeck vor dem Mast bleibt er stehen, zuckt mit den Hüften und lässt seinen Pimmel ein paarmal kreisen, bevor er in das schwarz glitzernde Wasser springt.

Astra ist nicht so ganz beduselt wie Eddie. Aber mindestens ebenso aufgekratzt. Als sie an Deck kommt und sieht, dass Eddie schon im Wasser ist, zieht sie sich ebenfalls blitzschnell aus. Sie hält sich die Nase zu und legt eine Hand auf die Brust, als sie ihm hinterherspringt.

»Ist doch super!«, ruft Eddie und wirft den Kopf in den Nacken, sodass die Haare seine Augen freigeben. Er schwimmt ein paar Meter in die Bucht hinaus und bedeutet Astra mit einem Winken, dass sie ihm folgen soll. Sie schwimmt ihm nach. Dann treten sie eine Weile auf der Stelle und halten sich im Wasser, ohne etwas zu sagen. Sie schauen einander bloß an.

»Es ist echt superschön! Wie ist das möglich, dass das Wasser immer noch so warm ist?«

»Ich liebe den August! Schau mal da rüber nach Lidingö, Astra. Siehst du das?«

»Was?«

»Schau das Wasser an! Schau mal, wie glatt das glänzt! Ich liebe es, wenn das so glatt glänzt.«

»Ja, ›glatt glänzen‹, das ist schön. Gefällt mir auch.«

»Hallo, hier ist die Mobilbox von Astra Larsson bei Winchester. Hinterlassen Sie bitte Ihren Namen und Ihre Telefonnummer, dann rufe ich sofort zurück. Danke für Ihren Anruf!«

Verdammt, verdammt, verdammt! Titus schüttelt sein Handy, als könnte es irgendwas dafür, dass Astra nicht rangeht. Was zum Henker soll ich jetzt machen? Noch mal anrufen und was draufsprechen? Eine SMS schicken?

Und was soll er dann überhaupt sagen? Langfristig gesehen fährt man mit der Wahrheit meistens doch am besten. Andererseits weiß er aber auch, wie hingerissen Astra von Eddie ist. Es wäre sicher schwierig, sie am Telefon davon zu überzeugen, dass Eddie ein Verrückter ist. Das würde nur auf ihn selbst zurückfallen. Er würde dastehen wie ein eifersüchtiger Verschwörungstheoretiker. Was also soll er tun? Er muss auf jeden Fall handeln, sonst könnte es sein, dass Astra da in etwas Unangenehmes hineinschliddert. Und – noch viel schlimmer – dass Eddie ihr jede Menge Geheimnisse über *Das beste Buch der Welt* entlocken kann.

Titus beschließt, dass eine Notlüge in dieser Situation das einzig Richtige ist. Na ja, zumindest so eine halbwegs verzeihliche Lüge, denkt er und schickt Astra eine SMS.

Danach schaltet er sein Handy ganz einfach aus.

So, entweder klappt das jetzt oder eben nicht, denkt er.

Die Nachtbadenden sind wieder in der Kajüte. Die kleine Schwimmrunde und die aufgeladene Stimmung haben den Alkohol schon zum Großteil verbrannt. Astra und Eddie sitzen da, eingewickelt in Frotteehandtücher und Daunendecken. Sie knutschen, dass die Schwarte kracht. Streicheln sich gegenseitig die nassen Haare. Ihre Lust ist entfacht. Die Flämmchen der Petroleumlampen zucken sinnlich mit den weit geöffneten Mündern um die Wette. Langsam verdunstet die Feuchtigkeit von ihren Körpern, und die kleinen Fenster beschlagen. Sie stöhnen leise, während sie sich küssen. Mal machen sie die Augen zu und lassen ihre Hände neue Wunder entdecken. Dann wieder sind ihre Augen weit geöffnet, als könnten sie so noch mehr Genuss in sich hineinsaugen. Ihre Beine sind ineinander verschlungen. Die Handtücher und Decken fallen ab. In diesem Moment gibt es an Bord so einiges, was glatt glänzt.

Auf einmal schneidet Astras SMS-Signal durch die Kajüte wie

eine Machete. Völlig automatisch streckt sie die Hand nach dem Handy aus und klickt die SMS an. Eine Mitteilung aus der Außenwelt kann so einen sexy Augenblick im Handumdrehen zerstören. Aber in diesem Augenblick denkt Astra nicht. Bei ihr bestimmen gerade nur Muskeln und Nerven. Ihre Augen und Hände verlassen Eddies Körper und wandern zum Display. Ans Telefon zu gehen ist ein Reflex, der in Astras Bedürfnispyramide höher liegt als der Impuls, sich mit dem besten Mann in der Herde zu paaren.

RÜCKFALL. HILF MIR. SOFORT. TITUS.

»Oh Mann, ich fass es nicht …«, flüstert Astra.

Es dauert nur wenige Sekunden, und schon hat jede Erotik die Kajüte verlassen. Astra rollt mit den Augen, als wollte sie dem Gehirn helfen, einen Ansatzpunkt zu finden.

Eddie setzt sich halb auf und zieht die Decke über den Nabel.

»Was ist denn los?«

»Ach, ich weiß auch nicht. Mit Titus ist irgendwas. Anscheinend säuft er sich wieder zu. Er braucht Hilfe.«

»Oje. Hat er denn versucht, mit dem Trinken aufzuhören? Ich dachte, der Mann ist die Personifikation des ewigen Feierns«, sagt Eddie leise und streichelt Astras Arm.

Sie murmelt ein paar Flüche in sich hinein und versucht, Titus anzurufen. Aber er hat sein Handy ausgeschaltet. Und einen Anrufbeantworter hat er auch nicht. Nur das Stakkato der automatischen Ansage.

»Ich muss heim«, sagt Astra und sieht ganz verzweifelt aus.

»Im Ernst? Bist du sicher?«

»Ich muss. Es könnte alles Mögliche passiert sein. Ist das okay? Können wir gleich heimfahren?«

»Natürlich. Ich geb ordentlich Gas, dann sind wir in fünfzehn, zwanzig Minuten im Hafen.«

»Prima«, sagt Astra und lächelt bedauernd. »Eddie, das ist wirklich total blöd. Ich wollte diesen Abend wirklich nicht abbrechen. Du warst ganz wunderbar. Du BIST ganz wunderbar. Du machst mich heillos scharf, und ich glaube, ich bin sogar ein bisschen verliebt in dich. Das alles ist wirklich, wirklich zauberhaft. Es tut mir schrecklich leid.«

»Ist doch kein Problem, Astra. Was wir zusammen haben, kann niemand zerstören. Wir fahren sofort los. Wir müssen Titus Jensen für die Nachwelt retten.«

Eddie zieht sich rasch an und macht das Boot klar zum Ablegen. Er schließt den Benzinschlauch an den Außenbordmotor an, drückt ein paar Mal auf die Benzinpumpe, betätigt den Choke und bringt den Motor gleich mit dem ersten Ruck am Seil zum Anspringen. Er tuckert gedämpft, während Eddie die Leinen losmacht und das Boot an der Ankerleine hinauszieht. Astra räumt Laken und Handtücher auf und macht das Bett, das die halbe Kajüte einnimmt. Sie verflucht Titus, der so hoffnungslos unreif ist. Wer weiß, wann sie diese schöne Koje je wieder zu sehen bekommt?

Eddie hängt eine Petroleumlampe als Laterne an den Mast. Der alte Neptunkreuzer tuckert durch das stille Wasser langsam zurück in Richtung Hafen. Hie und da sieht man vereinzelt auch ein paar andere Boote. Noch ist der Abend nicht vorbei, noch ist der Sommer nicht zu Ende. Der Himmel über Stockholm wird erleuchtet von Straßenlaternen, Wohnungen und zahllosen geschäftigen Lokalen.

Eddie hält die Ruderpinne mit der Rechten, den anderen Arm legt er um Astras Schultern, als sie kommt und sich neben ihn setzt.

»Hat er schon länger versucht, trocken zu werden?«, fragt er.

»Ja. Seit Sommeranfang ist er total clean geblieben. Er hat sogar aufgehört zu rauchen.«

»Oh, wow …«

»Die Sache ist die, dass er an einem neuen Buch arbeitet. Genauer gesagt, es ist schon so gut wie fertig. Ich glaube, das wird richtig, richtig gut. Aber nicht, wenn er sich jetzt wieder die Birne wegsäuft. Dann ist alles verloren. Evita wird durchdrehen.«

»Oh nein. Hast du denn schon was von dem Buch zu lesen gekriegt? Worum geht es?«, erkundigt sich Eddie.

Astra sieht Eddie ein wenig verwundert an. Wieso interessiert er sich in diesem Augenblick für die Handlung von Titus' Buch? Eddie schaut schnell weg.

»Ich meine – wie geht es ihm? Und was ist da passiert?«

»Ich begreif es auch nicht. Ich dachte, er ist mittlerweile ausgeglichen. Sah er nicht richtig frisch und gesund aus, als du ihn vorhin bei mir zu Hause gesehen hast?«

»Frisch? Nee, fand ich eigentlich gar nicht. Ich fand, er sah ein bisschen angeschickert aus. Ich denke mal, dass er da schon einen oder zwei gekippt hatte.«

»Komisch. Nein, also da muss irgendwas vorgefallen sein heute Abend.«

Als sie sich dem Hafen nähern, ruft Astra ein Taxi. Eddie fragt, ob er sie begleiten soll, aber das möchte sie nicht. Das heißt, eigentlich möchte sie schon, aber sie weiß, dass Eddie Titus nervös macht. Er hat sie so oft damit genervt, dass sie niemandem erzählen darf, woran er gerade arbeitet, und *erst recht* nicht Eddie X. Nein, leider wird sie Titus allein suchen müssen.

Da passiert etwas mit Eddie. Sein Mund sieht auf einmal aus wie ein Strich. Seine Augen brennen. Und er umklammert die Ruderpinne so fest, dass seine Knöchel weiß hervortreten.

Titus wirft einen Blick auf die Uhr. Gut nach Mitternacht. Die Segler könnten jeden Moment wieder zurück in der Stadt sein. Er hat keine Ahnung, ob seine SMS gelesen wurde und ob Astra sie überhaupt gesehen hat. Die Aktion hat er einfach aus der Hüfte geschossen und ist sich noch völlig im Unklaren über seine weitere Taktik.

Jetzt schleicht er erst mal aus Eddies Haus und macht sich schleunigst auf den Heimweg. Er muss sein Gehirn auslüften, nachdenken und versuchen, seine Optionen zu sondieren.

Erste Option: Er säuft sich jetzt ganz schnell zu und hofft, dass Astra ihm diesen einen Fehltritt verzeiht. Wenn er vor ihr kriecht wie ein Wurm und um Verzeihung bettelt, wird er sich ihr Vertrauen dadurch hoffentlich nicht verscherzen. Gleichzeitig warnt er Astra vor Eddie. Aber warum sollte sie ihm glauben? Und wie soll er überhaupt erklären, was für eine Gefahr von Eddie droht? Nein, er kann sich nicht zusaufen, um sich zu retten. Das wäre lebensgefährlich. Er ist lieber besessen als besoffen. Vergiss es. Keine gute Idee.

Option zwei. Er erzählt ihr klipp und klar, was Sache ist. Dass seine Paranoia ihn zu einem Einbruch getrieben hat, dass er Eddies Computer durchsucht hat und nun Beweise dafür zu haben glaubt, dass da ein Ideenklau von historischen Ausmaßen im Gange ist. Und dass Eddie vorhat, Astra mit einem grottenschlechten Gedicht voller haarsträubender Segelmetaphern zu verführen. Nein, das geht nicht. Er kann keiner Menschenseele verraten, dass er, Titus Jensen, vorsätzlich bei einer der beliebtesten Persönlichkeiten des Landes eingebrochen ist. Oh Gott, bloß nicht. Diese Möglichkeit lässt er also auch fallen.

Option drei. Er kann noch eine Notlüge bemühen und sich irgendeine Halbwahrheit zusammenbasteln. Wenn er zum Beispiel behauptet, dass er seine Rückfall-SMS nur geschickt habe, um Astras Aufmerksamkeit zu wecken. So weit stimmt es ja auch. Und dann kann er sagen, dass er zufällig Eddies Kumpel Lenny in der Stadt getroffen habe, und der hätte ihm erzählt, dass Eddie damit geprahlt habe, wie leicht er Astra ins Bett kriegen würde. Dass sie sich Hals über Kopf in ihn verknallt habe und Eddie nur noch die Netze einholen müsse. Und dass Titus zwar klar sei, dass Astra vollauf in der Lage sei, sich um sich selbst zu kümmern, aber dass sie trotzdem wissen sollte, was Eddie da für ein faules Spiel treibt. Wenn Eddie Astra tatsächlich nur als Trophäe sieht, dann müsse sie das erfahren. Titus sei es ihr als Freund schuldig, die bittere Wahrheit auszusprechen. Er wird um Entschuldigung bitten für seine drastische SMS-Taktik, er habe das Gefühl gehabt, dass er noch eins drauflegen müsse, wenn er wirklich ihre Aufmerksamkeit erregen will. Insgeheim weiß Titus sehr wohl, dass so ein teenagerhaftes Geprahle mit Eroberungen nicht zu Eddies Persönlichkeit passt, aber er fühlt auch, dass er weder die Zeit noch die Fantasie hat, sich jetzt noch andere Varianten auszudenken. Er muss es versuchen, immerhin ist die Strategie nicht völlig aussichtslos. Mit etwas Glück kann es gelingen. Oder besser gesagt – es *muss* gelingen.

Bald ist er wieder zu Hause. Er schaltet sein Handy wieder ein und wartet darauf, dass Astra ihn anruft. Denn das wird sie doch wohl … oder?

Als Astra im Taxi sitzt, ist sie völlig durcheinander von all den Empfindungen, die ihren Körper überfluten. Sie hatte einen wundervollen Abend mit Eddie. Wildes Segeln, romantisches Abendessen, vertrauliche Gespräche, Nachtbad und Nacktknutschen – alles innerhalb weniger Stunden. Es ging so wunderbar schnell. Wahrscheinlich sind sie gerade dabei, sich ineinander zu verlieben, denkt sie und lächelt in sich hinein. Sie hätte ja nie geglaubt, dass sie sich in einen Typen verlieben würde, der gefärbte Seidenhemden in Größe XL trägt. Sonst sind es immer eher die Typen in teuren Anzügen und mit hübschen Frisuren, die sie anziehen. Was für Frauen Eddie so gehabt hat, weiß Astra nicht, aber sie hält es für unwahrscheinlich, dass sie einen elektronischen Terminkalender hatten und Schuhe für Zehntausende von Kronen im Flur. Aber Gegensätze ziehen sich offenbar an. Je höher die Ladung, desto größer der Magnetismus.

Sie versucht es noch einmal bei Titus. Vielleicht hat er das Telefon ja mittlerweile wieder eingeschaltet.

Titus, der am Küchentisch sitzt und sein Handy anstarrt, geht sofort beim ersten Klingeln dran.

»Hallo Astra. Wo bist du?«

»Ich sitze in einem Taxi. Aber wo bist DU? Was ist denn bloß passiert?«

»Ich bin zu Hause. Kannst du bei mir vorbeikommen?«, sagt er ernst und kurz angebunden.

»Natürlich. Geht's dir gut?«

»Wir reden dann, wenn du hier bist.«

Titus merkt nicht einmal, dass Astra ungeschminkt ist und noch eine zerzauste Bettfrisur trägt. Sowie sie durch die Tür tritt, nimmt er sie bei der Hand und führt sie zum Computer. Dort beugt er sich herab und steckt den Schlauch in den Mund. Der Alkomat erkennt seinen Atem und der Computer begrüßt ihn zu einer neuen Arbeitseinheit. Er hebt die Arme.

»Gesehen? Ich bin nüchtern.«

»Ich hab's gesehen. Und ich muss sagen, das freut mich wirklich. Was zum Teufel treibst du eigentlich?«

Titus schaut Astra ernst an und erklärt, dass er ihr alles erzählen werde.

Und das tut er auch.

Er erzählt ihr, warum er ihr eine falsche SMS schicken musste. Wie und wo er Lenny getroffen habe. Dass Lenny sturzbetrunken gewesen sei und alles ausgeplaudert habe, nämlich, wie Eddie ihm erklärt hatte, wie er Astra kriegen würde. Wie Lenny gelacht und gezuckt habe, während er offensichtlich beeindruckt gewesen sei von Eddies Qualitäten als Frauenaufreißer. Wie er Eddies obszöne

Gesten imitiert habe, die beschrieben, dass die Eroberung auf allen vieren vollendet werden sollte. Dass Titus Lenny nicht recht geglaubt habe, Lenny jedoch aus einem Gedicht zitieren konnte, das Eddie angeblich über Astra geschrieben hatte. Irgend so ein Quark über Dinge, die »glatt glänzen«, und wie er sie an Bord der *Komm an Bord, mon amour* zur Strecke bringen würde. Und dass Eddie Lenny auch gesagt habe, sowie er Astra am Haken hätte, würde er sie sofort über Titus' neues Buch ausquetschen.

Das Letzte kam ungeplant, aber Titus war einfach so in Fahrt.

Jetzt verstummt er und merkt, dass er nicht ununterbrochen weiterreden kann. Er muss Astra auch eine Chance geben, die ganze Sache überhaupt mal zu verdauen.

Die Strategie ist aufgegangen, das sieht man an ihrem langen Gesicht. Er ist nicht stolz auf sich, aber er spürt, dass er Wesentliches zurechtgerückt hat.

»Was hätte ich denn tun sollen? Ich wusste ja bloß, dass du ein Date mit Eddie hast und ihr segeln gehen wolltet. Und ich kenne Eddie, der kann wirklich jeden Menschen um den kleinen Finger wickeln. Ich musste einfach handeln. Verstehst du?«

Astra starrt Titus an. Die Worte von Titus' Tirade schwirren ihr durch den Kopf, wollen aber keinen rechten Sinn ergeben. Glatt glänzen ... glatt glänzen ... glatt glänzen ... Die Worte erzeugen einen kleinen Strudel in ihrem Kopf. Als würde man den Stöpsel einer vollen Badewanne ziehen. Zuerst merkt man es kaum, nur ein ganz kleiner Teil der Wasseroberfläche kommt in Bewegung. Doch dann gewinnen Schwerkraft und Naturgesetze die Oberhand. Der Strudel verlangt mehr und mehr Nahrung und reißt auf seiner immer wilder werdenden Reise im Uhrzeigersinn alles mit sich. Er scheut sich nicht mal, einen großen Zeh mit sich in den Abfluss zu locken.

In Astras Kopf wirbeln die »Glatt glänzen«-Strudel immer schneller. Und schlucken damit zugleich den Sinn und den Verstand, die bis jetzt ruhig und beherrscht nebenherschwimmen wollten. Sogar der Standpunkt und das Urteilsvermögen werden mit auf das wilde Karussell gerissen. Das »Glatt glänzen« wächst sich zum reinsten Mahlstrom aus. Astra erkennt den Ausdruck nur zu gut wieder. Das sind ganz eindeutig Eddies Worte, kein Zweifel. Sie ist angewidert. Einerseits angewidert von der Vorstellung, dass Eddie seine Liebesattacke auf sie so im Voraus durchgeplant hat. Kann das wirklich stimmen? Und andererseits ist sie angewidert, weil sie Thema einer Kneipendiskussion von zwei Kulturtrotteln war. Als ob sie irgendein Scheißgegenstand wäre. Sie hat überhaupt keine Lust, als Gesprächsthema herzuhalten. Warum sitzt sie hier mitten in der Nacht bei einem durchgeknallten Kulturdinosaurier, der sich erstens in ihr Leben einmischt und zweitens ernsthaft glaubt, er könnte ein Buch schreiben, das die Bestsellerlisten in mehreren Kategorien anführt? Wie ist sie bloß in diesen Mist reingeraten? Was für ein Scheiß. Warum konnte sie sich keinen normalen Job zulegen? Als Rechtsanwältin, Buchhalterin, Bankdirektorin, irgendwas?

Aber niemals im Leben würde sie sich auf Titus' Neandertalerniveau herablassen und zu heulen anfangen oder sich bei ihm aussprechen. Nie im Leben. Ungerührtheit und Professionalität, das ist das Einzige, was bei solchen Typen wirkt.

»Ich weiß nicht, was ich dazu sagen soll, Titus. Das ist einfach zu viel für mich. Ich will das alles gar nicht hören.«

»Ich weiß, Astra. Es tut mir auch leid, dass das jetzt so gelaufen ist. Erst wusste ich ja auch nicht so richtig, was ich machen sollte. Aber ich musste dir einfach die Wahrheit sagen.«

Astra stößt einen langen Seufzer aus. Dann steht sie auf und lässt Titus allein zurück.

Ist ja noch mal glatt gegangen. Wenn auch nicht unbedingt glänzend.

Kapitel 28
ARBEITSPHASE

Die Tage vergehen. Der August rückt ab, der September tritt seine Nachfolge an.

Seit seinem »Studienaufenthalt« bei Eddie spürt Titus innerlich eine große Ruhe. Ganz offensichtlich hatte Eddie vor, mit der Arbeit am *Besten Buch der Welt* anzufangen, zumindest hat er einen Ordner dieses Namens auf seinem Computer. Aber was er bis jetzt darin gesammelt hat, ist ausnahmslos schlecht und ohne Substanz. Allein wird Eddie das nie hinkriegen. Das findet Titus sehr befriedigend.

Er wiederum speit ein Kapitel nach dem anderen aus, die zusammen ein straffes Manuskript ergeben. Es ist kurz, prägnant und verliert sich nicht in wortreichen Details und Schablonen. Seine Leser werden auf die Folter gespannt und bekommen ein Bonbon nach dem anderen vor die Nase gehalten.

Er findet einige tolle Rezepte, die dafür sorgen, dass Håkan Rink die ABC-Methode weiter durchziehen kann. Bald hat er ein regelrechtes Kochbuch beisammen. Sowohl Håkan Rink als auch sein Team erzielen bedeutende Durchbrüche sowohl in ihrem Privatleben als auch bei ihrer polizeilichen Arbeit. Titus legt Checklisten an und gibt Beispiele mit konkreten Handlungsplänen, damit die Leser nach der Lektüre des Buches gleich selbst am Gelingen ihres eigenen Lebens arbeiten können. Lehrsätze, Tipps und gute Ratschläge ohne Ende. Außerdem ist der Detektivroman an sich extrem spannend. Der Abschnitt über Serien-Salvadors Triebkräfte ist mehr als nur eine Abhandlung über die dunkle Seite des Menschen. Sie führt auch hervorragend durch die Geschichte des zwanzigsten

Jahrhunderts, mit besonderem Fokus auf die wichtigsten Ismen. Titus schreibt mehrere kurze, essayartige Abschnitte und fügt sie mit Einzug in die Textmasse ein, damit der Leser weiß, dass er diesen Abschnitt auch einfach überfliegen kann, wenn er ungeduldig ist. Die Gunst des Lesers geht über alles.

> Hinter dem raschen Wachstum der Wirtschaft, der Unterhaltungsbranche und der Kommunikationsindustrie im zwanzigsten Jahrhundert steckte zum Großteil der Surrealismus. Aber die Betonung der unbewussten Kreativität hatte auch eine Schattenseite. Von den großen Genoziden des letzten Jahrhunderts hätte es viele wahrscheinlich nie gegeben, wenn der Zeitgeist dem Menschen nicht den Freibrief erteilt hätte, seine geheimsten Träume zu verwirklichen. Die Verwandtschaft mit dem Nationalsozialismus ist nicht zu übersehen: Der Surrealismus huldigte dem inneren Übermenschen, der Nationalsozialismus dem äußeren.
>
> Diese beiden Ismen blühten ungefähr gleichzeitig im Schatten des Ersten Weltkriegs und seiner zerstörerischen Kraft auf. Die seelische Stärke wurde gepriesen, während ein eifriges, narzisstisches Untersuchen der eigenen Neurosen und Kräfte ständig Gefahr lief, sich in schweren Psychosen und Kriegen niederzuschlagen. Dass die persönliche Stärke dazu eingesetzt werden könnte, Schwache zu schützen oder Verständnis für Andersdenkende zu entwickeln, gehörte nicht zu den Zielsetzungen dieser Ismen. Alles war darauf ausgerichtet, sich die persönliche Selbstständigkeit zu erkämpfen, eine eingebildete größere Freiheit, die dem ständig vorwärtsdrängenden Kollektiv zugute kommen sollte. Die Freiheit schuf ein spirituelles Erlebnis, das – im Unterschied zu einem rein religiösen und gefühlsgesteuerten Erlebnis – auf einem theoretischen, wenngleich wackeligen Fundament aufbau-

te. Um ein freier Mensch zu werden, musste man mit seiner Vernunft, seiner Moral und seiner Ästhetik abrechnen.

Aber wie immer gingen Kunst und Politik hierbei völlig verschiedene Wege. Guillaume Apollinaire, Tristan Tzara, André Breton, Franz Kafka, Salvador Dalí und all die anderen, die mit dem *stream of consciousness*, dem freien Strömen des Bewusstseins, arbeiteten, kann man schwerlich die widerwärtigen Taten anlasten, derer sich später ein Adolf Hitler schuldig machte. Ebenso wenig wie Albert Einstein daran schuld war, dass die Atombombe über Hiroshima abgeworfen wurde, oder Marilyn Manson die tödlichen Schüsse an der Columbine High School zu verantworten hatte.

Während der Sommer allmählich zur Neige geht, schließt sich für Titus noch einmal eine harte Arbeitsphase an, die er überstehen muss. Er folgt seinem eingeschliffenen Tagesplan mit Training und regelmäßigen Mahlzeiten. Das Solarium überspringt er, weil es jetzt jeden Moment wichtig werden kann, dass er aussieht wie ein vergammelter Alkoholiker. Zumindest mal während des Auftritts beim Poetry-Slam-Festival, zu dem ihm Eddie eine Zusage abgerungen hat. Bis das Buch fertig sein wird, gilt jedoch vor allem eins: Er muss seine Muskeln und Sinne in höchster Alarmbereitschaft halten. Lieber besessen als besoffen.

Er hat weiter keinen Kontakt mehr mit Astra. Sie geht nicht ans Telefon, wenn er anruft, und er hinterlässt auch keine Nachrichten auf ihrem AB. Er weiß, wie viel alle Mitarbeiter im Verlag vor der jährlichen Buchmesse Ende September zu tun haben, und was die Vorabpräsentation des Projekts *Das beste Buch der Welt* angeht, verlässt er sich voll und ganz darauf, dass Astra und Evita eine hübsche Vorschau basteln, die die Einkäufer der ausländischen Verlage aus den Schuhen haut. Evita denkt mit der Brieftasche, und was sie anpackt, gelingt immer. Titus Jensen wird da keine Ausnahme sein, denkt er voller Hoffnung.

Jetzt gilt es sich reinzuhängen und gute Arbeit abzuliefern.

Astra arbeitet ebenfalls wie ein Tier. Nach dem Segeltörn hat sie alles ausgeblendet, was nichts mit der Arbeit zu tun hat. Freiwillig nimmt sie zahllose Termine mit Autoren, Coverdesignern, PR-Beratern und Literaturagenten wahr und stopft ihren Terminkalender proppenvoll.

Eddie ruft sie Tausende von Malen an. Er schickt Blumen und Gedichte. Einmal schickt er sogar einen alten Stoffhamster, der David Bowies *The Prettiest Star* spielt, wenn man ihm auf den Bauch drückt. Astra kann nicht anders, ihre Mundwinkel beginnen zu zucken, als sie daran denkt, wie viele Trödelläden er durchforstet haben muss, bis er dieses Ding aufgetan hat.

Sie sieht sich in der Geschichte keineswegs als Opfer. Was ist überhaupt so wichtig daran, dass Eddie mit Lenny darüber gesprochen hat, wie er sie verführen will? Ist doch eigentlich ganz charmant, wenn so ein Mann weiß, was er will. Und wie oft hat sie Eddie nicht auch zum Objekt gemacht und ihn nach seinem Hintern und nicht nach seinen Gedichten beurteilt? Nein, es geht ihr gar nicht um Eddies Absichten. Aber was sie überhaupt nicht abkann, ist das Doppelspiel, das er in seinem Auftreten an den Tag gelegt hat. Man kann sich nicht in einem Moment als androgyner Liebesdichter ausgeben und im nächsten Moment in ein dröhnend lachendes Männerschwein verwandeln. Was will er darstellen – einen Mann oder einen Teenager? Sie hätte gerne einen ausgewogenen Mix aus Östrogen und Testosteron, keinen Aufreißerdrink mit Höhlenmenschen-Nachgeschmack. Ihre Gefühle für Eddie sind gemischt, und sie beschließt, sich eine Auszeit von allem zu nehmen, was mit Gefühlen zu tun hat. Einfach ein paar Wochen ins Land gehen lassen und mal abwarten, welche Gefühle bleiben und welche sich in Luft auflösen. Wenn sie Eddie das nächste Mal trifft, will sie ganz sicher sein, dass Hirn und Unterleib zusammenarbeiten.

Von Titus hat sie im Moment einfach die Nase voll. Sie weiß, dass er mehrfach versucht hat, sie zu erreichen, aber solange er nichts Wichtiges zu besprechen hat, können sie genauso gut jeweils an ihrer eigenen Arbeit weiterbosseln. Er ist extrem eindimensional und denkt wahrscheinlich an nichts anderes als an sich selbst und sein Buchprojekt. Dabei hat sie so unglaublich viel dafür getan, dass er sich entspannen kann. Sie hat es so eingerichtet, dass der Computer ihn zwingt, Pausen einzulegen, hat ihm eine Karte fürs Fitnessstudio besorgt und was weiß ich noch alles, damit er wieder eine Art Leben führen kann. Und ist er ihr auch nur das geringste bisschen dankbar dafür? Nein. Alles, alles, alles dreht sich um *Das beste Buch der Welt*, und auch wenn er es nicht ausspricht, spürt sie, dass Titus' Welt immer mehr von eingebildeten Bedrohungen und Verschwörungstheorien beherrscht wird. Er wirkt wie auf Speed, und sein ganzes Verhalten bringt sie auf die Palme. Dabei sollte sie sich eigentlich wirklich nicht wundern. Es kann nicht glattgehen, wenn man so zwischen den Extremen wechselt, wie Titus es getan hat. Gerade noch der ewig saufende, verwahrloste Kulturdinosauerier, und nun auf einmal ein schwer arbeitender Künstler, der brillante Texte abliefert. Sie macht sich ein bisschen Sorgen, dass das bald so heftige Folgen nach sich ziehen könnte, als würde man eiskaltes Wasser auf eine heiße Steinplatte gießen. Wenn Titus einen Sprung kriegt, wird es jedenfalls ganz gewaltig knallen.

»Er ist in meiner Wohnung gewesen. Er hat meine Liebe zum Stillstand gebracht. Er hat sie gestohlen!«

Eddie X schlägt mit der Hand so fest auf den Schreibtisch, dass der Computer einen kleinen Hopser macht. Er hat keine Ruhe zum

Schreiben und kriegt nichts aufs Papier, keine Silbe. Stattdessen arbeitet es in ihm unablässig, sein Unbehagen wächst stetig. Manchmal hat er das Gefühl, als hätte er etwas Wertvolles weggegeben. Manchmal fühlt es sich so an, als hätte er es für immer verloren. Und Astra kann er auch nicht erreichen.

Er ist müde und apathisch. Das Blut rinnt ihm aus den Adern, die Worte verschwinden aus seinem Mund. Aus seinem Gehirn verdunsten die Ideen. Zurück bleibt Leere, ein Vakuum. Es dauert nicht mehr lange, dann wird er implodieren.

Da hilft es nichts, in Secondhandläden zu gehen und sich bunte Klamotten zu kaufen. Es wird nicht besser davon, wenn er Menschen anlächelt, die ihm in der Stadt begegnen und sich Nettigkeiten von ihm erwarten.

Er würde gerne mal eine leere Bierdose wegkicken, ohne dass die Leute die Nase rümpfen.

Er würde gerne verschwinden wie ein Chamäleon auf einer Wand.

Er würde gerne schlafen.

Aber das kann er nicht.

Er hat gelesen. Und das ist unbestreitbar Diebstahl. Sie werden es herausfinden. Jetzt muss er sich ins Zeug legen und die Dinge wieder selbst in die Hand nehmen. Das ist der richtige Weg.

Er weiß, was zu tun ist, und schmiedet seine Pläne.

Kapitel 29

THE RETURN OF NADERSSON

Unterdrückte Nummer. Ich hasse Leute, die nicht zeigen wollen, von wo sie anrufen, denkt Astra genervt und nimmt ab.

»Hallo?«

»Ja, hallo. Bin ich bei Ihnen richtig, kümmern Sie sich in Ihrem Unternehmen um Sicherheitsfragen?«

»Nein.«

»Also, mein Name ist Fabian Nadersson, und ich rufe im Auftrag von Maximal Security an. Haben Sie eine Minute Zeit?«

»Ich habe Ihnen doch gesagt, ich bin NICHT für Sicherheitsfragen zuständig. Sind Sie taub?«

»Nein, ganz im Gegenteil. Also, es ist so, wir haben hier eine ganz tolle Kampagne für automatische Sicherheitskopien per Internet. Täglich wird ein Back-up von sämtlichen Computern der Firma gemacht, ohne dass die Anwender etwas dazu tun müssen. Es ist kein Breitbandkabel erforderlich, und alles wird auf doppelten Servern in den Katakomben bei Maximal Security gespeichert.«

»Das ist mir völlig egal, ICH BIN HIER NICHT FÜR DIE SICHERHEIT VERANTWORTLICH.«

»Verstehe. Aber könnte es vielleicht interessant für Sie sein, einen Probevertrag mit uns zu machen? Die erste Woche ist kostenlos …«

»Nein! Dafür müssen Sie unseren Sicherheitsbeauftragten anrufen!«

»Okay, und wer ist das?«

»Ich habe nicht die geringste Ahnung.«

»Aber es ist doch nur ein Probevertrag. Der ist völlig unverbindlich. Die erste Woche ist kostenlos, und nach einer Woche können Sie Bescheid geben, ob Sie …«

»Schluss, Schluss, Schluss jetzt! Ich will nicht weiter mit Ihnen sprechen. Danke und auf Wiederhören!«

»Okay, also abgemacht.«

»Moment. MOMENT. Was meinen Sie mit ›abgemacht‹?«

»Dass Sie einen kostenlosen Probevertrag machen. Oder?«

»Nein. Wir machen KEINEN verdammten Probevertrag! Haben Sie das jetzt kapiert?«

»Absolut. Danke, dass Sie sich die Zeit genommen haben. Auf Wiederhören.«

»Auf Wiederhören.«

Astra wirft das Telefon auf den Tisch und lehnt sich zurück. Sie ist wütend. Im Moment sind alle Menschen einfach nur blöd. Besonders solche, die im Telefonmarketing arbeiten. Nur Sadisten machen solche Jobs. Die sitzen an ihrem Platz und genießen es, wie sie selbst ganz kühl die Fassung bewahren, während ihr Gesprächspartner immer gereizter wird. In acht von zehn Fällen endet es damit, dass der Angerufene ihnen ins Ohr schreit und den Hörer auf die Gabel knallt. Und was tun diese genusssüchtigen Anrufer dann? Sie nehmen alles auf und hören sich die schlimmsten Gespräche immer und immer wieder an. Sie klopfen sich für ihre Ruhe auf die Schulter und lachen hämisch über den gequälten Menschen am anderen Ende der Leitung.

Automatische Sicherheitskopien. Gähn. Wer braucht denn so was?

Sie setzt ihre trostlose Arbeit fort und beantwortet die Tagespost, wobei sie weiter den Kopf über den Anrufer von der Telefonmarketing-Firma schüttelt. Fabian Nadersson und seine hoffnungslosen Versuche, ihr etwas zu verkaufen. Nadersson – was war das überhaupt für ein Name?

Sie denkt an Titus und seinen Computer. Da sind die Sicherheitsvorkehrungen bereits maximiert. Der Verlag hat eine hervorragende Sicherheitsabteilung, und sie hat überhaupt keine Lust, irgendeinem dahergelaufenen Callcenter-Mitarbeiter zu erlauben, ihnen das Leben schwer zu machen. Sie hatte vollkommen recht, dass sie diesen Naderssontypen mit seiner unterdrückten Nummer abgewimmelt hat.

Da fährt es ihr auf einmal durch alle Glieder. Die Sicherheitskopie …

Hatte Titus den USB-Stick nicht bei ihr gelassen, als sie sich mit Evita zur Besprechung trafen? Wo ist das Ding dann hingekommen? Verdammt, es wird wirklich höchste Zeit, dass sie Titus ein wenig Feedback gibt. Sie sollte das Manuskript wirklich mal lesen und ihn anrufen. Ist ja schließlich nicht seine Schuld, dass Eddie so ein Vollpfosten ist. Hat sie den Stick mit in die Arbeit genommen? Nein, sie kann sich nicht erinnern, dass sie ihn je in die Hand genommen hat. Trotzdem ist sie ganz sicher, dass Titus ihn auf den Wohnzimmertisch gelegt hatte. Liegt er immer noch dort?

Als Astra am Abend nach Hause kommt, kann sie den USB-Stick nirgends finden. Sie dreht alle Sofakissen um und schaut sogar unter dem Teppich nach. Nichts.

Gedanklich geht sie noch einmal die Besprechung mit Evita und Titus durch. Sie hatten von der Lancierung gesprochen und ob sie ein paar Kapitel übersetzen lassen sollten, damit die internationalen Agenten was zu lesen haben. Und als sie fast fertig waren damit, klingelte Eddie plötzlich. Hatte Titus den Stick auf den Tisch gelegt, bevor Eddie kam, oder erst danach? Eigentlich muss er ihn lange vor Eddies Kommen auf den Tisch gelegt haben. Und nachdem sie den Stick da nicht weggenommen hatte, bedeutet das, dass er noch dort lag, als Eddie kam …

Das kann doch unmöglich sein …

Sollte Eddie tatsächlich …?

Nein, warum sollte er …?

Sie tut den Gedanken als lächerlich ab. Jetzt wird sie langsam genauso paranoid wie Titus. Irgendwo ist mal eine Grenze erreicht. Nein, der USB-Stick muss beim Aufräumen verschwunden sein, so irgendwie. Sie war mit ihren Gedanken wohl gerade woanders gewesen. Und jetzt ist der Stick entweder im Müll gelandet, oder sie hat ihn irgendwo hingelegt und hat vergessen, wo.

Sie muss Titus anrufen und ihn bitten, dass er ihr einen neuen USB-Stick vorbeibringt. Ist wahrscheinlich das Beste. Dann hat sie auch Gelegenheit, sich mit ihm abzusprechen, und bekommt eine noch aktuellere Version. Aber sie kann Titus unmöglich auf die Nase binden, dass sie den anderen Stick verschlampt hat. Da würde er vollkommen die Fassung verlieren.

Sie ruft ihn an, aber er nimmt nicht ab. Wo könnte er sein? Ein Blick auf die Uhr, um das Datum zu checken. Der Sechste. Wollte Titus heute nicht auf diesem Spoken-Word-Festival im Södra Teatern auftreten? Doch, das war heute.

Sie beschließt, einen Happen zu essen, bevor sie hingeht. Im Kühlschrank gibt es noch ein bisschen Parmaschinken und eingelegte Zucchini, die sie mit Pfeffer und Parmesan bestreut. Ich muss schnell essen, denkt sie, damit ich auch noch Make-up auflegen kann. Und was richtig Tolles zum Anziehen raussuchen.

Eddie X wird natürlich auch dort sein, und sie hat nicht vor, ihm die Genugtuung zu bereiten, dass sie müde oder traurig aussieht. Dieses Miststück.

Eigentlich hat sie nicht die geringste Lust auf die Veranstaltung. Aber sie ist immerhin Titus' Lektorin. Ihr Gewissen nagt an ihr und verlangt, dass sie ihm so viel Unterstützung wie möglich angedeihen lassen sollte, auch wenn er unglaublich genervt hat.

Diese Lesungen sind immer die reinsten Freakshows. Klamauk und Witze auf Kosten anderer Leute, wirklich allerunterste Schublade – wenn auch unter dem schmückenden Deckmäntelchen einer Kulturveranstaltung.

Aber jetzt, wo Titus trocken ist, kann er ja vielleicht wenigstens einen Bruchteil seiner Würde wahren?

Kapitel 30

THEATER IM THEATER

Im September ist in Stockholm gar nichts sicher. Ist noch Sommer oder schon Herbst? Sind die Leute gut gelaunt, weil sie gerade Urlaub gemacht und belebende Erlebnisse gehabt haben? Oder sind sie jetzt schon deprimiert, wenn sie an die kommenden acht Monate Dunkelheit denken? Wenn sie den Sommer zu sehr genossen haben, können sie im Winter leicht den Verstand verlieren, weil die Tristesse einen Schatten über ihre Sinne wirft. Doch wenn sie den Sommer ignoriert haben, dann haben sie zu wenig Sonnenlicht abbekommen, und dann landen sie eben in der Winterdepression, weil sie an Vitamin-D-Mangel leiden.

In Schweden muss man mit seinen Gefühlen gut haushalten und sie gleichmäßig übers ganze Jahr verteilen. Man muss immer genau das richtige Maß finden – eben das steckt in diesem wunderbaren, echt schwedischen Wort *lagom*, das man nicht übersetzen kann und das es in keiner anderen Sprache gibt. *Lagom*, das heißt nicht zu viel und nicht zu wenig. Ein gesunder Schwede rationiert seine Erlebnisse. Nur wer immer genau das richtige Maß findet, kann die Fassung wahren.

Doch seit ein paar Jahren verliert Schweden langsam den Halt. Das »richtige Maß« ist ins Wanken geraten, es ist leckgeschlagen. Die Schweden verlieren langsam den Verstand.

Es begann mit dem amerikanischen Medienimperialismus in den Fünfziger- und Sechzigerjahren. Der mächtige Strom an Sitcoms mit Lachern vom Tonband. Die Historiker werden eines Tages einsehen, dass Lucille Ball und ihre *Lucy Show* das Gleichgewicht für alle Zeiten zerstört haben. Eine Rothaarige im Schwarz-Weiß-Fernsehen, mit Spitztütenbrüsten und verrückter Lache. Absolut crazy. Aber trotzdem hübsch und irgendwie menschlich. Immer ging's zur Tür rein und raus, die Treppe rauf und runter. Hahahaha und brüllendes Gelächter aus der Konserve. Was war das eigentlich? Und warum war das komisch? Wie hätten die sanftmütigen Schweden nach so einem Erlebnis noch dieselben bleiben können?

Dann kamen die Einwanderer mit ihren seltsamen, stark gewürzten Speisen und ihren lodernden Emotionen. Die sie beide gern mit aufgekratzten Stimmen und temperamentvollen Gesten an den Mann brachten. Sie begannen sich und die Schweden als »Kumpel« zu bezeichnen. Es war ihnen völlig egal, dass es in Schweden ein Leben lang dauert, bis man jemanden zum Freund gewonnen hat. Und um die Schweden und ihr »richtiges Maß« vollends zu sabotieren, begannen sie die verschiedenen Kulturen wild zu mischen. Kebab auf die Pizza. Zimt in den Kaffee. Streusel auf die Erdbeeren. Ja, richtig gehört: Streusel auf die Erdbeeren!

Andere geistig umnachtete Kulturimporte sind Poetry-Slam und Spoken Word. Bühnenkünstler, Dichter, Autoren und Stand-up-Comedians, die auf ein Podium steigen und dem Publikum auf verschiedene Art und Weise ihre Texte näherbringen. Es gibt keine Regeln. Wer am besten rüberkommt, gewinnt das Herz des Publikums. Man kann lustig sein, inbrünstig, politisch, ironisch, alle möglichen schönen Gefühle sind zulässig und vermitteln dem Publikum das Gefühl, Teil einer großen, lärmenden, wundersamen Welt zu sein.

Sommer trifft auf Herbst, Euphorie auf Depression. Auf dem Kalender steht der 6. September. Heute Abend ist Spoken-Word-Festival. Ein Partyabend für brillante Texte. Der nicht so sehr auf brüllendes Gelächter abzielt wie Stand-up-Comedy, aber mindestens ebenso unterhaltsam sein soll und zum Nachdenken anregen. Die größten Talente des Landes sind versammelt, und auch die ein oder andere lebende Legende aus dem Ausland ist eingeladen.

Als Titus Jensen beim Södra Teatern ankommt, haben sich die alternativen Typen Stockholms bereits auf dem Platz vorm Theater versammelt. Sie umarmen sich und lachen. Haare in allen Farben des Regenbogens. Tattoos und Piercings. Lustige Klamotten, neue Klamotten, abgerissene Klamotten. Gefühle und Leben. Vom »richtigen Maß« weit und breit keine Spur.

Titus kommt freilich nicht besonders farbenprächtig daher, als er die Treppe zum Eingang hinaufstolpert. Die schwarz gekleidete Gestalt mit dem rasierten Schädel muss ans Geländer greifen, um die Treppe hochzukommen. Der jämmerliche Schriftsteller mit ganz großem S ist gekommen, um den Leuten Zerstreuung zu bieten. Und er sieht genauso angesäuselt aus wie immer.

Nicht alle finden Titus Jensen jämmerlich. Als er die Treppe zur Hälfte hochgestiegen ist, wird er von einem enthusiastischen jungen Paar aufgehalten. Die beiden sind ebenso schwarz gekleidet wie Titus. Sie hüpfen vor Aufregung beinahe auf der Stelle und fallen sich gegenseitig ins Wort.

»Oh, Titus, geben Sie uns bitte ein Autogramm? Hey, wir sind totale Fans von Ihnen. Wir sind zusammengekommen, als Sie letztes Jahr auf dem Peace & Love aus dem *Handbuch für Hausfrauen* vorgelesen haben. Also, ohne Sie wären wir nie ein Paar geworden. Sie haben uns unsere Liebe geschenkt. Verstehen Sie? Sie sind echt der Größte!«

Titus starrt sie an. So was ist ihm noch nie passiert. In seiner ganzen Laufbahn hat noch nie jemand seine Liebe oder Bewunderung für ihn so unverblümt zum Ausdruck gebracht. Er nimmt den Filzstift, den sie ihm hinhalten, und schreibt seinen Namen auf ihre Arme. Das Blut steigt ihm in die Wangen, und er merkt, wie sich die Röte ausbreitet. Ein seltsames Gefühl. Jemand mag ihn. Zwei sogar. Das Paar springt weiter die Treppe hoch, und Titus folgt ihnen noch einen Moment mit dem Blick, bevor er seinen Weg fortsetzt.

Im Foyer lässt der Marmorboden das Stimmengewirr noch mal so laut klingen. Die geballte Theateratmosphäre ist so stark, dass man geradezu meint, ein Streichorchester zu hören, das seine Instrumente stimmt, obwohl es schon lange her ist, dass es im Södra Teatern einen Orchestergraben gab.

Links lümmeln ein paar junge Garderobendamen müßig an ihrem Tresen. Es ist immer noch zu warm, um eine Jacke mitzubringen. Außerdem hat das junge Publikum Garderobengebühren nicht im Budget mit einkalkuliert. Es strömt jetzt langsam durch die Türen zur Rechten, die Treppen hoch und an die Bar. Kein echtes Kulturerlebnis ohne kleinen Rausch. Titus lässt sich mittreiben und fragt sich, ob er sich vor seinem Auftritt auch noch schnell etwas gönnen soll. Seit Tagen setzt ihm der Gedanke zu, hier auftreten zu müssen, obwohl sein Auftritt keine Sekunde Vorbereitung erfordert. Es reicht, wenn er ganz er selbst ist und die Leute an sich teilhaben lässt, hat er versucht sich einzureden. Wie Eddie X manchmal brüllt, wenn er ihn auf der Bühne ankündigt: »Alle tragen einen Teil von ihm in sich. Trotzdem gibt es nur einen Titus Jensen – und das ist TITUS JENSEN!«

Trotzdem, heute fühlt es sich nicht so einfach an wie sonst. Etwas Wichtiges fehlt.

Als Titus die Treppe hochgegangen ist und zur Bar gehen will, legt ihm jemand die Hand auf die Schulter. Eine barsche Stimme brummt: »Ihre Eintrittskarte, bitte!«

Titus fährt herum.

Ein breites Lächeln. Schneeweiße Zähne und samtbraune Augen, die Gletscher zum Schmelzen bringen könnten.

»Hallihallo Eddie«, sagt Titus und wackelt ein bisschen mit dem Kopf.

»Du bist spät dran«, sagt Eddie, legt den Arm um Titus' Schultern und drückt ihn kurz an sich. »Das macht aber nichts. Komm, wir zischen noch schnell ein Bierchen in der Künstlergarderobe, bevor wir loslegen. Schön, dich zu sehen!«

Eddie X trägt einen knielangen Batikrock in verschiedenen Lilatönen, darunter schaut eine hochgekrempelte grauschwarze Leinenhose hervor. Dazu trägt er ausgelatschte weinrote Dr. Martens ohne Schnürsenkel. Das glatte schwarze Indianerhaar mit den orangefarbenen und blauen Strähnen hat er zu einem Zopf gebunden, der ihm kerzengerade vom Kopf absteht. Ganz oben wogt das Haar über seinem Kopf wie ein kleiner Springbrunnen. Eddie hat etwas Erhabenes, wenn er so durch den Saal gleitet. Er begrüßt viele Zuschauer. Einigen schüttelt er auch die Hand, und dann legt er bisweilen seine linke Hand zusätzlich auf die Rechte, als wollte er ein lebenslanges Versprechen gegenseitiger Liebe und Treue besiegeln.

Es verspricht ein magischer Abend zu werden.

Betrunken sein kann wirklich Kraft kosten. Aber betrunken *spielen*, das ist noch erschöpfender.

Nervosität, Abstinenz und Angst haben Titus Jensen fest im Griff. In diesem Moment spielt er die Hauptrolle im Theaterstück seines Lebens. Jeder Nerv bis zum Zerreißen gespannt. Obwohl er übermäßig schwitzt, muss er ständig ein Schaudern unterdrücken. Als würde ihm sein Körper zuschreien, er solle ihm gefälligst Sauerstoff geben. Alles nur, damit er die Kontrolle über die Situation behält.

Sein Meisterwerk ist so gut wie fertig, und er hat nicht vor, sich von Eddie X etwas zerstören zu lassen. Eddie kann gerne weiter glauben, dass Titus ein besoffener Kulturdinosaurier ist. Aber sobald das Buch draußen ist, wird der Liebesprophet ein für alle Mal im Staub kriechen. Titus wird ihn zermalmen. Die Zukunft gehört Titus Jensen und dem *Besten Buch der Welt*.

In der Künstlergarderobe sitzt Lenny und trinkt Bier aus der Flasche. Er hat ein Bein über die Armlehne gelegt, der Fuß schaukelt mit den zeitweilig zuckenden Schultern im Takt. Heute ist er sehr aufgedreht, denn er wird Eddies Lesung mit einem elektrisch verstärkten Kontrabass begleiten. Nur er, Eddie X und eine Riesenbühne. Heute gibt es keine kollektiven Zuckungen von den Tourettes.

Als Titus reinkommt, lässt er sich sofort auf das Sofa neben der Tür fallen. Seine Panik wächst, denn jetzt muss er zwei Leuten was vorspielen.

Eddie setzt sich an den Schminktisch vorm Spiegel. Er drückt auf einen Knopf, und die Glühbirnen rund um den Spiegel gehen an. Er grinst sein hübsches Spiegelbild an. Ja, die Zähne sind immer noch weiß. Schneeweiß sogar.

»Sch-sch-scheiß doch die Wand an!«, johlt Lenny, als er Titus erblickt.

»Hallo Lenny. Mann, schön dich zu sehen«, lallt Titus in einem Versuch, wie sein angeschickertes schlechteres Ich zu klingen.

Lenny holt eine Flasche aus dem kleinen Kühlschrank und hält sie Titus hin.

»Sieht ja so aus, als wärst du schon gut unterwegs. H-hier. Trink den Scheiß auch noch aus. B-b-bring die Welt zum Staunen.«

Titus nimmt die kleine Flasche und hält sie sich unter die Nase. Wodka. Der Alkohol, der sich am leichtesten trinken lässt. Das Verlangen steigt in ihm hoch und er weiß, dass er diese Flasche in weniger als einer halben Minute leeren könnte. Er erinnert sich auch ganz genau an das Gefühl, wenn sich – lange bevor der Alkohol ins Blut geht – diese erste Ruhe in einem ausbreitet, einfach durch die Gewissheit, dass man Zugang zu Alkohol hat.

Aber lieber besessen sein als besoffen. Wenn die menschlichen Triebe im Kampf miteinander liegen, gewinnt nicht immer der stärkste. Man kann auch das Gehirn einschalten und die Klugheit einen Punktesieg erringen lassen. Obwohl der Alkohol so nahe ist, fühlt Titus sich völlig entspannt, während er sein inneres Belohnungsbild abruft. Der Junge, der das Leben noch vor sich hat. Auf der Brust einer jungen Frau liegt. Im Gleichtakt mit ihr atmet. Ein und aus. Ein und aus. Ein Schnurrbart aus fetter Milch. Er leckt sie weg. Wird ganz ruhig. Kognitive Selbsthilfe. Der Alkohol ist gekommen, der Alkohol ist gegangen. Hallo und auf Wiedersehen. Er schafft das hier. Wieder mal. Er hat's drauf. Ist einfach gut.

»Bist du schon aufgeregt, Titus?«, fragt Lenny. »Hat Eddie dir schon gesagt, was du lesen wirst?«

»Nein, das sag ich vorher nie«, behauptet Eddie und wirft Lenny und Titus im Spiegel ein Lächeln zu. »Das würde die ganze Magie zerstören. Findest du nicht auch, Titus?«

»Mmm«, murmelt Titus, dem klar ist, dass er sich bedeckt halten muss, wenn er nicht als frischgebackener Abstinenzler auffliegen will.

Er drückt den Daumen fest auf die Flaschenöffnung, legt sich rücklings aufs Sofa und setzt die Flasche an den Mund. Dann dreht er das Gesicht zum Sofa und zielt mit der Flasche in den Spalt zwischen Sitzkissen und Rückenlehne. Als er den Daumen wegnimmt, läuft der Wodka gluckernd ins Sofainnere.

Anschließend richtet er sich mit einem »Bah!« wieder in halb liegende Position auf und wischt sich den Mund mit dem Jackenärmel ab. Er stellt die leere Flasche mit einem Knall auf den Wohnzimmertisch. Legt ein Sofakissen über den nassen Fleck und sagt:

»Dangeschön. Haich noch Zeit für ein Nickerchen, bevor's losgeht?«

Titus wartet die Antwort gar nicht ab, sondern lehnt sich mit geschlossenen Augen zurück. Er folgt keinem bestimmten Plan, bloß seinen momentanen Eingebungen. Parieren, agieren. Das Leben als Flipperspiel. Er gibt ein kurzes Schnarchgeräusch von sich.

»Hey, Titus! Schläfst du etwa? Du kannst doch jetzt nicht schlafen. Hallo?«, kommt es von Lenny.

Titus antwortet nicht. Er muss Zeit gewinnen. Die Batterien wieder aufladen. Er hat Angst, dass sie ihn nur zu bald enttarnen könnten.

»Titus? Bist du noch da?« Diesmal ist es Eddie.

Keine Antwort. Tiefes Ausatmen.

»Der ist jenseits von Gut und Böse«, seufzt Eddie. »Schon ein bisschen traurig, oder?«

»W-w-wahnsinn, Mann. Einfach weggenickt. Der muss ja so was von zu sein.«

Eddie reißt sich von seinem Spiegelbild los und geht zu Titus, schüttelt ihn vorsichtig.

»Titus ...?«

Keine Reaktion.

»TITUS?«

Eddie packt ihn am Jackenaufschlag und zieht ihn hoch. Titus' Kopf hängt nach hinten. Ein kleiner Speichelfaden läuft ihm aus dem offenen Mund. Sein Körper ist völlig schlaff. Es kostet ihn all seine Kräfte, nicht ansprechbar zu sein.

Er spielt ein riskantes Spiel, das ist Titus klar. Aber anders geht es jetzt eben nicht. Schnarch.

Eddie lässt ihn los. Er beugt sich zu Titus herab und sagt ganz ruhig und freundlich:

»Titus, ich komme dich fünf Minuten vor deinem Auftritt wecken. Ungefähr in einer halben Stunde. Das wird alles ganz toll. Du schaffst das.«

»Verdammt, wollen wir ihn denn wirklich hier liegen lassen?«, poltert Lenny und stößt Titus in die Seite.

»Was bleibt uns denn anderes übrig?«

»Na ja, wir könnten zum Beispiel irgendein Krankenhaus anrufen und sie bitten, einen Krankenwagen zu schicken. Der Typ ist bewusstlos, das siehst du doch!«

»Mann, jetzt reiß dich aber mal zusammen! Sollen sie ihn in irgend so eine Scheiß-Entzugsklinik bringen, oder was?«

Was war das denn? Titus zuckt zusammen in seinem gespielten Dämmerzustand. Ein ganz neuer Ton. Titus hat noch nie gehört, dass Eddie je gegenüber irgendeinem anderen Menschen die Stimme erhoben hätte. Was ist denn da passiert?

Er hört, dass sie von ihm weggehen. Es klingt, als würden sie sich im Spaß anrempeln und schubsen.

Titus beschließt, einen heimlichen Blick zu riskieren, und macht die Lider zu einem millimeterbreiten Schlitz auf. Er blinzelt. Was ist das denn?

Lenny steht an der Tür und hat die Hand auf die Klinke gelegt. Er ist auf dem Weg nach draußen. Eddie steht neben ihm. Breitbeinig, mit verschränkten Armen. Er hält die Tür mit dem Fuß zu. Die Lage ist angespannt.

»Ich dachte bloß ...«, versucht es Lenny.

»Das mit dem Denken solltest du lieber bleiben lassen«, faucht Eddie und drückt Lenny gegen die Tür. »Wenn du mich jetzt im Stich lässt, dann lass ich den ganzen Scheiß auffliegen. Dann bist du – SO WAS VON AM ARSCH, ALTER!«

»Jaa ... Das heißt, nein ... Ich meine, natürlich helf ich dir. Ich werd ihn ausquetschen. Hab ich doch versprochen.«

Eddie X hat seinen Unterarm an Lennys Hals gelegt. Er drückt zu. Fest und lange. Sein Arm zittert vor Wut. Die Knöchel an der geballten Faust treten weiß hervor. Seine Kiefer sind angespannt. Die Oberlippe zuckt. Eine dicke Ader erscheint auf der Stirn. Eddie ist kein bisschen hübsch mehr, er ist bloß noch wütend. Unglaublich wütend. Er zischt zwischen zusammengebissenen Zähnen:

»Du wirst mir helfen, dieses Projekt über die Bühne zu kriegen. Ich hab mehr als die Hälfte gelesen, das könnten genauso gut meine Worte sein. Verdammt noch mal, es war überhaupt von Anfang an meine Idee. Der Wichser hat alles geklaut. Wir müssen tun, was zu tun ist, verstehst du? Koste es, was es wolle.«

Lenny sieht verängstigt aus. Seine Augen sind weit aufgerissen. Er starrt Eddie an. Nickt.

Titus auf seinem Sofa starrt ebenfalls, wenn auch nur durch einen millimeterbreiten Spalt.

Diese Wut.

Liebesdichter können offenbar viele Gesichter haben.

Als Astra am Mosebacke Torg aus dem Taxi steigt, ist er fast menschenleer. Es ist kurz nach acht, das Festival hat schon angefangen. Sie eilt die Treppen hoch zur Kasse. Ein Glück, es gibt noch ein paar Karten. Vierte Reihe, neben den Scheinwerfern. Könnte ein bisschen warm werden, aber man hört und sieht gut. Nur 190 Kronen.

»Nehm ich«, sagt Astra und bezahlt.

Der Opening Act ist einer der Höhepunkte des Abends. Der legendäre Jazz- und Groove-Poet Gil Scott-Heron hat die Bühne betreten. Der Mann, der hinter Klassikern wie *Home Is Where The Hatred Is* und *Whitey On The Moon* steht, soll im prunkvollen Theatersaal das Adrenalin in Wallung bringen. Er wird den Abend eröffnen und abschließen. In den Sechziger- und Siebzigerjahren erlangte er im afro-amerikanischen Freiheitskampf Bekanntheit für seine militante Haltung. Sein ganzes Künstlerleben lang hat er gegen Ungerechtigkeit und Diskriminierung gekämpft, indem er Kampftexte zu funkiger Hintergrundmusik gelesen oder gesungen hat. Viele sind der Meinung, dass Gil Scott-Heron der Vater des Hip-Hop ist. Doch er selbst verachtet die frauenverachtende Entwicklung, die ein Großteil der schwarzen Musik in den letzten zwanzig Jahren durchgemacht hat. Dass ein Volk, das so lange unter Apartheid leiden musste, sich nun selbst nicht über die Standards der Täter erheben kann, ist ebenso traurig wie erniedrigend.

Als Astra sich auf ihren Platz setzt, befindet sich der Zuschauersaal bereits im Stadium der Auflösung. Gil Scott-Herons Zeitmaschine hat das Publikum ins Jahr 1970 zurückversetzt, in eine Zeit, als die Revolution Hochkonjunktur hatte. Die alte Koryphäe steht allein auf der dunklen Bühne, ein einzelner Scheinwerfer ist direkt auf den Künstler gerichtet. Ausgemergelt. Grauer Bart. Graue Jacke, schwarzes Hemd, schwarze Ledermütze. Alles ist zu groß, zu beutelig. Funkige Hintergrundmusik mit Bongotrommeln, schlaffem Bass und zaghafter Querflöte. Er steht vor dem Mikro und hält den Kopf leicht gesenkt. Seine Augen kann man nicht sehen. Hitzig-fiebrige Stimme. Die eine Hand am Mikrofonständer. Die andere zur Faust geballt in die Luft gereckt, schräg nach vorne in Richtung Saal. *Black Power.*

Astra bekommt gerade noch den Abschluss von Gil Scott-Herons Anheizer zu hören:

... There will be no highlights on the eleven o'clock
news and no pictures of hairy armed women
liberationists and Jackie Onassis blowing her nose.
The theme song will not be written by Jim Webb,
Francis Scott Key, nor sung by Glen Campbell, Tom
Jones, Johnny Cash, Engelbert Humperdinck, or the Rare Earth.
The revolution will not be televised.

The revolution will not be right back after a message
about a white tornado, white lightning, or white people.
You will not have to worry about a dove in your
bedrooom, a tiger in your tank, or the giant in your toilet bowl.
The revolution will not go better with Coke.
The revolution will not fight the germs that may cause bad breath.
The revolution will put you in the driver's seat.

The revolution will not be televised, will not be televised,
will not be televised, will not be televised.
The revolution will be no re-run brothers;
The revolution will be live.

Pfiffe, Jubel und lautes Trampeln. Die Ovationen wollen schier kein Ende nehmen. Alle sind begeistert von dem, was sie gerade miterlebt haben. *The Revolution Will Not Be Televised* einmal live gehört zu haben – schon Wahnsinn! Ist zwar mehr als dreißig Jahre her, dass diese Revolution stattgefunden hat, aber egal. Es ist der konkurrenzlos beste Revolutionssong der Welt.

Morgen sind die Zuschauer wieder an ihrem Arbeitsplatz, um die Mieten für ihre teuren Wohnungen zu verdienen. Aber heute Abend sind sie allesamt Aktivisten, die die Welt verändern können und wollen. Und diejenigen unter ihnen, die hie und da auf eine Revolution hoffen, amüsieren sich in jedem Fall besser als diejenigen, die das nie tun. Vor allem, wenn sie das alle zusammen machen.

Es ist ein verzauberter Abend.

Nach Gil Scott-Herons magischer Eröffnung folgt ein solides, nettes Programm. Die Themen sind bunt gemischt, von Meinungsfreiheit bis Sex ist alles geboten. Eddie X leistet als Moderator glänzende Arbeit und verleiht dem wild zusammengewürfelten Programm auf eine nette, herzliche Art einen gemeinsamen Rahmen. Zwischen den einzelnen Auftritten liest er ab und zu ein paar von seinen eigenen Gedichten vor. Die Liebe breitet sich aus. Das Publikum auf den Bänken fühlt sich großartig.

Astra denkt an Titus und fragt sich, wie er den Abend wohl überstehen wird. Er müsste eigentlich bald dran sein. Sie weiß, wie wirr und dünnhäutig er in den letzten Wochen gewesen ist. Schafft er das wirklich, sich stocknüchtern vor einen Theatersaal zu stellen, der voll besetzt ist mit Leuten, die von ihm unterhalten werden wollen? Wenn sie bloß nicht wieder den Gag mit der Sackkarre bringen. Bitte, bitte, keine Sackkarre.

Jetzt betritt Eddie X wieder die Bühne. Er reckt die Arme zum Publikum. Geht langsam nach vorn ans Mikrofon und lächelt.

»Liebes Publikum. Wir haben heute Abend einen schwedischen Klassiker zu Gast. Genauso zornig wie Strindberg. Genauso schwarz wie Norén. Ihr wisst natürlich schon, von wem ich rede. Vielleicht habt ihr ja schon mal miterlebt, wie er etwas aus unserem unbekannten Literaturschatz vorgetragen hat. Vielleicht habt ihr aber bisher auch nur reden hören von diesen Glanzstunden der Literatur. Wie auch immer, hier ist er – der Vollblutschriftsteller, halb Schmerz, halb Schwermut! Liebe Freunde, ich bitte um einen warmen Applaus für – Titus Jensen!«

Jetzt fängt ein Stroboskoplicht an zu blinken. Die Basslinie von The White Stripes' *Seven Nation Army* donnert aus den Lautsprechern. Eddie sieht aus, als würde er im weiß blinkenden Licht mitzucken, obwohl er ganz still steht.

Von der einen Seite der Bühne her kommt Lenny, der den schwarz gekleideten Titus auf einer Sackkarre hereinrollt. Die Sackkarre dreht ein paar Runden auf der Bühne, was dem Publikum noch mehr Applaus und Gelächter entlockt. Viele wissen, was sie erwartet. Jetzt nimmt Lenny Kurs auf Mikro und Bühnenrand. Die Musik verstummt und das blinkende Licht wird durch die normalen Spots ersetzt. Als Lenny die Sackkarre abstellt und seine Last ablädt, macht Titus ein paar stolpernde Schritte über die Bühne. Er blinzelt gegen das Licht und hält sich eine Hand schützend über die Augen. Dabei schwankt er ganz leicht. Sein Unterkiefer hängt schlaff herab. Voll wie eine Haubitze oder *high as a kite*. Peinlich und packend zugleich. Wie soll das gehen? Gekicher und Gegacker im Publikum.

Astra fasst sich an die Stirn und windet sich, als könnte sie ihr Unbehagen dadurch irgendwie abschütteln. Das ist doch krank, denkt sie. Wie können die Leute so was cool finden? Scheißparasiten, alle zusammen.

Und was soll sie tun? Wenn Titus sein Abstinenzversprechen gebrochen hat, ist das Buchprojekt gelaufen, so viel steht fest. Das Manuskript wird niemals fertig werden, und Evita wird die Brieftasche mit eiserner Hand zuhalten, wenn sie erfährt, was passiert ist. Oh Mann, und sie hat so viel Zeit in diesen Trottel investiert!

Eddie legt den Arm um Titus' Schultern. Schaut ins Publikum, aber spricht zu Titus.

»Hallo Titus!«

»Hallo.«

»Schön, dass du da bist!«

»M-hm.«

»Und, wirst du uns jetzt was vorlesen?«

»Jo.«

»Was wirst du uns denn vorlesen?«

»Weiß nicht.«

»Schwedisch ist es aber schon, oder?«

»Weiß nicht.«

»Aber was Gutes ist es doch, oder was meinst du?«

»Weiß nicht.«

»Willst du wissen, was wir für dich ausgesucht haben?«

»Okay.«

»Wir haben da einen ganz tollen literarischen Schatz ausfindig gemacht. Eine Rarität, die wir heute in einem Antiquariat auf Södermalm entdeckt haben. Das Buch heißt *Ehehygiene für Mann und Frau*. Es wurde vor ungefähr hundert Jahren von einem amerikanischen Moralprediger, dem Doktor Theologiae Sylvanus Stall, verfasst und erschien 1930 auf Schwedisch. *Take it away*, Titus!«

Eddie X drückt Titus ein kleines Buch mit Ledereinband in die Hand und zieht sich von der Bühne zurück. Titus steht einsam und schwankend vor dem reglosen Mikrofonstativ. Im Saal herrscht gespannte Stille.

Titus beginnt aufs Geratewohl in dem Buch zu blättern.

»Puh, dasssaber klein gedruckt! Waren die Leute früher kleiner?«

Spontanes Gelächter. Das Publikum hat entschieden. Das wird ein toller Auftritt.

Titus wühlt eine Lesebrille aus der Tasche und setzt sie sich ganz vorne auf die Nasenspitze. Dann räuspert er sich und fängt an zu lesen wie ein alter Volksschullehrer in einer Schwarz-Weiß-Filmkomödie.

»Neuntes Kapitel – die werdende Braut! Ich will nun die Aufmerksamkeit des Mannes auf die Tatsache lenken, dass bei der Frau sowohl das Bedürfnis als auch die Befriedigung durch den geschlechtlichen Verkehr viel schwächer ausgeprägt ist als beim Manne. Wahrscheinlich kommen wir der Wahrheit am nächsten, wenn wir behaupten, dass die Mehrheit der Frauen der Fähigkeit entbehrt, aus dem Geschlechtsverkehr überhaupt irgendwelchen Genuss zu ziehen.«

Titus zieht das »e« in »Verkehr« so stark in die Länge, dass das Ganze noch viel absurder klingt. »Verkeeeeeehr«. Damit erzielt er jede Menge Lacher im Publikum.

Astra lacht nicht, sie hat die Arme fest vor der Brust verschränkt. Für sie ist diese Art von Komik einfach nur allerunterste Schublade.

»Was die Intensität der Gefühle beim Verkeeeehr betrifft, können die Frauen in dreierlei Gruppen eingeteilt werden. Die erste Gruppe umfasst die nicht unerhebliche Anzahl derer, die im Allgemeinen jegliche erooootische Neigungen und Gefühle vermissen lassen. Die zweite Gruppe besteht aus Frauen, die im ehelichen Verkehre einen

maaaaßvollen und normaaaalen Genuss finden, unter der Voraussetzung freilich, dass sie sich guter Gesundheit erfreuen und dass man sich nicht über ihre Aaaabneigungen hinwegsetzt.«

Jetzt ist Titus so richtig in Fahrt, das entgeht Astra nicht. Und das Publikum ist voll dabei. Sie lachen jedes Mal, wenn Titus irgendein Wort besonders lustig oder stark betont. Er richtet sich kerzengerade auf und zeigt tatsächlich ein klein wenig menschlichen Stolz. Immerhin, denkt Astra.

Nach einer kurzen Kunstpause hält er das Buch theatralisch ein Stück von sich weg und fährt mit klarer Stimme fort:

»Und weiter, meine Freunde: *Die dritte Gruppe besteht aus der geringen Zahl jener Frauen, für die der geschlechtliche Verkeeeehr ein alles beherrschender leidenschaftlicher Triiiiieb ist. Die betreffende Gruppe ist keinesfalls so groß, wie viele gerne annehmen möchten, und Frauen dieses Typs sollten die Ehe grundsätzlich nur mit einem Manne eingehen, der sich guter Gesundheit und einer starken Physis erfreut sowie ebenfalls seeeehr stark ausgeprägte sexuelle Tendenzen hat.«*

Titus verbeugt sich übertrieben und erntet Applaus. Blättert an eine neue Stelle im Buch. Jetzt macht er so richtig Dampf. Breitbeinig steht er da und strahlt vor Selbstvertrauen. Astra entspannt sich ein bisschen. Es ist tatsächlich ein bisschen lustig. Schrecklich blöd, aber lustig.

»*Viertes Kapitel – Der Mann und das Heim. Eine Ehefrau hat niemals die Aussicht, die Behaglichkeit ihres Heimes zu genießen und ein glückliches, nützliches Leben zu führen, solange sie nicht einen Mann zum Gatten hat, der wiederum von seinen persönlichen Genüssen und egoistischen Angewohnheiten absieht, um mit ihr die Befriedigung eines gemeinsamen Heims mit all seiner Gemütlichkeit und seinem Segen zu genießen. Er sollte nicht zögern, die Vergnügungen und Lockungen des Lebens dort draußen zu opfern, ja, wenn nötig, sollte er sogar* SEINE GELIEBTE MITTAGSZIGARRE *aufgeben können, um Zeit und Geld für die Freude und das Wohlergehen seiner Familie aufzuwenden.«*

Selbst Titus muss lachen, als er das vorliest. Das macht er sonst nie. Astra findet mittlerweile überhaupt, dass Titus' Augen einen sehr wachen Glanz haben. Ist er wirklich betrunken? Eigentlich sieht er jetzt gar nicht mehr sonderlich alkoholisiert aus.

Titus blättert weiter und wählt mit dem Finger aufs Geratewohl eine neue Stelle. Sein mokanter Ton klingt immer selbstsicherer und lauter:

»Keine verheiratete Frau sollte sich weigern, Muuuutter zu werden! Die Statistik zeigt, dass mehr unverheiratete als verheiratete Frauen im Alter zwischen zwanzig und fünfundvierzig Jahren sterben. DER SCHÖPFER, *der die Frau für die Muuuutterschaft bestimmt hat, hat sie auch mit den körperlichen Voraussetzungen ausgestattet, die sie dafür geeignet machen. Indem sie diese ihre Bestimmung erfüllt, erreicht sie auch das höchste* GLÜCK, *den besten* GESUNDHEITSZUSTAND *und die längste* LEBENSDAUER. *Dankbar erkennt eine kluge, denkende Ehefrau, dass die Kinder auch einen wohltuenden Einfluss auf den Vater ausüben. Diese kleinen Wesen, die ihre* ARME NACH IHM AUSSTRECKEN *und dadurch ihre Abhängigkeit zu erkennen geben, werden bei ihm mehr Energie und Fähigkeiten wachrufen als die schlauesten geschäffffftlichen* SPEKULATIONEN.«

Wieder ist es Zeit für eine kleine Kunstpause. Titus schaut in den Zuschauerraum und lächelt breit. Astra findet, dass er so aussieht, als würde er sich amüsieren. Dem Publikum gefällt es auch, sie gehören zu der entspannten Generation, die über historische Dummheiten lachen können, statt sich darüber zu ereifern.

Ein junges, schwarz gekleidetes Paar in der ersten Reihe hebt händchenhaltend die Arme zu Titus empor, auf die sie sich irgendetwas draufgeschrieben haben. Sie springen und tanzen und erwecken den Eindruck, als würden sie Titus über alles lieben. Wer hätte gedacht, dass er solche Gefühle wecken kann! Das ist ja ganz was Neues.

Sein Blick gleitet zur Empore hoch bis zur vierten Reihe, wo Astra sitzt. Sie bildet sich ein, dass er ihren Blick sucht. Und sie haben auch kurz Augenkontakt, da ist sich Astra ganz sicher. Was war das – hat er sie gesehen, hat er ihr zugezwinkert? Sein Blick gleitet weiter über die Zuschauer. Es sieht so aus, als würde er jemanden suchen. Aber das war doch ein Zwinkern gerade, oder? Auf jeden Fall irgendein Signal.

Titus liest noch ein paar kurze Abschnitte aus der entschwundenen Zeit der Moralprediger, bevor er plötzlich losbrüllt:

»Jetzt macht alle mit – hier kommt der letzte Vers von unserem Doktor Theologiae Sylvanus Stall. Seid ihr bereit?!«

Das Publikum steht auf. Zeigt mit ausgestrecktem Zeige- und kleinen Finger zur Decke. Trampelt mit den Füßen. Titus Jensen *rules*!

»*Üüüüübermäßiger geschlechtlicher Verkeeeehr ist eine zerstörerische Kraft, die sowohl dem Körper als auch der Seele und dem moralischen Gefühl schadet*. Also, denkt daran, liebe Mädchen und Jungen – geht jetzt schön nach Hause und fickt euch heute Abend genau im richtigen Maß. Ich wünsche euch noch einen vergnüglichen Abend! Ich sage Dankeschön, ich bin Titus Jensen. Heute und für immer und ewig!«

Gelächter und Applaus ohne Ende. Das war einer der Höhepunkte des Abends, da sind sich fast alle einig. Sogar Astra findet, dass Titus sich gut gemacht hat. Vielleicht sind diese Stegreiflesungen letztlich doch gar nicht so erniedrigend. Das Publikum lacht genauso sehr über die albernen Texte wie über Titus. Aber es ist wirklich jämmerlich, dass sich hier keiner für Titus Jensens eigene

Texte interessiert. Warum sind die eigentlich nicht gut genug für so ein Festival? Sie sind mindestens mal so gut wie das meiste andere, was sie heute zu hören bekommen hat, so viel steht fest. Astra beschließt, Titus aufzusuchen, sobald das Programm vorbei ist. Es wird Zeit für einen Versuch, ihr Verhältnis wieder zu normalisieren. Außerdem muss sie herausfinden, ob er ihre Abstinenzvereinbarung tatsächlich gebrochen hat.

Nach dem Festival lungern mehrere Künstler und ein Großteil des Publikums im Obergeschoss des Foyers um die in der Mitte aufgebaute Bar herum. Da es ein schöner warmer Abend ist, hat auch die riesige Terrasse geöffnet.

Eddie X empfängt seinen Hofstaat an einem Tisch am Ende der Terrasse. Er hatte einen guten Abend, auch wenn die Energie nach dem Höhepunkt mit Titus' Auftritt etwas nachgelassen hatte. Eddies Kurzauftritte zwischen den anderen Künstlern zogen schlichtweg nicht mehr so wie sonst.

Mitten auf dem Tisch steht ein großes Tablett mit Erfrischungsgetränken. Titus ist es gelungen, sich etwas einzuschenken, was wie ein anständiger Gin Tonic mit Zitrone aussieht – ohne einen einzigen Tropfen Gin hineinzumischen. Er grölt im Takt mit seinen Tischnachbarn. Seine Nervosität ist wie weggeblasen, und jetzt fällt es ihm auf einmal total leicht, den Betrunkenen zu spielen. Er sitzt neben Lenny, der verhältnismäßig entspannt ist und nicht pausenlos Schimpfwörter hervorstoßen muss. Lenny ist auch ganz schön betrunken, und zwar nicht gespielt. Er zuckt und stottert weniger als sonst. Man könnte fast meinen, dass Alkohol eine dämpfende Wirkung auf Tourette-Patienten hat, denkt Titus.

»M-Mann, Titus. Du bist einfach unschlagbar. Ich glaub, ich hab dich noch nie so verdammt gut lesen hören.«

»Danke, warn Mordsgaudi«, lallt Titus.

»Mann, Titus. Die Leute lieben dich alle, nach deinen ganzen Lesungen. Willst du nicht mal ein neues Buch schreiben, damit sich deine Popularität auch ein bisschen auszahlt?«

»Ja, vielleisch. Vielleisch.«

»Wie – sitzt du schon an was Neuem?«

»Das kamma nie wissen«, sagt Titus und versucht, einer tieferen Ausweitung des Themas aus dem Weg zu gehen.

»Wie, was schreibst du denn? Sag schon!«

»Also … ach, das is nix. Ich schreib grad nix Besonderes.«

»Hey, komm schon, das kannst du mit mir nicht machen«, dröhnt Lenny. »Den ganzen Sommer über hat man kaum was von dir gesehen. Du hast hundertpro irgendwas in petto. Wovon handelt das Buch?«

»Ach, es geht so um dies un das, von allem was. Nix Besonderes. Lass uns von was annerm reden.«

Titus fragt sich, warum Lenny sich plötzlich so übertrieben für seine schriftstellerische Tätigkeit interessiert. Was für Pläne haben Eddie und er ausgeheckt? Wollen sie seine Ideen kopieren? Die Verschwörungsgedanken brechen wieder über ihn herein. Aber wer würde ihm glauben? Er braucht konkrete Beweise, bevor er zu Astra und Evita gehen kann und erzählen, dass Eddie X und der Verlag Babelfisk vorhaben, ebenfalls ein genreübergreifendes Buch zu machen. Oder soll er direkt zur Polizei gehen? Er ist nicht sicher, ob die sich auch um Diebstähle immaterieller Art kümmern. Muss man sich ja bloß mal anschauen, wie die MP3-Piraten die ganze Plattenindustrie ruiniert haben, ohne dass die Polizei auch nur einmal die Augenbraue hochgezogen hätte. Er wirft einen Blick über den Tisch, um zu sehen, was Eddie X gerade treibt.

Eddie sitzt breitbeinig auf seinem Stuhl und hat die Hände im Nacken verschränkt. Er redet mit Astra, die in High Heels neben ihm steht, die teure Handtasche fest im Griff. Abwartend, um nicht zu sagen misstrauisch. Sie ist wahnsinnig hübsch heute, sommerlich gebräunt und mit viel Schwarz um die Augen. Im Business-Outfit, auch wenn an ihrer Bluse ein paar Knöpfe mehr aufgeknöpft sind, als für eine staubige Verlagsbesprechung passend gewesen wäre.

Astra! Sie hier! Dann glaubt sie garantiert, dass ich betrunken bin und unseren Vertrag gebrochen habe, denkt Titus. Er lallt Lenny zu, dass er gleich wieder da sei, und stürzt sich auf Astra.

»Astra! Astra, ich muss mit dir reden!«

»Ich freu mich auch, dich zu sehen«, sagt Astra und bedenkt Titus mit ihrem allermüdesten Blick. Sie würde gerne eine gewisse Distanz zu ihm halten, sonst vereinnahmt er sie noch völlig mit seinem manischen Benehmen. Aber sie kommt trotzdem mit, als Titus sie an eine ungestörte Stelle auf der Terrasse ziehen will.

»Astra, jetzt hör mir mal gut zu. Ich bin hundertprozentig nüchtern. Ich spiel nur den Betrunkenen, weil die nicht wissen sollen, dass ich geistig völlig da bin und wieder schreibe.«

Astra muss lachen.

»Du spielst den Betrunkenen? Ach komm, bist du jetzt zwölf, oder was? Hör schon auf, Titus.«

»Ich schwöre. Riech doch mal.«

Er beugt sich über ihr Gesicht und atmet ihr aus vollen Lungen auf die Nase. Sie weicht zurück. Besonders angenehm ist der Geruch jetzt nicht. Aber betrunken? Nein, danach riecht er tatsächlich nicht.

»Warum machst du das denn?« Astra schiebt Titus' Gesicht ein Stückchen zurück.

»Ich muss. Die dürfen nichts davon wissen.«

»Wer denn? Wovon redest du eigentlich?«

»Eddie. Und Lenny auch, glaub ich. Ich weiß nicht. Die führen was im Schilde. Ständig nerven sie mich und hauen mich an wegen meines neuen Buchs. Die wissen irgendwas. Und Eddie ist überhaupt nicht der, für den du ihn hältst. Er ist gefährlich. Nimm dich bloß in Acht vor dem.«

»Aber …«

Sie wird nicht mehr herausfinden, was Titus da faselt. Der samtäugige Eddie X hat sich plötzlich neben sie geschlichen und legt ihr den Arm um die Taille. Es fühlt sich an wie ein winziger Stromschlag, und sie muss an das gemeinsame Zusammensein zwischen den Daunendecken auf dem Segelboot denken. Das Leben ist kompliziert, das kann nun wirklich keiner bestreiten.

»Na, haltet ihr eine Konferenz ab, ihr zwei?«, fragt Eddie und schenkt ihnen ein warmes Lächeln.

»M-hm«, murmelt Titus, der wieder zu seiner Strategie zurückgekehrt ist, möglichst wenig zu sagen.

»Ich konnte dich noch gar nicht fragen, wie dir der Abend gefallen hat, Astra?«

»Sehr gut, Eddie. Wirklich. Gut gemacht«, sagt Astra mit einem abwartenden Ton in der Stimme.

»Danke. Kommt doch einfach und setzt euch zu uns. Wir kriegen gleich was zu essen, hier draußen auf die Terrasse.« Eddie deutet zum offenen Nachthimmel. »Ich hab mich nach dir gesehnt, Astra. Ich würde gerne mit dir reden.«

Er legt ihr die Hand auf den Arm. Streichelt ihn sanft.

Astra taut ein wenig auf und ist einverstanden. Es gibt eine Menge zu klären. Obwohl sie sich in den letzten Wochen ausschließlich in Arbeit vergraben hat, musste sie doch immer mal wieder darüber nachdenken, was eigentlich passiert ist. Wer hatte was zu wem gesagt? Hatte Eddie wirklich vor Lenny damit geprahlt, dass er sie erobern wollte? Oder hat Titus' Gehirn ihm in seiner Abstinenz etwas vorgegaukelt? Sie zweifelt nicht eine Sekunde daran, dass man Titus nicht trauen darf. Allein die Tatsache, dass er Eddie als »gefährlich« bezeichnet hat. Lächerlich …

Als sie wieder an seinem Tisch sind, nimmt Eddie Astra nunmehr vollständig in Beschlag. Sie essen Tapas, trinken Wein und plaudern. Eddie interessiert sich für alle möglichen Details aus Astras Leben. Sie genießt es, wahrgenommen zu werden. Langsam, aber sicher baut Eddie sein Vertrauenskapital wieder auf, und schließlich bekommt Astra auch die Antwort auf ihre Frage.

»Ja, natürlich hab ich Lenny erzählt, wie sehr ich dich liebe. Aber du kennst ihn doch, sobald man was Ernsthaftes sagt, wird er ganz nervös und fängt an zu fluchen und zu zucken. Macht obszöne Gesten und übertreibt. Mit Ernsthaftigkeit kommt er nicht klar. Wenn irgendwas wirklich echt und wahrhaftig wird, dann will er nur noch weglaufen oder blödeln. Ich weiß nicht, ob er mein Vertrauen missbraucht hat. Aber ich könnte mir gut vorstellen, dass er das alles so zu Titus gesagt hat. Also, dass ich das so gesagt haben soll. Aber das habe ich natürlich nicht.«

»Aber warum macht er so was?«

»Ich glaube, das hängt mit seiner Jugend zusammen. Sein Vater war ein bekannter Psychologe oder Psychiater oder was auch immer. Er konnte nie so richtig akzeptieren, dass sein eigenes Kind das Tourette-Syndrom hatte. Er dachte wohl, dass er ihm doch so viel Liebe und Geborgenheit schenkte und Lenny deswegen ganz einfach kein Tourette haben durfte. Aber hatte er nun mal. Es gelang Lennys Vater nie, die Symptome auch nur zu dämpfen, und darin lag wahrscheinlich das Verhängnis.«

»Lenny ist weiß Gott alles andere als gedämpft, das steht fest«, wirft Astra ein. Aus Lenny ist sie noch nie schlau geworden. Sie findet ihn seltsam und hatte schon immer Schwierigkeiten, die Größe in der scheppernden Musik der Tourettes zu hören.

»Lenny hat immer gespürt, dass sein Vater die Situation nicht ernst nahm«, fährt Eddie fort. »Meistens bekamen seine Patienten seine gesamte Aufmerksamkeit. Am Ende gab Lenny den Kampf gegen Tourette auf und begann seine Situation stattdessen zu bejahen. Tourette wurde sozusagen sein bester Freund. Er ließ die Krankheit voll aufblühen. Ließ es einfach fließen. Tourette hat ihn zu dem gemacht, der er heute ist. So wird er heute auch von allen respektiert. Ohne seine Krankheit wäre er niemand.«

»Und was passierte mit seinem Vater?«

»Keine Ahnung. Die beiden haben heute keinen Kontakt mehr. Die haben seit x Jahren kein Wort mehr miteinander gesprochen. Vielleicht ist er sogar schon gestorben. Ja, ich glaube fast. Aber ich bin sicher, dass das Lenny nicht weiter aus dem Gleichgewicht gebracht hat.«

»Traurig.«

»Vielleicht, vielleicht auch nicht. Das Wichtigste ist doch, dass Lenny der sein darf, der er wirklich ist, oder?«

Sie werfen über den Tisch einen Blick auf Lenny, der mit seinen Tics dort sitzt und sich mit Titus und den anderen Leuten unterhält. Er gestikuliert und poltert. Lacht und flucht. Und sieht so aus, als würde es ihm großartig gehen.

Titus hingehen sieht müde aus und schielt besorgt zu Astra und Eddie hinüber. Er versucht, sie durch seine Blicke auf sich aufmerksam zu machen, und das schon seit einer geraumen Weile.

»Oh Mann, ich halt seine Dackelaugen nicht mehr lange aus«, sagt Astra zu Eddie. »Der sitzt mir die ganze Zeit im Nacken, es ist zum Verrücktwerden.«

Eddie sieht sie erstaunt an.

»Ich dachte, du liebst Titus?«

Astra lacht.

»Lieben? Nein, ich bin nur seine Lektorin. Nicht seine Mama. Nein danke, ich brauch nicht auch noch Gefühle im Job.«

Schweigend sitzen sie ein paar Sekunden beieinander. Astra überlegt krampfhaft, ob ihr nicht noch ein lustigeres Gesprächsthema einfällt. Da legt Eddie seine Hand auf ihre. Eine Geste des Einverständnisses.

»Du findest also auch, dass er sich verändert hat?«, zischt er leise und wirft einen verstohlenen, finsteren Blick zu Titus hinüber.

Astra wird stutzig über sein plötzliches Gezische. So was kennt sie ja überhaupt nicht von ihm. Sie zieht ihre Hand weg.

»Verändert?«

»Ja, merkst du denn nicht, wie ihn alle anschauen?«, fährt Eddie mit steigender Erregung in der Stimme fort. »Der ist hier doch der glatte Held heute Abend. Früher war er bei seinen Lesungen der reinste Hanswurst. Jetzt lieben ihn die Leute. Hast du nicht gesehen, wie das Publikum ihm heute zugejubelt hat?«

»Aber das ist doch gut, oder nicht?«

Eddie schnaubt.

»Gut? Die hatten heute Abend kaum ein Auge für mich. Die ganze Zeit nur Titus, Titus, Titus. Und hast du gehört, dass er fast schon anfing, über Liebe zu reden? Nicht *er* soll hier über Liebe reden – das ist mein Revier!«

Eddie schaut Astra nicht in die Augen. Stattdessen blinzelt er fiebrig und starrt Titus an. Er ballt die Fäuste so stark, dass seine Knöchel weiß hervortreten.

»Siehst du nicht, wie der mich aussaugt? Der hat mich bestohlen, der hat mich leer gemacht! Der kriecht in mich rein und füllt all meine Sinne mit stinkender Schwermut. Und da steht er jetzt da drüben und lächelt mit rosigen Wangen. Igitt, ich hasse so was!«

Astra betrachtet Eddie mit steigender Verwunderung. Irgendetwas in ihm scheint einen Sprung bekommen zu haben. Aus dem Liebesdichter Eddie X steigen plötzlich grässliche Faulgase. Wie zum Teufel konnte sie diesen Menschen jemals attraktiv finden?

Diese Scheißkünstler. Sie muss hier weg. Sofort.

Titus sieht, wie Astra plötzlich das Fest verlässt. Sie sieht müde und verärgert aus. Schade. Er hatte gehofft, noch ein bisschen mit ihr plaudern zu können. Jetzt gibt es nichts mehr zu holen auf dieser Party und er beschließt, ebenfalls nach Hause zu gehen. Er ist todmüde und freut sich auf ein bisschen Zeit für sich allein. So viel sozialen Kontakt hat er schon seit Monaten nicht mehr gehabt. Wie hat er das früher bloß geschafft, als er ständig auf Partys ging?

Titus sagt »Tschüs« zu Lenny, aber der besteht darauf, noch mitzukommen, auch wenn ihm nach den ganzen Gin Tonics schon ganz schwindelig ist.

»Na gut, dann komm mit.«

Ist vielleicht nicht verkehrt, denkt Titus. Jetzt kann ich mal versuchen, ihn zu dem Einbruch auszufragen und danach, was er da mit Eddie ausgeheckt hat.

Sie spazieren gemeinsam über das Kopfsteinpflaster der Urvädersgränd. Als sie die Götgatan überqueren, um über die St. Paulsgatan zum Hornstull zu gehen, treffen sie auf einen Trupp vergnügt grölender Männer mit grün-weißen Schals. Sie grüßen Titus und Lenny fröhlich, als wäre es selbstverständlich, dass die Leute gerade nichts anderes im Kopf haben als den Heimsieg von Hammarby im Söderstadion. Ja, heute Abend scheint Stockholm einen guten Abend zu haben. Warmes Wetter, gewonnenes Fußballspiel und legendäres Spoken-Word-Festival – besser geht's kaum.

Titus ist äußerst zufrieden mit diesem Abend. Er hat eine Hammerlesung hingelegt und dafür viertausend auf die Hand bekommen. Davon wird er eine ganze Weile leben können. Das einzige Haar in der Suppe war die Tatsache, dass Astra und Eddie so viel Zeit miteinander verbracht haben. Er hofft wirklich, dass Astra auf seine Warnungen gehört hat. In seinem Innersten will er ja immer noch glauben, dass sie auf seiner Seite ist.

Von der anderen Straßenseite her ruft jemand seinen Namen. Titus dreht sich um. Er sieht das junge Paar von der Treppe, die bei der Lesung so weit vorne saßen und so begeistert waren. Sie werfen ihm einen Handkuss zu und lächeln ihn an. Verlegen winkt er zurück. Legt sich die Hand aufs Herz und deutet eine Verbeugung an. Unglaublich, da sind doch diese beiden tatsächlich wegen ihm zusammengekommen!

Titus macht sich gar nicht mehr die Mühe, den Betrunkenen zu spielen. Lenny ist so voll, dass er sowieso nichts mehr mitkriegt. Also beschließt Titus, den Stier direkt bei den Hörnern zu packen, egal, was passiert.

»Du, Lenny?«

»Mm?«

»Was führt ihr eigentlich im Schilde, Eddie und du?«

»Wie?«

»Warum seid ihr bei mir eingebrochen?«

Lenny bleibt stehen und schaut Titus verdutzt an.

»Scheiße – wie hast du das denn rausgekriegt?«

»Ich weiß es einfach. Aber warum das Ganze?«

»Ich weiß nicht. Eddie wollte das. Ich war's nicht.«

»Ach, hör doch auf, ich hab dich doch noch wegrennen sehen!«

»Na ja, also, ich war eben der, der in deiner Wohnung war. Aber das Ganze war Eddies Idee.«

»Warum? Was will er denn?«

»Das kann ich nicht sagen, Titus. Es geht nicht, ich hab's Eddie versprochen. Aber ich war nur ganz kurz in deiner Wohnung. Und hab überhaupt nichts mitgenommen, ich schwör's dir. Ich hab bloß geguckt.«

»Wonach hast du geguckt? Sag mir, was ihr da im Schilde führt! Gib doch zu, dass ihr mir nachspioniert!«

»Ich kann nicht mehr sagen. Hör auf jetzt. Hör auf! Du sollst doch eigentlich reden. Jetzt musst du endlich reden. Ich hab's versprochen. Bitte. Jetzt red schon!«

Lenny setzt ihm weiter zu, wie schon den ganzen Abend über. Woran schreibt Titus gerade? Wie weit ist er? Wird es gut? Wovon handelt es? Wie viele Leute wissen Bescheid darüber, was er da schreibt?

Lenny nervt und nervt und scheint gar nicht zu merken, dass Titus seine Fragen überhaupt nicht beantwortet. Er wiederholt pausenlos dieselbe Leier, ohne die geringste Interaktion. Das ist wahrscheinlich auch eine Art Geständnis, denkt Titus. Warum sollte er sonst so hartnäckig bohren? Es steht ganz außer Zweifel. Eddie und Lenny haben einen ganz gewaltigen Ideenklau vor. Sie glauben allen Ernstes, sie könnten die Urheberrechte an einem literarischen Werk stehlen. Idioten. Vollpfosten. Junges Gemüse. Die kapieren nicht, dass sie zu spät dran sind. Er ist so gut wie fertig. Es geht nur noch um wenige Tage, dann beginnt die lange Erfolgsgeschichte des *Besten Buchs der Welt*, und Titus Jensen wird auf dem Umschlag abgebildet sein.

Er schaut Lenny an. Da kommt es ihm auf einmal.

Lenny stottert nicht.

Lenny zuckt nicht.

Er flucht nicht einmal.

Er ist … offenbar gesund?

Kapitel 31

DAS GESETZ DES HAPPY ENDS

Eine Tasse Kräutertee steht neben Titus' Computer und dampft gemütlich. Er hat lange geschlafen und fühlt sich ausgeruht und stark. Jetzt hat er keine Angst mehr vor Eddie X. Eddie und Lenny sind nur zwei dumme Clowns. Die können ihm gar nichts, sie kommen zu spät. Als dieser Sommer begann, war er ein jämmerliches Ekelpaket. Jetzt ist er ein starker Mensch. Und diese Stärke gedenkt er zu behalten.

Die Herbstsonne steht jetzt jeden Tag tiefer. Ein paar Strahlen dringen noch über die Hausdächer in Titus' dunkle Wohnung. Er bläst in seinen Alkomaten, und der Computer begrüßt ihn so eingehend wie immer.

Hallo Titus! Nach meinen Berechnungen hast du noch drei Seiten vor dir, bis das Manuskript vollständig ist. Kontaktiere deine Lektorin, sobald du fertig bist. Glückwunsch!

Dies ist also der lange angekündigte Moment. Jetzt wird er also das Projekt seines Lebens fertigstellen. Ein Wahnsinnsvorhaben, auf dessen zweihundertfünfzig Seiten er jede Menge toller Fakten und brauchbarer Listen untergebracht hat, und das alles in einem absoluten Knaller von haarsträubend spannendem Krimi. Eine rechte Gerade aus der linken Gehirnhälfte. Ein linker Haken aus der rechten Hälfte.

Bevor er das letzte Kapitel schreibt, muss er nur noch die zehn besten Kampflieder der Welt auflisten, die Håkan Rink unter dem Namen »Rebellion« als Playlist auf seinem iPod hat.

The Revolution Will Not Be Televised
Imagine
Get Up, Stand Up
We Shall Overcome
Last Night I Had the Strangest Dream
Clampdown
Eve of Destruction
Blowin' In the Wind
Minority
Diamonds From Sierra Leone

Titus atmet tief durch. Jetzt ist das Ziel zum Greifen nah.

Es gibt eigentlich nur noch eines, worin sich Lektoren, Rezensenten und andere Manuskriptexperten einig sind: Ein Buch muss ein hoffnungsvolles Ende haben. Auch wenn die Geschichte düster ist, muss es zumindest ein Körnchen Hoffnung auf ein glückliches Ende geben, das den Optimisten Nahrung gibt. Wenn ein Buch kein glückliches Ende hat, dann stirbt es eines natürlichen Todes. Unrezensiert, ungelesen und unverkauft. Das Gesetz des Happy Ends ist eine uralte Wahrheit, die man nicht herausfordern sollte.

Doch Titus weigert sich, seinem absoluten Gehör abzuschwören. Er hat beschlossen, sämtliche Experten zu ignorieren, die meinen, sein Kunstwerk besser beurteilen zu können als er selbst. Er wird seinen Lesern die Entscheidung überlassen, was Trost oder Verzweiflung ist. Überdeutlichkeit ist ein Killerfaktor, und er ist wahrhaftig kein Mörder, ganz im Gegenteil. Es liegt eine starke Hoffnung in all diesen Listen, Rezepten, Tipps und Fakten, die sich durchs Buch ziehen. Er verteilt jede Menge Streichholzschachteln an die Leser, aber den Rest überlässt er ihnen. Jeder soll selbst entscheiden, welche Lichter er in seinem Leben anzünden will. Aber wenn man all diesen Ratschlägen folgt, ist es durchaus möglich, ein vollkommener

Mensch zu werden, davon ist er überzeugt. Immerhin hat er ja *Das beste Buch der Welt* geschrieben. Die eigentliche Handlung um Kommissar Håkan Rink und Serien-Salvador hingegen, die steht für kompromisslose Brutalität, wie das Leben selbst.

Wer das Dunkel gesehen hat, schaut das Licht als Erster, denkt er.

Aah, er genießt seine Formulierungskünste. Heute ist er richtig gut.

Schon lange hat er den Gedanken verworfen, das Ende seines Buches von seiner persönlichen Vendetta gegen Eddie X bestimmen zu lassen. Über diesen Punkt ist er in seiner persönlichen Entwicklung weit hinausgewachsen. Rache war lange ein guter Antrieb beim Schreiben, aber jetzt hat er sich entschieden, über diesem reflexartigen Verteidigungswunsch stehen zu wollen. Er denkt auch kaum mehr daran, dass Serien-Salvador Züge von Eddie X trägt.

Das beste Buch der Welt ist kein Metaprojekt, das sich durch seine Verpackung zu einer Geschichte über eine andere Geschichte macht, mit ermüdenden und schwer zu deutenden Subtexten. *Das beste Buch der Welt* ist ein geradlinig erzähltes und gut zusammengestelltes Nachschlagewerk über das Leben. Es ist spannend, nützlich und hilft bei der Weiterentwicklung der Persönlichkeit. Und lenkt einen trotzdem ein wenig von Alltag und Wirklichkeit ab. Die völlig unterschiedlichen Texte bilden zusammen ein Muster. Gemeinsam werden sie – Literatur.

Ich habe mein Inneres geöffnet, denkt Titus. Ich habe die andere Wange hingehalten. Ich habe so viel gegeben, dass ich jetzt ganz leer bin.

Seine Tränen benetzen die Tastatur, als er langsam und andächtig das letzte Kapitel tippt.

Die große Unternehmergala wurde wie immer live von TV+ übertragen.

Håkan Rink rechnete eiskalt damit, dass die Information stimmte. Seine Quelle machte einen äußerst glaubwürdigen Eindruck, obwohl der Tipp erst spät bei ihnen eingegangen war.
Serien-Salvador sollte zur Unternehmergala kommen. Er hatte sich einen Tag vor der Gala eines der Resttickets ohne festen Sitzplatz gekauft. Leider bedeutete das, dass er auf keiner Liste abgehakt werden musste. Die Polizei wusste nur, dass er höchstwahrscheinlich irgendwo in den zehn hintersten Reihen mit den unreservierten Plätzen sitzen würde. Außerdem stimmte die alte Personenbeschreibung nicht mehr. Er hatte sein Aussehen wieder verändert. Doch die Quelle war sich ihrer Sache ganz sicher. Bei diesen braunen Samtaugen konnte man einfach nicht falsch liegen.
Die Zeit war knapp gewesen, doch das Stockholmer Polizeikorps hatte sich noch rechtzeitig versammeln können. Der Einsatz war bis ins letzte Detail geplant. Rinks Mannschaft war im Zickzack-Muster über die Bankreihen verteilt. Sobald sie ihn identifiziert hatten, würden sie ihn in aller Ruhe festnehmen. Wenn die Preise verteilt waren und die Kameras aus, sollte die Sache erledigt sein.
Håkan Rink war als Preisverleiher für die prestigeträchtigste Kategorie eingeladen – »Unternehmer des Jahres«. Er hatte überlegt, ob es wirklich passend war, wenn er seine verschiedenen Rollen so miteinander vermischte. Einerseits der hart arbeitende Kriminalkommissar, der Ruhe brauchte, um sich auf seine Aufgabe konzentrieren zu können. Andererseits das öffentliche Alibi einer gehetzten Polizei, die unter dem massiven Druck stand, schnelle Ergebnisse zu liefern. Der Sand im Stundenglas der Geduld war langsam zu Ende durchgelaufen. Aber der Gedanke an den Triumph, auf der Bühne zu stehen und Serien-Salvador vielleicht noch in die Augen zu sehen, kurz bevor er unschädlich

gemacht wurde, hatte gesiegt. Es ging bestimmt gut aus. Das tat es immer.
Als die Scheinwerfer auf ihn gerichtet waren, fühlte er sofort die Hitze. Das Publikum jubelte.
Aus den Lautsprechern tönte: »Ein warmer Applaus für Håkan Rink, den härtesten Kriminalkommissar Schwedens.«
Er machte ein paar schnelle, leichte Schritte zum Podium ganz vorne auf der Bühne. Seine Lederjacke glänzte im Scheinwerferlicht. Er blinzelte und wartete, bis sich der Applaus gelegt hatte. Hob die Hand. Beugte sich übers Mikrofon. Bassstimme.
»Jetzt kommen wir zum wichtigsten Preis Schwedens. Ich bin unglaublich stolz auf das mir entgegengebrachte Vertrauen, dass ich diesen Preis übergeben darf. Sie als Unternehmer sichern die Zukunft unserer Kinder. Sie werden den Planeten vor der ökologischen Katastrophe retten. Was Sie tun, lässt sich in drei Buchstaben zusammenfassen. G-U-T. Sie sind einfach gut!«
Das Publikum erkannte Rinks Vorliebe für Buchstabenkombinationen und lachte über seine herzliche Selbstironie. Die Stimmung erreichte ihren Höhepunkt.
Håkan Rink lächelte in die Scheinwerfer.
Er ergriff die Schnur, um den Vorhang von dem großen Bildschirm wegzuziehen, auf dem die Nominierten der Königsklasse präsentiert werden sollten.
»Und die Nominierten heißen …«
Alle Kameras und Scheinwerfer waren auf die perfekt ausgeleuchtete Bühne gerichtet.
Håkan Rink zog entschlossen an der Schnur.
Da fiel polternd etwas Großes, Schweres von der Decke über der Bühne. Der Kommissar duckte sich blitzschnell und schützte sein Gesicht. Ein Raunen ging durchs Publikum, dann brach ein wahnsinniges Kreischen los.

Von einer riesigen umgekehrten Krücke baumelte ein Mann herab. Um den Hals hatte er ein dickes Seil, das quer über die Arme der Krücke gebunden war. Seine großen, braunen Augen starrten Håkan Rink an. Eine lange schwarze Mähne hing ihm wie ein Vorhang herunter, dazwischen ein paar seltsam gefärbte Strähnchen. Er trug Handschellen und schlug sich mit den Armen wild auf den Bauch. Vielleicht wollte er dadurch irgendwie frei kommen. Vielleicht versuchte er aber auch bloß, seinen Körper noch heftiger in Schwingung zu versetzen.
Die Lautstärke der Schreie nahm etwas ab, als die Zuschauer merkten, dass keine Explosionen oder Schüsse folgten. Das war kein Terroranschlag. Das war etwas anderes.
Der Mann schwang im Scheinwerferlicht langsam über der Bühne hin und her. Seine Füße zuckten noch heftig, zumindest die ersten Sekunden. Diejenigen im Publikum, die in diesem Moment noch am klarsten denken konnten, versuchten, ihre Bankreihen zu verlassen und zum Ausgang zu gehen. Andere hielten sich die Hände vors Gesicht, in dem naiven Versuch, das Ganze nicht miterleben zu müssen. Panik machte sich breit. Die Polizisten mussten sich gegen den Strom der Fliehenden zur Bühne durchkämpfen.
Die Augen des Mannes starrten. Sein Mund lächelte. Keine Zuckungen mehr.
Eine schöne Leiche in perfekter Beleuchtung.
Serien-Salvadors letztes Kunstwerk war eine vollendete Tatsache. Sein Tod hatte ihn zu guter Letzt unsterblich gemacht.
Auch Håkan Rink wurde historisch. Der Reichshenker. Der Mann, der für einen Abend die Todesstrafe wieder in Schweden einführte.
Live, zur besten Sendezeit.

Kapitel 32
HERBSTLAUB

Titus Jensen schaut aus dem Fenster.

Die Dame auf dem Balkon gegenüber macht ihre Blumenkästen sauber. Jeden Moment kann der erste Nachtfrost kommen, deswegen muss sie ihre Blumen retten und sie in ihre abgestoßenen Winterblumentöpfe umsetzen. Das macht sie jeden Herbst. Dann stellt sie die Blumentöpfe auf die Marmorfensterbänke, zusammen mit ihren gerahmten Fotos von früher. Dort müssen die Pflanzen überwintern und die alte Dame an das Leben erinnern, das ihr durch die Hände geglitten ist und vielleicht noch einmal zu Besuch kommt, wenn sie ihre Erinnerungen nur schön hegt und pflegt. Ihr runzliges Gesicht lächelt vorsichtig. Jede Erinnerung, die sie überkommt, macht sie wunderschön in ihrem grauweißen Lockenrahmen. Sie zupft ein paar trockene Blätter ab und überlässt sie dem Wind. Folgt ihnen noch ein wenig mit dem Blick, wenn sie davonfliegen.

Auf dem Weg nach unten vereinen sich die Blütenblätter mit dem ersten Herbstlaub des Jahres, den vergilbten Blättern, die ganz außen an den Bäumen saßen und dort so viel Prügel von der Sommersonne bezogen haben, dass sie jetzt kapitulieren, obwohl es gerade mal Anfang September ist. Ihre grünen, in Sicherheit lebenden Geschwisterblätter, die näher am Stamm sitzen, haben noch ungefähr einen Monat länger zu leben, aber sie haben auch nicht halb so viel erlebt. Den ganzen Frühling und Sommer über haben sie sich gegenseitig einfach nur angestarrt. Geborgen und abhängig von der beständigen Nährstoffzufuhr durch ihren dicken Mutterast. Dort, in diesem kühlen Grün, haben sie ab und zu mal würdevoll geraschelt, wenn der Wind an ihren wilden, weiter außen sitzenden Brüdern und Schwestern riss. Die ganze Zeit waren sie grün und hübsch gewesen, aber was haben sie sich gelangweilt! Jetzt segeln die Blätter, die ihr Leben gelebt haben, im Winde davon, hinunter auf Wiesen und Beete, wo sie sich in Erwartung ihrer Wiedergeburt kompostieren. Selbstverständlich wollen sie zurückkommen, jünger und wilder denn je. Beim nächsten Mal werden sie sogar noch weiter außen auf dem Zweig sitzen, noch mehr erleben.

Die alte Dame sieht traurig aus, obwohl sie lächelt. So viele Blätter haben sie schon verlassen. Vielleicht will sie auch zu Erde werden, vielleicht auch wieder jung sein.

Titus betrachtet sie. Irgendwie versteht er ihre Situation. Andererseits ist es traurig, immer nur zurückzublicken. Das Einzige, das zählt, sind die Gegenwart und die Zukunft. Alles andere ist Geschichte. Ich bin da, wo ich sein will, denkt er. Die Zukunft liegt in meiner Hand, und sie verspricht glänzend zu werden. Geld? Bestimmt. Anerkennung? Garantiert. Frauen? Na klar. Der USB-Stick mit dem *Besten Buch der Welt* enthält alles, was er zum Glücklichsein braucht.

Im Moment kann er kein einziges Wort mehr schreiben. Seine Energie ist völlig aufgebraucht. Er weiß, dass er sich das Manuskript noch einmal vornehmen und es redigieren muss, sobald Astra und die mit der Redaktion betraute Lektorin es sorgfältig durchgelesen und ihm ihre Meinung dazu mitgeteilt haben. Aber jetzt muss er sich erst mal ausruhen. Er will richtig lang schlafen. Und er will durch Stockholm spazieren, bevor der Herbst die Stadt grau und kalt macht.

Astras AB: »Hallo, dies ist der Anrufbeantworter von Astra Larsson beim Winchester Verlag. Bitte hinterlassen Sie eine Nachricht nach dem Piepston. Ich wünsche Ihnen noch einen schönen Tag. Hi, you've reached Astra Larsson at Winchester Publishing. Please leave a message after the beep. Have a great day.«

Beeeep.

»Hallo Astra, hier ist Titus. Ich komme jetzt im Verlag vorbei, ich hoffe, du bist da. Ich bin jetzt fertig. Den USB-Stick mit dem Manuskript bringe ich mit, den Computer behalte ich vorerst, denn ich nehme an, es wird im Herbst noch ein paar Redaktionsdurchgänge geben. Aber ich glaube tatsächlich, dass das Buch jetzt schon ganz schön gut ist. Also, ich komm jetzt. Wir sehen uns gleich. Bis nachher, Küsschen.«

Küsschen?! Wo hat er das denn her? Du lieber Gott, total unprofessionell. Als würde er seine alte Mutter anrufen. Er nimmt an, dass nach dieser langen, intensiven Arbeitsphase seine Gefühle schon ein bisschen bloßliegen. Astra wird das schon verzeihen, sie weiß ja, was er durchmachen musste. Er hat den ganzen Sommer über fast jeden Tag an seinem Manuskript gearbeitet. Sechs Stunden Arbeit, zwei Stunden Pause. Sechs Stunden Arbeit, zwei Stunden Pause. Tag für Tag. Für ihn war das okay.

Titus geht in sein kleines Badezimmer und zieht sich ganz aus. Stellt sich vor den winzigen Badezimmerspiegel und rasiert sich sorgfältig den Schädel. Die Bartstoppeln schneidet er mit dem Barttrimmer millimeterkurz. Stellt fest, dass der Bart allmählich immer grauer wird. Egal. Er duscht sich kurz kühl ab. Bearbeitet seine Füße mit der Hornhautraspel, eine Angewohnheit, die er sich diesen Sommer zugelegt hat. Früher ist ihm nicht mal aufgefallen, dass die dicke Hornhaut an seinen Fersen schon aufgesprungen war. Sorgfältig trocknet er sich ab, sogar zwischen den Zehen. Cremt sich den ganzen Körper mit einer Feuchtigkeitslotion ein – auch das ein neues Ritual. Dann zieht er sich ein frisch gebügeltes schwarzes Hemd und einen schwarzen Anzug an. Er sieht stark aus, geradezu hübsch. Jetzt tritt er an den Computer, klappt den Deckel zu und sagt: »Schlaf gut.«

Er schließt die Tür ab. Nimmt die Treppe statt des Fahrstuhls. Macht jeden Schritt ganz bewusst. Spürt, wie die Energie zurückkommt. Dies ist einer der wichtigsten Tage seines Lebens. Jetzt versteht er, wie es sich für eine Frau anfühlt, wenn sie auf dem Weg zur Entbindung ist. Anspannung, gemischt mit erzwungener Ruhe. Wenn man den ganzen Weg über die Kontrolle behalten will, muss man seine Gefühlsäußerungen im Zaum halten. Soll er sich zur Feier des Tages ein Taxi leisten? Und zum Fahrer sagen: »Fahren Sie mich zum Verlag. Beeilen Sie sich, bald kommt ein Roman heraus!« Er lächelt in sich hinein, als er die Haustür erreicht.

Aber was riecht denn da so seltsam?

Irgendwas stimmt hier nicht.

Etwas Nasses legt sich über sein Gesicht. Es wird schwarz im Treppenhaus. Die Müdigkeit kommt so schnell wie ein Axthieb. Er kann nicht in den Verlag gehen. Nicht mal ein Taxi nehmen. Er muss sofort schlafen. Aber er kämpft dagegen an. Er WILL doch zu Astra! Er versucht, nach ihr zu schreien, aber er bekommt ein Stück Stoff in den Mund. Atmet tief durch die Nase, die fast frei ist. Der Geruch ist weg. Mehr Feuchtigkeit. Keine Luft mehr. Jetzt auch noch Stoff in den Nasenlöchern. Wie ein nasses, warmes Handtuch im Gesicht. Oder ein Lappen. Es brennt in den Augen. Sie bluten. Er muss sie zumachen unter dieser ganzen Nässe und wird noch müder. Muss ausruhen. Fällt. Rudert mit den Armen, um doch noch das Gleichgewicht zu halten. Aber sie sind wie am Körper festgeklebt. Er fühlt einen straffen Stoff rund um den Körper. Erst waren es die Schultern. Jetzt die Beine. Alles sitzt fest. Es wird eng. Überall Gürtel. Oder Seile. Fester und fester. Um den ganzen Körper. Angenehm ist das. Er entspannt sich. Jetzt wird er schlafen. Seine Beine heben vom Boden ab. Er ist ein Herbstblatt. Fliegt davon. Oder wird getragen. Schlaf gut.

Kapitel 33

HÜTTENLEBEN

Astra hat gerade eine Verlagssitzung. Man bespricht das Programm der bevorstehenden Buchmesse und geht die Signierstunden und Autorenveranstaltungen des Hauses durch. Die Messe in Göteborg ist einzigartig, weil sowohl Fachpublikum als auch die Allgemeinheit willkommen sind. Das schafft eine ganz spezielle Stimmung und gibt der Buchbranche ein einzigartiges Messinstrument an die Hand, mit dem sie herausfinden kann, was die Leser schätzen. Aber für die Verlage ist die Messe auch ein Riesenapparat, der Unmengen von Geld schluckt. Nichts darf dem Zufall überlassen werden. Zum Beispiel müssen alle Autoren gut essen und im teuersten Hotel untergebracht werden. Man kann unterschiedliche Schriftsteller schließlich nicht in unterschiedlichen Hotels unterbringen. Offiziell sind alle gleich. Aber natürlich sollen die Bestsellerautoren gut wohnen, und davon profitieren die Kulturalibi-Autoren dann gleich mit. Deswegen ist es wichtig, die Produktion zu entschlacken und jede Stunde, die ein Autor auf der Messe ist, optimal zu nutzen. Wenn er erst mal vor Ort ist, hat er einen Begleiter vom Verlag, der ihn auf der Messe zu den verschiedenen Signierstunden, Seminaren und Interviews führt. Es müssen also ziemlich viele Verlagsmitarbeiter mit auf die Messe kommen, aber wenn es um die Unterbringung der Verlagsleute geht, ist die Hierarchie knallhart. Die Chefs wohnen im obersten Stockwerk des Messehotels in der Stadtmitte. Die Untergebenen verteilen sich dann je nach Rang in konzentrischen Kreisen über die Stadt.

Winchester hat im Herbst ein starkes Programm, und auf der Messe sollen die Höhepunkte vorgestellt werden. Die Konkurrenz hat allerdings auch eine Menge spannender Titel in petto. Außerdem wird die Messe von vielen interessanten Schriftstellern aus dem Ausland besucht. Das gibt dann eine wundervolle Mischung aus hochtrabend und platt, von der leichtesten Unterhaltung bis hin zu unbekannten Dichtern, die in aussterbenden Sprachen schreiben. Genau das, was der durchschnittliche Kulturkonsument so lesen und verfolgen will. Höchstwahrscheinlich wird die Zahl der akkreditierten Journalisten wieder Rekordhöhe erreichen. Wer behauptet, dass die Literatur nur noch ein kümmerliches Dasein friste, ist nie auf der Messe in Göteborg gewesen.

Astra ist auf der Karriereleiter inzwischen so weit gekommen, dass sie auf der Messe ein relativ lockeres Programm hat. Sie wird ein paar Miniseminare leiten, den Vorsitz bei einigen Abendessen haben und den Agenten im International Rights Centre helfen, Winchesters Spitzentitel richtig zu präsentieren.

Sie hat ihr Handy neben den großen Terminkalender gelegt und sieht, wie es zu vibrieren beginnt. Schaut nach, wer es ist. Titus, aha. Der soll warten. Wieder macht sich das Telefon bemerkbar. Eine Mitteilung in der Mailbox.

Nach einer Weile steckt Evita den Kopf zur Tür herein.

»Astra, hast du kurz Zeit? Ich bräuchte dich mal schnell.«

»Klar.«

Astra steht auf und nimmt ihr Handy mit. Sie will sich nur eben anhören, was Titus will, bevor sie wieder in die Sitzung zurückkehrt. Sie gehen auf den Korridor.

Evita schaut sich um, um ganz sicher zu gehen, dass niemand sie belauscht.

»Also ... es ist folgendermaßen: Die Bitch in Barcelona hat gerade angerufen. Sie wollte wissen, ob wir für Pablo Blando dieselbe Suite gebucht haben wie letztes Jahr.«

Astra sieht überrascht aus.

»Und deswegen hat sie *dich* angerufen?«

Dieser Kontrollfreak kennt ja überhaupt keine Grenzen, denkt Astra. Muss die jetzt alles auch noch mal mit meiner Chefin abgleichen?

Evita scheint zu verstehen, was Astra denkt.

»Ja, in den lateinamerikanischen Ländern haben sie etwas andere Modelle der Zusammenarbeit. Müssen wir mit klarkommen. Aber ich habe ihr versprochen, dass ich mich bei dir erkundige. Kannst du ihr in der Sache eine Mail schicken?«

»Das habe ich bereits, aber okay, dann mach ich's eben noch mal«, antwortet Astra fröhlich.

»Gut, und dann ist da noch was. Ein bisschen heikel, deswegen hat sie wahrscheinlich auch mich angerufen. Pablo wird langsam alt und kriegt neuerdings offenbar so furchtbar Herzrasen von Viagra. Deswegen ist er jetzt dazu übergegangen, sich die Tabletten zu rationieren.«

»Prima. Es war nämlich nicht immer ganz leicht, die zu be …«

»Na ja, die Sache ist nun die, dass …«, fällt Evita ihr ins Wort, führt ihren Satz dann aber nicht zu Ende. Sie schlägt die Augen nieder.

»Was?«

»Sie möchte, dass wir ihm stattdessen gemahlene Rentiergeweihe besorgen.«

»Bitte was?!«

»Sie sagt, dass es seinem Herzen damit am besten geht.«

»Das soll jetzt ein Witz sein!«

»Anscheinend hat er eine Doku über die Wirkung von Rentiergeweihen gesehen. Als er auf Signiertournee durch Japan war.«

»Das ist nicht dein Ernst!«

»Doch. Es ist vollkommen krank, aber wahr. Eines schönen Tages werden wir zusammen noch darüber lachen.«

»Das hoffe ich wirklich«, sagt Astra und sieht ein bisschen bekümmert drein. Sie weiß, was jetzt kommt.

»Meinst du, du kannst das Zeug besorgen?«

»Wird mir wohl nichts anderes übrig bleiben.«

»Ja, das befürchte ich auch«, sagt Evita und legt den Kopf schräg. »Ach, du kannst einfach alles, Astra.«

Als Titus zu sich kommt, kann er sich immer noch nicht rühren. Er versucht sich zu erinnern, was passiert ist. Ja, er war gerade mit seinem Manuskript auf dem Weg in den Verlag. Und dann ist er eingeschlafen.

Es ist dunkel, absolut pechschwarz. Titus reißt die Augen auf, um irgendetwas zu erkennen. Nichts. Er versucht, den Mund aufzumachen. Es geht nicht, seine Lippen sind zusammengeklebt. Es fühlt sich an, als hätte er ungefähr in Mundhöhe einen Eisenring um den Kopf.

Er merkt, dass er sitzt, aber er sitzt auch fest. Hat offenbar Eisenbänder um die Handgelenke und Knöchel. Oder auch Tape. Wahrscheinlich ist es Tape, weil er keine scharfen Kanten fühlt, wenn er sich herauszuwinden versucht. Und noch ein Tape um den Bauch. Zwei harte Stangen am Rücken. Sitzt er auf einem Stuhl?

Seine Nase ist frei. Er atmet tief ein. Kalte, feuchte Luft. Ist er in einem Keller? Oder auf dem Dachboden?

Er grunzt. Umpf. Ummppff!

Nicht das geringste Echo.

Es ist absolut still.

Wie in einem Grab.

UUUUMMMMPPPPFFFF!

Astra wirft einen Blick auf die Uhr. Wo bleibt er denn? Er hat doch gesagt, dass er auf dem Weg in den Verlag ist. Um 11.32 Uhr hatte er die Nachricht hinterlassen, und jetzt ist es schon Viertel vor fünf. Er hätte schon längst hier sein müssen. Sie ruft ihn noch einmal auf dem Handy an. Immer noch ausgeschaltet. Seltsam. Vielleicht sollte sie auf dem Heimweg kurz an seiner Wohnung vorbeifahren? Nachschauen, ob was passiert ist. Vielleicht ist er ja krank geworden? Bei dem Gedanken an das Manuskript wird sie wieder richtig neugierig. Wahnsinn, jetzt hat er den Zeitplan tatsächlich eingehalten! Das hätte sie sich nie vorstellen können, als das Projekt anlief. Aber das geht alles auf ihr Konto. Sie hatte von Anfang an alles eisern im Griff. Ganz wie Evita es gewünscht hatte. Der Einfall mit dem Alkomaten am Laptop war fast schon genial. Aber wo zum Teufel steckt er? Warum geht er nicht ans Telefon?

Es kommt ihm vor, als wären schon mehrere Stunden vergangen. Vielleicht sogar Tage. Titus kann es unmöglich sagen. Aber … nein, Tage können es nicht sein, denkt er. Er hat sich noch nicht in die Hose gemacht. Hat aber auch noch nichts getrunken, seit er hier in der Dunkelheit gelandet ist.

Wie ist das eigentlich – muss man bloß pinkeln, wenn man was getrunken hat? Oder muss man immer pinkeln? Und was pinkelt man, wenn man nichts getrunken hat? Er muss nur ein ganz kleines bisschen. Wahrscheinlich waren es eher Stunden. Ja, so muss es sein.

Astra klingelt lange an seiner Wohnungstür. Titus macht nicht auf. Sie späht durch den Briefschlitz. Nichts. Keine Bewegung. Sie klingelt beim Nachbarn, um sich zu erkundigen, ob er oder sie etwas über Titus weiß. Dort macht auch niemand auf. Sie späht auch durch den Briefschlitz des Nachbarn. Auf dem Boden liegen Werbesendungen, die Sorte, die mit der Post kommt. Die kriegen alle, ganz egal, ob ein Schild mit *Keine Werbung bitte* an der Tür klebt. Der

Nachbar ist wahrscheinlich noch in der Arbeit, denkt Astra. Wenn Titus auch solche getarnte Werbung bekommen hat, müsste das ja heißen, dass er die Wohnung verlassen hat, nachdem die Post gekommen ist. Die kommt doch immer so gegen elf, oder? Er muss spätestens kurz vor Mittag losgegangen sein, also ungefähr zu dem Zeitpunkt, als er sie auf dem Handy angerufen hatte.

Aber wohin ist er dann gegangen? Warum geht er nicht mal ans Telefon?

Titus ist fix und fertig. Seine Gedanken führen nirgendwohin. Sie drehen sich immer nur im Kreis. Es ist absolut grässlich, im Dunkeln auf einem Holzstuhl festgetaped zu sitzen. Ab und zu nickt er einen Moment ein. Das ist dann fast schon angenehm. Sein Körper und sein Hirn müssen sich eine Weile ausruhen.

Titus träumt, dass Lenny seinen Stuhl kippt und auf eine Sackkarre hievt. Er wird durch eine kleine Tür hinausgefahren. Draußen ist es dunkel, es ist Nacht. Der Ort ist umgeben von dunklen Bäumen, sehr vielen Bäumen. Wald. Es rauscht dumpf. Er ist in der Natur. Was für ein Albtraum!

Jetzt kommt Eddie auf ihn zu. Er lächelt Titus an. Legt ihm die Hände auf die Schultern. Streichelt sie kurz.

Dann gibt er Titus eine knallharte Ohrfeige.

Titus erwacht mit einem Ruck.

Aber er sieht immer noch Eddie vor sich stehen. Freundlich lächelnd. Was ist das denn jetzt? Träumt er gar nicht? Was soll das? Uuuummmmpf!

Seine Wange brennt von der Ohrfeige, und es wird nicht besser, als Eddie ihm mit einem Ruck das Silbertape vom Mund reißt, sodass gleich ein paar Bartstoppeln mitgehen. Titus macht den Mund weit auf und atmet ein paarmal tief ein.

Sie starren sich an.

Eddie sieht fast ein bisschen weinerlich aus, als er das Wort ergreift.

»Hallo Titus.«

Titus schaut Eddie an. Und Lenny, der danebensteht. Er reckt den Hals ein wenig, wie um zu zeigen, dass er sich immer noch eine gewisse menschliche Würde bewahrt hat.

»Titus, du hast mich in eine schwierige Lage gebracht«, sagt Eddie mit angestrengter Stimme.

»Was …?«

»Oh ja, das hast du. Das kannst du nicht leugnen.«

»Wie meinst du das?«

»Ich hab das Buch fast zu Ende gelesen.«

»Was? Was soll das hier alles?«

Langsam dämmert Titus, in was für einer schlimmen Situation er hier steckt. Man hat ihn gekidnappt. Er schaut sich um. Sie befinden sich auf einer Art Hof, irgendwo auf dem Land. Neben ihnen steht ein kleines Häuschen, in dem ein Fenster erleuchtet ist. Ein altes Pächterhäuschen, wie es aussieht. Vielleicht rot, aber das kann man in der Dunkelheit schlecht erkennen. Könnte auch grau sein. Es ist umgeben von dichten Bäumen, die bis zu dem offenen Platz vor dem Haus reichen, auf dem sie sich jetzt befinden. Titus sieht einen Kellereingang, der offen steht. Das Gefängnis. Der Geruch nach Feuchtigkeit.

Hitzig fährt Eddie fort:

»Ihr habt den USB-Stick bei Astra auf dem Tisch liegen lassen, um mich zu provozieren. So hat das angefangen. Ihr wolltet mich aus dem Gleichgewicht bringen. Mir zeigen, dass ich nichts mehr leisten kann.«

»Ich weiß überhaupt nicht, wovon du redest«, murmelt Titus verzweifelt.

Eddie läuft vor Titus auf und ab.

»Ich hab getan, was ihr wolltet. Ich hab das Buch gelesen. Jedenfalls den Teil, der bis dahin schon geschrieben war. Ich hab das Manuskript in der Nacht nach dem Segeltörn gelesen, wo ich mit Astra unterwegs war. Verdammt Titus, das hätte ich nie von dir gedacht.«

»Was?!«

Titus folgt Eddie mit dem Blick, als er vor ihm auf und ab läuft. Lenny steht ein Stückchen abseits, ganz still. Er sieht fast entspannt aus, was ihm gar nicht ähnlich sieht. Auch er folgt Eddie mit dem Blick.

»Das war so was von niederträchtig von dir«, fährt Eddie mit leiser Stimme fort. »Wie oft hab ich dir aus der Klemme geholfen, indem ich dir Lesungen zugeschanzt habe? Habe ich dir denn etwa keine Liebe geschenkt? Hm? Antworte!«

»Liebe? Nennst du das hier etwa ›Liebe‹? Mich in ein Scheißkellerloch zu sperren?«, protestiert Titus.

»Ich musste. Nicht mal ich kann einfach alles einstecken!«

»Aha, dann sollst du mir jetzt wohl auch noch leidtun?«, brüllt Titus gereizt.

Eddie bleibt vor Titus stehen. Verschränkt die Arme.

»Was du getan hast, ist eine Todsünde. Du hast meine Ideen gestohlen und mir meine Energie ausgesaugt. Ich weiß nicht, wie du das gemacht hast, aber was du geschrieben hast, ist fast wortwörtlich das, was ich in meinem Manuskript schreiben wollte.«

»Was …?«

Titus will seinen Ohren nicht trauen. Das ist einfach zu viel des Guten, das kann er unmöglich verdauen. Eddie behauptet, Titus habe ihm seine Ideen gestohlen? Wo es in Wirklichkeit doch andersrum ist – dass Eddie und Lenny den ganzen Sommer über versucht haben, ihn auszuspionieren? Vorhin hat Eddie ja sogar zugegeben, dass er den USB-Stick bei Astra hat mitgehen lassen. Außerdem haben sie ihn gekidnappt und ihn in einem pechschwarzen Kellerloch auf dem Land an einen Scheißholzstuhl gefesselt!

»Ich hab jetzt fast alles gelesen, auch den Schluss, den du heute dabeihattest. Satz für Satz, Wort für Wort, Buchstabe für Buchstabe hast du meinen Text gestohlen. Das hast du geschickt angestellt, muss ich schon sagen. Ist echt ein wahnsinnig gutes Buch, Titus. Unglaublich gut. Aber eines musst du dir hinter die Ohren schreiben: In Wirklichkeit habe *ich* es geschrieben. Nicht du. Du hast das alles nur gestohlen. Wie gesagt, frag mich nicht, *wie* du das angestellt hast. Aber genau so ist es. Darauf müssen wir uns einigen.«

»Nie im Leben! Lieber sterbe ich, als dass ich so was bestätigen würde. Du bist wahnsinnig. Du bist ja völlig wahnsinnig!«

Eddie legt Titus die Hände auf die Schulter. Er lächelt traurig.

»Wir werden uns einigen, Titus. Ganz bestimmt. Das werden wir. Zu gegebener Zeit.«

Er streichelt ihm die Schultern.

Dann drückt er ihm die Daumen leicht in die Vertiefung zwischen Schultern und Schlüsselbein. Er verstärkt den Druck und presst sie immer fester rein. Und noch fester. Steinhart.

»Auaaaa! Hör auf!«

Kaum ist Astra aufgewacht, versucht sie, Titus anzurufen. Wieder vergeblich.

Sie ruft den Mann vom Schlüsseldienst an, den sie für Titus bestellt hatte, als er nach dem Einbruch im Sommer das Schloss austauschen lassen musste. Obwohl es »grad echt ein bisschen stressig ist«, gelingt es ihr, ihn davon zu überzeugen, sich in einer halben Stunde vor der Wohnung von Titus mit ihr zu treffen. Zum Spezialtarif, versteht sich.

Dort muss sie nur zehn Minuten warten, bis er auftaucht. Obwohl der Mann ihr wie ein einziges großes Muskelpaket erscheint, ist es ihr ein Rätsel, wie jemand so einen großen Werkzeugkoffer mit nur einer Hand tragen kann.

»Hallihallo liebe Kundin! Oh ja, das hier ist eine richtig gute Tür. Dieses Schloss hab ich selbst montiert, das weiß ich noch ganz genau.«

»Ja«, sagt Astra. »Ich war die, die Sie aus Griechenland angerufen hat, wenn Sie sich erinnern. Danach hatten Sie eine ziemlich gesalzene Rechnung an den Winchester Verlag geschickt. Daran erinnern Sie sich vielleicht auch noch?«

»Nö. Rechnungen schick ich keine, das macht alles Ellen, die Frau vom Chef.«

Astra merkt, dass sie eine Preisdiskussion in diesem Moment nicht weiterbringt. Das war dumm von ihr. Sie darf ihm jetzt nicht die Laune verderben.

»Okay. Aber jetzt muss ich unbedingt hier rein.«

Der Mann vom Schlüsseldienst stellt seinen Werkzeugkoffer ab. Verschränkt die Arme.

»Aha. Aber hier wohnte doch ein Typ, oder? *Titus Jensen* stand da an der Tür. Steht sogar immer noch da. Sehen Sie?«

»Ja, aber er arbeitet für meinen Verlag. Und jetzt ist er verschwunden. Ich muss nachschauen, ob ich in der Wohnung irgendwelche Spuren finde.«

»Na ja, also, wenn ich Sie hier reinlasse, ist das quasi wie ein Einbruch. Das geht nicht. So was ist zu riskant, verstehen Sie? Für so was werden wir beim Schlüsseldienst nicht bezahlt, das sehen Sie doch ein? Also, von wegen Verbrechen und Strafen und so. Da wird schon ein Gefahrenzuschuss fällig.«

Astra zückt ihre Brieftasche und zieht einen 1000-Kronen-Schein heraus.

»Wäre das okay?«

Der Mann schnappt sich den Tausender und holt den größten

Schlüsselbund hervor, den Astra jemals gesehen hat. Er rasselt demonstrativ damit herum, bevor er endlich den richtigen findet. Rasseln und Klicken. Eins, zwei, drei, die Tür ist offen.

Astra geht durch die Wohnung. Der Mann folgt ihr wie ein Schatten, die muskulösen Arme verschränkt.

»Ich bitte Sie, könnten Sie mich wohl in Frieden lassen?«, schnauzt sie ihn gereizt an.

Er schlurft hinaus und stellt sich ins Treppenhaus. Und murmelt beleidigt in sich hinein, dass er vielleicht den Gewerkschaftsverband anrufen sollte. Verstehen Sie.

Die Wohnung sieht aus wie jede andere Junggesellenbude auch. Zwar nicht gerade chaotisch, aber Pedanterie sucht man auch vergeblich. Sie wirft einen Blick in den Kühlschrank. Es sieht nicht gerade danach aus, als hätte Titus eine längere Abwesenheit geplant. Eine angebrochene Tüte Milch und schlampig verpackte Essensreste. Das kleine Fenster in der Küche ist gekippt. Astra hat das Gefühl, dass Titus von einer Minute auf die andere das Haus verlassen hat.

Sie geht an den Computer und bläst in den Alkomaten. Während sie darauf wartet, dass sich das Menüfenster öffnet, schielt sie nervös zur Tür. Hoffentlich funktioniert dieses Enzymprogramm wie versprochen.

Hallo Astra! Wenn du ein Back-up haben willst, musst du einen USB-Stick rechts in den Computer stecken.

Was für ein Glück, dass sie zu jenen Leuten gehört, die stets an alles denken.

Als Titus aufwacht, ist er wieder im Dunkeln. Er ist nicht mehr gefesselt. Das Letzte, woran er sich erinnern kann, ist, wie Lenny ihm einen Lappen aufs Gesicht legte und er daraufhin schrecklich müde wurde. Jetzt liegt er auf einer Matratze, wie es scheint. Er versucht zu ertasten, was neben der Matratze ist. Kalter Steinboden. Er ist wieder im Keller.

Er kriecht über den Boden, in die Richtung, die er instinktiv als den Weg nach draußen erspürt. Er erreicht eine massive Tür und tastet nach einer Klinke, findet aber keine. Gibt es vielleicht ein Schlüsselloch? Da ist ein Blech, das sich rau und verrostet anfühlt. Er dreht ein bisschen dran rum. Licht! Ja, das Blech hing über dem Schlüsselloch. Er bückt sich und schaut hindurch.

Draußen ist es Tag. Er sieht eine Wiese mit einer großen Eiche vor einem kleinen, rot gestrichenen Häuschen. Ein schmaler Kiesweg führt zum Haus. Es gibt einen Windfang und ein Fenster. Aber keinerlei Lebenszeichen.

Titus hämmert an die Tür, die so dick ist, dass sich sein Gehämmer wahrscheinlich gar nicht bis nach draußen fortpflanzt. Es fühlt sich an, als würde man gegen einen Baumstamm im Wald hämmern. Wer sollte ihn hier schon hören? Er legt den Mund aufs Schlüsselloch und schreit: »Hallo! Hilfe! Ist da jemand?«

Wieder späht er hinaus. Ein Eichhörnchen huscht über den Hof und die Eiche hinauf.

Es ist ganz still.

Titus hämmert und schreit noch eine ganze Weile. Am Ende wird ihm klar, dass ihn hier niemand hören kann. Diese Hütte sieht nicht mal so aus, als würde es hier Nachbarn geben. Wollen sie ihn hier etwa sterben lassen?

Verzweifelt und schniefend kriecht er zurück zu seiner Matratze.

Er rollt sich zusammen und schiebt die Arme zwischen Oberschenkel und Bauch, mit der Stirn auf den Knien. Das letzte bisschen Willenskraft ist im Schwinden. Er weint und schluchzt.

Astras Besorgnis wächst. Nach mehreren Tagen ohne das geringste Lebenszeichen von Titus wird ihr wirklich mulmig zumute. Die Messe nähert sich mit Riesenschritten, und sie hätte Titus gerne vor Ort, wenn der Verlag *Das beste Buch der Welt* an internationale Agenten und schwedische Buchhändler verkaufen will. Da ihres Wissens Lenny die letzte Person gewesen war, die vor Titus' Verschwinden noch mit ihm gesprochen hatte, versucht sie, ihn ebenfalls zu erreichen. Aber der ist genauso verschwunden. Und Eddie geht auch nicht ans Telefon. Was ist eigentlich los mit den Leuten? Können die nicht mal ans Telefon gehen, wenn man sie anruft?

Eddie sitzt in der kleinen Küche der Hütte und starrt auf eine halb ausgetrunkene Bierdose. Über dem Küchentisch baumelt eine alte Schuhmacherlampe mit kaputtem Schirm. Die nackte Glühbirne ist aus transparentem Glas, und der rote Glühfaden passt zu Eddies rosa Augäpfeln. Er ist unrasiert, und sein normalerweise so glänzendes schwarzes Haar ist ungekämmt und zerzaust. Er zieht einmal tief an seiner Zigarette. Was hat er eigentlich getan, um das zu verdienen? War er nicht immer furchtbar nett zu allen Menschen gewesen?

Vor ihm liegen drei Handys auf dem Tisch. Wenn das eine nicht klingelt, klingelt das andere. Und immer ist es Astra, die anruft, pausenlos. Erst Titus, dann Lenny und dann Eddie. Immer und immer wieder. Es nimmt schier kein Ende. Aber er kann sich nicht aufraffen, mit ihr zu sprechen oder ihre Nachricht abzuhören. Denn was sollte er schon zu ihr sagen? Dass sie nicht seine Lektorin werden kann, bevor Titus nicht seinen Diebstahl zugegeben hat? Dass seine Liebe erschöpft ist?

Lenny kommt in die Küche.

»Er ist jetzt wach. Er hämmert gegen die Tür.«

»Hmm.«

Eddie schaut Lenny mit müden Augen an. Ist Lenny wirklich auf seiner Seite? Oder fühlt der sich nur gezwungen, das Ganze hier mitzumachen? Versteht er vielleicht auch nicht, womit Titus sich schuldig gemacht hat? Es ist schon ganz schön heftig, wenn man die ganze Welt gegen sich hat. Undank ist der Welt Lohn.

»Kann ich Malin mal anrufen?«, fragt Lenny. »Die wundert sich bestimmt schon, wo ich bin.«

»Nein, nicht jetzt. Von hier wird kein einziges Telefonat geführt. Die jagen uns. Sie sind schon hinter uns her. Du kannst das meinetwegen machen, sobald er gestanden hat.«

»Ach bitte. Geht auch ganz schnell.«

»NEIN!«

Sollte sie langsam mal die Polizei rufen und ihn als vermisst melden? Wie wahrscheinlich ist es, dass die einen alleinstehenden Mann mittleren Alters suchen, der seit mehreren Tagen verschwunden ist?

Vielleicht sollte sie zumindest mal kurz mit Evita sprechen? Die will doch immer alles über Titus wissen. Man könnte fast meinen, dass sie ein bisschen auf ihn steht. Aber wenn sie ihr davon erzählt, wird Evita nur einen Aufstand machen, dass die Messe in Gefahr ist und Astra sich nicht auf die wichtigen Dinge konzentriert. Nein, lieber noch nicht.

Aber kann es wirklich Zufall sein, dass sie alle drei auf einmal verschwunden sind? Hatte Titus doch recht, als er sich über Eddie und Lenny beklagt hat? Haben die beiden irgendeine linke Tour abgezogen?

Sie muss sie irgendwie zu fassen kriegen.

Wer könnte etwas wissen?

Moment, ist Lenny nicht mit diesem süßen Mädel zusammen, das in der Cafeteria im Moderna Museet arbeitet? Wie hieß sie noch gleich? Lena oder Linda? Irgendwas in die Richtung. Lina … Malin …? Ja, genau, Malin. Ganz sicher.

Astra ruft die Auskunft an und lässt sich ins Restaurant des Moderna Museet durchstellen. Sie hört Stimmengewirr im Hintergrund, als abgenommen wird.

»Hallo, könnte ich bitte Malin sprechen?«

»Augenblick.«

Astra atmet tief durch. Verdammt. Dass sie nicht früher schon an Malin gedacht hat.

»Hallo, hier ist Malin.«

»Hallo Malin. Mein Name ist Astra, ich bin mit Eddie befreundet, und auch ein bisschen mit Lenny.«

»Hallo.«

»Ich hab mit den beiden was zu besprechen. Hast du eine Ahnung, wo sie sein könnten?«

»Also, ich glaube, die wollten aufs Land fahren und ein Stück proben.«

»Echt? Aufs Land … Wohin denn?«

»Also, ich hab keine Ahnung, wo das ist. Da ist so ein verlassenes Pächterhäuschen mitten in der Pampa von Sörmland. Das steht quasi leer. *In the middle of fucking nowhere*, echt. Ich hab keine Ahnung, wo das genau ist.«

Astra versucht, noch irgendetwas darüber herauszukriegen, wo diese Hütte liegen könnte und ob Malin mehr darüber weiß, was die beiden dort machen wollten. Und ob Malin gehört hätte, ob der Schriftsteller Titus Jensen da auch mitfahren sollte. Nein, habe sie nicht. Sie wisse überhaupt nichts. Lenny habe nur gemeint, sie wollten ein paar Tage chillen und was proben. Dann seien sie gefahren. Mehr wisse sie nicht.

Titus erwacht aus seinem Dämmerschlaf, als etwas zu knattern beginnt, das sich anhört wie ein altes Radio.

»Hallo Titus, bist du wach?«

Das ist Eddies Stimme. Ein Lautsprecher. Vielleicht sitzt Eddie ja in dieser Hütte und redet von dort aus mit ihm? Mit einem Walkie-Talkie oder so was? Oder mit so einem Babyfon, wie er es mal in einer Fernsehwerbung gesehen hat.

»Hast du über mein Angebot nachgedacht?«

Titus ist sich nicht sicher, ob in diesem Keller irgendwo ein Mikro ist. Kann Eddie ihn hören, wenn er antwortet? Zögernd versucht er es mit leiser Stimme.

»Wie? Was für ein Angebot?«

»Mein Angebot an dich. Wenn du gestehst, dass es mein Buch ist, bist du frei. Du musst es mir nur unterschreiben. Ich hab dieses Buch geschrieben, und das weißt du auch. Du hast es gestohlen. Du hast mir jeden einzelnen Gedanken aus meinem Kopf rausgeklaut. Und vor Astra und dem Verlag hast du so getan, als hättest du es geschrieben. Wenn du mir das unterschreibst, bist du frei.«

»Nie im Leben!«, brüllt Titus aus voller Kraft. »Das ist mein Buch. Ich hab jedes Wort darin selbst geschrieben! Ich habe meine Seele da reingelegt. Du weißt ja nicht, was du da redest!«

»Das weiß ich sehr wohl!«, schreit Eddie durch den Lautsprecher zurück. »Ich weiß sehr wohl, was ich mir selbst ausgedacht habe! Das sind von A bis Z meine Ideen, das hab ich alles schon an dem Abend auf dem Festival gesagt. Aber du warst ja so zu, das hast du wahrscheinlich eben mal vergessen!«

»Hast du überhaupt nicht! Du lügst!«

Einen Moment bleibt es still. Titus hört Eddie im Lautsprecher schnaufen. Er scheint sehr aufgewühlt.

»Titus?«

»Ja, was ist?«

»Gestehst du?«

»Nein, hab ich gesagt! Niemals!«

»Dann muss ich es anmachen.«

»Was?«

»Wenn du nicht gestehst, mach ich das Licht an!«

»Aha.«

Macht der Witze? Gibt es hier irgendwo eine versteckte Kamera? Kommen die jetzt im nächsten Moment hier reingeplatzt, werfen Konfetti und schreien, dass alles vorbei ist? Und lachen sich dann kaputt, weil er so komplett drauf reingefallen ist? Nein, wohl kaum.

Die einzige andere Möglichkeit ist die, dass Eddie an einer schweren Psychose leidet. Er hat noch nie einen Menschen mit Zwangsvorstellungen erlebt. Das ist ganz schön unangenehm.

»Gestehst du? Unterschreibst du?«

»Nein. Du kannst mich aber ruhig trotzdem hier rauslassen, und dann vergessen wir das einfach alles. Du bist vielleicht nicht so ganz bei dir, Eddie!«

»Letzte Chance: Unterschreib oder ich mach das Licht an.«

So eine bescheuerte Drohung, denkt Titus. Er liegt bei Weitem lieber in einem beleuchteten Kellerloch als in einem pechschwarzen.

»Eddie, ich würde eher sterben, als dass ich die Urheberrechte an diesem Buch aufgebe!«

»Okay. Dann mach ich jetzt an.«

Es vergehen ein paar Sekunden. Immer noch dunkel. Dann beginnt es in einer Leitung zu summen. Eine Neonröhre an der Decke fängt an zu knacksen und zu blinken. Titus hält sich schützend die Hand über die Augen, die seit ein paar Tagen schon kein Licht mehr gesehen haben. Als sich seine Augen wieder an die Helligkeit gewöhnt haben, schaut er sich um.

In der einen Ecke sieht er einen Toilettenstuhl mit einem großen Behälter aus grünem Plastik. In der anderen Ecke einen kleinen Campingtisch mit einem Klappstuhl. Und an sämtlichen Kellerwänden stehen festgeschraubte Regale, die vom Boden bis zur Decke reichen.

Aber in den Regalen lagern weder Marmeladengläser noch Kartoffelsäcke.

Da stehen Flaschen und Getränketüten.

Titus weiß, was er da sieht.

Die Regale sind voller Wein, Schnaps und Bier. Es gibt mehrere Stangen Zigaretten. Schnupftabak ohne Ende. Reihenweise Cocktailwürstchen, Chips und Käsestangen.

Der Keller ist vollgestopft mit Sachen, um richtig Party zu machen.

Kapitel 34
NEUE ANSÄTZE

»Na, meine Liebe, alles im Griff?«

Evita ist vergnügt wie nur was und trommelt mit ihren langen Fingernägeln auf den Türrahmen, als sie einen Blick in Astras Büro wirft. Ihre Haare sind schwärzer denn je. Sie verzieht ihre roten Lippen zu einem Schmollmund und betrachtet ihn in dem kleinen Spiegel neben der Tür. Anerkennend zwinkert sie sich zu. In Evitas Leben ist immer Platz für Humor und Selbstironie. Wahrscheinlich fühlen sich die Leute deswegen so wohl in ihrer Nähe.

Astra dreht ihren Schreibtischstuhl herum. Sie sieht ein bisschen gequält aus.

»Was? Hallo Evita. Im Griff … Ja … ja, schon. Ich hab wohl alles im Griff«, sagt Astra, und ihre Stimme klingt ein bisschen müder als sonst.

Evita kommt herein und setzt sich auf den Stuhl vor Astras Schreibtisch. Sie schlägt die Beine übereinander und stützt einen Arm auf der Stuhllehne ab. Sie gehört zu der Sorte Frauen, die immer entspannt aussehen, egal ob sie in einem Lehnstuhl sitzen oder an einem Trapez hängen. Evitas Selbstvertrauen ist unerschütterlich.

»Jetzt geht ja bald die Messe los. Ich glaube, das wird richtig toll.«

»Ja. Jaja.«

»Ich war gerade bei Micha und hab mir die Haare machen lassen. Wusstest du, dass seine Nichte sich ums Shampoonieren kümmert? Die ist vielleicht gerade mal vierzehn. Das kann doch kaum erlaubt sein, dass man in dem Alter schon Vollzeit arbeitet.«

»Du siehst superhübsch aus. Hast du da noch eine Tönung reinmachen lassen? Das glänzt so toll.«

Evita legt den Kopf in den Nacken und schüttelt ihre Haare ein wenig.

»Danke. Aber ich hab einfach nur dasselbe machen lassen wie immer. Ich weiß ja nicht, was in diesen Farben drin ist, aber ich glaub nicht, dass die besonders umweltfreundlich sind«, lacht Evita und fährt fort: »Hast du Titus' Manuskript bekommen? Ist er rechtzeitig fertig geworden? Der muss jetzt doch mehr als zufrieden sein, oder?«

Astra meidet Evitas Blick, als sie ihre ausweichende Antwort vorbringt.

»Ich hab es, und es sieht wirklich toll aus. Ein paar ausgewählte Kapitel hab ich auch schon zum Übersetzen rausgegeben. Die Druckerei macht das dann direkt auf der Messe. Die Bücher werden schon da sein, wenn wir am Donnerstagmorgen da hinkommen. Ja, dürfte also alles rechtzeitig fertig werden.«

Evita ist eine toughe Frau. Aber sie hat ihre Position nicht deshalb, weil sie kaltschnäuzig ist. Im Gegenteil, sie kann sehr feinfühlig und aufmerksam sein. Sie ahnt sofort, dass irgendetwas faul ist, und fixiert Astra mit ihren grünen Augen.

»Aber …? Ich hör doch, dass da noch ein großes ›Aber‹ dahintersteckt.«

Astra holt tief Luft. Sie schaut Evita an. Pack den Stier bei den Hörnern, denkt sie. Ich muss es ihr jetzt sagen, egal, was dann passiert.

»Evita, ich weiß nicht, wo Titus steckt. Er ist weg.«

»Wie – weg?«

»Ich weiß nicht, wo er ist …«

»Wie meinst du das? Ein erwachsener Mann kann sich doch nicht einfach in Luft auflösen. Hast du beim Schriftstellerverband nachgefragt? Vielleicht hat er sich ja ›einen Rückfall erlaubt‹, als er mit dem Buch fertig war«, meint Evita und zeichnet Anführungszeichen in die Luft, als sie den Alkoholikerterminus benutzt.

»Nein, so ist es nicht. Titus ist verschwunden. So richtig …«

Astras Augen beginnen, feucht zu glänzen, weil sie ihren Tränen nicht mehr Einhalt gebieten kann. Aber sie lässt ihnen niemals freien Lauf.

»Astra, meine Liebe. Erzähl mir, was passiert ist. Ich helfe dir, ist doch klar.«

Astra holt tief Luft und rekapituliert die Ereignisse und Nicht-Ereignisse der letzten Stunden. Sie erzählt, dass Titus sich die ganze Zeit aus unerfindlichen Gründen Sorgen gemacht habe, Eddie könnte seine Buchidee stehlen. Wie sie dahintergekommen sei, dass Titus ihr offenbar nicht alles darüber erzählt hat, wie diese Buchidee entstanden war, denn jedes Mal, wenn Eddie zur Sprache kam, sei Titus sofort in Verteidigungshaltung gegangen. Irgendwas Dubioses sei da mit Eddie und dem *Besten Buch der Welt*, anders könne sie sich das nicht erklären. Titus habe ihr etwas verheimlicht. Sie erzählt auch, dass Titus Lenny beschuldigt habe, bei ihm eingebrochen zu sein, und zwar in Eddies Auftrag. Und jetzt seien sie alle drei verschwunden. Keiner von ihnen gehe ans Telefon. Seit Tagen habe keiner was von ihnen gehört. Vielleicht hockten sie irgendwo in einer verlassenen Hütte. Aber wo die liege, wisse kein Mensch.

Während Astra den ganzen Schlamassel erzählt, hört Evita schweigend zu. Sie sieht gleichzeitig nachdenklich und entschlossen aus. Astra betrachtet sie und sucht zu erraten, welche Reaktion jetzt kommt. Wird sie wütend sein? Resigniert? Schießt sie das ganze Projekt jetzt ab? Wird sie behaupten: »Ich hab's dir doch gleich gesagt«, weil Astra einem alten Alkoholiker wie Titus so eine große Verantwortung auferlegt hat?

Aber Widerstände haben Evita Winchester noch nie aufhalten können. Sie sind ihr eher ein Ansporn, der das Leben erst so richtig lebenswert macht. Ein entschlossenes Lächeln breitet sich auf dem Gesicht der Amazone aus.

»Das bedeutet Krieg! Wir gehen folgendermaßen vor: Ich setz unsere Juristen auf die Geschichte an. Wir werden den Titel weltweit schützen lassen. Übermorgen, wenn die Messe eröffnet wird, geben wir eine Pressemitteilung raus, in der wir das Buch vorstellen, mitsamt Inhaltsangabe und der Marketingkampagne für den skandinavischen Markt. Die schicken wir weltweit raus, das übernehmen unsere Presseleute. Das gibt garantiert ein paar Meldungen und Artikel. Die werden unsere Position in zukünftigen Urheberrechtsprozessen stärken. Wir waren die Ersten, daran wird es nie auch nur den geringsten Zweifel geben. Die anderen haben gar keine Chance. Wenn Babelfisk aus seinem Loch gekrochen kommt, stampf ich sie in Grund und Boden.«

»Babelfisk?«, staunt Astra.

»Ja, ist doch völlig klar, dass hinter dieser Sache ein anderer Verlag steckt. Das hätte ich mir von Anfang an denken können. Und dann setzen sie Eddie X auf ihre Werbeplakate.«

»Wie …?«

»Na ja, sie geben ihn nach außen als den Autor aus. Er ist der Frontmann sozusagen. Sie haben eine ganze Mannschaft an Redakteuren drangesetzt, um das Manuskript zu schreiben, schätze ich. Eddie X könnte niemals so ein Buch schreiben. Aber wahrscheinlich denken sie, dass er sich so unglaublich hübsch auf dem Umschlag macht.«

»Ach nein – glaubt du denn wirklich …?«

»Ganz genau so ist es. Kein Zweifel. Jetzt erklären wir denen den Krieg. Und werden ihn gewinnen«, strahlt Evita. »Du musst jetzt nur noch eines machen, Astra. Du musst Titus finden. Du musst rausfinden, wo diese Hütte liegt, und ihn nach Hause holen. Titus Jensen – der muss auf die Messe, tot oder lebendig. Die Zeit ist zwar knapp, aber du kriegst das schon hin. Ich verlass mich da hundertprozentig auf dich.«

Evita steht rasch auf und umarmt Astra auf ihrem Stuhl. Die Verlegerin sieht beinahe noch fröhlicher aus als vorhin, als sie an der Tür auftauchte. Wenn das überhaupt möglich ist.

»Oh Gott, was für einen tollen Job wir haben! Jetzt legen wir uns so richtig ins Zeug! Wir sehen uns dann in Göteborg.«

Astra ist erleichtert über Evitas Reaktion. Sie hätte sie schon vor ein paar Tagen einweihen sollen. Es war unglaublich dumm von ihr, so lange damit zu warten. Aber passiert ist passiert. Jetzt muss sie nach vorne blicken. Es ist immer noch genug Zeit, das Ganze in Ordnung zu bringen. Sie spürt, wie ihre Energie wieder zurückkehrt. Evita ist die beste Chefin, die man sich vorstellen kann. Oh, Gott sei Dank hat sie es ihr endlich erzählt.

Sie steht auf und beginnt in ihrem Büro auf und ab zu laufen. Streicht sich übers Haar und massiert sich den Schädel. Denk nach, denk nach!

Die Hütte, die Hütte, die Hütte. Sie muss rausfinden, wo diese Hütte liegt.

Sie beschließt, Malin aufzusuchen. Es war zwar fast unmöglich, irgendetwas Brauchbares aus dem Mädchen herauszubekommen, aber im Moment hat sie keinen besseren Ansatzpunkt.

Sie fährt mit dem Fahrstuhl in die Verlagstiefgarage, wo ihr großer Jeep parkt. Der Stellplatz ist ein Gehaltsbonus, und oft steht der Wagen wochenlang unbenutzt hier unten. Astra nimmt lieber die U-Bahn oder ein Taxi, wenn sie in der Stadt kurze Strecken zurücklegen muss. Dann braucht sie sich nicht mit dem Stockholmer Parkplatzdesaster herumzuärgern. Aber heute muss sie vielleicht etwas weiter fahren. Hofft sie jedenfalls.

Astra fährt die kurze Strecke durch die Gamla Stan, über den Blasieholmskajen am Grand Hotel und dem Nationalmuseum vorbei und weiter zum Moderna Museet auf Skeppsholmen. Heute sind nicht besonders viele Besucher da, deswegen findet sie problemlos einen Parkplatz am Hügel unterhalb des Museums.

Im Restaurant halten sich nur ein paar vereinzelte Mütter mit Kleinkindern auf und ein paar Rentner, die an den Fenstern sitzen und eine der schönsten Aussichten über Stockholm genießen. Die Ruhe hat sich wieder über die Stadt gelegt. Die Schreie von den Fahrgeschäften in Gröna Lund sind verstummt, und die Schlangen vor Junibacken, dem Museum für schwedische Kinderliteratur, sind verschwunden. Auf der anderen Seite des Wassers, beim Vasamuseet, rudern ein paar Männer in bunten Schutzwesten übers Wasser. Hinter dem Nordiska Museet stehen ein paar grün gekleidete Museumspedanten und kehren, obwohl bis jetzt erst ein paar wenige Blätter von den Bäumen gefallen sind. Es ist Herbst, also werden Blätter zusammengekehrt

Malin sitzt in ihrer schwarz-weißen Serviceuniform müßig hinter einer Kasse. Ihr langes Haar trägt sie bewusst zerzaust und mit einer Gabel zu einem losen Knoten aufgesteckt. Sie gähnt gelangweilt und hält sich schnell noch die Hand vor den Mund, als Astra auf sie zukommt.

»Ups, Entschuldigung.«

»Hallo, erkennst du mich wieder?«

»Ja, du bist doch Astra, oder?«

»Genau, wir sind uns schon ein paarmal über den Weg gelaufen. Und neulich haben wir auch telefoniert …«

»Ja …«

Astra schaut sich um, um sicherzugehen, dass niemand zuhört. Dann senkt sie die Stimme und flüstert:

»Du, ich hab noch mal über diese Hütte nachgedacht. Ich glaube, dass Eddie und Lenny mit Titus dahin gefahren sind. Und ich muss Titus unbedingt erwischen. Deswegen will ich jetzt rausfinden, wo diese Hütte liegt. Bist du ganz sicher, dass du nicht weißt, wo die ist?«

»Also, ich weiß *schon*, wo die ist«, sagt Malin und hebt die Hände, wie um sich zu verteidigen.

Astra bemerkt die Tattoos auf ihren Unterarmen. Komisch verschlungene Buchstaben. Ziemlich hübsch, aber Astra erkennt die Sprache nicht. Sie findet Malin seltsam.

»Wie – du weißt, wo die Hütte ist? Warum hast du das nicht gleich gesagt?!«

»Also, ich weiß nicht, *wo* sie ist. Aber ich weiß, wie es da *aussieht*, meine ich. Hinfinden würde ich da nicht. Ich war da ein paarmal mit auf Partys, aber auf der Fahrt saß ich immer auf dem Rücksitz.«

»Würdest du hinfinden, wenn ich fahre?«

»Ich weiß nicht. Glaub nicht. Vielleicht. Vielleicht auch nicht.«

Astra merkt, wie langsam die Gereiztheit in ihr aufsteigt. Aber es wäre dumm, in dieser Situation sauer zu werden. Jetzt muss sie ihre Karten geschickt spielen. Malin kann ja nicht wissen, wie ernst die Lage ist. Also beschließt Astra, Malin mit ins Boot zu holen, indem sie ihr in aller Kürze ausgewählte Teile der Geschichte anvertraut.

Mit großen Augen hört Malin zu und nickt, als Astra erzählt, dass Lenny und Eddie wahrscheinlich eine krumme Tour vorhaben. Zumindest Eddie, und vielleicht habe er Lenny da mit reingezogen.

»Ich wusste es!«, ruft Malin. »Lenny war den ganzen Sommer über total verändert. Jedes Mal, wenn er bei mir schlief, hat er voll mit den Zähnen geknirscht. Und ein paar Mal hat er gesagt, dass Eddie so komisch ist, und anstrengend irgendwie. Wieso, hab ich mir gedacht, Eddie ist doch kein bisschen komisch. Der ist doch immer supernett. Aber Lenny meint, er ist jetzt manchmal so anders.«

»Wie – anders?«, fragt Astra.

»Na ja, irgendwie ist er so eifersüchtig geworden. Er glaubt nicht mehr, dass ihn die Leute mögen. Er meint, alle finden seine Gedichte lächerlich. Und sowie er was Lustiges sagt, lachen alle *über* ihn und nicht *mit* ihm, verstehst du, wie ich meine? Also hat er auch angefangen, ziemlich viel zu trinken. Eigentlich permanent.«

Malin erzählt weiter, dass Lenny nicht mehr über Eddie sprechen wolle. In der Woche, bevor sie auf die Hütte fuhren, habe er überhaupt nicht viel gesagt. Wenn sie ihn fragte, was los sei, habe er immer schnell das Thema gewechselt. Wurde gereizt und fluchte noch mehr als sonst. Es sei ihr so vorgekommen, als würden sich seine Tics verschlimmern, wenn sie das Zimmer betrat.

In den letzten Tagen habe sie schon x-mal versucht, ihn anzurufen, aber er sei nicht rangegangen. Und Eddie X auch nicht.

Astra und Malin unterhalten sich noch eine Weile. Sie sind sich absolut einig, dass da irgendwas nicht stimmt. Sie müssen etwas unternehmen. Sofort. Fragt sich bloß, was. Vielleicht könnten sie ja versuchen, die Hütte auf gut Glück zu finden. Sie müsste in Sörmland liegen, denn Malin ist ziemlich sicher, dass sie auf dem Weg dorthin immer an Södertälje vorbeigekommen sind. Und dann sind sie irgendwie rechts abgebogen. Was wäre das dann – Westen? Irgendwie war da auch so ein See in der Nähe. Vielleicht würde Malin hinfinden, wenn sie einfach aufs Geratewohl losfuhren. Aber wahrscheinlich eher nicht. Nein, das ist wahrscheinlich keine so gute Idee.

»Du!«, sagt Malin plötzlich.

»Ja …?«

»Wir reden einfach mit Lennys Vater. Ich weiß, wo der wohnt. Wir fahren zu ihm!«

»Wozu denn das?«, fragt Astra.

»Na ja, Lennys Vater gehört die Hütte doch. Der ist im Sommer immer da.«

»Was – die Hütte hat einen Besitzer? Ich dachte, das wäre eine verlassene Hütte?«

»Sie *liegt* verlassen … Na ja, wie so eine verlassene Hütte halt«, verteidigt sich Malin.

»Eine verlassen gelegene Hütte ist doch keine verlassene Hütte! Eine verlassene Hütte ist total verwaist, die steht einfach nur noch so da. Aber wenn es einen Besitzer gibt, der im Sommer immer dort wohnt, dann ist das doch keine verlassene Hütte. Ganz egal, wie einsam die gelegen ist! Ach, warum hast du das nicht gleich gesagt? Dann hätte ich sie gleich finden können!«

»Ja, Entschuldigung«, sagt Malin und verdreht die Augen. »Ich mein – hallo? Ich kann ja nicht ahnen, dass ...«

»Aber ist Lennys Vater denn nicht tot?«, fällt Astra ihr ins Wort, als ihr Hirn fertig verarbeitet hat, was Malin da gerade erzählt hat. »Eddie hat gesagt, der sei tot.«

»Nein, der ist nicht tot! Hat Eddie das gesagt? Lenny und sein Vater haben keinen Kontakt mehr. Aber tot? Nein, wirklich nicht. Der lebt und freut sich seines Lebens, soweit ich weiß. Aber ich hab ihn nie kennengelernt. Lenny weiß, wo sein Vater immer den Schlüssel von der Hütte versteckt, über der Lampe an der Eingangstreppe. Das war schon so, als er noch klein war. Er ist also sozusagen bei seinem eigenen Vater eingebrochen. Aber wir haben immer gut aufgeräumt, wenn wir dort waren. Sein Vater hat keine Ahnung, dass wir dort gewesen sind. Das war immer zu so ganz seltsamen Zeiten, mitten in der Woche oder an einem Wochenende im Herbst, wenn es aus Kübeln gegossen hat. Also, wenn kein normaler Mensch auf den Gedanken kommen würde, aufs Land zu fahren. Wollen wir den alten Mann besuchen? Ich weiß, wo er wohnt.«

Astra legt ihre Hand auf Malins.

»Komm, wir fahren. Kannst du das so einrichten, dass du frei bekommst?«

»Selbstverständlich«, sagt Malin ernst. »Jetzt hängt alles von uns ab.«

Kapitel 35

NATURGESETZE

Titus geht an den Regalreihen entlang. Er merkt, wie ihm trotz der feuchten Kälte der Schweiß im Gesicht ausbricht. Es ist, als wollte sein Körper mit dem Keller verschmelzen. Dasselbe kriechende Unbehagen, dieselbe kontrollierte Eiseskälte. Er tupft sich die Stirn mit einem schmutzigen Jackenärmel ab. Sein schwarzes Hemd und die Jacke sind während seines Aufenthalts in diesem Kellerloch ganz dreckig geworden. Der Schweiß rinnt ihm vom Haaransatz wie die geschmolzene Margarine in der Crêpepfanne. Am Rücken, zwischen den Beinen – sämtliche Schweißporen sind weit geöffnet und stoßen 37 Grad warme Dampfwölkchen aus. Jacke aus. Hemd aufknöpfen. Er ist nass wie ein Spüllappen und verliert jetzt rasch Flüssigkeit. Alles fließt.

Seine Finger fahren über die Regalkanten. Unruhig, zögernd, zitternd.

Titus erinnert sich an ein Fragespiel, mit dem seine Trinkkumpane vom Schriftstellerverband und er sich monotone Abende vertrieben. Das Spiel hieß »Der Rest des Lebens« und konnte Stunden dauern. Es gab keine Regeln, wer als Nächster mit dem Fragen dran war, es wurde einfach immer lauter und greller in die Runde geschrien: »Wenn du für den Rest deines Lebens nur noch ein Lied hören dürftest – welches wäre das dann?« Und dann begann ein endloses Argumentieren, ob dieses oder jenes Lied so gut war, dass es nicht nur glücklich machte, sondern man auch Liebe dazu machen konnte. Oder ob ein anderes Lied besser war, weil es so komplex war, dass man es kaum überbekommen konnte. Oder ob ein wieder anderes Lied so extrem einfach war, dass es jahrelang perfekt mit dem Rhythmus des eigenen Herzschlags harmonieren würde, ohne zu stören. Natürlich erzielte man niemals Einigkeit. Alles wurde bis ins letzte Detail untersucht und durchleuchtet. »Eine einzige Sexstellung – für welche entscheidest du dich?« Und so weiter. Vor- und Nachteile verschiedener Süßigkeiten, Regierungen, Wetterlagen, Brotaufstriche, Krankheiten, Romanschriftsteller, Zeitschriften und Urlaubsorte wurden bis ins kleinste Detail analysiert. Und so wurde unter viel Geschrei und Gelächter endlos theoretisiert und gekabbelt.

Wenn Titus jetzt im Schriftstellerverband wäre und die Wein-, Schnaps-, Bier- und Tabaksorten nennen müsste, mit denen er für den Rest seines Lebens auskommen konnte, würde sich seine Antwort mehr oder weniger mit der Auswahl in diesem Keller decken. Hier stehen mehrere bleischwere rote Bordeauxweine. Er kann den zinkartigen Nachgeschmack auf der Zunge geradezu schmecken. Hmmm. Es gibt auch ein paar federleichte Chablis, deren Süße sich perfekt eignen würde, ein paar erdwarme Erdbeeren damit herunterzuspülen. Aaah, wunderbar!

Und schau bloß da! Ein Lagavulin! Ein einzigartiger Islay-Whisky, der wie eine Parodie auf den rauchigen schottischen Single Malt ist. Das wäre meine erste Wahl, denkt Titus. Aber da steht ja auch ein Laphroaig! Sollte ich nicht lieber den nehmen? Der ist langfristig vielleicht doch etwas ausgewogener …

Dann fällt sein Blick auf eine Schachtel rote Marlboros. Die Zigaretten, die schon Millionen und Abermillionen von Menschen einen vorzeitigen Tod beschert haben. Oh, super! Die nehm ich, denkt Titus. Er weiß genau, wie sich der erste Zug anfühlt, wenn die warme Teerwolke sich in einem ausbreitet und jeder Geschmack im Mund dem Rauchgeruch weicht. Ganz bestimmt, wenn ich für den Rest meines Lebens bei einer Zigarettenmarke bleiben müsste, dann wären es rote Marlboro. Am liebsten die extralangen, von denen die

Flimmerhärchen so schnell trocken werden wie Babyhaare unter einem Föhn.

Der Versuch, negative Gedanken zu Zigaretten abzurufen, schlägt fehl. Der Drang schleicht sich ein wie eine Grippeepidemie. Es fängt an wie ein kleiner Riss im Inneren, und wenig später lodert der ganze Körper. Er will rauchen. Jetzt sofort.

Titus reißt das Schutzpapier von der Zigarettenschachtel und klappt den kleinen Deckel hoch. Senkt die Nase auf die zwanzig wunderbaren Stängelchen, die da aufragen. Atmet tief ein. Hält den Tabakduft ein paar lange Sekunden, bevor er mit offenem Mund und geschlossenen Augen wieder ausatmet. Das wäre jetzt so lecker. Eine einzige Kippe, mehr will er ja gar nicht. Nimm dir eine Kippe, Titus, das hast du dir jetzt einfach verdient. Nimm dir eine Kippe, und hinterher kannst du dann versuchen, aus diesem verdammten Gefängnis zu entkommen. Eine Kippe wird dir Kraft geben. Eine einzige

»Idiot«, schreit ein anderer Teil seines Gehirns. Lieber besessen als besoffen, hast du dein Mantra schon vergessen? Ohne Gifte im Körper kannst du mit deinem Leben anfangen, was du willst. Wenn du nur rein bist, kannst du Wunder schaffen. Du hast bereits ein erstklassiges Manuskript geschrieben, jetzt musst du die Linie auch noch konsequent bis zum Ende weiterführen. Lieber besessen als besoffen, vergiss das nie!

Dann ist er wieder ein kleiner Junge, der auf der milchprallen Brust einer Frau liegt. Sie atmet ganz ruhig, er atmet im gleichen Rhythmus mit. Sie streichelt ihm den Kopf. Er hat flaumig weiches Babyhaar. Ihre Brustwarzen sind steif und schön. Er legt seine Lippen um die eine und lässt die Zunge drumherum gleiten.

Titus merkt, wie die Ruhe wieder in seinen Körper zurückkehrt. Die kognitive Selbsthilfetherapie per Belohnungsbild hat ihn abermals gerettet. Mit zitternder Hand legt er die geöffnete Zigarettenschachtel weg.

Da knattert es in einem bunten Babyfon, das auf dem Tisch steht.

»Prost, Titus!«

Das ist Eddie.

Wer ist er eigentlich?, denkt Titus. Vor ein paar Monaten war er noch ein guter Mensch, und jetzt hat er sich plötzlich in ein abscheuliches Monster verwandelt. Warum? Was habe ich nur getan, um so etwas zu verdienen?

»Hallo? Hahaha! Gluckgluck, du jämmerlicher Suffkopp. Hast du was Leckeres gefunden?«

»Eddie, warum machst du das?«, fragt Titus mit ruhiger Stimme. Er schaut auf die Wand hinter dem Babyfon, als versuche er, Augenkontakt mit Eddie herzustellen.

»Haha! Da fragst du noch? Hast du denn überhaupt nichts kapiert? Du hast mich gequält, seit wir über dieses Buch geredet haben. Dass du dich hinsetzt und deine eigene Version schreibst, damit hätte ich vielleicht noch leben können. Aber ich kann nicht akzeptieren, dass du meinen Text wortwörtlich geklaut hast.«

»Aber das hab ich doch gar nicht!«

»Doch, jedes einzelne Wort ist gestohlen. Glaubst du, ich merke nicht, was du da getan hast? Hältst du mich für so blöd? Vielleicht hätte ich sogar mit diesem Diebstahl noch leben können, aber dann …«

Es wird still im Babyfon.

»Aber dann?«, fragt Titus.

»Aber dann hast du mich angesteckt.«

»Dich angesteckt?«

»Du hast mich angesteckt, Titus Jensen.«

»Womit denn?«

»Mit deiner verdammten Schwermut. Ich kann sie nicht mehr abschütteln! Ich werde wahnsinnig. Morgens wache ich auf und will nur eines, nämlich in die Kneipe gehen und ein großes Glas Bier trinken. Ich kann kein vernünftiges Wort mehr zu Papier bringen. Aber du wirst schon noch zugeben, dass du mein Buch gestohlen hast, das schwör ich dir! Du hast meine Idee geklaut, mein Manuskript, und dann hast du mich mit deiner ganzen Scheiß-Titusdepression angesteckt. Soll dich doch der Teufel holen! Aber ich werde in mein Leben zurückkehren, verstehst du? Prost! Hahaha!«

Es knackst im Babyfon. Eddie ist weg.

»Hallo?«, versucht es Titus. »Bist du noch da?«

Keine Antwort.

Einen trocken gewordenen Alkoholiker in einen Keller voller Alkohol zu sperren ist nicht nett. Das ist Folter.

Titus schüttelt den Kopf. Eddie ist völlig verrückt geworden. Was meint er mit »angesteckt«? Er kann ja wohl nichts dafür, wenn Eddie aus der Spur gerät, oder? Nur weil er diesen Sommer seine Energie und Lebensfreude wiedergewonnen hat, bedeutet das doch nicht, dass sie von einem anderen Menschen abgezogen werden musste, oder? Als hätten ihre Energien quasi die Plätze getauscht?

Er setzt sich auf den Picknickstuhl am Tisch und denkt über seine Situation nach.

Energie kann nicht verbraucht werden, hat ihm mal jemand erzählt. Man kann sie nicht zerstören, und man kann auch keine neue schaffen. Man kann nur vorhandene Energie umwandeln und umverteilen. Die Energie zirkuliert, wie in einem geschlossenen System. Zum Beispiel pumpt man Öl aus dem Meer hoch, stellt Benzin her und verwendet das Benzin, um Bewegungsenergie für ein Auto zu erzeugen. Und das Auto erzeugt dann Thermodynamik in der Luft, also auch wieder Energie, die diesmal auf Tiere, Insekten und Schallwellen einwirkt. Und so wird die Energie in die Atmosphäre gestoßen. Immer weiter, wie bei einem Perpetuum mobile.

Die Gedanken schwirren immer wilder durch Titus' Kopf.

Und wenn es sich nun mit menschlicher Energie genauso verhalten würde? Die Kraft und Liebe, die es auf der Welt gibt, springen vielleicht einfach nur zwischen den verschiedenen Individuen hin und her! Warum sollten die Naturgesetze für Menschen nicht genauso gelten wie für Sonne, Wind und Wasser? Man kann menschliche Energie und Liebe nicht verbrauchen. Aber man kann sie umwandeln und übertragen.

Vielleicht hat Eddie ja auf eine verquere Art sogar recht? Bei dem Gedanken wird ihm schwindlig. Am Ende hat Titus diesen Sommer über tatsächlich nur so glänzend funktioniert, weil er seine Energie von Eddie bezogen hat? Er hat die ganze Zeit gedacht, es sei die Arbeit am *Besten Buch der Welt*, die ihn trug und vom Alkohol fernhielt. Doch er kann nicht leugnen, dass die Idee entstanden ist, als er mit Eddie beim Saufen zusammensaß. Vielleicht hat er bei der Gelegenheit wirklich eine Ladung Energie von Eddie getankt! Und Eddies Reservoir geleert!

Er starrt ins Leere. Starrt die Regale an, die mit den besten Alkohol- und Tabaksorten und Snacks der Welt gefüllt sind. Ist er jetzt in seinem wahren Element? Er fühlt sich innerlich ganz leer.

Er muss an die jungen Leute denken, die ihn im Södra Teatern um ein Autogramm gebeten hatten. Was hatten die noch gesagt? Dass sie dank ihm zusammengekommen seien? Dass er ihnen die Liebe gegeben habe … Hatte er wirklich etwas von Eddies Liebesfähigkeit abbekommen? Sollte er, Titus Jensen, jungen Menschen Liebe wirklich geschenkt haben?

Nein, das ist eine unmögliche Gleichung. Er kann niemals Eddie X werden, Eddie X kann niemals Titus Jensen werden.

In diesem Moment überkommt ihn wieder der alte Drang. Ein einziges Glas Whisky, dann würde er gleich viel klarer sehen. Er muss ausprobieren, wer er wirklich ist. Ist er der neue, Energien schaffende Titus oder ist er sein altes, versoffenes Schriftsteller-Ich? Wenn er den Whisky kostet, bekommt er die Antwort. Entweder besteht er den Test und stellt das Glas für immer weg. Oder er säuft sich weg wie immer.

Die kognitiven Verhaltensmuster unternehmen einen weiteren Versuch, Titus zu retten. Das Mantra rattert unablässig in seinem Kopf: Lieber besessen als besoffen. Aber es klingt eher lahm als besessen. Als er versucht, das Belohnungsbild von sich selbst auf der weichen Frauenbrust abzurufen, sieht er nur einen zahnlosen Penner mit grauem Bart, der ihn höhnisch auslacht. Der Alte hat sich auf eine Frau gelegt, die hilflos schluchzt und ihr Gesicht abwendet. Titus wedelt mit der Hand durch die Luft, um das Hirngespinst zu vertreiben, aber es will nicht verschwinden. Der Mann hebt eine knorrige, schmutzige Hand, in der er einen Krug trübes Bier hält. Dann beginnt er zu sprechen. Nimm ein Glas, Bruder Titus. Das hast du dir verdient. Prost, verdammt noch mal!

»Der wird bald unterschreiben, du wirst schon sehen.« Eddie sitzt am Küchentisch unter der Glühbirne und grinst.

»Ich hoffe wirklich, dass du recht hast«, sagt Lenny.

»Na klar, der ist bald wieder er selbst. Und dann wird alles wieder so sein wie früher.«

Lenny schaut Eddie mit betrübter Miene an.

»Nichts wird jemals wieder so sein wie früher, nach allem, was hier passiert ist.«

»Aber natürlich«, faucht Eddie. »Wer wir sind und wie wir wahrgenommen werden, ist ein Nullsummenspiel. Des einen Brot ist des andern Tod. Ich bin bald wieder der alte Eddie X. Und du bist wieder derselbe alte Tourette-Lenny. Und Titus ist einfach wieder Titus. Ein Scheißsäufer.«

»Ach, hör auf. Ich bin gar nicht sicher, ob ich das hier noch länger so weitermachen will …«

»Was? Jetzt erzähl mir bitte nicht, dass dich das Gewissen zwickt.

Das steht dir nämlich nicht. Warum bist du denn dann überhaupt hier, wenn ich mal fragen darf?«

»Das weißt du doch.«

»Na bitte, da hast du's.«

»Aber ich weiß nicht, ob mir das noch wichtig ist …«

»Hahaha! Willst du dann für den Rest deines Lebens als Betrüger dastehen? ›Weißt du noch, Lenny, der Rockstar von den Tourettes? Der hat das ja alles bloß gefakt.‹ Willst du etwa so in die Geschichte eingehen?«

»Nein … Aber diese Sache mit Titus … wenn der jetzt am Ende nie wieder zurückkommt … Ich finde, wir sind zu weit gegangen.«

»Du kannst mich gerne duzen«, stößt Eddie zwischen zusammengebissenen Zähnen hervor. »Und ich gehe genau so weit, wie es nötig ist, um den verdammten Dieb zu einem Geständnis zu zwingen.«

»Und dann?« Lenny seufzt traurig. Der Gedanke, dass seine Freundschaft zu Eddie sich plötzlich so gewendet hat, drückt ihn nieder. Gemeinsam ein Verbrechen zu begehen, schafft ein Band zwischen zwei Menschen. Aber es wäre verkehrt, das als Freundschaft zu bezeichnen. Früher waren sie Freunde, echte Freunde. Sie sind zusammen auf Tournee gegangen, haben zusammen gefeiert und zusammen den tristen Alltag gemeistert. Sie wussten alles über die Stärken und Schwächen des anderen. Da war ein gegenseitiger Respekt, der sie stark und selbstbewusst machte. Sie hatten eine Freundschaft, die an Liebe grenzte. Die bloße Anwesenheit des anderen machte sie innerlich schon glücklich. Doch nun hat sich ihre Freundschaft in ein Abhängigkeitsverhältnis verwandelt. Lenny hofft ja immer noch, dass es da noch Werte gibt, die nicht völlig in Scherben zersprungen sind. Irgendetwas, worauf sie eine neue Freundschaft aufbauen könnten, wenn das alles hier vorbei ist.

Im Moment ist Eddie eine andere Person als die, die Lenny jahrelang gekannt hat. Seine Hände zittern, und in seinen Augenwinkeln zuckt es. Er sieht nicht mehr nett aus. Seine Stimme klingt müde.

»Dann? Dann kannst du machen, wozu du lustig bist. Ich kriege die Rechte an meinem Manuskript zurück, und du kannst von mir aus machen, was du willst. Ich werde kein Wort verraten. Ich halte meine Versprechen, wenn du deine hältst. Alles wird wie früher. Schmeiß mal die Kippen rüber.«

Vielleicht hat er recht. Hoffentlich, denkt Lenny und schiebt ihm die Zigarettenschachtel über den Tisch.

»O-okay.«

»Aaaaaah!«

Titus in seiner erzwungenen Einsamkeit befindet sich in einem desolaten Gemütszustand. Er muss irgendwie eine Veränderung schaffen. Seine Gedankenmuster durchbrechen und Eddie X aus seinem Kopf verbannen. Weg mit dem Bösen, fort mit der Energie. Alles leer machen und wieder auf null stellen. Er ist Titus Jensen und niemand anderes. Er hat niemanden ausgesaugt. Titus weigert sich zu akzeptieren, dass er seine Willenskraft von Eddie gestohlen haben soll. Wenn die Kraft nicht seine eigene ist, dann ist sie nichts wert. Seine Gedanken überschlagen sich fast.

Titus schreit, so laut er kann, bis seine Stimme kippt.

Aber das Wirbeln in seinem Kopf nimmt nicht ab. Es wird nur noch schlimmer.

»Aaaaaah!«

Er liegt auf der Matratze und trommelt mit den Händen auf den Boden. Die Angst sitzt auf seiner Brust und ohrfeigt ihn brutal. Sie lässt ihren kalten Schweiß auf seine Stirn tropfen. Der Druck ist so heftig, dass er kaum mehr atmen kann. Erst brechen seine Rippen. Dann bersten seine Lungen. Sein Herz explodiert. Es ist nur noch eine Frage von Sekunden, bis er stirbt.

Er benutzt sein letztes bisschen Adrenalin, um sich loszureißen. Steht auf, stellt sich breitbeinig hin und streckt die Hände zur Kellerdecke. Dann gräbt er die Fingernägel in das kalte, lose Mauerwerk. Er könnte hier ausbrechen. Er muss weg. Es gibt nur noch einen Ausweg.

»Aaaah!«, schreit er aus voller Kraft und geht ans Regal. »Ich bin Lagavulin! Ich bin intensiv, rauchig und trocken. Voller Kraft und Salz. Aber es gab schon Frauen, die mir gesagt haben, dass ich auch eine liebliche Note habe. Ich kann mich an alle erinnern.«

Er dreht sich zum Babyfon und brüllt:

»Mein Herz ist bernsteinfarben! Ich rieche leicht nach Teer und Tang. Am besten lagert man mich in einem Keller bei gleichbleibender Temperatur! Jahraus, jahrein. Habt ihr gehört – ich bin Titus Lagavulin Jensen!«

Er trampelt auf den Lehmboden. Schnell und heftig, wie ein anonymes Hinrichtungskommando, das von seinem Posten geholt wurde, um die tödlichen Schüsse für ihre Vorgesetzten abzugeben.

»Könnt ihr mich sehen? Könnt ihr mich hören?«

Er zieht mit einem Plopp den Korken aus einer Flasche und schmeißt ihn gegen die Kellertür.

»AAAAaaaahhhh!«

Dann setzt er die Flasche an den Mund. Die Flüssigkeit rinnt ihm durch die Kehle. Eine ganze Menge Whisky läuft an seinem Mund vorbei und rinnt ihm über Kinn und Hals. Er trinkt fast ein Fünftel der Flasche aus, bevor er innehält.

»Aah. Teufel, ist das lecker!«

Noch ein großer Schluck, dann stellt er die Flasche vernehmlich auf den Tisch.

»Jetzt ist Party angesagt!«

Er reißt eine Tüte Käsestangen auf und schüttet ihren Inhalt auf den Tisch. Nimmt eine Faust voll und stopft sie sich in den Mund.

Kaut frenetisch und lacht laut. Gelbe Käseflöckchen stieben durch die Luft. Er trocknet sich mit dem Jackenärmel die Stirn. Jetzt schwitzt er gar nicht mehr so stark. Sein Flüssigkeitshaushalt ist fast wieder ausgeglichen.

»Hahaha! Endlich. Die kognitive Bildtherapie kann von mir aus zur Hölle fahren. Die passt vielleicht für Alltagssorgen. Aber nicht bei Kellerlochfolter. Lebt wohl, ihr Belohnungsbilder! Tschüs, ihr Drohbilder! Wenn es wirklich drauf ankommt, kann keine Therapie der Welt die wahren Triebkräfte eines Menschen aufhalten. Prost, Titus Jensen! Willkommen zurück im Leben! Wo bist du bloß gewesen? Ich hab dich vermisst. Hahaha!«

Noch bevor der Whisky seine Reise vom Magen in den Blutkreislauf antreten kann, entkorkt Titus eine staubige Flasche Cabernet Sauvignon von 1998. Auch die setzt er gleich an den Mund, weil er es gar so eilig hat. Gluck, gluck, gluck. Er wischt sich den Mund mit dem Jackenärmel ab.

»Bienvenu, Titus Jensen!«

Er steckt sich eine Zigarette an und zieht ein paarmal gierig daran, bevor seine Lippen sie wieder freigeben. Er lehnt den Kopf zurück und schließt die Augen. Langsam schaukelt er auf den hinteren Stuhlbeinen vor und zurück. Stößt den Rauch durch die Nase aus. Nimmt noch einen tiefen Zug und macht ein paar perfekte Rauchringe.

»Ah, ist das herrlich!«

Er meint, was er sagt.

Jetzt rauscht ihm der Rausch durch den Körper. Das Nikotin verschafft ihm innerlich vorübergehend ein weiches Gefühl und eine gewisse Ruhe, während der Alkohol jede Zelle aufweckt und erwartungsvoll erbeben lässt. Jetzt ist Party angesagt. Gleich wird es lustig. Gleich wird alles viel besser.

Das ist ein befreiendes Gefühl. Die Angst vor Rückfall und Scheitern lässt nach, und Titus lächelt breit in sich hinein. Er greift sich ein großes Bierglas und ein paar Bierdosen.

»Ruhe, wir machen eine Aufnahme. Jetzt kriegt ihr was zu hören.«

Langsam und andächtig öffnet Titus eine Dose nach der anderen. Er schaudert vor Wohlbehagen, als er die wundervollen kleinen Zischgeräusche hört. Pjui. Pff. Pssff.

»Prost.«

Titus schenkt sich ein kaltes Bier ein, indem er es langsam an der Glasinnenseite entlanglaufen lässt, damit sich nicht so viel Schaum bildet. Er will nicht unnötige Sekunden warten müssen, bis der Schaum sich legt und er sich das Getränk endlich in die durstige Kehle schütten kann. Oh Gott, so ein eiskaltes Bier ist einfach so lecker! Das hat er sich jetzt wirklich verdient, redet er sich ein. Nach so einer knallharten, trockenen Arbeitsphase muss der Mensch doch auch mal wieder Mensch sein dürfen, oder? Jaja, das ist das Mindeste. Er wird das schon schaffen hier.

Titus' Körper hat verhältnismäßig lange ohne Alkohol gelebt. Daher schlägt der erste Schwips relativ rasch in einen handfesten Vollrausch um. Wäre er noch sein altes Selbst, hätte er so einen heftigen Partystart vielleicht noch verkraftet. Aber jetzt ist er nach wenigen Minuten schon richtig zu. Abgefüllt innerhalb einer Viertelstunde. Völlig neben der Spur nach einer halben.

Er brüllt und schreit und trinkt und raucht wie ein Wahnsinniger. Eine völlig durchgeknallte Ein-Mann-Party spielt sich in diesem Keller ab.

Ab und zu macht er ein paar wacklige Tanzschritte mit einer imaginären Partyprinzessin. Verbeugt sich, flirtet und gestikuliert wild. Manchmal kommt eine Schattenboxeinlage. Dann teilt er ungeschickte Schläge in alle möglichen Richtungen aus, etwa so, wie es Boxer seiner Meinung nach tun. Er duckt sich und tänzelt.

Aber dann hat er eine neue Idee. In diesem Keller wird zu wenig gesungen.

»Also, sagt mal, gibt's denn überhaupt keinen Schnaps auf dieser Party?«

Schwer wie ein Sack Kartoffeln lässt er sich auf einen Stuhl plumpsen und beginnt aus vollem Halse *Auf ex, Kameraden* zu krähen, während er gleichzeitig den Verschluss einer Flasche mit norwegischem Linie Aquavit aufschraubt.

»*… und wer's auf ex nicht trinken kann, der gilt bei uns als halber Mann. Auf ex, Kameraaaden, hopsassa!*«

Gluck, gluck, gluck.

Poltern. Krachen. Plumps.

Nich lang schnacken, Kopp in' Nacken.

Kapitel 36
UNTERWEGS

Es gibt Beziehungen zwischen Menschen, da sind die Rollen knallhart festgeschrieben. Solche einzementierten Beziehungen gibt es sowohl in Familien als auch unter Freunden. Wenn die Zementmenschen miteinander Umgang pflegen, bleibt nur Raum für vorhersehbare Informationen und erwartete Ereignisse. Man ist, wer man schon immer gewesen ist. Man denkt, was man schon immer gedacht hat. Wenn irgendwann etwas passiert, das völlig aus dem Rahmen fällt, ist es am sichersten, wenn alle so tun, als wäre es gar nicht geschehen. Sonst können sämtliche Rollen und Freundschaften gefährlich ins Wanken geraten und das Fundament bekommt Risse. Die Zementmenschen treffen sich regelmäßig und servieren sich gegenseitig hübsch verpackte Prahlereien und vorhersagbare Erzählungen von Freud und Leid. Wenn sie dann langsam verwittern, geschieht das in kontrolliertem Einklang.

Und dann gibt es auch noch Beziehungen, in denen Menschen plötzlich durch irgendeinen Zufall zusammengeführt werden, zum Beispiel durch ein großes Erlebnis oder eine Krise. Das kann jedem passieren, sogar einem Zementmenschen. Wenn das der Fall ist, können sie plötzlich total offen sein und ihr Innerstes mitteilen, und sie sind aufrichtig daran interessiert, ihre Mitmenschen kennenzulernen. Das Gefühl der Nähe ist allumfassend, und sie sind ganz sicher, dass sie nun für alle Zeiten eine ehrliche, offene Beziehung geschaffen haben. Und das kann auch durchaus so sein. Aber zu Hause, in der Zementfabrik des Alltags, kann sich diese wundersame Beziehung genauso oft zu einem seltsamen, unbekannten Klumpen verhärten.

Astra sitzt am Steuer und saust mit ihrem großen Auto von Stockholm Richtung Süden. Neben ihr auf dem Beifahrersitz sitzt Malin, und auf dem Rücksitz in halb liegender Position Lennys hochgewachsener Vater. Es war nicht leicht, ihn zu finden, aber zu guter Letzt ist es ihnen doch gelungen.

Aufgrund ihrer Lage haben sie sich einander richtig geöffnet. Hier gibt es keine vorgeschriebenen Rollen. Sie wissen, dass sie sich schnell kennenlernen müssen, also fallen sie einander fast ins Wort.

Astra erzählt die Geschichte von Titus Jensen und seinem wichtigen Buchprojekt. Von einem Menschen im Verfall, der jetzt vor einer neuen, vielleicht gar vor seiner letzten Chance steht. Dass in der Beziehung mit Eddie X irgendwas faul ist, und dass es so aussieht, als sei auch Lenny irgendwie in die Sache verwickelt. Jetzt muss sie um jeden Preis Titus auf die Buchmesse kriegen. Eddie X wird auch auf der Messe sein, das ist er immer. Er tritt mitten auf dem Messegelände in der Menschenmenge auf, und es ist jedes Jahr ein Riesenerfolg. Sie sagt, dass sie sich beinahe in Eddie verliebt hätte, seine Gefühle aber doch nicht so richtig zu deuten wisse. Ist er ein charmanter Mann oder nur ein Charmeur? Als sie ihn das letzte Mal getroffen hatte, war er wie besessen gewesen von Titus. Das fand sie ebenso rätselhaft wie verdächtig. Wie Lenny da ins Bild passt, kann sie jedoch nicht so recht sagen.

Malin macht sich große Sorgen um Lenny. Sie erzählt von ihrer Beziehung zu ihm und von seiner anstrengenden Beziehung zu Eddie. Die beiden sind ihr Leben lang Freunde gewesen, und manchmal sei ihm Eddie wichtiger als sie. Das findet sie ungerecht. Sie kann nicht begreifen, warum Eddie so einen starken Einfluss auf Lenny hat. »Einfluss« ist wahrscheinlich gar nicht der richtige Ausdruck – »Macht« kommt der Wahrheit viel näher. Eddie bestimmt über Lenny. Lenny ist quasi Eddies Sklave. Ja, Lenny war den ganzen Sommer über total komisch, sie weiß einfach nicht, woran sie bei ihm ist. Sie will, dass er Medikamente nimmt, aber dann wird er sauer und sagt, dass das nicht nötig sei. Vielleicht hat er stattdessen ja mit harten Drogen angefangen? Sie hat gelesen, dass viele Patienten, die am Tourette-Syndrom oder ähnlichen Problemen leiden, sich mit Alkohol und Drogen selbst therapieren.

Lennys Vater sitzt fast die ganze Zeit still dabei und hört zu. Er stellt viele Fragen und hakt nach, wie sich dieses oder jenes »anfühlt«. Sein Gesicht zeigt Besorgnis. Manchmal atmet er tief ein und stößt dann einen abgrundtiefen Seufzer aus. Ab und zu gibt er Astra Anweisungen, welche Straße sie nehmen muss. Er sagt, er habe gewusst, dass dieser Tag einmal kommen würde. Als Lennys Mutter vor ein paar Jahren gestorben sei, habe Lenny den Kontakt komplett abgebrochen. Aber er wusste, dass Lenny hin und wieder heimlich in der Hütte war. Das habe ihm irgendwie doch wieder Hoffnung gegeben. Wenn jetzt nur alles gut ausgeht, werde er den Kontakt nie wieder abreißen lassen. Er will Lenny unbedingt zur Seite stehen. Das verspricht er.

In diesem Auto herrscht großer Ernst.

Kapitel 37

PARTYGEFÄNGNIS

Titus klimpert langsam mit den Lidern, als er den Weg des Rauchrings zur Bunkerdecke verfolgt. Die Decke ist ganz weich und dreht sich langsam um das Kabel, an dem die Glühbirne hängt. Unangenehm. Er wendet den Blick ab und schaut auf den Boden.

Mit ungeschickten Fingern klemmt er den Zigarettenstummel zwischen die Rückseite des Daumens und die Zeigefingerkuppe. Dann schnipst er die Kippe mit Schwung in eine große Pfütze aus Cognac, den er auf dem Boden verschüttet hat. Mit einem Wuuusch und einigem Geknister entzündet sich die Pfütze.

»Haha. Wirklich doller flambierter Lehmboden hier. Nordhang, keine Frage. Haha …«

Titus versucht, ein ganz besonders dröhnendes Gelächter anzuschlagen.

»HAHA! Hahahaha! Haha …«

Will nicht mehr so recht.

Mit rauer, schwerfälliger Stimme versucht er, sich wieder in Gang zu bringen.

»Gebt mir ein P – P, gebt mir ein A – A, gebt mir ein R – R, gebt mir ein T – T, gebt mir ein Y – Y, gebt mir ein G – G, gebt mir ein E – E, gebt mir ein F – F, gebt mir ein Ä – Ä, gebt mir ein N – N, gebt mir ein G – G, gebt mir ein N – N, gebt mir ein I – I, gebt mir ein S – S. Na, was krieng wir dann? Ich hab euch nicht gehört, was krieng wir dann? PARTYGEFÄNGNIS! Na los, Leute, kommt schon …«

Oh Mann, was für ein langweiliges Scheißkellerloch.

Er hat alles versucht. Er hat alle Trinklieder gesungen, die ihm einfielen. Er hat alle Witze gerissen, an die er sich erinnern kann.

Er hat geschrien und gebrüllt. Gegrinst und gelacht. Ein diabolisches Partytier, wie es nur eines unter Millionen gibt.

Aber langsam widerstrebt ihm das Ganze.

Er schwankt wie ein gealterter Schwergewichtsboxer, den irgendein gieriger Promoter noch einmal zum Leben erwecken konnte, mit dem Versprechen, dass er seinen Ruhm noch einmal erleben kann, wenn er sich nur noch ein einziges Mal misshandeln lässt. Doch dieser nasse Sack hat schon lange aufgehört, sich zu verteidigen. In den vielen langen Runden hat er Prügel eingesteckt, ohne auch nur einmal die Hand zur Verteidigung zu erheben.

Jetzt bleibt nur noch der allerletzte, bleischwere Sturz auf die Bretter. Mit seitlich schlaff herabhängenden Armen und der Nase als Bugvisier plumpst er zu Boden.

Titus Jensen ist verstummt. Jetzt ist es völlig still.

Dunkelrotes Blut läuft aus seinen Nasenlöchern und mischt sich mit der dunklen Farbe der Erde.

Es vergehen ein paar Minuten. Es hätten auch Stunden sein können.

Das Bündel auf dem Boden rührt sich.

Er liegt auf der rechten Seite und macht erst das linke Auge halb auf. Schaut sich um. Eine Armlänge von ihm entfernt liegt eine halb leere Flasche. Mit letzter Anstrengung streckt er seine linke Hand danach aus. Er bekommt sie zu fassen und führt sie zitternd und mühsam an den Mund. Er befreit seine Rechte, die unter ihm eingeklemmt liegt, und hilft der Linken damit, die Flasche in den Mund zu bugsieren. Mit vereinten Kräften gelingt es den Händen, den Flaschenhals in Titus' Hals zu schieben. Brechreiz hat er keinen mehr, seine Muskeln haben schon vor einer geraumen Weile aufgehört, gegen irgendetwas anzukämpfen. Er hyperventiliert durch die Nase, weil Mund und Kehle ganz von der Flasche ausgefüllt sind.

Dann dreht er sich auf den Rücken. Die Flasche ragt ihm kerzengerade aus dem Mund. Ein Grabkreuz.

Langsam läuft ihm der Inhalt in die Kehle und weiter in den Magen, die Gedärme, die Lungen, ins Blut und ins Gehirn.

Gluck. Gluck. Gluck.

Aktive Sterbehilfe. Selbstmordversuch. Hilfe zur Selbsthilfe.

Die Stunden sind wie Minuten, die genauso gut Sekunden sein könnten.

Er hat keinen Körper mehr. Trotzdem kommt es ihm so vor, als würde sein Rücken leicht gegen die Decke drücken. Als hätte sich die Gravitationskraft umgekehrt und er läge jetzt auf der Decke. Er sieht sich selbst dort unten auf dem Lehmboden liegen. Blutig und übel mitgenommen. Nichtsdestoweniger würdevoll, trotz des Kreuzes im Mund.

Stille.

Keine Bewegung.

Kein Atemzug.

Ein schwarzer Iriskreis schließt sich langsam um das Bild dieses Körpers auf dem Boden. In der Mitte wird das Licht immer stärker. Der Körper wird langsam kleiner und kleiner und verläuft mit dem weißen Licht. Der weiße Kreis verschwindet langsam wie die Tunnelöffnung hinter einem U-Bahn-Waggon.

Titus spürt, wie sich Ruhe in seiner Seele ausbreitet. Dieselbe fast euphorische Ruhe, die er diesen Sommer oft erlebt hat, wenn er am Schreibtisch saß. Er denkt an seinen alten Schreibtisch aus Mahagoni. An das kleine Fenster links hinter dem Computerbildschirm, das das leichte Rauschen des Stadtverkehrs hereinlässt und das Gezwitscher der kleinen Vögel im Baum vor dem Haus filtert.

Er denkt an all die Wörter, mit denen er sich angefreundet hat, und an all seine Lieblingsphrasen, die er unterm Kinn gekrault hat.

Wie er beim Arbeiten zu der Erkenntnis kam, dass ihn nur die Arbeit von Verfall und Drogenmissbrauch fernhalten kann.

Jetzt ist der weiße Kreis nur noch ein kleiner Punkt in dem schwarzen Tunnel. Der letzte Stern des Universums, der bald für immer verlöschen wird.

Er hat gefunden, was er suchte.

Eine kurze Phase des Gleichgewichts zwischen Glück und Unglück.

Ein kurzes Leben.

Sein Leben.

Damit muss er sich jetzt zufrieden geben.

Oder auch nicht.

Mit einem Schrei richtet Titus seinen Oberkörper auf. Im Neunzig-Grad-Winkel auf dem Boden sitzend starrt er in die Luft. Verschwommen und schwindelnd.

Er fordert seinen Brechreiz ein letztes Mal heraus und schiebt sich fast die ganze Hand in den Mund. Es gelingt ihm, ein paar Finger ein Stück in den Rachen hinunterzuschieben. Dann wackelt er mit dem Mittelfinger. Das funktioniert. Sein Hals beginnt von den Muskelimpulsen zu zucken.

Jetzt.

Jetzt passiert es.

Er übergibt sich und übergibt sich. Unfassbare Mengen tödlicher Substanzen laufen aus ihm heraus. Er schluchzt hemmungslos, die Tränen strömen ihm nur so aus den Augen. Die Blutgefäße in seinen Lidern platzen unter der Belastung, während sich seine Muskeln blitzartig und gewaltsam zusammenziehen. Die kleinen Punkte bilden einen roten Lidschatten.

Er trocknet sich den Mund mit dem Ärmel ab. Zittert vor Anstrengung, als er sich mühsam wieder auf den Stuhl hievt. Dann legt er die Hände auf die Tischplatte. Streckt die Finger aus. Sie haben ihm das Leben gerettet, wieder mal. Sie sind schmutzig. Sie zittern. Aber sie leben.

Er richtet sich kerzengerade auf.

Er sitzt in seiner Schreibposition. Die wird er nicht noch einmal aufgeben. Jetzt muss er alles Schlechte aus sich herausholen, um danach etwas Gutes herausholen zu können. Er schaut auf seine Finger. Sie werden zu tun bekommen.

Jetzt.

Jetzt wendet sich das Blatt.

Kapitel 38

DER VERTRAG

Als Eddie und Lenny die Kellertür aufmachen, wirft der Gestank und der dicke Rauch von Titus' Kellerparty sie fast von den Füßen. Eddie hält sich die Nase zu und schiebt die Tür mit dem Fuß auf.

»Hallo Titus? Bist du da?«, fragt er zögernd. Er hat Angst, dass Titus irgendwo hinter der Tür im Hinterhalt liegen könnte.

Titus hat über vierundzwanzig Stunden nicht mehr geantwortet, wenn sie ihn übers Babyfon angesprochen haben. Manchmal hörten sie ein gewaltiges Gebrüll und Gegröle am anderen Ende der Leitung. Dann wieder war es entweder totenstill oder Titus schnarchte lautstark. Wenn er wach war, haben sie versucht, mit ihm zu sprechen, aber es war völlig unmöglich, irgendetwas Sinnvolles aus ihm herauszubekommen.

»Hallo? Wir kommen jetzt rein.«

Als die frische sörmländische Herbstluft den Gestank herauslüftet, verzieht sich auch der leichte Nebel aus dem Keller. Eddie und Lenny haben die Situation wieder ganz unter Kontrolle.

Titus Jensen liegt nicht im Hinterhalt.

Vielmehr sitzt er am Campingtisch und schläft. Seine Wange liegt auf einem Haufen Käsestangen. Er hat sich übergeben, und das Erbrochene ist vom Tisch gelaufen und hat sich auf dem Müllberg aus leeren Flaschen, Chipstüten und halb gegessenen Cocktailwürstchen ergossen. Die zwei leeren Weinflaschen auf dem Tisch sind mit schwelenden Zigarettenkippen gefüllt. Es knistert leise in dem losen Elektrokabel.

Eddie und Lenny starren auf das Chaos und das menschliche Wrack.

Titus atmet schwer.

»Igitt, nee. Der arme Kerl«, flüstert Lenny leise.

»Wir sind nah dran«, stellt Eddie kalt fest.

»Das hoffe ich wirklich. Das ist ja nicht mehr menschenwürdig hier.«

Eddie geht zu Titus und schüttelt ihn.

»Titus! Wach auf!«

Er packt den Jackenkragen und zieht Titus nach hinten, bis er an der Rückenlehne anstößt. Sein Gesicht hängt schlaff herab, sein Mund ist geöffnet. Eddie nimmt eine große Plastikflasche Tonic Water vom Regal und schüttelt sie gründlich. Dann schraubt er den Verschluss auf und besprüht Titus' Gesicht mit einem harten, gezielten Strahl.

»Titus, verdammt noch mal. Wach auf jetzt!«

»Blargh … Ohhgugh …«

»Wir sind jetzt hier. Du wirst gestehen. Hier, unterschreib.«

Titus schlägt die glasigen Augen auf und starrt Eddie an. In seinem Blick liegt etwas Freundliches und Entgegenkommendes. Kein Hauch von Hass oder Angst. Schwerfällig hebt er seine rechte Hand.

»Grls … Plshch … Schhhvimk …«

»Was? Was redest du da? Gestehst du?«

»Mmm … Klaa … Bscholut … Mmm.«

»Gut. Sprich mir nach.«

»… mnaach …«

»Ich, Titus Jensen …«

»Chhhh, Titusch Jenschen …«

»… bezeuge hiermit, dass ich sowohl Ideen als auch Texte des *Besten Buchs der Welt* von Eddie X gestohlen habe. Ich gestehe außerdem, dass ich bei Eddie X eingebrochen bin. Sämtliches Material, das ich meinem Verlag bis jetzt vorgelegt habe, ist nichts anderes als ein Plagiat von Arbeiten, die Eddie X angefertigt hat. Hiermit verzichte ich auf alle weiteren Ansprüche auf *Das beste Buch der Welt.*«

»Klaa … Bscholut. Japp.«

Eddie packt Titus am Arm und bewegt ihn ein paarmal über den Tisch, um Müll und Erbrochenes abzuwischen. Dann legt er einen Zettel auf den Tisch und drückt Titus einen Stift in die Hand.

»Unterschreib hier.«

Titus schaut erst Eddie apathisch an. Dann Lenny.

»Tschlemmy … Bissu Zeuje?«

Lenny nickt langsam. Er wirft einen nervösen Seitenblick auf Eddie.

»Sch-scheiß doch die Wand an«, sagt er mit ausdrucksloser Stimme.

Titus setzt den Stift aufs Papier, auf die Zeile, in der er unterschreiben soll. Er hickst noch einmal, bevor er seine krakelige Unterschrift aufs Papier kritzelt.

»Häpp. Daschaan Titusch Jenschen …«

»Danke.«

Eddie reißt das Papier vom Tisch und verlässt mit raschen Schritten den Keller. Als er an der Tür ist, dreht er sich noch einmal um.

»Nächstes Mal, wenn wir uns treffen, ist alles wie früher, okay?«, sagt er leise. »Okay?«

Lenny sieht ihn mit toten Augen an. Er nickt nicht, schüttelt aber auch nicht den Kopf. Er starrt Eddie nur an, den alten Freund, den er nicht mehr wiedererkennt.

Titus' Blick ist inzwischen noch ein bisschen klarer geworden. Seine Augenbrauen sind ganz weit oben auf die Stirn gerutscht, er sieht etwas verwundert aus und so, als wäre er gerade erst aufgewacht. Was ist denn hier los?, scheint er sich zu fragen. Erst schaut er Eddie an, dann Lenny. Sein Gesicht nimmt wieder etwas Form an und geht in ein liebevolles Lächeln über.

»Proooscht?«

Kapitel 39
GEN GÖTEBORG

Als sich Astra und ihre Begleiter der kleinen sörmländischen Hütte nähern, hat Eddie sie schon lange verlassen. Er sitzt in seinem alten Peugeot mit den von Hand aufgemalten Herzen und ist auf dem Weg nach Göteborg zur Buchmesse. Dort wird er den Jubel des Volkes entgegennehmen und seinem Verlag sein neues, geheimes Manuskript vorlegen. Er ist sicher, dass sie vor Freude an die Decke springen werden. Es war schon lange die Rede davon, dass er mal eine Vitaminspritze für seine weitere schriftstellerische Tätigkeit braucht. Zur Sicherheit wird er den Vertrag immer bei sich tragen. Er glaubt zwar nicht, dass der alte Suffkopp Titus irgendwann auftauchen und rumlamentieren wird, aber er geht mal lieber auf Nummer sicher.

Astra bremst so scharf auf dem Kiesweg, dass der Jeep kurz schleudert, bevor er stehen bleibt. Sie springt aus dem Auto und rennt zu Lenny, der auf der Vortreppe sitzt. Er sieht ruhig aus und trinkt Kaffee aus einer alten Porzellantasse.

»Wo ist er? Wo ist Titus?«

Lenny hält einen Zeigefinger vor die Lippen, dann legt er seine Handflächen aufeinander und bettet seinen geneigten Kopf darauf wie auf ein Kissen. Mit dem Daumen deutet er über seine Schulter zum Haus und lädt sie mit einem kurzen Kopfnicken dazu ein, die Hütte zu betreten. Astra lässt sich nicht lange bitten.

Jetzt steigen auch Malin und Lennys Vater aus dem Auto. Lenny sieht Malin zuerst und lächelt ihr mit ernsten Augen entgegen. Sie rennt zu Lenny, wirft sich ihm um den Hals und verschwindet in seiner Umarmung. Er schaut sie an und streichelt ihr die Wange.

»Jetzt ist es vorbei«, sagt er sanft.

Malin blickt zu Lenny auf. Sie erkennt ihn fast nicht wieder. Irgendwas an ihm ist seltsam. Er wirkt überhaupt nicht so aufgekratzt wie sonst. Sie haben sich lange nicht gesehen, und trotzdem stottert er kein bisschen. Hat er ein Beruhigungsmittel genommen? Ist er krank?

Erst nickt sie langsam, als wollte sie Lenny beruhigen. Es ist egal, ob er krank oder seltsam oder einfach bloß high ist. Sie muss jetzt auf seiner Seite sein.

»Es ist noch nicht vorbei. Aber bald.«

Hinter ihnen hört man Schritte auf dem Kies. Lenny hebt den Blick.

»Papa!«

Lennys Vater steht mit ausgestreckten Armen in einigen Metern Entfernung. Die Tränen laufen ihm langsam über die Wangen. Sein Brustkorb zuckt von unterdrückten Schluchzern.

»Entschuldige, Lennart.«

Malin schlüpft aus Lennys Umarmung, setzt sich auf die Treppe und schlingt die Arme um ihre angezogenen Beine. Sie sieht erwartungsvoll aus. So etwas hat sie noch nie miterlebt. Sie weiß, dass das eine schöne Szene werden wird, die andere Menschen vielleicht kein einziges Mal in ihrem ganzen Leben zu sehen kriegen. Ihr inneres Streichorchester spielt, was das Zeug hält, und die Gefühle überschwemmen ihre Tränenkanäle. Sie holt tief Luft, damit das ergreifende Tableau nicht von ihren Schluchzern gestört wird.

Lenny stellt sich gerade hin und schaut seinen Vater ernst an. Es sieht so aus, als würden ihm eine Million Gedanken durch den Kopf gehen. Er legt sich die Hände aufs Gesicht, über Nase und Mund. Atmet tief ein. Starrt seinen Vater zwischen dem beringten kleinen Finger und Ringfinger hindurch an. Dann gleiten seine Hände nach oben, durchs Haar und über den Hinterkopf, vor und zurück.

Die Sekunden, die hier vergehen, fühlen sich an wie eine Ewigkeit. Malin schaut mal den einen, mal den anderen an. Sie lächelt, denn gleich wird es so weit sein. Ach, ist das schön!

Dann streckt Lenny die rechte Hand aus und macht einen Schritt auf seinen Vater zu. Ihre Hände treffen sich zu einem Handschlag, der aber sofort in eine Umarmung übergeht. Als der Vater seine Arme um den Rücken seines Sohnes legt, brechen auch bei Lenny alle Dämme. Er fängt an zu weinen und verbirgt sein Gesicht an der Schulter seines Vaters. Tränen laufen über die Wangen der beiden großen Männer. Sie sehen einander an und lachen unter Tränen.

Malin tupft sich mit ihrem Schal auch ein paar Tränen vom Gesicht. Ihr inneres Streichorchester spielt gerade die traurigste Melodie, die sich ein Mensch nur vorstellen kann. Es ist, als ob alle Wolken sich auflösen würden und die Sonne wärmend auf den kleinen Platz scheint. Würden sie einen Film draus machen, wären an dieser Stelle kleine Cherubim aus dem Wald gekommen und hätten Konfetti über Lenny und seinen Vater geworfen. Es funkelt und glänzt in ihren Augen. Das war ja fast noch besser, als Malin gehofft hatte.

Astra sitzt unterdessen auf der Kante des großen Ausziehsofas in der kleinen Schlafkammer. Die Wände sind ziemlich niedrig, und das Bett füllt den Raum fast komplett aus. Die alten Rollos sind heruntergezogen, das Licht ist gedämpft. Aber hie und da dringen ein paar Sonnenstrahlen durch den löchrigen Stoff, und man sieht die Staubpartikel in den Lichtstrahlen tanzen. Titus liegt unter einer dicken, alten Wolldecke mit einer hübschen Oberseite aus goldfarbener Seide. Er ist mager und sieht aus wie ein kleines Vogeljunges, das zu früh aus dem Nest gefallen ist.

Als er aufwacht, hält Astra seine Hand. Mit der anderen streichelt sie ihm sanft die Stirn und den stoppeligen Schädel.

Er schaut sie an. Jetzt erkennt er sie wieder. Sie ist die junge Frau auf seinem Belohnungsbild. Sie war verschwunden, aber jetzt ist sie wieder da.

Er braucht sie nicht mehr. Er mag sie immer noch sehr, das spürt er ganz deutlich. Doch er braucht sie nicht mehr, um zu überleben.

Er wäre beinahe gestorben in diesem Kellerloch, denkt er. Um Haaresbreite hätte er sich totgesoffen. Noch ein paar Flaschen, und er hätte einen großen Schlaganfall erlitten. Noch ein paar Zigaretten, und er wäre erstickt.

Wundersamerweise hat er dort unten seine Lebenslust wiedergefunden. Er weiß, woran das liegt. Im Keller hatte er Zeit, darüber nachzudenken. Natürlich war er betrunken, als er seine Situation so analysierte, aber die Antwort wurde immer deutlicher, je mehr Zeit verging.

Er hatte es wieder geschafft, ein Buch zu schreiben.

Die Schlacht um *Das beste Buch der Welt* ist zweifellos verloren, aber das ist nicht mehr wichtig, denkt er. Er wird noch mehr Romane schreiben, noch bessere Bücher. Das ist das Einzige, was zählt. Solange er arbeiten kann, gibt es einen Grund zu leben. Es geht also um die Arbeit an sich, nicht um ihr Endprodukt. Früher hat er immer darauf gewartet, dass das fertige Buch ihn glücklich macht und rehabilitiert. Doch die Euphorie blieb jedes Mal aus, und er musste seinen wachsenden Zorn mit Alkohol betäuben. Heute weiß er, dass der Schreibprozess selbst die Belohnung ist. Nur dann lebt er. Er braucht keine kognitive Therapie mehr, keinen Alkomaten und keine übersteigerten persönlichen Rachefeldzüge, auf die er seine Angst projizieren kann. Er braucht nicht mal mehr *Das beste Buch der Welt*.

Er braucht nur sich selbst.

Nüchtern und funktionstüchtig.

In den letzten Stunden, bevor Eddie und Lenny kamen und ihn

befreiten, hatte er keinen Tropfen Alkohol getrunken. Keine einzige Zigarette geraucht. Er hatte einfach nur dagesessen und darauf gewartet, dass er wieder nüchtern wurde und sich in den neugeborenen, frischen Titus verwandeln konnte. Der Wendepunkt war so unübersehbar wie ein Atompilz. Ab jetzt würde er gesund werden.

Er hat sich sein Leben zurückgeholt. Weil er – mit Ausnahme weniger kurzer Perioden – dreißig Jahre lang nicht nüchtern gewesen ist, muss er nun definieren, wer Titus Jensen eigentlich ist. Bildlich gesprochen ist er wieder jung. Er hat alle Entscheidungen noch vor sich.

Freiheit ist, wenn man sich bewusst wird, dass man eine Wahl hat, denkt er. Und solange er sich selbst im Griff hat, kann er alles tun und lassen, was er will. Und er wird sich nie wieder gegen sich selbst entscheiden.

Er schaut Astra an, die auf einem Hocker neben seinem Bett sitzt. Sie hat ihn in Ruhe aufwachen lassen, und dafür ist er ihr dankbar.

»Ich bin jetzt frei«, sagt er.

Sie nickt langsam.

»Natürlich bist du frei, Titus. Und jetzt fahren wir nach Göteborg.«

Astra kommt mit Titus im Arm auf die Treppe. Er hängt an ihrer Seite wie ein kleiner Sack.

Jetzt blinzelt er ins Sonnenlicht und sieht aus, als wäre er gerade erst aufgewacht. Er schenkt Lenny und Malin ein wiedererkennendes Lächeln.

Dann sieht er einen großen, lächelnden Mann in einem weißen Kittel.

»Doktor Rolf? Ralf Rolf?«

Was tut dieser Wahnsinnige hier? Er erkennt den polternden, verrückten Multitherapeuten sofort wieder, zu dem ihn dieser hartnäckige Telefonmarketing-Mitarbeiter gelockt hatte. Den Doktor, der ihm von Placebotherapien erzählt hatte und dann mitten im Gespräch eingeschlafen war. Sie wollen ihm jetzt doch nicht etwa so eine bescheuerte Multitherapie aufzwingen? Wenn das wieder einer von Astras neuen Einfällen ist, dann hat sie sich aber ganz gewaltig geschnitten.

»Ich bin Lennarts Vater«, unterbricht Doktor Rolf Titus' Gedanken. »Also Lennys Vater, meine ich. Ich bin der Papa von Lenny.« Ein perlendes Lachen löst sich aus seinem Mund.

Titus sieht Lenny und Doktor Rolf an. Er traut seinen Augen nicht. Die beiden sind verwandt?

»Wir erklären dir das alles im Auto«, sagt Astra. »In fünf Stunden müssen wir in Göteborg sein.«

Titus sitzt auf dem Beifahrersitz und erzählt Astra, was ihm Eddie in diesem Kellerloch alles angetan hat. Dass Lenny nur ein Spielstein gewesen sei. Dass das, was da geschehen ist, auf eine bestimmte Art auch gut sei, denn jetzt wisse er, wer er ist und was er mit seinem Leben anfangen will. Astra starrt auf die Straße und murmelt leise mit zusammengebissenen Zähnen: »Untier, ekliges, widerliches, monströses Untier.« Und tritt energisch aufs Gaspedal.

Auf dem Rücksitz sitzen Lenny und Ralf jeweils links und rechts am Fenster. Zwischen ihnen hockt Malin, die sich an Lenny lehnt. Er hat einen Arm um sie gelegt.

»Eddie hat mich dazu gezwungen«, sagt Lenny ernst.

»Wie denn? Warum hast du da mitgemacht?«, fragt Malin, die noch nicht recht damit klarkommt, wie abgestumpft und seltsam Lenny geworden ist.

»Ich hab gar kein Tourette-Syndrom …«

»Was? Du hast kein Tourette?«, ruft Malin und schaut zu Lenny auf. Jetzt kapiert sie gar nichts mehr. Ist er plötzlich normal geworden? Benimmt er sich deswegen so komisch?

Ralf legt seine Hand auf die von Lenny. Lenny sieht seinen Vater an, der stumm nickt, um seinen Sohn zum Weitererzählen aufzufordern.

»Eddie hat gesagt, er würde verraten, dass ich gar kein Tourette habe, wenn ich ihm nicht helfe, an Titus' Buch ranzukommen. Erst dachte ich, er macht Witze, aber dann wurde mir klar, dass er es völlig ernst meint. Er war mehrmals kurz davor, die Abendzeitungen anzurufen. Also hab ich getan, was er wollte. Das kam mir auch alles gar nicht so tragisch vor. Am Anfang fühlte es sich eher wie ein harmloser Streich an. Aber dann wurde es immer schlimmer. Er war total besessen davon. Wir redeten von nichts anderem mehr als von DEM MANUSKRIPT. Manuskript hier, Manuskript da. Im Nachhinein kommt es mir vor, als wären wir den ganzen Sommer über nur hinter dem Manuskript hergewesen und hätten jeden einzelnen Schritt von Titus überwacht. Wir sind bei ihm eingebrochen und haben ihn im Södra Teatern unter den Tisch gesoffen und was weiß ich noch alles für bescheuerte Sachen. Und dann diese Geschichte hier mit dem Keller …«

»Aber wie … jetzt komme ich nicht mehr ganz mit«, unterbricht ihn Malin. »Es ist doch cool, dass du kein Tourette hast!«

»Nein … Ich hatte ja nur ein Publikum, weil ich Tourette hatte. Ohne Tourette wäre ich nichts gewesen, nur ein ganz normaler kaputter Möchtegern-Rocker. Stattdessen bin ich Tourette-Lenny, der es schrecklich schwer hatte, dem es dann aber doch gelungen ist, was Vernünftiges aus seinem Leben zu machen. Jetzt bin ich als Künstler natürlich erledigt, bin nur ein mieser Betrüger. Ich hab mir die Sympathie und Empathie ehrlicher Menschen erschlichen. Ich habe Schmutz und Schande über alle Menschen gebracht, die wirklich unter Zwangsstörungen leiden. Ich habe sie lächerlich gemacht. Als wäre das Tourette-Syndrom etwas, worüber man Witze reißt, wie eine rote Pappnase, die man sich aufsetzt, um ein paar schnelle Lacher zu erzielen. Man ruft einfach ›Scheiß doch die Wand an‹, und alle sind gleichzeitig amüsiert und erschrocken. Nein, so geht das nicht. Aber ich bin froh, dass es jetzt vorbei ist ...«

»Das ist alles mein Fehler«, unterbricht ihn Ralf mit lauter, leicht rauer Stimme.

»Wie denn das?«, fragt Malin und sieht ihn an.

Ralf räuspert sich, und man hört ein leise grollendes Geräusch aus seiner Kehle. Was er jetzt sagen will, kommt von sehr weit unten.

»Ich habe mich nur um meine Patienten gekümmert, als du klein warst. Ich habe nie begriffen, wie sehr du mich gebraucht hast. So war es doch, oder?«

Lenny nickt stumm.

»Dein einziger Ausweg lag also darin, Tourette zu entwickeln. In der Hoffnung, dass ich mich dann endlich für dich interessiere und dir mehr Zeit widme. Du hast von meinen Patienten gehört, die unter dem Tourette-Syndrom litten. Sie wirkten seltsam, und da wurdest du neugierig. Dann hast du vorsichtig mit Zuckungen im Gesicht begonnen und bist langsam zu geringfügigen Formen von zwanghaftem Verhalten übergegangen. Auf dem Küchenboden nicht auf die Fliesenfugen zu treten und so was. Grässliche Flüche auszustoßen, wenn Großmutter zu Besuch war. Dann hast du mit diesen verdammten Körperzuckungen angefangen, und auf einmal haben sich alle ganz schrecklich für dich interessiert ...«

Lenny schaut aus dem Fenster und nickt. Er sieht traurig aus.

Ralf fährt fort:

»Aber das war alles nur gespielt. Ich wusste es sofort und konnte mich nie mit dem Gedanken versöhnen, dass du etwas vorgespielt hast, worunter meine Patienten wirklich litten. Ich hab verlangt, dass du damit aufhörst und dich zusammenreißt. Ich wollte einen normalen, gesunden Sohn. Auch wenn viele Probleme meiner Patienten nur in ihrem Kopf bestanden, hatten sie sich zumindest nicht bewusst für ihre Leiden entschieden. Sie *bildeten sich ein,* krank zu sein, und dafür konnten sie nichts. Aber du, du hast dich dafür *entschieden,* Tourette zu haben. Und obwohl ich dich all meine Therapieformen habe ausprobieren lassen, verbesserte sich dein Zustand nie. Es wurde immer nur noch schlimmer. Ich habe dich allen möglichen Gemeinheiten ausgesetzt, dabei warst du einfach nur ein Kind. Ich wurde zynisch, weil ich dir nie glaubte. Ich verwandelte mich in ein Ekel von einem Vater. In ein Monster. Und du hast dich geweigert, geheilt zu werden, vielleicht um mich zu bestrafen. Stimmt's?«

Lenny laufen die Tränen über die Wangen. Malin legt ihm die Hand auf den Bauch und streichelt ihn vorsichtig. Er schaut immer noch aus dem Fenster, als er antwortet.

»Ich hab deine Patienten gehasst. Du hast ihnen so unendlich viel Aufmerksamkeit geschenkt. Und wenn sie dann wieder gesund waren, verschwanden sie auf Nimmerwiedersehen. Du hast dich immer gefragt, was aus ihnen geworden ist. Je kränker sie waren, desto mehr Gedanken hast du dir um sie gemacht. Also dachte ich mir, je stärker ich an Tourette leide, umso näher würde ich dir kommen. Außerdem merkte ich, dass mir das in der Schule Aufmerksamkeit verschaffte, und dass die Leute mir plötzlich Respekt entgegenbrachten. Je wüster ich fluchte, umso mehr Erwachsene waren da, die sich mit mir unterhalten wollten. Ich war jemand. Ich wurde jemand.«

»Aber wie hat Eddie das rausgefunden?«, will Malin wissen.

»Der wusste es sofort. Dem hätte ich nie was vormachen können. Aber wir haben nicht darüber geredet. Niemals. Erst, als er vor ein paar Monaten auf einmal anfing, mir zu drohen. Das war ätzend. Im Frühsommer ist irgendwas zwischen Titus und ihm vorgefallen, auf diesem Festival, wo wir mit Eddie gespielt haben. Wir haben die ganze Nacht zusammen gefeiert, und irgendwie haben sich die beiden da gegenseitig belauert. Danach war er wie ausgewechselt. Böse und gierig. Obwohl ich ihn schon mein Leben lang kenne, hab ich richtig Angst vor ihm gekriegt.«

»Verzeih mir, Lennart«, murmelt Ralf leise. Er hat einen riesigen Kloß im Hals. »Als du klein warst, hab ich dir zu wenig Liebe gegeben. Ich war besessen von meinen Theorien und meinen Patienten, und bin es noch immer, fürchte ich. Das wurde auch nicht besser, als ich nach Stockholm zog. Da sind sie ja alle ziemlich verwirrt. Aber wenn du mir noch mal eine Chance gibst, werde ich nie wieder etwas von dir verlangen. Du darfst der sein, der du sein willst. Ich werde dich vorbehaltlos lieben. Denn ich liebe dich wirklich. Du hast mir so gefehlt.«

Lenny sieht seinen Vater an. Seine Augen sind nass.

»Ich liebe dich auch, Papa.«

Malins Schal ist schon ganz feucht von all den Tränen. Aber das Traurige ist ja gar nicht mehr traurig. Jetzt spielt wieder ihr inneres Streichorchester. Das Konfetti rieselt über den Rücksitz wie Kunstschnee in einem alten Märchenfilm. Jetzt lächeln die Engel und die Cherubim spielen auf ihren kleinen Trompeten. Alles Grau ist in die schönsten Technicolor-Pastelltöne getaucht.

An diesen Moment wird sie sich für den Rest ihres Lebens erinnern. Vorsichtig trocknet sie sich die Tränen und achtet darauf, bloß keine Wimperntusche auf der Wange zu verschmieren.

»Ich liebe dich, Lenny. Und dich auch, Ralf.«

Titus' Körper und Seele sind durch ein Fegefeuer gegangen, und noch bevor sie die Hälfte der Strecke nach Göteborg hinter sich haben, ist er eingeschlafen.

Astra nutzt die Gelegenheit, um Evita anzurufen und ihr einen Lagebericht zu geben. Evita freut sich furchtbar und kann Astra nicht genug dafür loben, wie schnell sie Titus gefunden hat. Sie erzählt, dass die Messe allem Anschein nach ein voller Erfolg zu werden verspricht. Alle, wirklich alle seien da. Astra bittet Evita, Kontakt zur Polizei in Göteborg aufzunehmen. Die müssten sich um Eddie X kümmern. Was der Titus angetan habe, sei einfach schrecklich. Wie viele Jahre kriegt man für Entführung? Eddie habe Titus in seinem Gefängnis offenbar dazu gezwungen, einen Vertrag zu unterschreiben, in dem Titus seine Urheberrechte am *Besten Buch der Welt* an ihn abtritt. Er habe »gestanden«, dass er sowohl die Ideen als auch das Manuskript selbst von Eddie gestohlen habe. So ein Vertrag könne doch wohl kaum wirksam sein, oder? Es wäre gut, wenn die Juristen des Verlags sich schon mal auf ein Match mit Babelfisk und Eddie einstellen könnten. Astra meint, dass die Polizei Titus ja auf der Messe noch vernehmen könne, bevor sie Eddie verhaften. Eddie soll um fünf Uhr auf der Verlagsparty von Babelfisk auftreten, und bis dahin werden sie es sicher schaffen. »Gut!«, sagt Evita und ermahnt Astra, vorsichtig zu fahren.

Astra steckt das Handy weg und atmet erleichtert auf. Alles wird in Ordnung kommen. Sie hat *Das beste Buch der Welt* bis an diesen Punkt gehievt, jetzt wird sie es verdammt noch mal auch noch ein Stückchen weiter schaffen.

Sie wirft einen Blick auf Titus, der ans Fenster gelehnt schläft und den Sicherheitsgurt dabei als Kissen benutzt. Sein schwarzer Anzug ist schon ganz grau vor lauter Erde, Mörtelstaub und eingetrocknetem Erbrochenen. Sein Gesicht ist verdreckt. Er stinkt.

So geht das nicht, denkt Astra. Den müssen wir erst noch ein bisschen herrichten. Vor allem mal unter die Dusche stellen. Sie hält nach Hinweisschildern zu irgendeinem Hotel Ausschau. Wo sind wir? Der Vättersee liegt irgendwo da unten rechts. Sie hat Glück. *Zum Goldenen Otter*, zwei Kilometer. An dieses Hotel kann sie sich sogar noch erinnern. Als sie klein war, hat ihre Familie hier immer Station gemacht, wenn sie auf dem Heimweg von ihren Europareisen waren. Dort aßen sie dann Lachs mit Dill und rot-weiß gestreifte Zuckerstangen und kamen zu dem Schluss, dass es woanders zwar schön ist, aber zu Hause immer noch am besten. Sie saßen auf der Terrasse und schauten über den lang gezogenen Vättersee. Redeten von der sagenumwobenen Visingsö, wo früher einmal Könige gelebt hatten, wie ihr Vater glaubte. Und dann rannte sie zum Auto, um sich lieber mal einen warmen Pulli zu holen. Brrr. Kühl ist es heute. Aber morgen wird es bestimmt wieder wärmer. Geliebtes Schweden.

Als sie das Auto abstellt und das Motorengeräusch verstummt, schreckt Titus hoch. Er blickt kurz auf, lehnt den Kopf dann aber wieder gegen die Kopfstütze und macht die Augen wieder zu.

»Ich miete hier ein Zimmer, damit Titus sich waschen kann«, erklärt sie der Gruppe auf dem Rücksitz.

»Okay, wir gehen rein und bestellen uns eine Tasse Kaffee und Gebäck dazu. Ich lad euch ein!«, poltert Doktor Rolf.

Astra geht ums Auto herum und macht Titus die Tür auf.

»Titus, du brauchst eine Dusche. Komm.«

Sie hilft ihm aus dem Wagen. Er stolpert heraus und reckt die Arme in die Luft. Gähnt herzhaft und lächelt dann.

Neben Astras Jeep steht ein Auto mit geöffneter Motorhaube, unter die sich gerade ein Mann beugt. Anscheinend ist irgendetwas kaputt, und seine Gereiztheit ist deutlich zu spüren. Er pfeffert einen ölverschmierten Lappen auf den Boden und murmelt:

»Verfahrenes Fahrzeug, verfahrenes!«

Diese Stimme erkennt Titus sofort. Er beugt sich vor, um unter die Motorhaube zu lugen.

»Christer!«

Es ist Christer Hermansson, der da fluchend vor seinem Auto steht. Der emsige Bibliothekar aus der Stadtbibliothek. Titus' Schriftstellerkollege, der verquere Bücher über Männer an der Peripherie der Wirklichkeit schreibt.

Christer Hermansson blickt auf.

»Titus!«

Er mustert ihn von oben bis unten.

»Was ist denn mit dir passiert?«

»Das ist eine lange Geschichte. Darf ich vorstellen: Das ist Astra Larsson, meine Lektorin.«

Christer sieht Astra an. Er wischt sich die Hände an der Hose ab und zieht rasch seinen Pferdeschwanz zurecht, bevor er ihr die Hand hinstreckt.

»Christer Hermansson. Guten Tag.«

»Ist Ihr Auto kaputtgegangen?«, erkundigt sich Astra.

»*Ich bin ein Bibliothekar!*«, ruft Christer. »Kein Kfz-Mechaniker.«

»Verstehe. Sind Sie auch auf dem Weg zur Buchmesse?«, fragt Astra.

»Ja. Und jetzt steh ich hier. Ich verstehe nichts von Motoren. Und sie verstehen mich auch nicht. Wir werden keine Freunde, befürchte ich. Vielleicht bleiben wir sogar Feinde auf Lebenszeit. Ich rechne mit dem Schlimmsten.«

Titus muss über Christers förmlichen Ton lächeln, der so typisch für ihn ist. Es ist immer schwer zu sagen, ob er es ernst meint oder Witze macht. Akademische Trockenheit, gepaart mit einem allgegenwärtigen humoristischen Touch.

»Du kannst doch mit uns fahren!« Titus wendet sich an Astra. »Kann er doch, oder?«

»Selbstverständlich!«

»Wirklich? Das wäre ein wahrer Gunstbeweis.«

»Ja, ist doch überhaupt kein Problem«, sagt Astra. »Packen Sie Ihre Sachen einfach da hinten rein. Ach übrigens – Sie hätten nicht zufällig ein paar Kleidungsstücke übrig, die Sie Titus leihen könnten? Und Rasierzeug?«

Christer Hermansson mustert Titus noch einmal. Er nickt verständnisvoll.

»Natürlich habe ich neue Kleider für den Kaiser. Er kann sich gerne einen von meinen Maßanzügen leihen!«

Die Stimmung ist auf dem Höhepunkt, als man den Rest der Strecke antritt. Alle haben gegessen und gepinkelt. Titus hat sich eine halbe Stunde unter fließendes Wasser gestellt und sich Kopf und Gesicht rasiert. Er hat den Großteil seiner früheren Farbe wieder, und wer es nicht besser weiß, könnte glatt annehmen, dass er gerade aus dem Sommerurlaub zurück ist.

Malin hockt auf Lennys Schoß. Die beiden schnurren wie satte Katzen. Christer Hermansson hat sich in die Mitte gesetzt. Er nimmt sich winzig aus neben dem großen, fröhlichen Doktor Rolf. Da er keine Ahnung hat, was die wunderliche Gesellschaft erlebt hat, die in diesem Auto versammelt ist, sieht er die Reise als ein Geschenk des Himmels an. Er muss sich nicht mehr mit seinem Autowrack auseinandersetzen und kann sich mit einem Haufen lustiger Menschen unterhalten, die auch auf dem Weg zur Buchmesse sind. Dank Astra und Titus wird er es doch noch rechtzeitig schaffen. Er ist froh wie nur was und stimmt einen vergnügten Gesang an.

»Hier auf der Rückbank geht's uns toll, ein Unfall wär verhängnisvoll!«

»Bidubi-dam-dam, bidubi-dam-dam, bidubi-dam-dam-du, dambi-dam-bi-dam!«, fallen Ralf, Lenny, Malin, Titus und Astra in lautstarkem Chor ein.

Sie haben ihren Spaß, während Christer sie weiter durch mehrere klassische Schlager lotst. Es ist befreiend, mal etwas anderes hereinzulassen, etwas von außen. Denn es gibt immer noch eine Welt da draußen. Und sie sind jetzt auf dem Weg dorthin zurück. Sie haben's wirklich gut.

Da klingelt Astras Telefon.

Unterdrückte Rufnummer.

Sie legt den Zeigefinger auf die Lippen und schaut in den Rückspiegel, um der singenden Rückbank per Augenkontakt zu signalisieren, dass sie mal kurz still sein sollen. Es könnten Neuigkeiten von der Messe sein. Ist Eddie X verschwunden? Hat Evita die Polizei erreicht? Vielleicht wollen sie ja mit Titus sprechen.

Sie drückt auf den Knopf und meldet sich mit seriöser Stimme.

»Hallo, hier ist Astra Larsson.«

»Hallo Astra! Hier ist Fabian Nadersson. Haben Sie vielleicht gerade einen Moment Zeit?«

Oh nein, nicht schon wieder dieser grässliche Telefonhausierer! Der ruft aber auch immer in den unpassendsten Momenten an. Was für ein Versager. Doch Astra will sich ihre gute Laune nicht verderben lassen. Sie schaltet den Lautsprecher ein, dreht die Lautstärke bis zum Anschlag hoch und hält das Telefon in die Mitte, damit alle im Auto zuhören können. Dann ruft sie:

»Fabian, wir haben hier gerade eine kleine Konferenz! Hätten Sie etwas dagegen, gleich mehreren Leuten auf einmal was zu verkaufen? Ich bin hier, und dann noch Titus, Ralf, Christer, Malin und Lenny. Bitte sagt dem Fabian doch alle zusammen mal schön Hallo!«

»HALLO FABIAN!«, schreit der Chor vergnügt von der Rückbank. Astra gibt den Takt vor, indem sie mit dem Telefon durch die Luft wedelt und die Worte flüsternd vorsagt.

»Hallo, alle miteinander! Super, dann schlag ich gleich mehrere Fliegen mit einer Klappe, haha. Also, wissen Sie, Astra, und all ihr anderen dazu, es ist so: Ich rufe im Auftrag von Serafims Versicherungen an. Wir bieten Ihnen einen kostenlosen Termin mit einem unserer Versicherungsexperten an.«

»VIELEN – HERZLICHEN – DANK – FABIAN!«, schreit der Chor nach den Vorgaben der Dirigentin Astra.

»Das dauert eine Stunde, und in dieser Stunde geht er oder sie Ihre finanzielle Situation mit Ihnen durch. Dann bekommen Sie einen Vorschlag für eine maßgeschneiderte private Rentenversicherung, mit der Sie Ihre Seniorenträume verwirklichen können. Klingt das nicht toll?«

»NEIN – DAS – KLINGT – GAR – NICHT – TOLL!«

»Verstehe. Vielleicht haben Sie Ihre private Rentenversicherung schon anderweitig gemacht?«

»NEIN – haben – wir – nicht!«

»Haben Sie vor, Ihre Versicherungsverträge in nächster Zeit mal zu überdenken?«

»Nein – BESTIMMT – nicht!«

»Ich würde Ihnen einen Termin entweder Dienstag, den 10. Oktober, um 11 Uhr oder am 1. November um 14 Uhr vorschlagen. Welcher dieser Termine würde Ihnen besser passen?«

»Keiner – von – beiden – sind – Sie – schwer – von – Begriff?«

»Ach so. Aha. Haben Sie einen anderen Vorschlag? Soll einer unserer Experten zu einem persönlichen Gespräch in Ihrem Büro vorbeikommen?«

»Nein – ganz – SICHER – nicht!«

»Möchten Sie auch nicht, dass ich bei anderer Gelegenheit noch mal anrufe?«

»SEHR – UNGERN!«

»Aber Sie sind doch an der Dienstleistung interessiert?«

»Nein – Ihr – Angebot – interessiert – uns – nicht – im – Geringsten!«

»Dann bedanke ich mich noch einmal, dass Sie sich die Zeit genommen haben …«

»Bitteschön!«

»Okay. Auf Wiederhören.«

»Auf – Wiederhören – Fabian – Nadersson!«

Astra legt auf und alle prusten los. Nichts ist so befreiend, wie einen Telefonmarketing-Menschen auflegen zu hören.

Sie feixen und lachen den ganzen Weg nach Göteborg.

Kapitel 40

DIE MESSE BEGINNT, DAS BUCH ENDET

Die Schlangen vor der Buchmesse schlängeln sich meterlang. Es ist der wundervolle erste Tag, an dem die Erwartungen noch am größten sind. Sowohl Fachbesucher als auch die Allgemeinheit sind willkommen. Bücherwürmer, Lehrer und Bibliothekare aus dem ganzen Land, Verlagsleute und Autoren aus der ganzen Welt sind angereist. Die Journalisten reißen sich um spannende Interviews und wetteifern darum, der Erste zu sein, der die Meldung des Tages bringen kann. Die absoluten Spitzentitel werden immer genau zur Messe veröffentlicht. Es ist einfach das reinste Paradies für jene, die Bücher in allen Formen lieben.

Sobald sich der erste Messetag dem Ende zuneigt, geht die Messe in eine einzige große Party über. Die verschiedenen Verlage wetteifern darum, die beliebtesten und bestbesuchten Partys zu schmeißen. Alle sind Freunde und alle sind glücklich.

Genau um diese Zeit hält Astra neben dem Haupteingang des riesigen Messegeländes an. Hier ist auch der Eingang zu Gothia Towers, dem schicken Messehotel, das bekannt ist für seine Cocktailbar im dreiundzwanzigsten Stock. An dieser Bar hat Astra im Laufe der Jahre zahlreiche Bloody Marys für durstige Autoren gekauft. Viele von ihnen dachten sogar, dass sich das gesamte Stockwerk langsam um seine eigene Achse dreht, was man sicherlich als Kompliment für die Barkeeper auffassen muss.

Im Hotelfoyer stehen zwei Polizisten in Uniform neben Evita Winchester. Sie warten auf Astra und ihre Reisegesellschaft. Die Polizisten sehen aus wie Zwillinge. Sie haben beide exakt gleich rasierte Kinnbärte und kurzes aschblondes Haar mit blondierten Strähnchen. Neben dem kleinen Energiebündel Evita wirken sie furchtbar groß.

Evita hat grüne Stiefel an, einen grünen Lederrock und eine sehr weite, weiße, lässig verrutschte Bluse, die viel von ihrer hübschen sonnengebräunten Schulter sehen lässt. Sie umarmt Titus und Astra und begrüßt ihre Mitreisenden höflich.

Der männliche Polizist reicht Titus seine große Hand und beginnt mit unüberhörbarem Göteborger Akzent:

»Hallo. Mein Name ist Glenn Johansson. Das ist mein Kollege Kevin Andersson. Evita Winchester hat uns sehr interessante Dinge über einen gewissen Eddie X erzählt. Können wir ein paar Worte mit Ihnen wechseln?«

»Ja, nur zu gerne«, sagt Titus grimmig.

Winchester und der Babelfisk-Verlag haben ihre riesigen Stände wie immer direkt nebeneinander. Beide bunt, glänzend und unwahrscheinlich explosiv mit ihren brennend aktuellen Büchern, die bis zur Decke reichen. Ihre Stände stehen mitten in der Messehalle, als Symbol dafür, dass sie das Herz dieser Branche darstellen. Drumherum breiten sich die kleineren Verlage, Medienunternehmen, Branchenverbände und Literaturgesellschaften wie konzentrische Ringe auf dem Wasser aus. Hunderte von kleinen und großen Ständen voller beseelter Menschen.

Wenn die Verlagspartys losgehen, hängen die Sicherheitsleute dicke Seile zwischen den Ständen von Winchester und Babelfisk auf, damit sich keine Unbefugten hineinschleichen und Gratisgetränke abgreifen können. Die Seile hängen zwischen eleganten Messingpfeilern. Sieht schick aus, wie eine Oscargala im kleinen Format.

Die Party bei Babelfisk wird jedes Jahr damit eingeläutet, dass Eddie X die Stimmung mit seinen warmherzigen Gedichten über das Leben und die Liebe anheizt. Menschen dies- und jenseits der

Babelfisk-Absperrseile sind eingeladen zuzuhören. Das ist immer einer der Höhepunkte auf der Messe, und dieses Jahr stehen mehr Leute denn je im Premierenpublikum. Sie sind höchst gespannt.

Ja, auch Eddie X hat sich nach Göteborg begeben. Er ist schnell gefahren und hat so unbedeutende Nebenstrecken wie nur möglich gewählt, weil er von dem unangenehmen Gefühl verfolgt wurde, dass er verfolgt wurde. Jetzt hat er die kleine Bühne mitten auf dem Babelfisk-Stand erklommen. Er ist barfuß und trägt Hose, Jacke und ein aufgeknöpftes Hemd. Seine Kleidung ist aus superknittriger Baumwolle, die drei Kleidungsstücke in unterschiedlichen Grautönen gebatikt. Das sieht einfach mal anders aus und sehr hübsch. Sein schwarzes Haar ist zerzaust, und die Grautöne seiner Kleider finden sich im Gesicht wieder. Er hat faustgroße Ringe unter seinen dunklen Augen, die das Publikum mit starrem Blick mustern. Er sieht sich überhaupt nicht mehr ähnlich. Muss wohl etwas ganz Neues, Spannendes geplant haben. »Das wird jetzt gleich voll abgehen«, scheint das Publikum zu denken.

Eddie setzt sich auf einen Barhocker und ergreift das Mikrofon.

»Hallo. Geht's euch gut?«

»Jaaa …«, antwortet das Publikum ein bisschen lahm.

»Ich hab gesagt: GEHT'S EUCH GUT?«

»JAAA!«

»Schön für euch.«

Das Publikum lacht. Ist ja witzig – diesmal dreht er das Spielchen um. Der Liebevolle macht einen auf giftig. Hahaha.

»Ich werde euch jetzt was vorlesen.«

»JAAA!«

Die Menschen im Publikum tauschen Blicke. Jetzt geht's los. Das wird herrlich und ehrlich.

»Es ist etwas, das Titus Jensen geschrieben hat. Könnt ihr euch an ihn erinnern?«

Alle lachen. Natürlich haben sie schon von Titus und seinen Lesungen gehört. Der ehemals große Schriftsteller, der seine Karriere versemmelt hat. Und jetzt wird Eddie X also Titus Jensen vorlesen. Eine Art Meta-Jux. Hahaha.

Eddie zückt ein Exemplar von *Trügerische Scharaden* und schlägt die erste Seite auf. Er hat viele Male beobachtet, wie Titus das getan hat, und beginnt, so theatralisch er kann:

»Es war eine duuuunkle, stürmische Nacht. Das Hoch, das sich über den britischen Inseln verkeilt hatte, zeigte immer noch keine Tendenz, sich gen Norden zu verschieben. Der unterkühlte harte Regen, der seit zwei Wochen gegen die Fenster der Stockholmer peitschte, gewann endgültig die Oberhand über Johannes Karlssons Giebelfenster. Es regnete in seine kleine Bude hinein.«

Kunstpause und vereinzelter Applaus. Das Publikum lächelt erwartungsvoll. Es ist noch nicht lustig und herzerwärmend, aber das wird bestimmt bald kommen.

»Im Schein der Blitze konnte Johannes sehen, dass der Fußboden nass war. Es regnete immer mehr herein, und wenig später schwappten zwei kleine Wellen über den Boden und um die Bettpfosten. Johannes zog die nasse Decke fester um sich, setzte seine Taucherbrille auf und verfolgte den Lauf der Ereignisse. Wie sollte er jetzt zur Arbeit kommen?«

Das Publikum kichert. Was für eine schreckliche Geschichte.

Doch sie werden nicht mehr über Johannes Karlsson erfahren, denn in diesem Moment poltern zwei Polizisten auf die Bühne.

Als Eddie sie sieht, bekommt sein Blick etwas Wildes. Er wirft mit dem Buch nach den Polizisten und schreit sie an, dass sie gefälligst verschwinden sollen.

Das Publikum lacht. Hahaha, jetzt geht's endlich richtig los. Das ist viel lustiger als die Komödien, die man sonst so zu sehen kriegt. Eddie schmeißt bei seinem Fluchtversuch den Barhocker um, und das Mikrofon kracht – mit kreischender Rückkopplung aus den Lautsprechern – auf den Boden. Die barschen Polizisten bekommen ihn zu fassen und halten ihn mit festem Griff am Arm fest. Sie sind einen Kopf größer als Eddie, und so baumelt er zwischen ihnen in der Luft.

»NEIIIIIN«, schreit er.

Ein Mann betritt die Bühne. Es ist Titus Jensen! Der Mann in Schwarz ist jetzt von Kopf bis Fuß weiß gekleidet. Weißes, offen stehendes Rüschenhemd, weiße Lederhose, weiße Lederjacke und weiße Lackschuhe. Er lächelt wie ein amerikanischer Fernseh-Geistheiler. Irgendjemand macht einen zusätzlichen Scheinwerfer an. Das weiße Licht flutet die Bühne, dass die Zuschauer fast geblendet werden. Was ist hier eigentlich los? Titus Jensen hebt das Mikrofon und klopft darauf. Ja, es funktioniert.

»Hallo?«

Jetzt ist das Publikum mucksmäuschenstill. Das hier ist ja spannend. Die Polizisten sehen gleichgültig aus. Eddie eher verzweifelt, wie er da so in der Luft baumelt. Er starrt Titus mit mörderisch funkelndem Blick an.

»Hallo. Ich heiße Titus Jensen. Ich weiß, dass Sie gekommen sind, um Eddie X zu hören. Aber ich möchte Sie bitten, mir kurz Ihr Ohr zu leihen. Geht das in Ordnung?«

Die Leute nicken stumm. Man hört leises Gemurmel.

»Ich bin nüchtern«, sagt Titus leise, das Mikrofon dicht am Mund. »Und ich kann arbeiten.«

So etwas hat das Buchmessepublikum noch nie erlebt. Ist das hier ein Treffen der Anonymen Alkoholiker?

Titus schaut den baumelnden Eddie an. Das zottige schwarze Haar hängt ihm vor den Augen, und die blauen und orangefarbenen Strähnchen sehen irgendwie erschöpft aus. Er windet sich wie ein Wurm am Haken.

»Ich habe ein Buch geschrieben, das im Frühjahr erscheinen wird. Das ist schon mal nicht schlecht, aber es kommt noch besser: Danach kommen nämlich weitere Bücher. Und du, Eddie X, hast dafür gesorgt, dass ich wieder in die Zukunft blicken kann. Deine Methoden waren seltsam, aber letztlich haben sie funktioniert. Ich bin kein bisschen kaputt mehr. Ich bin frei, ich will arbeiten und ich bin dankbar.«

Titus wirft einen Blick auf Astra, Evita, Lenny, Malin, Ralf Rolf und Christer Hermansson, die vor der Bühne stehen. Sie sehen ihm gespannt zu. Dann schaut er Eddie in die Augen und holt tief Luft.

»Dir will ich vor allem eines sagen …«

Das Publikum ist ganz andächtig. Die Luft in der Messehalle steht still. Eddie starrt Titus an.

»Eddie, ich werde alles tun, was in meiner Macht steht, damit du heil aus dieser Sache rauskommst. Das verspreche ich dir.«

Die Zuschauer haben keine Ahnung, worum es hier geht, aber sie applaudieren vorsichtig, weil sie finden, dass es sich gut anhört, was Titus da so sagt. Mitmenschlich irgendwie. Mit ernster Stimme wendet Titus sich jetzt wieder ihnen zu.

»Liebe ist die edelste Energieform des Universums. Liebe ist die einzige Kraftquelle, die wächst, je mehr man sie verschwendet. Wenn ihr also wollt, dass dieser Planet überlebt – dann liebet einander! SCHÖPFT DIE LIEBE VOLL AUS!«

Jubel und Gelächter. Endlich ist die herzerfrischende Wärme auf der Buchmesse eingezogen.

Auf der Verlagsparty von Winchester wird noch mehr getuschelt als sonst. Ein Gerücht, was da wohl passiert ist, macht schnell die Runde, und viele schauen Titus verstohlen an. Doch heute machen ihm die Blicke gar nichts aus. Es ist egal, was sie sagen. Er weiß schon, wer er ist.

Wie schön ist es doch, dass er es nun hinter sich hat. Natürlich macht es Spaß, auf der Verlagsparty dabei zu sein, aber in erster Linie sehnt sich Titus nach Hause in seine Wohnung, zu seinem Computer. Seinem eigenen Computer, nicht dem Verlagsgerät mit dem Alkomaten. Er freut sich auf einen langen Winter mit Hunderten von wunderbaren Arbeitstagen.

Evita legt Titus die Hand auf den Arm und lässt sie eine ganze Weile dort liegen. Es kribbelt in Titus' Bauch.

»Titus, ich muss dir unbedingt von einer fantastischen Idee unserer Marketingabteilung erzählen.«

»Für *Das beste Buch der Welt*? Klingt ja spannend …«

»Wir wollen doch, dass das Buch auf möglichst vielen verschiedenen Bestsellerlisten gleichzeitig landet, stimmt's?«

»Na ja … Von mir aus gerne.«

Ein Kellner geht an ihnen vorbei, und Evita schnappt sich ein Glas Champagner und einen Teller mit Käsewürfeln auf Zahnstochern. Titus nimmt sich ein Glas Saft.

»Inhaltstechnisch funktioniert das ja wunderbar«, fährt sie fort. Sie hebt das Glas, prostet einmal in die Luft und nippt an ihrem Blubberwasser. »In deinem Manuskript hast du ja alles abgedeckt. Es ist spannend, nützlich, fördert die Persönlichkeitsentwicklung und was nicht alles noch. Aber jetzt sind sie auf eine großartige Idee fürs Cover gekommen.«

»Okay …?«

Evita nimmt ein Käsestückchen und will Titus damit füttern. Er sperrt reflexmäßig den Mund auf. Evita lächelt zufrieden.

»Ach, das ist einfach genial. Hör zu: Also, wir werden zwei verschiedene Cover machen. Auf demselben Buch. Die Rückseite steht auf dem Kopf, das wird dann also so aussehen, dass man immer auf eine Vorderseite schaut, wenn man das Buch in der Hand hält. Genial, oder?«

»Äh … ja, doch«, sagt Titus verständnislos und nimmt einen Schluck Saft. »Erzähl weiter.«

Evita holt tief Luft und bringt ihre Vertreterkonferenzstimme zum Einsatz.

»Erst mal haben wir ein Krimi-Cover. Stell dir ein kleines, rätselhaftes Mädchen im weißen Kleid vor, in einem unheimlichen Krankenhausmilieu. Unklare zeitliche Einordnung, irgendwie Vergangenheit. Man assoziiert irgendwelche rituellen Experimente. Oder vielleicht Organhandel. Und über dieser Krankenhausszene schwebt eine unangenehme Person mit Gasmaske, wie ein böser Geist. Ein allwissender Dr. Mabuse oder Keyser Söze. In einer alten Senfgasmaske.«

»Aber wieso das denn? In meinem Buch kommt doch weder ein kleines Mädchen noch eine Gasmaske vor …«, wendet Titus ein.

»Das ist doch ganz egal«, unterbricht ihn Evita genervt. »Es gibt doch wohl kaum was Unheimlicheres als die Kombination von kleinen, unschuldigen Mädchen und anonymen Männern mit Gasmasken, oder? Nein, das ist wirklich das Grässlichste, was man sich vorstellen kann. Das haben wir per Zielgruppenbefragung ermittelt, das werden die Leute also auch kaufen. Vielleicht tun wir noch ein gotisches Kreuz mit drauf, die können ja auch ganz schön gruselig wirken.«

»Aber …«

»Na, na, na! Schsch …«

Evita legt den Zeigefinger auf den Mund, um Titus' Protest zu ersticken. Mit der anderen Hand streichelt sie ihm den Handrücken. Dann fährt sie mit ein paar Fingern in seinen Hemdsärmel. Ein ganzes Stück weit. Streichelt ihn schnell, aber seidenweich. Titus schaudert. Er versucht, klar zu denken, und will gerade eine der Fragen stellen, die ihm durch den Kopf schießen, als Evita auch schon die inoffizielle Vertreterkonferenz fortsetzt.

»Und dann haben wir noch das andere Cover. Das vom Selbsthilfebuch. Ein hübsches Liebespaar springt über eine Sommerwiese. Die beiden sind natürlich ABC-schlank, dank dir. Vielleicht prägen wir den Titel in Silber oder Gold, damit man an hohe Gewinne denkt. Beide mit einem blendenden Lächeln. Sie sehen ein bisschen softpornös geil aus, aber vor allem glücklich und erfolgreich. Was meinst du dazu?«

»Ich weiß nicht. Ich kann das nicht ganz nachvollziehen. Auf meinen Covern gab es doch nie Abbildungen, sondern einfach nur den Titel. Schwarz, grau, weiß, feine, kleine Buchstaben. Vielleicht noch eine Zierlinie irgendwo drauf. So ein bisschen literarisch-französisch kühl …«

»Eben drum! Wir wollen jetzt doch einen neuen Titus Jensen lancieren.«

Sie nimmt noch einen Zahnstocher und schiebt Titus das Käsestückchen in den Mund.

»Lecker?«

»M-hm.«

»Das Beste an der Idee ist, dass die Buchhändler nicht wissen werden, mit welcher Vorderseite sie die Bücher im Laden präsentieren sollen. Das bedeutet, dass sie mehrere Exemplare nebeneinander legen werden! Dein Buch wird also viel zu sehen sein. Das wird der beste visuelle Effekt der Welt! *Das beste Buch der Welt* über die ganze Buchhandlung verteilt. Na, rate mal, ob die Leute das kaufen wollen!«

»*Das beste Buch der Welt* neben dem *Besten Buch der Welt* neben dem *Besten Buch der Welt*«, sagt Titus verträumt und malt das Bild mit der Hand vor sich in die Luft.

»Und das Beste ist, dass wir richtig hammermäßige Blurbs draufdrucken können.«

»Blurbs?«

»Na, halt Zitate von irgendwelchen Promis auf dem Cover. Und weißt du was? Der ständige Sekretär der Schwedischen Akademie schuldet mir noch einen echten Gefallen. Wird Zeit, dass ich den jetzt einfordere.«

»Du machst Witze … Meinst du etwa, dass …«

»Klar, das klingt zu gut, um wahr zu sein. Aber ein Witz ist es trotzdem nicht. Er wird es tun. Vor ein paar Jahren hat er sich mal um meinen kleinen Finger wickeln lassen, und das völlig freiwillig. Jetzt muss ich einfach nur sagen: Komm nur, komm nur, mein kleiner standhafter Sekretär. Ist das nicht toll?«

Sie schiebt Titus noch mehr Käse in den Mund. Der schmeckt gut. Sehr gut. Das alles hier wird richtig gut werden.

Evita beugt sich zu ihm vor. Sie bläst ihm ihren warmen Atem ins Ohr und über den Hals.

Ihr Ausschnitt nähert sich seinen Augen. Er meint die Brüste wiederzuerkennen. Ist sie das? Natürlich ist sie das!

Er schaudert.

Sie flüstert ihm ins Ohr:

»Weiß steht dir gut …«

Er spürt die warme Luft aus ihrer Nase im Ohr, wie einen kleinen Wirbel, wie Brausepulver fürs Gehirn. Ihre Hand ruht auf seinem Arm.

Knurr.

Grrr.

»… was mich betrifft, bin ich nackt am hübschesten.«

Doktor Rolf hat noch nie auf der Buchmesse einen draufgemacht. Lenny und Malin auch nicht. Sie finden es super und trinken fleißig alles aus, was man ihnen serviert. Astra hat alle Hände voll damit zu tun, Autoren und Buchhändler zu begrüßen, und kommt nur kurz vorbei, um ein paar Worte mit ihnen zu wechseln.

»Wie geht's euch? Bekommt ihr auch genug zu trinken?«

»Alles supi!«, dröhnt Doktor Rolf. »Sagen Sie, laufen hier eigentlich viele Promis rum?«

»Der eine oder andere«, meint Astra und schaut sich um. »Das da zum Beispiel ist Pablo Blando, dieser mexikanische Bestsellerautor mit den Selbsthilfebüchern.«

Sie deutet auf einen kleinen älteren Mann im schwarzen Rollkragenpulli. Er hat so ein Haarschwänzchen im Nacken, wie es immer die ätzendsten kleinen Jungs im Kindergarten tragen, die Mädchen im Sandkasten umschubsen und deren Väter Eishockey spielen. Dicht hinter ihm steht eine griesgrämige Frau in einem geblümten Omakleid. Obwohl es wahrscheinlich teuer war, sieht es an ihr ungefähr so gut aus wie eine zerschlissene Gardine an einem alten Scheunenfenster. Das ist Blandos Agentin und Managerin. Um Blando herum hat sich eine Schar junger Mädchen versammelt. Er hat viele Millionen Bücher verkauft, und seine Prominenz wirkt wie ein Magnet.

»Die graue Maus daneben ist seine Agentin, Veronica Fuentes«, fährt Astra fort. »In der Branche nennt man sie nur ›die Bitch in Barcelona‹.«

»Im Ernst?«, ruft Doktor Rolf. Sein Blick verfinstert sich. »Das ist Pablo Blando? Pfui Teufel.«

Astra schaut ihn verblüfft an.

»Was ist denn los?«

»Dieses Arschloch hat so viele Leben zerstört«, zischt Doktor Rolf. »Wegen dem hatte ich Scharen von Patienten. Erst haben sie seine Bücher gelesen, und dann meinten sie, sie hätten den ›Weg des Lebens‹ gefunden. Das schlimmste Buch ist *Der Goldmacher*. Das lesen die Leute und glauben, das Licht zu sehen. Doch dann versinken sie langsam, aber sicher immer tiefer in Grübeleien. Sie fangen an, sich einzubilden, dass sie mehr Glück in ihrem Leben brauchen. Sie suchen und suchen und suchen. Und bei dieser Suche verlieren sie den Halt. Wenn das Glück nicht kommt und sie befreit, fangen sie irgendwann an, sich unglücklich zu fühlen. Denn wer nicht glücklich ist, muss ja zwangsläufig unglücklich sein, oder? Sie suchen in sich selbst nach Fehlern, nach Symptomen. Lesen immer mehr Bücher übers Glück. Aber das Glück kommt einfach nicht. Schließlich haben sie sich ein Leiden zugelegt, das sie erst wieder überwinden müssen. Wenn sie dann gesund werden, wird auch das Glück kommen. Aber eigentlich sind sie ja nie krank gewesen! Nein, pfui Teufel. Es kann jahrelange Multitherapie erfordern, diese Menschen wieder zu heilen!«

»Oje, das wusste ich gar nicht …«

»Nein, das will ja auch keiner zugeben«, faucht Doktor Rolf aggressiv. »Das wird schön vertuscht. Aber vielen seiner Leser würde es wesentlich besser gehen, wenn sie das Telefonbuch lesen würden. Und nicht so schrecklich viel nachdenken. Das ist einfach die Wahrheit! Nein, das ekelt mich an. Ich hab die verdammten einbildungskranken Menschen, die den *Goldmacher* gelesen haben, so dermaßen satt, dass ich brechen könnte!«

»Was Sie nicht sagen …«, meint Astra zögernd.

Sie arbeitet immerhin für den Verlag, der Blandos Bücher herausgibt. Sie machen ein Mordsgeld damit und haben keinesfalls vor, diesen Autor abzusägen. Und wenn sie das recht verstanden hat, passen die Ansichten von Doktor Rolf ohnehin nicht sonderlich zum Mainstream. Wann hätte man schon mal gehört, dass die Multitherapie einen Menschen glücklich machen konnte? Es wird wohl das Beste sein, das Thema einfach fallen zu lassen. Ralf Rolf scheint ihr ein ziemliches Pulverfass zu sein. Astra lächelt diplomatisch.

»Sie könnten ihm Ihre Bedenken ja persönlich auseinandersetzen.«

»Ja, hrm. Ja, könnte ich vielleicht«, knurrt Doktor Rolf. »Gute Idee eigentlich …«

Die Verlagsparty ist die Mutter aller Geschäfte.

Astra stellt Titus einen ausländischen Verleger nach dem anderen vor. Alle haben seine Geschichte gehört, und jetzt wollen sie das Wunder aus dem Kellerloch begrüßen.

Ein distinguierter älterer Herr mit amerikanischem Akzent stellt sich ihm als Collin Harper vor. Er behauptet, er wolle *Das beste Buch der Welt* in vierzehn Ländern herausgeben. Er habe gehört, es wäre »*amazing*«.

Titus Jensen macht eine Verbeugung.

Astra Larsson macht einen Knicks.

Evita Winchester lacht laut.

Nach der Verlagsparty geht es ans Bankett. Die prominentesten Gäste auf der Buchmesse sind dazu geladen. Eine lange Schlange aus feierwütigen Messedelegierten wimmelt vor der großen Rolltreppe, die sie zum Festsaal bringt. Evita ist es auf die Schnelle noch gelungen, Karten für die gesamte Reisegesellschaft Astras zu organisieren. Das eigentümliche Grüppchen bewegt sich wie ein kleiner Schwanz hinter den anderen Gästen langsam auf das Fest zu. Einer nach dem anderen tritt auf die Rolltreppe.

Astra und Christer Hermansson gehen als Erste. Sie lachen und scheinen sich in der Gesellschaft des anderen sehr wohlzufühlen.

Hinter ihnen kommen Lenny und Malin. Sie gehen eng umschlungen und können kaum glauben, dass das alles wahr sein soll. Astra will ein Buch über Lennys Lebensgeschichte herausbringen. *Tourette und ich – keine einfache Reise*, von Lenny Rolf. Sie hat ihm einen dicken Vorschuss angeboten.

Dann kommt Doktor Rolf. Er wirft dem Märchenonkel Pablo Blando giftige Blicke zu, der ein Stück weiter vor ihm mit zwei jungen Mädchen und seiner griesgrämigen Agentin auf der Rolltreppe steht. Blando gestikuliert und verteilt Küsschen auf Wangen und

Händen der Mädchen. Doktor Rolf krempelt seine weißen Ärmel hoch und stößt leise zwischen zusammengebissenen Zähnen hervor: »*I'm having an old friend for dinner.*«

Als Letzte stehen Evita und Titus Arm in Arm auf der Rolltreppe. Sie lässt ihre grünen Augen aufblitzen. Er lächelt schelmisch mit seinen blauen.

Für wenige Sekunden dreht Titus Jensen den Leuten, die vor ihm auf der Rolltreppe stehen, den Rücken zu. Er blickt auf das wunderbare Gewimmel aus Abenteuern und Erzählungen. Und was er sieht, ruft Liebe in ihm wach. Fantasien und Fantastereien. Träume und Illusionen.

Titus ist auf dem Weg nach oben. Er streckt die Arme aus. Spreizt die Finger. Legt den Kopf in den Nacken und schließt die Augen. Atmet ganz tief ein. Er würde am liebsten aus vollem Halse losschreien. Aber dann überlegt er es sich noch einmal anders, und auf seinem Gesicht breitet sich stattdessen das größte Lächeln der Welt aus. Ganz leise flüstert er dem neu gefundenen besten Freund in sich selbst etwas zu.

Lieber unabhängig als abhängig.

Teil 3

In dem die Wirklichkeit den Autor und seine Leser wieder einholt.

Manchmal wird der letzte Kampf erst Anfang Oktober ausgetragen.

Mauern aus gelbem und rotem Laub erheben sich zwischen den Bäumen, während gleichzeitig die warmen Winde des Hochsommers versuchen, den Gang der Natur zu vertuschen. Aber obwohl die Sonne schön wärmt, steht sie schon zu niedrig, als dass sie noch irgendwo grünes Leben reflektieren könnte. Dieser Kampf ist schon im Voraus entschieden. Der Spätsommer hat noch nie den Sieg über den Herbst davongetragen, aber jedes Mal stößt er seinen letzten Seufzer mit einem Lächeln auf den Lippen aus. Den Heldentod als stolzer Indianer zu sterben, erschöpft und in voller Kriegsbemalung, so was gibt Hoffnung auf eine Wiedergeburt.

Felsen, Luft und Wasser. Der lange Sommer hat bewirkt, dass jetzt alle Elemente rund um die Schären dieselbe warme Temperatur haben. Es gibt keine Gegensätze, und es kommen auch keine starken Brisen auf. Die Fjorde zwischen Stockholm und dem äußeren Schärengarten glänzen wie frisch geputzte Schaufensterscheiben.

Astras elegantes Segelboot schneidet mit einem leisen Plätschern durch die Wellen. Astra hat sich die Haare zu einem Pferdeschwanz hochgebunden, der im Takt mit den Bewegungen des Bootes mitwippt. Sie hält das Steuer in der einen Hand und hat den Zeigefinger der anderen auf der Seekarte liegen. Das GPS ist ausgeschaltet. Ohne Elektronik zu navigieren bedeutet Freiheit. Langsam in einem Luxusgefährt dahinzugleiten bedeutet Entspannung.

Sie wirft einen Blick nach hinten, um nachzusehen, wie es ihrem Passagier geht. Er sitzt ganz hinten auf dem lederbezogenen Sitz der Achterducht. Die Arme hat er ausgestreckt, seine Hände umklammern backbord und steuerbord die Reling. Das Hemd hat er fast bis zum Nabel aufgeknöpft. Der schmale, gebräunte Brustkorb glänzt frisch rasiert. Sein langes schwarzes Haar flattert im Takt mit der stolzen schwedischen Flagge auf dem Achterdeck. Ein paar gefärbte Strähnchen dekorieren das Haar wie Rallyestreifen. Er ist das Sinnbild eines schönen, jungen Mannes.

Astra lächelt und geht vom Gas. Jetzt ist es nicht mehr weit. Sie werden Stora Nassa ganz für sich allein haben.

Langsam gleitet sie bis zum alten Steg auf Stora Bonden. Das ist die größte Insel in den ehemals königlichen Fischereigründen, auf der die Fischer übernachteten, wenn der Höhepunkt der Ostseehering-Fangzeit erreicht war. Die ersten Siedler ließen sich schon im 18. Jahrhundert hier nieder, aber meistens wohnten gerade mal um die zehn Familien in kleinen Hütten auf der Schäre. Heute ist die ganze Region ein Natur- und Vogelschutzgebiet. Aber wenn die Vogeljungen am Ende des Sommers flügge geworden sind, darf man die Insel wieder betreten.

Astra macht den Motor aus, schwingt sich über die Windschutzscheibe und springt auf den Anleger. Sie macht ein paar leichte Knoten mit einer Hand und vertäut das Boot flink sowohl vorn als auch achtern. Die Stille, wenn man im Schärengarten einen Motor abgestellt hat, ist ohrenbetäubend.

»Siehst du?«, flüstert sie mit gespielter Verärgerung. »Ich hab gar nicht so wenig Ahnung von Booten, wie du zu glauben scheinst.«

»Entschuldige«, lacht er und steht mit wackligen Beinen auf, um ebenfalls an Land zu gehen. »Entschuldige, aber ich hab doch bloß einen Roman geschrieben. Das hat doch nichts mit der Wirklichkeit zu tun.«

Sie streckt ihm die Hand entgegen und hilft ihm vom Boot.

»Komm, das musst du dir unbedingt ansehen. Das ist das reinste Paradies hier.«

Nachdem sie auf kleinen Pfaden zwischen in Felsspalten wachsender Fetthenne und Heidekraut herumgerannt sind, setzen sie sich auf den höchsten Punkt der Insel und schauen über die Fjorde Richtung Westen. Nassa liegt so weit draußen, dass sogar der innere Schärengarten hinter dem Horizont verschwindet. Ganz hinten, wo es so glitzert, liegt inmitten von Tausenden unsichtbaren Inseln Stockholm. Ein Seeadler schwebt weit oben am Himmel wie ein Brett und hält Ausschau nach Fischschwärmen, während die Abendsonne langsam am Himmel hinabsteigt. Bald kommt die Dunkelheit und damit der letzte Kampf.

Astra streicht sich das kurze Sommerkleid über den Beinen glatt. Dann holt sie zwei Gläser aus einer kleinen Nylon-Kühltasche und eine hübsche Flasche, schön gekühlt, sodass ihr die Kondenströpfchen über den langen, schlanken Körper laufen.

»Darf ich dich zum letzten Glas Rosé des Sommers einladen?«, sagt Astra und öffnet die Flasche.

»Ich muss mit dir reden«, sagt er und streicht sich ein orangefarbenes Strähnchen aus dem Gesicht. Er sieht verlegen aus, ja geradezu gequält.

»Klar, machen wir. Wir feiern und reden. Deswegen sind wir ja hier.«

»Ich … ich will über das Buch reden«, sagt er leise mit seinem schleppenden Norrland-Akzent.

»Genau, Titus. Deswegen machen wir das hier doch. Wir wollen feiern, dass du dein Manuskript fertig hast. Und wir reden. Über dein Buch.«

Titus' dunkle Samtaugen sehen nicht nach Festlaune aus. Sie sind traurig.

»Ich weiß nicht, Astra. Es kommt mir so vor, als hätte ich Selbstmord begangen.«

»Was? Wieso das denn?«

»Wegen dieser Sache mit den Namen ...«, sagt er und kratzt sich verlegen am schwarzen Hemdkragen. Er dreht sein offenes Haar einmal zusammen und legt es sich auf den Rücken.

»Ja?«

»Ich weiß nicht ... Wird das denn wirklich funktionieren? Die Leute wissen, wer ich bin und wofür ich stehe. Ist das denn klug, wenn wir das so machen? Mit diesem Buch schlag ich alles in Stücke. Außerdem wird Eddie X absolut ausrasten.«

Astra legt ihm die Hand auf den Arm.

»Jetzt hör mir mal gut zu. Wenn er ausrastet, ist das auch kein Weltuntergang. Wer schert sich schon um glatzköpfige alte Männer in Batikklamotten? Pfeif einfach auf ihn, wir müssen jetzt daran denken, was für dich das Beste ist.«

»Aber ich meine bloß ... ist das wirklich notwendig? Gehe ich damit nicht zu weit? Warum kann ich nicht einfach auch im Buch der junge Mann sein? Vielleicht reicht es ja schon, wenn wir die Charaktere die Klamotten tauschen lassen? Wir müssten einfach bloß per ›Suchen und Ersetzen‹ die Namen im Manuskript austauschen, dann wird alles gleich viel glaubwürdiger. Das würde die Verrücktheit genau aufs richtige Maß zurückschrauben.«

»Du weißt doch, was ich die ganze Zeit gesagt habe. Lyrik und Kurzgeschichtensammlungen sind eine Sackgasse, Titus. Du bist jung. Du hast ein großes Publikum, das dich genau dafür liebt, was du machst. Das hier ist dein Romandebüt, da musst du schon auch bereit sein, ein paar Risiken einzugehen. Du bist ein Künstler, vergiss das nicht. Außerdem war es von Anfang an doch deine Idee. Du wolltest mehr Seiten an dir selbst erforschen.«

»Ja, ich weiß schon. Aber es ist trotzdem irgendwie so komisch ... Werden die Leser das wirklich kapieren? Es gibt einfach so schrecklich viele Meta-Niveaus ... Das verwirrt mich fast schon selbst. Ein Schriftsteller schreibt ein Buch über einen Schriftsteller, der eigentlich ein anderer Schriftsteller ist. Dieser Schriftsteller wiederum schreibt auch ein Buch und wetteifert mit einem anderen Schriftsteller, der dasselbe Buch schreiben will. Also mit mir. Oder wie war das noch mal? Was zum Teufel wollte ich damit eigentlich sagen?«

»Aber Titus, bitte, was wäre denn die Alternative? Dass wir ein Pseudonym für deinen richtigen Namen einsetzen? Dann wird's ja gleich noch schlimmer: Ein Schriftstellerpseudonym schreibt ein Buch über einen Schriftsteller, der ein Buch über einen Schriftsteller schreibt, der mit einem anderen Schriftsteller wetteifert. Und die zwei Letzteren sind der Meinung, das beste Buch der Welt geschrieben zu haben. Nein, das ist auch nicht besser.«

»Glaubst du nicht, dass ... Aber ... Wir könnten doch zumindest mal drüber nachdenken ...«

Astra hebt eine Hand, um ihn zum Schweigen zu bringen. Zwischen ihren Augenbrauen ist eine ernste Falte aufgetaucht.

»Nein! Vergiss eines nicht, Titus. Du hast bereits die besten Leser der Welt. Sie lieben es, sich von dir verführen zu lassen. Und jetzt werden es noch viel mehr. Du hast sie auf eine wunderschöne Reise eingeladen, aber du bist nicht ihr Reiseleiter. Sie schaffen sich ihre Erlebnisse und Erinnerungen selbst. Ich glaube, sie wissen es zu schätzen, dass nicht alles festgelegt ist wie auf irgend so einer grässlichen Charterreise. Das verspreche ich dir. Außerdem werden die meisten schadenfroh lachen, wenn sie an den echten Eddie X denken. Der angesäuselt in seinen ehemals bunten Seidenklamotten dahockt und beim Stammtisch im Schriftstellerverband vor Wut toben wird. Dann redet er von *Barock im Blut* von '95 und dem ganzen geschraubten Mist. Reißt ein paar ältere Damen aus dem Kulturbetrieb auf und verdient seinen Lebensunterhalt damit, auf Festivals aus komischen alten Büchern vorzulesen. Nein, langfristig tust du ihm sogar einen Gefallen. Vielleicht reißt er sich dann mal zusammen und schreibt wieder ein gutes Buch.«

»Glaubst du echt?«

»Was heißt schon glauben …«, sagt Astra und setzt ein breites Lächeln auf. »Man darf doch wohl noch ein bisschen fantasieren. Das macht das Leben gleich viel interessanter.«

Sie bleiben noch eine Weile auf dem Schärenfelsen sitzen, reden über das Buch und über sich selbst. Dann schauen sie einem verspäteten Gänseschwarm nach, der in V-Formation über den Archipel zieht. Astra legt den Arm um Titus. Titus vergräbt die Wange in Astras Haar. Es wird Abend.

»Und jetzt essen wir Krabben bis zum Abwinken!«

Astra kommt aus der Kajüte mit einer großen Schüssel frischer Krabben. Sie haben einen kleinen Campingtisch ins Cockpit gestellt. Feines Porzellan, Petroleumlampen und Leinenservietten. Frisches Brot, Wein und Aioli.

»Haha, super!«, lacht Titus. »Wenn die Fiktion quasi Wirklichkeit wird.«

»Eines kannst du mir glauben«, sagt Astra und klimpert ein paarmal mit den Wimpern, »das hier ist erst der Anfang.«

Sie essen Krabben und schmeißen die Schalen ins Meer. Zahlreiche kleine und halbgroße Fische schnappen sich die Reste im dunklen Wasser und schwimmen dann ins nächste Tangbüschel, um sich in aller Ruhe an ihrer Beute gütlich zu tun.

»Ich trinke auf den Sommer«, sagt Astra und hebt ihr Glas.

»Ich trinke auf den Herbst. Der ist auch schön«, antwortet Titus.

»Ich trinke auf das Buch und darauf, dass es endlich fertig ist!«

»Ich trinke auf die Lektorin.«

Sie stoßen an.

»Und, wie fühlst du dich jetzt?«, fragt Astra und sieht ihm forschend in die Augen.

Titus seufzt.

»Danke, gut. Aber ich bin total ausgehungert und ausgetrocknet. Ich fühle mich leer und irgendwie ein bisschen down. So fertig. Ich will im Moment bloß noch essen, trinken und ich selbst sein. Eddie X hab ich jetzt so was von über. Ich muss schleunigst an was anderes denken.«

»Keine Sorge, Titus. Du hast da echt etwas Gutes, was Schönes geschrieben. Ich freue mich, dass ich ein Teil dieser Reise war. Und ich bin sehr neugierig darauf, was zwischen dir und mir noch passieren wird. Wir hatten in dieser ganzen Zeit so viel mehr zusammen als bloß die gemeinsame Arbeit. Außerdem lese ich da eine versteckte Liebeserklärung im Manuskript.«

Titus' Augen beginnen zu glänzen.

»Na ja, ob die so versteckt ist …«

»Es ist mir allerdings ein Rätsel, wie du rausgefunden hast, dass ich mit zweitem Namen Evita heiße. Gehört ja nicht unbedingt zu den Dingen, mit denen man prahlen möchte. Ja, da ist was Neues zwischen uns. Es kribbelt irgendwie, ich mag das. Aber jetzt essen wir erst mal! Und dann springen wir kurz ins Wasser. Wenn du dich bei Vollmond traust.«

Die Weinflaschen sind leer, die Kaffeetassen ausgetrunken und die Punschgläser ebenfalls. Die letzte Sommernacht hat sich über Stora Nassa und Astras Boot gelegt wie eine kuschelige Decke.

Sie sind in die Kajüte gegangen. Die Petroleumlaternen kämpfen wacker gegen die Feuchtigkeit der nassen Badehandtücher an, die auf der Ducht liegen. Allerdings mit mäßigem Erfolg. Die Fenster sind schon wieder beschlagen.

Astras und Titus' Körper dampfen, als sie sich in der breiten Koje im Vorschiff umeinanderschlingen. Sie küssen sich sanft, streicheln sich die nassen Haare und die feuchten Körper und befummeln einander.

Es ist die Ruhe vor dem letzten Auflodern des finalen Kampfs, wenn das Todesröcheln des Sommers auf die ersten Atemzüge des Herbstes trifft. Bald sind die Burggräben gestürmt und die Leitern an die Barrikaden gestellt. Wer keinen kühlen Kopf bewahrt, über den wird flüssiges Blei ausgegossen. Die Feigen werden in ihrem eigenen Blut ertrinken. Jetzt bläst man ins Horn, jetzt lösen sich die Schreie aus den Kehlen. Jetzt werden blitzende Schwerter aus den Scheiden gerissen und Gewehre mit Pulver gefüllt, jetzt rollen Kanonen auf die Festung zu und Millionen von tapferen kleinen Soldaten rennen auf die Zugbrücke zu, um den Sprung ihres Lebens zu tun – ins Leben oder in den Tod.

Bald ist der Kampf in vollem Gange.

Die Kajüte erzittert und erbebt, alles ist nass und steif.

Es glänzt glatt.

Auf einmal bleibt die Zeit stehen, als würde man den Augenblick einfrieren, und dann explodiert alles in einem Feuerwerk der Wollust.

Astras Handy klingelt. Für ein paar Sekunden sind diese Schallwellen das Einzige, was sich auf der ganzen Welt bewegt.

Reflexartig streckt sie die Hand nach dem Handy aus. Aber bevor sie das Gespräch annimmt, schaut sie auf das Display, um nachzusehen, wer es ist.

»Ach komm, das ist nicht wahr!«

Astras Blick bekommt eine ungläubige Note. Dem Handy ist ihr Widerwillen jedoch egal, es klingelt einfach weiter. Die Sekunden marschieren mit Ameisenschritten durch die Kajüte. Hunderte uniformierte Trommlerjungen schlagen mit ihren Hickorystäbchen auf das gespannte Fell ihrer Trommeln.

Dadadumm.

Titus starrt Astra an, ohne zu blinzeln.

Dadadumm. Dadadumm. Dadadumm.

Das ist der Schicksalsmoment. Alles wird hier und jetzt entschieden.

Dadadumm. Dada-dumm-dumm-dumm.

Der Wille, das Leben zu leben, siegt über den Willen, zur Verfügung zu stehen. Astra drückt den Anruf weg. Sie schaltet das Handy aus und wirft es über die Schulter nach hinten, ohne sich umzusehen. Es landet weich auf den nassen Handtüchern auf der Ducht.

Finstere Engel schmettern ihre Fanfaren. Die Kämpfer auf dem Schlachtfeld schlagen ihren Stahl auf den Feuerstein. Das Schwarzpulver beginnt wieder in den Zündschnüren zu zischeln. Attacke! Vorwärts!

»Wer war das?«, fragt Titus, während er gierig an Astras Ohrläppchen leckt.

»Das würdest du mir ja doch nicht glauben.«

»Doch, bitte, ich will's wissen.«

Astra dreht Titus auf den Rücken. Sie hält seine Arme auf der Decke fest und setzt sich langsam auf ihn, während sie ihm mit ihrem feuchten Haar über die Brust fährt.

»Du … Du musst auch nicht alles wissen. Mmm … Stattdessen solltest du lieber in deinen Fantasien leben. Das macht das Leben gleich viel interessanter.«

DANKE!

Zuerst möchte ich mich bei mir selbst bedanken. Dieses Buch beruht auf meiner Idee, und ohne mich wäre es wahrscheinlich nie geschrieben worden. Zumindest nicht in dieser Version.

Ich möchte mich auch bei meinen zwei Koautoren bedanken. Wir waren ein saugutes Team, das gerne seine stolzen Steckenpferde ritt, sich aber auch nie scheute, gelegentlich mal die Lieblinge der anderen abzurichten. Ich hatte viel Spaß mit euch und habe viel gelernt. Es war ein wahres Privileg, an eurem Einfallsreichtum, eurer dramaturgischen Kompetenz und eurem soliden handwerklichen Geschick teilzuhaben. Auf eurem Gebiet seid ihr zweifelsohne die Besten. Ich habe volles Verständnis dafür, dass ihr eure Namen nicht auf dem Cover sehen wolltet, das hier ist immerhin ein Risikoprojekt, das zehn Meilen gegen den Wind nach Hybris stinkt. Wie kann jemand auch so blöd sein, ein Buch mit dem Titel *Das beste Buch der Welt* zu schreiben? Mit mir als Schaufensterpuppe bleibt eure Ehre unangetastet und die saubere Trennung unserer Rollen bleibt bestehen. Trotzdem danke für die Arbeit am Manuskript, für die Gespräche und für all die Monate des unverdrossenen Engagements. Ohne euch hätte ich dieses Projekt niemals erfolgreich abschließen können. Ihr habt mich zum besten Pseudonym der Welt gemacht.

Ich möchte mich auch bei meiner Familie bedanken. Danke, geliebte Lena, dass du alles mit mir teilst. Ich umarme und küsse dich und noch ein bisschen mehr. Danke Elsa, Ville und Hedda, ihr seid die besten Kinder der Welt. Ich liebe euch unendlich.

Meinem Lektor Hans-Olov Öberg sage ich Danke für seine allzeit positive Art, mit Risiken umzugehen. Danke an die Agentin Maria

Enberg für kluge Kritik und fröhliche Anfeuerungsrufe. Ihr seid echte Freunde.

Zu guter Letzt möchte ich mich bei Ihnen bedanken, die Sie bis hierher gelesen haben. Wir haben Ihre kostbare Zeit in Anspruch genommen, um Sie nach Möglichkeit ein paar Stunden zu unterhalten. Sie sind sehr mutig gewesen. Ich hoffe, es hat sich gelohnt. Vielen Dank für Ihr Vertrauen!

Wir sehen uns im nächsten Buch!

Peter Stjernström